罗伟章——著

青 草

天津出版传媒集团

百花文艺出版社

图书在版编目（CIP）数据

青草 / 罗伟章著. -- 天津：百花文艺出版社，
2024.1
ISBN 978-7-5306-8692-8

Ⅰ.①青… Ⅱ.①罗… Ⅲ.①中篇小说–小说集–中
国–当代②短篇小说–小说集–中国–当代 Ⅳ.
①I247.7

中国国家版本馆 CIP 数据核字(2023)第 226514 号

青草
QINGCAO
罗伟章　著

出 版 人：薛印胜
选题策划：汪惠仁　　韩新枝
责任编辑：刘升盈　　美术编辑：郭亚红
出版发行：百花文艺出版社
地址：天津市和平区西康路 35 号　邮编：300051
电话传真：+86-22-23332651（发行部）
　　　　　+86-22-23332656（总编室）
　　　　　+86-22-27862135（邮购部）
网址：http://www.baihuawenyi.com
印刷：天津新华印务有限公司
开本：880 毫米×1230 毫米　　1/32
字数：263 千字
印张：9.625
版次：2024 年 1 月第 1 版
印次：2024 年 1 月第 1 次印刷
定价：59.00元

如有印装质量问题,请与天津新华印务有限公司联系调换
地址:天津东丽开发区五经路 23 号
电话:(022)58160306
邮编:300300

目 录

————

水色时光

一

邱家琪去给父亲擦澡。这不是第一次，但她还是有些紧张。

她把兑好的水端进父亲的屋里，对着客厅喊："妈，声音关小些。"

其实电视声音并不大，不可能闹着昏睡中的父亲，邱家琪说这句话，是为自己找个关门的借口。加上父亲在内，屋里只有三个人，关不关门本来无所谓，但敞着门给父亲擦澡，邱家琪会起鸡皮疙瘩。昏睡中的人也有尊严，她自己同样有。她虽然已经三十五岁，可还是个姑娘呢。

客厅里空了一下，接着是更响亮的声音传过来。母亲换了个频道，而她知道这个频道的声音更大。母亲太懂得女儿的心思。邱家琪顺势把门闭了，深深地吸着气。

床上的人盖着被单，灯光底下，他脸色苍白，皮肤却很光滑，也很干净，头发梳得整整齐齐的，一点儿不像躺了两年半的人。邱家琪产生了错觉，以为父亲没病。她常常产生这样的错觉。她蹲到床头去，摸了摸父亲的脸说，爸爸，你还睡呀？她在给父亲撒娇，但父亲没理她。一般人的睡眠是清早时分浮在浅水里的鱼，父亲的睡眠则紧紧贴住水底，哪怕脊背上长满水草，也不动一动身子。邱家琪咬着嘴唇，想哭。她想哭不是怕父亲突然间就"过去"了，毕竟，两年半时间并不短，她和母亲早就有了这种心理准备。她是为自己再不能在父亲面前撒娇感到伤心。

人一辈子，有些东西说丢就丢了。

盆里的水冒着淡青色的热气，邱家琪用指尖探了一下，觉得恰到好处，就轻轻地把父亲的被单揭开，为他脱衣服。初秋时节，父亲只穿了层单衫子，左边一侧，右边一侧，就脱下来了。

这么长时间，父亲身上没长过一个褥疮。这都是母亲的功劳。自从父亲得病，母亲几乎足不出户，守在父亲床边，为他擦洗，为他翻身，为他端屎端尿，为他理头发剪指甲。晚上睡觉，每隔一个小时，她必然起来，给父亲垫枕头，挪挪位置；天不是太热的时候，母亲舍不得开空调，就举着大蒲扇给父亲摇，父亲身上干干爽爽，母亲则是大汗淋漓。将近一千个日子，母亲就是这么过来的，以至于她坐在客厅里看电视，手上也老是做出为人翻身的动作。

关于父亲的一切事情，母亲都尽量包办。

母亲说："我自己做才放心。"

这是真话。同时她也是怕累着女儿。

她有两个女儿，家琪是老大，老二叫家欣，早结婚了，都有孩子了。老二两口子都在机场上班，成天忙，家也安在机场附近，离这边远，过来看父母的时候不多，因此真正累着的就是老大家琪。邱家琪在城里一家地板砖代销公司打工，虽是部门经理，可一个打工的人，哪有让你享清闲的时候，何况她周末还要去财经大学读书，每天回家上楼，脚步都是拖着走，买菜、打扫卫生、去物业公司和电信局交纳一应费用，还全都是她的活儿。母亲心疼她。

可前不久，母亲累病了，躺在床上起不来，实在没办法，才让她去照管父亲。

包括为父亲擦澡。

邱家琪给父亲擦澡，总要换两三盆水。在她看来，一个通体干净的病人，差不多也就不叫病人了。她始终不相信父亲从此就醒不过来，尽管许多人都这样说。她无法想象没有父亲的日子。从小到大，她跟父亲最亲近，要是父亲走了，这个家到底还算不算得上家，她不是没想过，但每次想到这个问题，就烦躁、恐慌，就不敢深想。她承认，当父亲赤条条地躺在她面前时，她看到的不是父亲，而是一个男人。父亲毫无遮拦地向她袒露着男性的秘密。为此，她对父亲又添了一份奇异的感动。只是每次擦洗完毕，把父亲的衣裤穿好，在父亲容易出汗的地方洒上几滴香水，再将被单拉上去后，她才丧气地意识到，自己所做的一切，父亲一无所知。

今天照样如此，但邱家琪不甘心。她把父亲安顿好，便坐在床沿，俯下身，把热辣辣的气息吐到父亲的脸上。

她说："爸爸，你醒醒啊，你睡了两年多，还没睡够吗？"

她说："爸爸，家欣有孩子了，是个儿子，已满两周岁。你这辈子只得了两个女儿，一直跟我们开玩笑，说真想要个儿子，你幺女儿给你生了个外孙，长得虎头虎脑的，就叫虎子，可爱极了，人家等你抱呢，你却不理他，人家叫你外公，你也不答应，你是不是怕过年过节给压岁钱？"

她说："爸爸你乖啊，爸爸听话啊，你要是醒过来，家琪就带你去逛公园。市里刚刚建成一个免费公园，大得很，里面有个人工湖，交五块钱，就可以在湖里钓一整天鱼。"

她说："爸爸你知不知道，你得病的那天，我刚好给你买了把躺椅，你不是想要一把躺椅吗？我高高兴兴地把椅子搬回来，才知道你半个小时前病了，病得不省人事。我费那么大的力气，把椅子扛上楼，累出一身臭汗，你却不愿意在上面坐一下，你对得住家琪吗？"

她说："爸爸呀，你就争口气，做个样子给家琪看看，只要你对得住家琪，家琪也不会亏待你——你今天醒过来，明天我就去找个男人结婚！"

说到这里，邱家琪扮着鬼脸，眼睛发亮，满含期待地看着父亲。

床上的人无动于衷。在他的世界里，只有无穷无尽的黑暗。

邱家琪用手指点着父亲的额头，皱着鼻子说："爸爸说谎，爸爸根本不担心女儿，你巴不得女儿当一辈子老姑娘，守在家里服侍你……你不高兴吗？难道我冤枉你了吗？你说话呀！"

父亲和开始一样，双目紧闭，近乎没有地呼吸着。

一粒圆滚滚的泪珠，滴落在父亲的嘴角。父亲的嘴角是苍白的，这滴泪珠同样是苍白的。

邱家琪弓着上身，把脸贴在父亲的脸上哭泣："爸爸呀，我的爸爸呀……"

这时候，床上的人突然有了动静。他的身体没动，喉咙却在动，"吭——吭——吭——"像总也发动不起来的马达，带着挣扎的苦痛。

女儿对他说了那么多话，他没有反应，女儿的悲伤，却唤醒了那条深水中的鱼。

可这是他能给亲人做出的唯一回应了。

二

出去之前，邱家琪抹净了脸上的泪水。她不能让母亲看出她哭过。父亲发病的第一年，母亲常常哭，后来就不哭了，最近半年来，连气也不叹了。没日没夜地照顾一个昏睡中的病人，天长日久，就相当于一个大活人与一台机器较量，最终败下阵来的，肯定是人而不是机器。母亲变得麻木了。这样好，麻木总比无止境地悲伤省力省心。邱家琪要做的，就是小心翼翼地呵护母亲的麻木。

母亲没看电视，躺在沙发上睡过去了。

母亲长得很美，是那种五官端庄又极有风度的美。哪怕她睡觉时嘴唇微微张开，姿势说不上优雅，看上去也相当迷人。邱家琪找出一床毛巾被，轻轻盖在母亲身上，又把电视调到静音，才去做晚饭。进厨房之前，她禁不住又望了母亲一眼，她看到了母亲新长出的白发。客厅里没有开灯，未装修的屋子暗沉沉的，电视的闪光加强了这种暗，让母亲身上平添了一种凄凉。

母亲这时候是不是在做梦呢？她在梦中是否又在感叹自己的命

运呢？

　　邱家琪的外公是国民党高级军官，锦州战役打响的前夕，他的部队由南方调往北方。不久，他跟辽宁一个女子结了婚，这女子后来成了邱家琪的外婆。外婆是大家闺秀，当她随丈夫来到南方，才发现在自己前面丈夫已有一个女人，很是恼怒，加之适应不了南方潮湿闷热的气候，生下邱家琪的母亲叶玉景不满两年，她便独自回了老家，这一去就再也没跟丈夫和女儿见过面。但是，叶玉景始终记得自己的父亲是军官，母亲是大家闺秀，即便新中国成立后，父亲被枪决，母亲不知所终，她沦落为川东北一个农家女，也没忘记这一点。叶玉景教育两个女儿跟别人截然不同，那时候他们住在川东北某矿山，矿山女多是大大咧咧的，身子骨累得，嘴上也来得，特别是把男女关系看得稀松平常，叶玉景说这不是开放，是粗俗，严禁女儿跟她们学。家琪姐妹很小的时候，矿上条件差，多数人住在平房里，公共厕所很远，家家都用尿壶，叶玉景在她们的尿壶沿口处，塞了一把稻草。这样做，是让女儿起夜的时候，不弄出有伤体面的响声。平房外面有狗叫，证明来了陌生人，姐妹俩再好奇，也不许率先跑出去看。直到现在，晾晒衣服的时候，叶玉景也不许邱家琪的裤子傍着父亲的裤子。家欣那边她管不着，但她时时告诫，叫家欣不要将女性之物傍着丈夫的裤子晒，免得招人耻笑。

　　由此可知，叶玉景让邱家琪去给父亲擦澡，可以说是对自己信念的摧毁。但有什么办法呢？那次她病得起不了床。至于后来嘛——反正大女儿都见过她爸的身子，也就由着她去了。

　　叶玉景要赞美一个人，就一句话："这人，种好！"

　　因为家欣的公公是手艺人出身，而今虽在城里开酒楼发了财，但家欣丈夫的"种"自然说不上好，而家欣偏偏死心塌地嫁给他，使叶玉景差一点儿就跟小女儿决裂了。

　　在厨房里，邱家琪边择菜边想，自己迟迟找不到一个合适的人嫁出去，是不是因为母亲的"种子理论"给了自己太大的压力？她说不上来。仔细琢磨，觉得这么大的责任实在不该往母亲身上推。

从内心说,她真的想嫁人,特别是父亲发病之前。父亲多次提醒她:"家琪呀,我左看右看,这家里还少个人呢!"她装聋作哑,把屋子扫视一圈,说不少呀,都在呀。父亲哈哈笑,说你自己都不急,我急啥。话虽如此,父亲对她的未来却是焦虑的,当她上了三十岁,妹妹家欣也已出嫁之后,父亲的焦虑就时时挂在脸上,谈起这事,再不能轻松地开玩笑了,而是沉着脸,皱着眉头,说家琪呀,我跟你妈不能陪你一辈子,你不成立个家庭,等我们走了,你就知道啥叫孤单了。邱家琪倒没想那么远,但她实在想让父亲高兴,在谈婚论嫁的问题上不仅不回避,还显得格外积极主动,而且背着父母偷偷地谈过几个,本想有了眉目就让那个神秘人物突然站到父亲面前去,可那个人就是进不到她的心里,每到节骨眼儿上,她就打了退堂鼓。这样一拖再拖,就拖到了三十五岁。三十五岁就在四十岁的隔壁,门都不用敲,一伸腿就跨过去了。四十岁的女人啦,就算你从没正眼瞧过男人一眼,别人也不会把你叫姑娘了,要叫就叫老姑娘。

女人的年龄是经不起拖的,一拖就不可收拾。

对此,邱家琪早就心知肚明。

好在她现在已经不着急了,反正父亲都是那个样子,即便那个人站到他面前,他也不知道;即便把他从深水里唤醒,他喉咙里发出"吭吭吭"的呼叫,也只能徒增他的痛苦。

饭快好的时候,母亲才醒来。母亲走进厨房,自责地说:"我本来想眯一下就做饭,哪晓得眼睛一闭就睡过去了。"邱家琪把母亲往外推,说:"妈,你自个儿去看电视吧,我又不累。"

女儿累不累,母亲一看就明白,女儿是个利索人,高挑,挺直,可这时候,她的腰却软软地塌着,像挨了闷棒的蛇。但母亲并没坚持,回到了客厅。

她深深地感觉到,在这个家里,只有她和大女儿相依为命。

邱家琪跟母亲是同样的感觉。

然而,母女俩吃饭的时候,母亲突然说了句:"家琪,妈等你领个人回来呢。"

邱家琪愣了一下,将筷子戳在齿间:"你也说起这个来了?爸病成那样，我哪有心思嘛。"

她的眼圈红了。这时候她更多地想到了母亲的将来。虽然期盼奇迹发生，但理智上她十分清楚，父亲已经醒不过来了，说不准哪一天，灵魂就会从他身体里溜掉，逃到深不可测的时间里，看不见也摸不着，让亲人永远失去他。一旦如此，母亲怎么办？天下的老人经过千百年生活的磋磨，总结出了上岁数后过日子的三大法宝：老伴、老窖（存款）、老友。父母说不上有什么存款，退休前，父亲在矿山劳动服务公司当小职员，母亲很长时间没有工作，靠着父亲吃喝，过着离她的梦想相去十万八千里的简朴日子，直到过了四十岁，上级要求解决台属问题（邱家琪的二外公也是国民党军官，新中国成立前夕去了台湾），才把她安排在矿山医院里，做些铺床叠被的杂活儿，后来学了打针输液的技术，升格为护士。这样的人生天生就是与"存款"不搭界的。现在位于城北的这套房子，是邱家琪自己掏钱买的按揭房。这么多年来，母亲已经知道梦想毕竟只是梦想，现实的力量要强蛮得多，她学会了屈就，不是精神上的，而是物质上的。事实上，母亲从来就没在物质上有过任何索求，买件便宜的衣服，穿得发毛还舍不得丢，女儿称回的水果，她分明很想吃，却说："我不吃，你们吃。"在女儿的催促下，她勉强拿起一个梨子苹果什么的，也是老半天不敢下口，生怕把水果咬痛了。至于老友，母亲的老友都在川东北矿山，而现在居住的城市在川西，相距数百公里。

从那"三大法宝"来看，普天下的老人对儿女都是不抱希望的。他们为儿女付出了一生的心血，可要帮助自己度过晚年，走完最后的时光，正在人生路上艰苦打拼的儿女是办不到的。

但她邱家琪的母亲除了靠女儿，还能靠谁呢？

而家欣是靠不住的。姐妹俩从小受着母亲那样的教育，可她们身上没有半点矜持，恰恰相反，姐妹俩都很泼辣。邱家琪的泼辣体现在工作上，家欣的则长在嘴巴上。邱家琪当年没能考上大学，自己去读了电大，在矿山工会干了一段时间，就出来打工；家欣是师范大学毕业生，厌恶教书，就跑到机场应聘，做了安检员。她宁愿做安检员也不当教师。家欣本来就快言快语,加上成天待在嘈杂的环境里,干着单调而责任重大的事务,加上在婚姻问题上受了气,脾气火暴得不行,对母亲说话,老是夹枪带棒。比如母亲说不想吃水果,她就粗声大气地训斥:"喉咙都在动,还说不想吃,我最见不得装假的人!"母亲坚持不买新衣服,她就把母亲的旧衣服拿下楼扔进垃圾桶。有时候,她带着丈夫过来,刚扒拉下几口饭,突然趴到丈夫的肩头上,嗲声嗲气地说:"段定哪,想当初,我们好可怜哪,人家把我们关在门外不让进屋,我们就跪在门槛底下⋯⋯"说着说着,泪水咕噜噜地滚下来了。她说的"人家",指的就是母亲,弄得母亲老半天回不过气。

家欣口恶心善,邱家琪知道,母亲也知道,但就算你是菩萨心肠,口上太恶也让人吃不消。

母亲曾对邱家琪说过:"我跟你爸将来反正不跟家欣一起过。"

说这话的时候,父亲还没病,现在父亲病成这样,母亲对未来的恐惧感明显在增强,不愿意跟小女儿同住一屋的心思也更坚定了。矿上那套不值钱的老房,早就处理掉了,邱家琪想,母亲不跟家欣过,就只能跟我——不跟我过,让她去睡大街?

邱家琪又想,如果我结了婚,招一个与这个家庭原本没有任何牵连的陌生人进来,母亲有现在这么自在吗?那个人品性再好,也做不到像自己这样跟母亲贴心贴肺。

这么一想,邱家琪就决定不结婚了。她要这样陪母亲一辈子。

在这个秋天的夜晚,母女俩吃过饭,用豆浆机打了豆浆,用鼻饲管给病人喂下去,就双双坐在病人的床边,默然无语。过了好一阵,母亲把手放在病人头上,对女儿说:"家琪,我们再苦再累,也要让你爸多活些日子,有他这个人跟没他这个人,不一样。"

邱家琪说:"妈,我也是这样想的。"

又说:"妈,不管怎样,你都尽管放心。"

母亲流下了两行热泪。

母亲并没有麻木。

三

城北比较凌乱。邱家琪的家在那里,上班也在那里。对这座川西平原上的古城,有人这样概括它的格局:城东住怪人,城西住贵人,城南住富人,城北住穷人。正因为城北穷,商厦的租金相对便宜,一些商界的后起之秀就把根据地扎在这里。在城北的同善路上,到处都是这样的铺面和写字楼。因缺乏规划,楼层高高低低,墙体五颜六色,看上去特别地扎眼。邱家琪打工的地板砖代销公司——鸿运公司——就在这条路中段一幢大楼的第四层上。不大的几间办公室,分别是策划部、公关部、广告部、财务部,等等,十多个员工,除了邱家琪,都是二十出头的小仔小妹。

这里所有人都把邱家琪叫琪姐,包括大她几岁的总经理高勤孝在内。高勤孝这么叫她,既是亲切,也是尊重。公司本来不大,总经理之下没设副总经理,只设了部门经理。邱家琪是广告部经理。

在"酒香也要吆喝声"的时代,对广告部经理的任命,是相当考究的。邱家琪凭什么受到特别的青睐,她母亲叶玉景也感到疑惑。当初邱家琪来这家公司应聘的时候,高勤孝被她高挑的身材、漂亮的脸嘴儿、白净的肤色和不卑不亢的气质镇住了。那是真的镇住了。高勤孝见过世面,能一下子把他镇住的女子还真没遇到过。他的第一反应是,这女子大气!美丽而大气的女子,并不多。高勤孝说:"你想应聘哪个部门?"邱家琪说随便,你看我在哪个部门合适吧。接着,邱家琪就按招聘方的要求,掏出身份证给总经理看。高勤孝已经从心里定下她了,看她的身份证,很大程度上只是出于好奇,谁知这一看,却让他目光愣愣的。那时候,邱家琪已经三十一岁了。高勤孝说:"你为什么把年龄改大?是想早些退休吗?"邱家琪笑了笑,说高总开玩笑,哪个女子不希望自己永远十八。高勤孝说:"你……未必没看我们的招聘条件?我们只招二十五岁以下的。"邱家琪说我知道,我只是来试试。她显得那么从容淡定,一点儿也没把自己的年龄当回事。高勤孝说:"你觉得我会收你吗?"邱家琪说应该会吧,你不收我,就不会问这句话了。

按理,邱家琪应该去公关部,但高勤孝把她安排进了广告部。事实证明,高勤孝没用错人。在报纸上打广告,半版要五万元的,邱家琪往往三万五就讲下来了。这当中是有内幕的:半版五万元,报社也按五万元收,却返给经办者一大笔提成费。媒体间的广告大战,逼迫他们这样做。邱家琪却从不要提成费。她想,人家招你来,给了你工资,是让你认真办事的,不是让你来贪钱的。

高勤孝是在一次同学聚会上才了解到这一切。从一所中专学校毕业二十多年,同学之间没怎么联系过,更没见过面,这次有人串联,要本城的同学聚一聚,喝顿酒,谈谈生活。高勤孝个子不高,腰瘦得像女人,此外还有个显著特征:腿没什么毛病,可走路的时候,他脚下老是像垫了块石子儿。这纯粹是习惯。这习惯让大家一眼就把他认出来了。彼此通了信息,在座的一个报人叫起来:"啊,鸿运公司是你的?我见过你老婆!"高勤孝觉得奇怪,我老婆十多年来都在另一座城市开火锅店,我见她一年也没几回,你在哪里见过?他没把这话说出口,那同学却把凳子移到他身边来,说到邱家琪去他们报社做广告的事。同学老打老实地透露了他们那些所谓的内幕,然后说:"你老婆那次来,我还以为她是刚出来打工的,对行道上的规矩不懂,便一五一十地教她,谁知她说:'这是自己的公司呀……别麻烦了,半版我给你三万五,你也开给我三万五的发票吧。'"同学拍了拍高勤孝的肩,感叹说:"一看你老婆就是个能干的人。"接着添了一句:"你老婆真漂亮!"

高勤孝听后,说出去方便一下。

他去了洗手间,并没方便,只是开着水龙头,把水捧起来往脸上浇。

从那以后,邱家琪给高勤孝一种亲人般的感觉,员工把邱家琪叫琪姐,他也这么叫。

上电大时,邱家琪读的是中文,对工商管理不熟,凭她的好学和聪明,一般的还能应付,可要把事情做精细就不行了。知识上的欠缺就相当于身体上的一个伤口,你不医治它,它就在那里不收口。邱家琪觉得自己应该去学习 MBA。城里有所著名的财经大学,邱家琪想平时上班,周末去听课。只是收费太高了,她交不出那么多钱,思前想后,只好去找高勤孝借。高勤孝听她说明来意,很爽快地答应了,问她借多少,邱家琪说借一万元。高勤孝说好,我给你出个条子,你去财务部领钱就是。拧开笔帽,他又疑惑地抬起头问:"琪姐,我每个月给你三千元,干了这么久,一万元你也拿不出来?"邱家琪这才把自己父亲得病的事说了。那时候,父亲已病倒半年,正是花钱如流水的时候。高勤孝说:"你为什么不早告诉我?我借给你两万。"邱家琪说不,一万足够了。高勤孝想了想,说那就依你,差钱的时候随时跟我说。他把条子开好的时候,邱家琪也在写字台的另一边把借条写好了。她把借条递给高勤孝,高勤孝含糊地嗯了一声,放进了抽屉。

邱家琪怎么也没想到高勤孝会到她家里来看望她父亲。

那时候已是晚上九点左右,邱家琪和母亲已吃过饭,该为父亲所做的一切也都做了。母亲提了一下开水瓶,见有余水,就叫女儿先用这水洗脚睡觉。邱家琪把洗脚盆从卫生间拿过来,就听到敲门声。她以为是妹妹来了,趿着拖鞋,将盆子提在手里,过去开了门。

门外站着的是一对男女,男的是高勤孝,女人是谁,邱家琪从没见过。

邱家琪说:"高总……"

高勤孝压低声音:"事先没通知你,打搅你们没有?"

邱家琪说没有,哪里呢。接着回过头,对母亲说这是高总。

高勤孝的好,邱家琪自然也对母亲说起过,母亲连忙起身,请他们进屋。邱家琪这才发现自己还提着盆子,跑进卫生间放下了。高勤孝一直认为邱家琪是从不会激动的冰美人,可从她的表情和动作看,她现在真是很激动的。进屋后,高勤孝指着身边的女人介绍说,这是我爱人。女人跟她丈夫一般高矮,染成栗色的头发波浪般地泻到背部,长得不美,也不丑,脸上挂着笑。秋天已逝,外面飘着冬天的初雪,女人穿了件鲜红的羽绒服,这使她显得有些头重脚轻。高勤孝说他爱人姓刘,邱家琪就叫她刘姐,并且把住了刘姐的肩头。

几个人站着说话。高勤孝和他爱人说话时一直压着嗓子,因为他们知道,这屋子里并不只有母女俩,在屋里的某一个角落,还躺着一个病人。

说了几分钟话,高勤孝提出去病人床边看看,母亲叶玉景坚决地摇了摇头。

别人来探望,叶玉景都不让去看病人。一个唤不醒的人,脸上再干净,也会让人看后心里打战,时隔多日,那副与死亡靠得很近的容颜都会顶在别人心里。

叶玉景不希望丈夫给探视者留下这种不体面的印象。

按照她的价值标准,她就不应该嫁给这个名叫邱祥的男人。邱祥是农家子弟,家里穷得刮锅皮子——这是当地人的说法,意思是没有粮食吃,开饭时只能听到铁瓢刮锅皮的声音。高中毕业后,他去附近煤矿参工,当了下井工人。正是在这个时期,叶玉景跟邱祥结了婚。在旁人看来,她带着那么大的"成分",能嫁给一个贫农的儿子,一个掘进工,已经是天大的造化了。她自己也这么看,但那是理智上,从感情上,她是多么厌恶。她觉得自己的婚姻是被时代逼出来的。这种情感埋得很深,掘地三尺也挖不出来。

可是,她又不得不承认,邱祥这个掘进工,不仅在挖掘地道,也在挖掘她坚硬的信念。她以前被自己的信念遮蔽得漆黑一团,后来就能看见亮光了。这亮光她是陌生的,但的的确确为她带来了新鲜的气息。邱祥从来不让妻子看到自己刚从井下出来时的样子,都是在矿区公共澡堂把浑身上下清洗干净,才带着快乐的心情回家去。在矿山,丈夫下井妻子当家属的情况非常多,许多矿工由于劳累,由于长天白日见不到太阳,由于严重地缺乏安全感,也由于日子的窘迫,情绪十分暴躁,对妻子说话,每一句都像打炸雷,稍不顺心,还对妻子拳脚相加——邱祥从不这样。他知道妻子本来可以是另一种命运,因而体谅她,尊重她,爱惜她。他不说粗话,更不打人,不当班的时候,也不聚众赌博,而是弄来一把二胡学。几年之后,他的二胡就拉得相当好了,被人称为"邱二胡",矿上搞活动,都离不了这个邱二胡。正因为有了这一手,他才脱离井下,到了地面的服务公司,想看太阳的时候,能够站到檐下去看个够。

这么多年来,叶玉景一直隐瞒着,甚至也对她自己隐瞒着:其实她是爱丈夫的……

高勤孝善解人意,不再坚持去看病人,也不坐下,继续站着跟叶玉景说话。

这期间,他爱人把邱家琪拉到了一边。

邱家琪还没明白怎么回事,刘姐就拿出邱家琪给高勤孝写的那张借条,三两下撕碎了,说:"你对勤孝的帮助他都讲给我听了。这一万块钱,就当是我们来看你父亲送的。"

四

叶玉景说:"你老板真不错。"

邱家琪正在洗脚,没回答母亲。她在想那一万块钱的事对不对母亲说。

要是母亲知道了,决不会同意不还人家。母亲就是这么个人,哪怕借了别人一根针,也是要还的。邱家琪也想还,非常想,但她知道,坦然地受人之恩,同样是一种美德,更是一种勇气。最后她决定不告诉母亲,今后,一定要更加勤奋更加忠诚地工作,来报答高总经理。

"他好,他爱人也好……"母亲说,"未必你还不知道他爱人姓啥?"

邱家琪说以前不知道,他爱人在另一座城市开火锅店,之前没见过。

母亲低头沉吟,然后说:"他心细啊,不单独来,而是等爱人回来后一起来,免得惹人闲话。"

这也正是盘旋在邱家琪脑袋里的想法。自从高勤孝夫妇迈进屋,邱家琪就明白了这层意思。闪念之间,她对高勤孝充满了感激,可紧接着,神经就收缩了一下,像遭遇了意外的袭击。她抱住刘姐肩头的那个动作,如果刘姐上心,会感觉到那动作不仅来自手上,也不只是表示亲热。那时候的邱家琪就像一个溺水的人,需要找一块救生板。除高勤孝的爱人,谁都不能成为她的救生板。可这块板将她救上岸后,又死死压在她的背上!刘姐把她拉到一边撕毁那张借条时,她正心乱如麻,费了很大的力气,才明白了刘姐那么做的含义。她对刘姐什么也没说。

母亲的那句话,重新挑开了邱家琪疼痛的部位。

她突然来了火气,冲着母亲大声说:"莫名其妙!他是老板,我不过是他手下的打工妹,说白了,人家是人,我是供人使唤的,人跟他手里使唤的东西,会惹出什么闲话?"

她盯着母亲的眼睛,好像要母亲给出一个答复。而母亲完全没有心理准备,只傻痴痴地看着女儿涨得通红的脸。

地板上,因邱家琪说话时情不自禁地动了一下脚,很远的地方都溅着银亮的水珠。

"对不起。"母亲终于说。这句话像是自语,邱家琪没听见,她把白生生的脚提起来,用一块淡蓝色的毛巾擦。这时候,母亲帮她去把洗脚水倒了,又拿出拖把拖了地板。

邱家琪一直在擦她的脚,直到母亲进了卧室,她才停下来,也像才反应过来洗脚水已倒掉,地板已拖过。她在客厅站了片刻,进了自己的房间。

门一关,就是她独自的世界。别的一切,潮水一样退到了远方,只剩下伤痛。她衣服也没脱,倒在床上,捂住胸口,隔着厚厚的毛衣,也能感觉到那地方在燃烧。"这是怎么回事?难道我爱上了他?"她这样问自己。可就在今天晚上高勤孝来她家之前,她也没意识到自己爱上了高勤孝;如果只有高勤孝一个人来,她同样不会意识到,偏偏高勤孝把他爱人带来了。他爱人信任的目光里面,有意志的成分,也就是说,她不是情感上信任,而是理智上信任,不是对邱家琪的信任,而是对自己丈夫的信任。这种微妙的区别,把邱家琪沉睡着的东西唤醒了。

那沉睡着的,真是男女之间的感情吗?细细一想,又觉得不是。感情并非没有,邱家琪对精明强干又宽厚待人的高勤孝的确有好感,偶尔,她会产生这样的念头:要是找一个像高勤孝这样的丈夫,也算女人一生的福气。可这念头很快就会滑过去,像丝绸一样柔,也像丝绸一样轻。

如果邱家琪以前从来没有巴心巴肠地爱过人,她的心就不会这么敏感。邱家琪爱的那个人,并没跟她像通常意义上那样谈过恋爱,他们之间,连这方面的话题也没涉及过。

　　那是差不多十年前,邱家琪刚从川东北来这座城市打拼。那时候父母都还在矿山,妹妹虽已在郊外机场上班,可妹妹工作忙,又走马灯似的换男朋友,妹妹的世界里没有她的立锥之地,这里的大街、楼房乃至空气,都不跟她亲近,她感到孤单。幸好,川东北矿务局在这座城市设有办事处,办事处一个名叫桂东的工作人员,以前跟她在一个矿,彼此认识。有个周末,邱家琪实在无处可去,就去找桂东。桂东热情得不得了。他也寂寞。他老婆在矿务局没调过来,孩子也在那边读书。办事处最核心的任务,就是接待局里来的领导,平时他清闲得骨头都散了,巴不得有人来玩。邱家琪去的那天,桂东召集了办事处几个关系好的,在家里弄饭吃——他有一套四十平米的房子——由此,邱家琪又认识了更多的人,再往办事处走,理由似乎也更充分了。每次去,邱家琪都让桂东把那几个人叫上,彼此处得自然随和,从没人怀疑过她与桂东之间有什么不正当的事。

　　的确没有不正当的事。

　　在男女私情方面,邱家琪知道自己是迟钝的,只有真实的、点点滴滴的生活才会进入她的内心。而她现在恰恰过着这样的生活。几乎每个周末,她都到桂东那里去。桂东住的那幢楼,是几十年前的老房子,改建又轮不到,在新楼林立的办事处大院内,显得特别的促狭怪异,阴暗潮湿的楼道窄得只能容一人通过,要是两人相向而行,其中一人就得做出让步,缩在拐角处等候。桂东住在三楼,房间内建成时是什么样,现在还是什么样,地面是水泥的,墙面上黑一块花一块,就是这么个地方,让邱家琪觉得温暖、安全。去的时候多了,她总要产生一种错觉,以为这就是她的家。有段时间,她沉睡在这种错觉里一直没有醒。其实,她跟桂东基本上没有单独相处过,每次都是她去办公室找到桂东,再约上其他几个朋友,一起上桂东家打平伙。

有一天,邱家琪按照分配给她的事,去厨房切菜;桂东和另外两个人是洗菜的,早就完成了任务。邱家琪出来,炒菜的又进了厨房,大家只等饭熟。桂东说何必干等呢,玩扑克,然后就进他那狗窝似的卧室拿出一副扑克来。四人刚坐定,桂东又起了身,进屋翻箱倒柜一阵,出来后递给邱家琪一张创可贴。"贴上。"桂东说。邱家琪左手的食指上,有一丝隐隐的红印,那是在刀口上碰了一下,连皮也没破。邱家琪那一刻显得那么乖巧,接过创可贴,老老实实地贴在那个地方了。

在有些人手里,扑克是可以用来算命的。邱家琪也来给自己算命,每摸一张牌之前,她都跟自己打赌:"这张牌是方块!"如果真是方块,她就深深地感觉到命运的力量;如果不是,她会用尽自己全部的智慧来辩解,证明这不过是上帝对她的考验。总之,她爱上了他。他也爱她。

他是怎么爱她的,她已经感觉到,而这种感觉又强化了她对他的爱。

有时候她想,书上把爱情写得那么诡秘,其实,真正的爱情来得多么简单啊。

她又想,母亲对我抱着那么大的希望,谁知人家一张创可贴就把我"收买"了!

他们就这样,从不单独相处,聚会之前甚至也没打过电话。他们之间没有什么事,只让事情发生在心里。桂东的那间卧室,老是半掩着门,站在手板心那么大个客厅里,眼睛一斜,就能看到里面的情景。床底下,总有几双落满灰尘的鞋子;被盖从没叠过,可怜兮兮地蜷缩在墙角;铺在床上的垫毯,皱成一棱一棱的。对此,别人看上一眼,笑一笑,就了事了,而邱家琪禁不住常常偷偷地朝里张望,常常涌起要进去收拾一下的冲动。回到家里,洗澡的时候,她会对自己说,为什么我不可以去陪陪他呢……这种想法让她激动,也让她羞愧。这两种情绪在她内心激烈地打斗,最后战成平手,使她重新归于宁静,直到下一次争斗的来临。

一年过去了。某天夜里,邱家琪已经上床睡觉,电话铃突然响起。她没想到是桂东打来的。桂东说:"家琪,二妹要调过来了。"二妹姓何,家里排行老二,因此大家都叫她二妹,是桂东的老婆。邱家琪的手抖了一下,但她说话的语调就像平时那样冷静,她说好哇,二妹调过来,你儿子也就跟着过来了,在这边找学校读书,质量也可靠些。桂东说:"是啊,是这样。"邱家琪说这是好事,祝贺你,二妹过来后,别忘了通知我,我们约几个人给她接风。桂东说:"那是当然。"邱家琪问二妹什么时间来,桂东说:"她那边的手续都快办完了,一两天后就过来了。"邱家琪不知道说什么了。她真想桂东主动把电话挂断,免得让自己的感情露了馅儿,可桂东一直不放电话。对双方而言,这都是艰难的沉默。两人的住处,至少相隔十公里,但他们就像面对面,眼睛盯着眼睛,似乎在痛苦地较量着。桂东终于扛不住,又说话了:"家琪,你知道吗,给你打电话之前,我才烧了我这段时间写的日记。"说了这句,桂东如释重负,把电话挂了。

那天夜里,邱家琪再也没回床上去,她像被抛弃的猫,蜷在客厅的沙发上。

她没有写日记的习惯,她的日记都写在心里。纸上的日记可以烧掉,心里的日记呢?

黑暗之中,她流着泪叹息:"这之前,我为什么不把自己交给他呢?我在为谁守呢!"

高勤孝带着妻子来,使她想起了桂东那天夜里打来的电话,也唤醒了她的那声叹息。

五

父亲得病半年后,母亲就不再跟父亲睡一个房间了。邱家琪买的这套三居室,刚好够用。母亲从卧室移出来的时候,对邱家琪说:"你爸屋里经常要开空调,我受不住。"事实也真是这样,母亲只要在空调房里待上二十分钟,眼睛和鼻子都会发干,紧跟着是打喷嚏。

这事过了一个星期,家欣知道了,当着母亲的面,家欣说:"是呀,爸爸随时都可能走人,要是你在睡觉,爸爸却已经走了,半夜醒来摸到一个硬邦邦的身体,谁都会害怕。"母亲听后,脸都变紫了。家欣看到了母亲的脸色,可她就像没看到,接着说:"人活一辈子就这么没意思,快死的时候,亲人也嫌弃。"邱家琪不停地给家欣使眼色,家欣根本不把姐姐的眼色当回事。不过她也没再往下说,她想说的话都说完了。母亲咳了几声。与其说是咳嗽,不如说是情不自已地发出的哭腔。邱家琪以为母亲会跟家欣吵一架,但奇怪的是,母亲退坐到沙发上,一句话也没说。

叶玉景的心里蓄满了悲哀。她这个年龄的人,对死人已不再害怕,更说不上嫌弃!跟自己过了几十年的男人,怎么会嫌弃呢?可叶玉景也无法对自己说,我之所以搬出来,仅仅是因为害怕空调。

从这个意义上说,家欣并没冤枉她,也因此,她才感到悲哀……

与父亲分房后,母亲的卧室总是开着门。她要随时听父亲这边的动静。但高勤孝夫妇来的这天夜里,邱家琪凌晨三点起来上厕所,借窗外照进来的昏黄灯光,看到母亲的门却是关着的。邱家琪走过去,迟疑了很长时间,才握住了门把,一扭就开了。被子叠得方方正正,证明母亲根本没进来睡过。邱家琪退了出来,又走到父亲的屋外。门依然是关着的,依然是一扭就开了。

在父亲的床头,有个黑乎乎的人影。人影弓着脊背,在夜色中显得冰冷、坚硬。邱家琪进去,摸摸索索打开了床头灯。黑暗退去,母亲那张虽然美丽却被岁月磨损了的面容,特别地揪人魂魄。母亲坐在床沿上,只穿着一双塑料拖鞋!母亲只有一双毛拖鞋,昨天下午洗了,没干。在飘着雪花的冬夜里,她的脚一直放在塑料拖鞋里,好几个小时。

邱家琪缓缓地跪了下去,把母亲的两只脚抱起来,放在自己的胸口,低下脖颈,把脸贴住母亲的脚背。那是两块陈放在深涧里的冰。年轻人身体上的某个部位被冻着了,全身的血液都会朝那里汇集,帮助它渡过难关,因此,那被冻着的部位,虽是冰凉的,却红艳艳的给人生机。

而母亲的脚白如骨头。

母亲身上已没有多少血了,母亲老了。

"你是家琪还是家欣?"母亲问。

母亲的声音也像是冰做成的,浸人,也扎人。

邱家琪知道，母亲并没冷糊涂，她是太伤心了，她是伤心糊涂了。

自己对母亲发的那一通火，使母亲觉得，家琪和家欣都一样！

"对不起，"邱家琪说，"对不起妈妈，我不该那样对你说话。"

一串瀑布样的泪水，倾泻到母亲的脚背上。

屋子里发出轻微的、吱吱吱的声音。

那是热泪与冰块搏斗的声音，是冰块吃不住女儿滚烫的心，只好迫不得已融化的声音。

母亲伸出手，抱住女儿的头，深深地抱在怀里。女儿没哭出声，母亲却哭出声来。那是毫无顾忌的、放纵的哭声，像孩子一样的哭声。她不必担心闹着病床上的人，而今，那条沉睡在深水中的鱼，再也不会醒来了，也就是说，他再也不会在喉咙里弄出那种"吭吭吭"的声音了，他只是在呼吸着，在被迫地从鼻孔里"吃"进东西，再不由自主地排出废物。这样的生命还算不算生命？

邱家琪把母亲的脚放在床上，站起身来，对母亲说："妈不哭……妈乖啊，听话啊，不哭啊……"

她说话的腔调，就像给父亲擦澡时说话的腔调一模一样。

她心灵中最柔软的部分，无限地扩展开来，呈一片温润的大地。阳光斜射下来，把这片大地照得明明暗暗，生机勃勃。

这是母亲的胸怀。邱家琪觉得自己已经做过母亲了。

她做了父亲和母亲的母亲。

这似乎是上苍的旨意。人们来到世间，上苍给他们指引的道路是各不相同的。有的人只是躲到田野上去，看一看太阳，听一听鸟叫；有的人则畜生似的受苦；而有的人，就跟她邱家琪一样，是来做自己父亲和母亲的母亲。邱家琪觉得自己的这条路没什么不好。她甚至觉得非常好。

她原本已经拥有了那么多，何必再想婚姻的事呢？

可是，人生来就是要失去的。

那一天到来的时候，是第二年的春天。

夜里，母亲摇醒邱家琪："家琪你醒醒，你爸爸像是不行了！"

邱家琪那时候正在做梦。

梦里她还是个孩子，住在川东北矿山的平房里。

平房紧靠一条河，清溪河，听这名字，就知道它秀美而不张扬。

在邱家琪的记忆中，她在平房里过的日子永远都是夏天，永远都在傍晚，绚烂的晚霞垂天而下，像天上的另一条河，一条光河，当光河与清溪河相拥相抱，便激起一阵微风，使清溪河波光潋滟。吃罢晚饭，父亲就拿张独凳，坐到芳草萋萋的河沿去。"家琪，把二胡拿出来！"他这么高叫一声，满意地看着河水，摸摸自己的肚皮。邱家琪从斑驳的墙面上取下二胡，撒着脚丫奔向父亲。父亲接过二胡，抹了松香，又开始调弦。其间，邱家琪又跑回屋子，端来一张小凳，规规矩矩地坐在父亲面前。父亲早就说过，要教她学二胡，父亲说只有家琪才能学他的手艺，家欣不行，家欣太好动了，太好动的人很难侍候一门乐器。父亲把弦调好，就教她音阶。邱家琪觉得这并不难，很快掌握了。父亲又教她指法。邱家琪的指节修长，正是学乐器的好材料。然后，父亲教她拉曲子。她的所有音乐梦，就止步于拉曲子。父亲是一个完美主义者，这样的人当不了教师。他把二胡交给女儿，女儿刚刚拉出"杀鸡杀鸭"的声音，父亲就说："难听死了，还是我来吧！"于是他又把二胡收回去，拉他最喜欢的《梁祝》或者《江河水》。这样，邱家琪就由一个学徒沦落为听众。每次都如此。她无所谓，她喜欢听父亲的琴声，喜欢看父亲拉琴的样子。父亲是多么陶醉啊，他把身边的女儿、河水、晚霞和微风，全都变成了音乐……

母亲慌慌张张来叫她的时候，邱家琪正在梦里听父亲拉琴，父亲拉出的那一串柔指，使她心里发颤。

她被母亲摇醒，睁开眼睛，迷迷糊糊地说："妈，你也来听吗？"

母亲一把将她拉起来："傻女子，你在说啥呀，快过来看看你爸爸！"

她怔了一刹那，终于明白是怎么回事，外衣也没披，就去了父亲的房间。

灯亮着。父亲的样子与平时并没什么两样。但是，有一种更本质的东西改变了。

邱家琪靠近父亲的床头,弯了腰探他的鼻息,又把耳朵贴在父亲的喉咙处,接着麻利地掀开被子,又麻利地卷起父亲的睡衣,露出他苍白的上半身,把耳朵贴在他的心脏上。

父亲的身体,归于彻底的安静。

人们凭响声识别生命,响声消停,就是死亡了。

邱家琪走到客厅,站在座机旁边,愣了一会儿,又进了厨房,烧了一大锅水。

水烧热,她回到父亲的屋子,对瘫坐在床头的母亲说:"妈,我要给爸爸擦澡。"

母亲垂着头,没回答她。她把母亲架到客厅,再把客厅的灯打开。随后,她像父亲活着时一样,把房门关得紧紧的,再为他擦洗。父亲的身体还是温热的,肌肤也并没完全失去弹性,她的手在父亲的身体上游走,动作很快,比平时快了许多。擦洗完毕,父亲的四肢还能灵活地扳动,她弯着腰,弓着身子,把父亲的双手交叉叠放于腹部,觉得这样子似乎好看些。但她很快改变了主意,这姿势太像领导了,而父亲这辈子一天也没领导过别人。于是她又把父亲的双手举起来,举过头顶。刚刚摆放好,仿佛就听到父亲的抗议:"好家伙,你这是让我投降还是怎么的?"她的嘴角牵动了一下,她是在笑。笑还没展开,凄凉的阴影就把她的脸罩住了。

父亲从没向生活投降,可他却不得不向病魔和时间投降。

这坚硬的事实,让邱家琪觉得自己所做的一切是多么愚蠢。

最后,她把父亲的双手平放在身体两侧。这才是死人应该有的姿势。

做完这些,她才去给120打电话。医生来了,很快又走了。

曙光照临,照在医生开具的死亡证明书上。

直到这时候,木然无语的母亲才突然抓住邱家琪的手,痛哭失声地说:

"他到底走了,他整整折磨了我三年啊,那个不要天良的,他到底走了!"

六

家欣和她丈夫段定是上午九点左右过来的。那时候殡仪馆的车刚刚开进院子,家欣以为父亲的遗体已搬下来,号哭着往车上扑。站在一旁的运尸车司机说:"小姐,车上啥也没有。"死人见得多了,死人亲属的表演也见得多了,司机的脸上总是挂着嘲讽。家欣闻言,又往楼上跑。刚跑到二楼,搬尸工就下来了。他们一前一后,抬着一个软软的、仅容一人的床垫,那个名叫邱祥的人,老老实实地躺在床垫上,任人颠簸。家欣一把抓住床垫,再次号哭起来。那一声哭得太长,回不过气,她便捂着肚子,蹲了下去。趁这当口,搬尸工挤下楼去了。

他们的步子那么轻盈,根本不像抬着一个曾经有一百三十多斤重的人。

出了楼道,在阳光底下,死人的死相才鲜明起来,死人的瘦也才让人触目惊心。

楼底下没有一个亲人。母亲哭了那几声,便目光呆滞,不能动弹,邱家琪在家里安顿她,段定又在楼道里安慰妻子。家欣已昏迷过去。运尸车摁着喇叭催促。邱家琪那时候还不知道妹妹和妹夫已经到了,见母亲那副模样,不敢离开,又不得不离开。她跑到二楼的时候,看到了妹妹两口子。段定知道妻子不过是短暂性休克,对邱家琪说:"姐,你把她弄上楼,那边的事我去处理。"段定少言少语,但也说一不二,这种时候,他懂得一个男人——他是这家里唯一的男人——应该做什么。段定跑下楼去了,邱家琪蹲下身,一手抱住妹妹,一手掐她人中。不一会儿,家欣睁开了眼睛。她的哭声几乎就在睁眼的瞬间发出来。邱家琪太了解她这个妹妹了,妹妹可能做一些常人难以理解的事情,甚至在别人看来是十分矫情的事情,但在她的内心,并没有矫情,她是真诚的。她以前走马灯似的换男朋友,但并没玩弄感情,因为她对每一个人都付出了真心,当她投身于某个男人的怀抱时,仿佛跟他须臾也不能分离,后来分开了,她也不会长久地陷入痛苦,因为她还有那么多真情,她需要把这些真情送给另一个男人。她就是这么一个人。

邱家琪把妹妹扶起来,说妹妹,我们回家。

客厅至卧室的过道上,傍壁儿放了张小桌,桌上安放着邱祥的遗像。把父亲的照片拿去放大,邱家琪早就做了。家欣看着父亲的遗像,以及遗像前面的几支鱼蜡、几炷柏香,免不了又扑上去哭一场。母亲和邱家琪立在她身后,默默无言。母亲是不会再哭的,这三年来,每一个日夜是怎么熬过来的,她最有资格说话。邱家琪也不会哭,她早就认定自己做了父亲和母亲的母亲,现在父亲走了,还有母亲,肩上的责任,提醒她要挺住。面对不幸,痛哭一场谁都会,把腰杆挺直,那才是本事。但她宽容妹妹的哭,妹妹平时专心致志地照管自己的生活,来看父亲的时间很少,她对父亲的哀悼,也就只剩下哭了。

家欣哭够了,擦了擦红肿的眼睛,才突然反应过来一件事,以责备的口吻说:

"把遗像挂在这里干啥?为什么不去楼下布设灵堂?"

母亲和邱家琪对视了一眼,然后母亲说:"他是我的人,他的死活都是我的事,我不希望利用他的死,招一群人来他遗像前嗑瓜子打麻将,那太不成体统了!"

最近两三年来,小区里死了好几个人,有病死的老人,有摔下楼去的年轻人,也有意外溺水的孩子。不管谁死去,丧家都可以在小区的公共区域摆设灵堂。距此几公里外的北郊,有家殡仪馆,灵堂就是由他们来搭设的。到底是价钱便宜的住宅区,院子里没有一棵树,窄小得像条巷道,灵堂的白帐篷就搭在这巷道上,人进人出,需侧身而过。但没有人抱怨,大家心里都清楚,这是人人都会遭遇的事情。灵堂之内,挂着死者的遗像;灵堂内外,丧家设了若干桌凳,供前来悼念的亲友玩扑克、打麻将。他们玩得很高兴,没有什么悲痛的表情,死者蛮有兴致地"盯"着他们玩,似乎也想参与其中,只可惜活着的人们再无法懂得死者的心思了。

以往,不管家欣与母亲争论什么,几乎都是家欣取胜,可今天母亲的话是那么坚决,那么锋利,竟使家欣不敢开口。不过她太失望了。她是爱热闹的人,早上来之前,她还在想,当客人到来的时候,她应该以什么姿态出去迎接,应该以怎样的表情对客人说话,她决心尽最大努力使自己表现得体面些,让客人都知道,一辈子做小人物的邱祥,还有这么一个漂亮的、礼仪周全的女儿。

其实能有什么客人呢? 父母的老熟人,都在数百公里外的川东北,邱家琪的熟人在公司里,那是私人公司,她又是个打工的,比不得国营企业,也比不得正式职工,彼此间的联系,基本上限定在工作的层面上。家欣自己倒是有一大批熟人,但在自己熟人面前花工夫表现所谓的娴雅高贵,实在没那个必要,做得不好,还弄巧成拙。按道理,应该通知办事处,代表单位给前往该地休养的本单位亡人送一个花圈什么的,是各地办事处的职责,但邱家琪思前想后,还是觉得等到父亲火化那天再说,到时候他们愿意派个人来送行就来,不来也无所谓。

邱家琪说:"爸爸一辈子是个喜欢清净的人,走也让他走得清净。"

这么一来,三天时间里,家里都是冷冷清清的。电视没开,话也少说,大家在客厅坐累了,就去过道上看一看死者的遗像。这是死者好些年前的照片,穿着西装,打着领带,肩膀宽宽,显得人很壮实,脸上挂着与世无争的笑。要不是相框上缠着黑纱,你不相信他已经死了。你甚至都不相信他这么壮实的人会得病,还病得那么轻而易举,那么没有价值。他是蹲厕所时病倒的。他那天又拉了二胡,拉着拉着,觉得自己上厕所的时间到了,于是将二胡横放在餐桌上,往厕所里去。他有很严重的便秘,吃了满肚子药都不见效,医生便教他一招,说每天在一个相对固定的时间里,不管想不想排便,都去马桶上蹲一蹲。他谨遵医嘱,差不多两个来月都是那么干的。那天他蹲下去后,大概真觉得有那么点儿意思,就开始用力。他根本不知道自己身体上最脆弱的部分在哪里——这一用力,使他的脑血管破裂了! 他就这样不明不白地,由一个会拉琴的人变成了植物人。

家里冷清,殡仪馆倒还是像模像样的。段定的父亲很有钱,段定又是个舍得花钱的人,他给岳父租了个豪华间,面积宽敞,冰棺气派,鲜花环绕。鲜花一直摆到了门外。低回的哀乐声中,鲜花似乎无所适从,它们不明白的是,自己这活泼泼的生命,为什么老是被用来陪伴病人甚至死人?

火化那天,邱家琪通知了办事处。她不想惊动办事处领导,只通知了桂东。桂东向领导汇报了,领导顺水推舟,指派他做全权代表前往。桂东很早就到了邱家琪的家,对叶玉景说:"叶姨,悼词谁写的?"叶玉景和邱家琪姐妹都没想到还要致悼词,说没有写,平头百姓,有啥好写的。桂东郑重其事地说:"再是平头百姓,上路的时候也想听听活人怎样评价他。"桂东又说:"办事处派我来,就是让我念悼词的。"这当然是他的临场发挥,但听到这样的话,邱家琪母女却得到了莫大的安慰。段定开车来接他们去殡仪馆之前,桂东伏在邱祥的遗像前,龙飞凤舞地把悼词写好了。

追悼会在中午十二点举行。亲人们站成一排,听桂东念悼词。桂东的声音倒不像他身体那么单薄,显得很沉厚,很有磁性,悲痛的语调绵密悠长,可它却无法穿越邱家琪的心。桂东像是在给省级以上领导作悼词。邱家琪想,爸爸哪像他说的那样高大呀,爸爸就是一个农民,一个下井工人,一个矿山服务公司的小职员,一个喜欢拉二胡的人,一个把妻子当成宝贝来疼的人,一个把女儿当成朋友来爱的人。爸爸就这么简单。桂东说得太离谱了。桂东走不近死者,也远离了邱家琪。

邱家琪都不明白自己当初为什么会爱上他。

悼词念完了,亲人们绕棺一周。叶玉景本来说不再哭,可她还是哭了。她已打定主意不去火葬场——她承受不住那种压力,因此,这是她最后一次当着丈夫的面哭他。亲人们安抚了叶玉景并把她送走之后,又是那两个搬尸工,迈着一颠一颠的步子,将死者抬出来,放进了运尸车。

等着火化的人真多啊,高炉一刻不停地燃烧,邱祥的火化都排到下午四点钟去了。大家都没吃午饭,坐在包间里等候着。皮沙发已相当陈旧,不知道被多少个死者的亲人坐过,又有多少个为亲人送别的人走上了那条不归路。除了桂东在叽叽喳喳地说话——他想以此表明自己是见过世面的,在办事处也是有身份的——大家都沉默着,都在或明或暗地想着这些事,甚至想得更远,想到了某一天的自己……阳光明亮,可哪来这么大的风?围墙外的树木和高秆庄稼都静默着,围墙内却风声四起,蜡黄的纸钱在地上扑腾,烧化的黑灰在空中飞扬。

四点整,几个张皇失措的人被引进了遗体告别室。铁窗格里面,远远地过来一辆车,走得极其的缓慢,却给人逼迫的感觉,带着强蛮的力量和气势。窗口前的家欣发出了低低的声音,那不是从喉咙里发出的,而是从骨头里。仔细听,会听出她在呼喊爸爸。邱家琪也在喊爸爸,无声地喊。

车子终于到了窗口底下。火化师将一片窗帘卷成筒状,掖在旁边的铁条里,问:“谁是……”

邱家琪说:“我。”

火化师说:“好生辨认一下,这是不是你们的亲人。”

当然是。但看上去又不是。死者被化妆师仔细地化过妆,头发背梳着(邱祥生前从没这样梳过头发),搽了胭脂,涂了口红。特别是那张嘴,红艳艳的,使他的方口成了樱桃小嘴。它带给邱家琪的,不仅仅是陌生,还有震惊——所谓死亡,就是任随别人怎样给你化妆,你都无法反对。

得到肯定的回答后,火化师拿出一沓翠绿色的单子,让邱家琪签字。

这期间,家欣的呼喊声放开来,撕心裂肺地喊:“爸爸!爸爸!”

不知她哪来那么大的力气,把铁窗条都扳弯了。段定抱住她的腰,让她不至于倒下去。

该签字的地方都签了,邱家琪递还单子的时候,给了火化师一把二胡,让他把二胡跟父亲一同烧掉。她想象天堂里也有一条河,也有嫩绿的水草、柔软的河风和垂天而下的晚霞,每天,父亲都坐到河边拉琴……本来,她还想把自己给父亲买的那个躺椅也一同烧掉的,但那东西没法烧,既然这样,就留着好了。其实邱家琪从心底里也希望留着它,因为那不只是一把椅子,而是代表了她对父亲永远没病、永远活着的愿望。她把躺椅放在阳台上,天天擦拭……

火化师将二胡掖在死者身旁,说:“看最后一眼啊。”

话音刚落,他就摁动了某个按钮,死者连同他睡着的那个软软的床垫,发出"噗"的一声细响,蹦进了圆圆的炉口。

邱家琪眼前一黑。

就在这当口,高炉里正发生着神秘的蜕变。

一个人正变成一把灰。

这个正变成灰的男人,曾经在这个世界上兴兴头头地活过。

七

高勤孝知道邱家琪父亲的死讯,已经是好几个月之后了。这段时间,高勤孝跟平时很不一样,他来公司的时间少多了,他走进办公室,把紧要的事情处理之后,又匆匆忙忙地离开,像外面有比公司里更重要的事需要他去办。好在公司并没因此而受损,在邱家琪的带动下,大家都非常敬业,各项工作都在有条不紊地推进。

这天,高勤孝到办公室批了两份报告,签了几笔款子,没像往常那样急于离去,而是坐在旋转椅上发愣。愣了许久,站起身,打算去各个部门走走。

脚还没迈出门,他又回到椅子上,拿起电话,打到了广告部。

广告部就在他的斜对门。

他说琪姐呀,你过来一下。

那时候邱家琪正在电脑上忙,听到老板召唤,立即停下手里的工作。

蓝色的裙裾在走廊上被风捋了一下,邱家琪便已站到高勤孝跟前。

"你坐下。"高勤孝指了指写字台对面的椅子。

邱家琪说:"我正在制一张表格,把今年上半年的广告价位跟去年的比对一下。"

"不急这一时。"高勤孝说,"你坐下,我有事给你讲。"

邱家琪过去坐下了。

高勤孝用手掌抹桌面。桌面光洁如镜,不需要抹。

抹了老半天,他才问:"你父亲最近怎样?"

"他很好。"邱家琪说。

"很好是什么意思？"

邱家琪用左手握了握右手："我爸爸他……解脱了。"

高勤孝望着邱家琪的眼睛。

"他死了。"邱家琪把"解脱"两个字作了说明。

高勤孝的肩膀抽动了一下："对不起……什么时候的事？"

"春天，春天的事。"

高勤孝想起来，春季有几天，邱家琪请假，说有私事处理，看来就是处理她父亲的后事了。

"你为什么不告诉我？"

"我知道高总忙。"

高勤孝的确很忙，忙得晚上都睡不好觉。

"再忙，我也应该抽时间去看看他，可是……"

"你已经去过了，我跟我妈都很感激你。"

"感激……"高勤孝挥了挥手，然后把手放在脸颊上，停顿了很长时间，说，"你回去吧。"

邱家琪觉得，老板叫她过来，不像只是过问她的父亲。

她说："你不是有事给我讲吗？"

高勤孝扬起头，不看邱家琪的脸："我的意思是，你晚上有空吗？能一起吃晚饭吗？"

邱家琪的神经铮的一声，被拉得直直的。但她强迫自己镇定下来，以开玩笑的口吻说："能宰高总一下，当然求之不得啦！可是不行呢，我妈一个人在家，我要陪她吃饭。"

"是这样啊，"高勤孝想了想说，"过几天，我要去贵州谈一笔大宗生意，我想带个人去。说真心话，带别的人我不放心，我怕他们到时候帮不上忙，我就想带你去。本来打算晚上吃饭的时候再给你说这件事的……那算了，我一个人去就是。"

邱家琪的脸红了。她红脸是因为自己误解了高总的意思。

既然是工作,她就绝不能推辞。从高总结结巴巴的口气和凝重的表情看来,他把这笔生意看得很重。早就说要报答他,这时候不站出来,还要等到什么时候?她在财经大学的书早已经念完,接受了一些新的理念,加上跟媒体缠磨练出的嘴皮子,相信一定能派上用场。

她说:"高总你放心,我跟你去就是了。母亲那里没事,我还有个妹妹呢。"

高勤孝很高兴:"真是难为你了。好吧,就这样定了,今晚的饭局取消,你好好陪你母亲,出发前夕我再通知你。"

下班后,邱家琪早早地回家。

刚进家门,母亲就迎向她,急促地说:"我受不了,我真受不了他!"

邱家琪诧异地把屋子扫视了一圈:"妈,你说谁?"

"还有谁,你爸爸呀,你爸爸把我控制了!"

邱家琪战栗了一下。父亲去世这么久了,母亲还没从过去的生活中走出来,睡觉依然开着门,每隔一个小时,依然要起身去那间空屋子,弯着腰在床上摸。床上铺着父亲睡过的褥子,平平坦坦的,但母亲的手上下起伏,似乎摸着了一个立体的人,哪里是鼻子,哪里是嘴,哪里是额头,甚至哪里是凹陷下去的锁骨,她都能用指头准确地探测出来。有一次,母亲拿了把剪刀,在空席上方咔嚓咔嚓地修剪。邱家琪知道母亲是在给父亲理发。她冲进屋去说,妈,爸爸已经走了呀!她以为母亲糊涂了,可母亲一点儿也没糊涂,母亲说:"我知道。"母亲的声音出奇的冷静,带着穿胸透骨的清醒——这比她拿着剪刀比画还让邱家琪恐怖。

此刻,邱家琪抱住母亲的肩头,想起父亲去世那天母亲说的话:"他到底走了,他整整折磨我三年了啊,那个不要天良的,他到底走了!"至今邱家琪还无法完全理解母亲这句话的含义,只是觉得,父亲一走,母亲的孤单也越发入骨了。

她多么希望自己能一刻不离地陪伴母亲,但这显然是不可能的,她还欠着房债,以后还要生活,因此必须出去工作。只是,在自己跟高勤孝出差的日子里,真还得叫妹妹多过来看看。父亲火化后,家欣就没再来过了,她要上班,要哄孩子,要买时装,要参加朋友的派对,即便从郊外进城,也是去美女出没的步行街招摇,她总是那么忙。

这天,邱家琪去了机场,在妹妹上班的地方找到她说,家欣,我要出差去了。家欣肩膀一抬:"哦,去哪里?"邱家琪说去贵州。家欣脖子一扭,笑起来:"大老远跑来告诉我,我还以为要走出亚洲呢,差点儿把我羡慕死,结果是去贵州!"邱家琪也笑,说,我走后,你经常去看看妈。"妈怎么啦?"家欣很紧张。邱家琪说没怎么,就是孤单。家欣的脸色平静了,不当一回事了。在她那里,孤单本来就算不上什么事,结婚之前,她不停地恋爱,又不停地失恋,经历过的孤单还少吗?"你要走多久?"邱家琪说最多一个星期吧。"既然只有一个星期,妈的身体又好好的,你操什么心?我这里的忙乱你也是亲眼看见的,我哪里走得开?"言毕,家欣就要回到岗位上去。

邱家琪拦住了她:"别急,我还有个想法跟你商量。你把虎子给妈带好吗?身边有个孩子,她的日子会好过得多。你别担心虎子上学的事,我们那儿附近就有个很好的幼儿园。"

邱家琪没想到家欣回绝得那样坚决。"不——不——不!"家欣说。她说的时候并没挥手,连头也没动一下,但邱家琪感觉到妹妹厉害地挥着手,妹妹挥手时扇出的风,把她的脸都打痛了。"虎子的种不好,"家欣接着说,"妈不会喜欢他的。我不愿意把儿子送给一个不喜欢他的人带,我宁愿花钱请保姆。"邱家琪在妹妹面前站得笔直。她比妹妹高,但家欣的骨节比她大,且比她胖,因此,她站在妹妹面前,给人一种"小"的印象。她说,家欣,你还在跟妈见气?家欣说,我不是跟妈见气,我只不过爱说实话。邱家琪说,妈不是变了嘛,妈现在很喜欢段定,更喜欢虎子,你难道看不出来吗?家欣说:"那只是因为她寂寞,等她不寂寞的时候,你再看看!"

邱家琪依然笔直地站着。她第一次发现,妹妹的骨节长得那么宽大,身上的肉也长得那么多,一点儿也不好看。真的,一点儿也不好看。

"那就算了。"邱家琪说。

家欣却拉住她的衣袖。"姐!"她叫了一声姐,平时她很少叫姐,对邱家琪基本上都是直呼其名,"姐,我倒是觉得,你该多为自己想想。"

邱家琪把她的手拿开,走了。

回到家,见母亲木木地坐在沙发上。邱家琪走到沙发边,把坤包放下了。这时候,她是站在母亲的身后。母亲比父亲去世前胖些,不知是不是因为胖了的缘故,使她的背看上去有点驼。快沉下去的太阳辉煌壮丽,母亲仿佛背着那颗太阳,不堪重负。太阳很快下移,母亲的腰部以上,呈现出明显的阴影,散落在颈项的头发,灰白灰白的。邱家琪上前两步,把母亲的头发握在手里,又撒开五指,让发丝从指缝间滑落。她的指尖上,长久地留着干燥枯萎的感觉。

她说:"妈,你又想啥呢?"

母亲不回答。

邱家琪又抓起母亲的头发,动情地说:"妈,还有我呢……你别想东想西,还有我呢。"

然后,她去了厨房。

菜是母亲买的,有邱家琪喜欢吃的土豆。邱家琪用水果刀削皮。土豆皮没削掉多少,左手的食指却被削下了一块皮。那块皮白生生的,比芦花还白。邱家琪盯着它看了片刻,掐掉了。还没来得及将它弹出去,血水就浸出来了,好像食指不为挨了一刀伤心,却为那块被掐掉的皮伤心了。她在伤处吐了点儿唾沫,算是消毒。她想要是有张创可贴就好了,可她家里从来没准备过创可贴。创可贴在桂东那里。但桂东的创可贴不属于她了。桂东有一个二妹……在父亲的追悼会上,她曾经怪过桂东,现在想来是不对的,所有人都那么作悼词,你叫桂东怎么办?

饭做熟了,邱家琪盛好饭,把碗递到母亲的手里。

这时候母亲突然说:"你啥时候领个人回来呀?"

邱家琪差点儿流下泪来。从母亲的眼神看,好像她知道邱家琪去找过妹妹。

她是想抱外孙了,邱家琪想。母亲已经有一个外孙,但她没资格抱。

她是多么舍不得离开母亲啊,哪怕只离开一天!

但出发的日子说来就来了。

八

既然是出省谈生意,不坐飞机也该坐火车吧,但高勤孝别出心裁:自己开车去!他新换了一辆越野车,说要试试它的性能。

本来说是高勤孝和邱家琪两人去,但在公司楼下上车的时候,又来了个女子。这女子二十多岁年纪,邱家琪不认识。

车在市区绕来绕去,邱家琪的心也绕来绕去。她牵挂着母亲。出家门之前,她详详细细地给母亲交代:用高压锅要小心,烫了脚再上床睡觉,晚上把被单盖好……诸如此类。她本以为母亲会反对她外出——不是用言语,而是用沉默。但母亲没有沉默,母亲说:"你去吧,你老板好,能帮他就帮。"母亲的理解和支持,让邱家琪十分感动,离开母亲之后,也让她越发地牵挂。

然而,刚刚走出市区,她就轻松下来。

轻松得那样彻底,恨不得把身后的城市永远抛弃!

她独自坐在后排,可以尽情欣赏窗外的景色。上车时高勤孝让她坐副驾,她含笑拒绝了,说,我坐在副驾上,就禁不住要看路况,看得眼睛发酸,还看,我不想受那份罪。其实,她坐后排是不想多说话。如果跟高总坐一起,他要说话,难道你好意思不搭腔?别看高勤孝瘦,精神可好,一天半天地累下来,别人都吃不消,他还活蹦乱跳的。现在坐在副驾上的是那个陌生女子,高勤孝正跟她热烈地谈论一部刚刚上映就闹得热火朝天的电影,一部浪漫主义的爱情悲剧。

邱家琪想,自己幸好没坐副驾,因为她没有看过那部电影——她至少六年没进过电影院了——而听高勤孝的口气,他对那部电影不仅仅是欣赏,简直是着迷。

一路上都是云遮雾绕。这样的云雾邱家琪从没见过,它们悬在头顶,一会儿是宝石蓝,一会儿又变成淡紫。天与地拉得那样近,仿佛只隔着几层楼的距离。深黄色的太阳虽然月亮似的没有热力，也没有光焰，却让邱家琪能透过云层清清楚楚地看见它的面貌，连太阳的毛孔也看得见。车在高速路上飞奔，太阳在苍穹上飞奔，云雾在天地间飞奔，说不清是谁在追谁。邱家琪把头枕在椅背上，希望百事不想，可她心里堆积了太多的事情，想忘都忘不掉。那些事情早已不是种子，而是森林，把她遮蔽起来。她害怕自己陷入其中不能自拔，干脆垂下眼帘，听前面两个人说话。

　　他们还在说那部电影。那部电影是一根嚼不完的甘蔗。其大致情节跟前些年火过一把的《廊桥遗梦》类似，总之是一个中年男人爱上了一个中年女人，或者一个中年女人爱上了一个中年男人，反正都一样，他们都有家，有老婆或丈夫，但是他们相爱了，爱得很疯，也很执着，并因为爱而毁灭了。为此，他们成了话题，受到世上男女的艳羡和尊敬。邱家琪的内心抽搐了一下。她不知道是不是世间所有的爱都需要试验，如果是，她已经错过了最好的年华。

　　高勤孝问身边的女子："有男朋友没有？"

　　女子说有啊，接着说到男朋友对她的好：每次下班，男朋友都来接她；只要两人在一起，都是男朋友洗衣做饭。"可是，"女子说，"我最瞧不起他的，恰恰就是这些。"接着感叹一句："女人被那样爱一场，死了也值！"这不是说她男朋友了，而是说电影里的那个男人，好像她觉得，她男朋友那种爱不是爱，要像电影里那样爱才配称为爱。

　　邱家琪紧紧地咬住嘴唇。她想到了一个可怕的问题：母亲也是这样认为的吗？

　　车子厉害地颠簸了几下。出高速路了。二十分钟后，进入了一个古镇。到处都破破烂烂的，也说不上多少特色；没有特色，就用破烂来显其古。它是台湾艺人凌子风的故乡。凌子风故居里有棵黄桷树，先是栽在花盆里的，后将花盆胀破，但依然保持着盆栽的形状，根部外层没有泥土，顽强地延伸，都钻到人家屋里去了。那女子带着高勤孝和邱家琪进来逛了一圈，出去后请他们去自己家坐坐。邱家琪才知道女子就是这镇上的，搭了高勤孝的便车回来。高勤孝说不坐了，我们还要赶路。于是两人又上车。这次，邱家琪不好坐后排，主动坐到了副驾上。

好在高勤孝不再谈电影，而是跟她谈工作。

一座很不起眼的桥架在很不起眼的河流上。近晚的薄光里，只见桥面扑腾着昏黄的尘土。桥的这一面是四川，那一面就是贵州。高勤孝说："我们过了桥再停下休息。"

这是贵州的某县级市，虽属贵州，却跟四川的文化靠得更近，读报都是读《四川日报》。订好宾馆，把行李放下后，高勤孝带着邱家琪去了宾馆对面的一家酒楼。刚进去，经理就迎过来了。这家酒楼的经理跟高勤孝是老朋友。几人进入一个雅致的包间，经理要了瓶四川泸州产的国窖1573，那可是比茅台还贵许多的酒。邱家琪不喝酒，经理来给她敬酒的时候，高勤孝也特别为她开脱，说公司聚会，她都是滴酒不沾的。但那经理见了老朋友，非常高兴，激动得满脸通红——他脸上有许多疙瘩，容易充血——转到邱家琪面前，非要给她斟一杯，说喝，喝醉了我负责！

朋友这么豪气，高勤孝也不好多说什么了，只让邱家琪自己做主。

邱家琪并非没喝过酒，只是全跟父亲喝。她还是十来岁的小姑娘时，有天父亲很殷勤地递给她一双筷子，筷子尖湿淋淋的，父亲一本正经地说："那是蔗糖水。"她高高兴兴地把筷子伸进嘴里，结果辣得不停地咳，咳得眼泪直流。父亲则躲到一旁去笑，肚子都笑痛了。为这事，母亲对父亲只说了三个字："没教养！"母亲的神情是那样鄙夷，嘴角高高地翘上去。那时候，母亲一定想到了她的"种子理论"。父亲听了母亲的话，立即收住笑，很难为情地朝母亲咧了咧嘴，再过来安慰女儿。那时候她为什么不给父亲一个台阶呢？她越发夸张地咳嗽，越发夸张地抹眼泪，还煞有介事地哭起来了。父亲吓坏了，抱着她就往外跑。一华里外，是矿区医院。医生听后也笑，说没事的，喝点醋就好了。但医院里没有醋，医生便调了半杯浓浓的液体给她灌下去。那东西真难喝，涩涩的，比刚掉花蒂的李子还涩。老实说，喝了那东西她更加难受，但她耷拉着脑袋，装出好些的样子。她是以此表明父亲真的闯祸了。父亲背她回来的路上，一直都在道歉。

这事情过了好几年，有天母亲带着家欣回乡下老家，偷偷为邱家琪被枪毙的外公扫墓。父亲那天不知在单位遇到了什么不顺心的事情，回来后脸色阴沉沉的，吃过了饭，屋外有很好的晚霞、很好的河风，可他并没去河边拉二胡。天黑下来后，邱家琪出去了。在灯光球场旁边，有一长串出售各类卤肉的摊子，她用自己存起来的零花钱买了二两回来。那时候父亲在用门帘隔开的卧室里看报。她找出父亲余下的半瓶酒，在餐桌上摆好碗筷，拿出两个杯子，分别倒上，再喊父亲出来。

父亲诧异地看了看她，然后眼睛就发亮了，一大步跨到桌前，傍女儿坐下，声音颤抖地说："你也喝？"女儿说，怎么啦？我就不能喝？父亲二话不说，端上杯子，跟女儿碰了一下，满口干了，然后咻咻地喘气，对女儿说："你没训练过，你慢慢来。"父亲喝下好几杯，她也把一杯酒喝得差不多的时候，父亲才说："家琪呀，有时候，我真想这家里有个人陪我喝酒。家欣那女子虽然泼辣，可她骨子里追求精致，跟我不是一路人。我们两个才是一路人。可那年你尝了一下沾过酒的筷子，就难受成那样，我还以为自己没指望了呢，没想到你个家伙能喝！"说到这里，父亲嘻嘻地笑个不停。

邱家琪那时候就想：事实上，表面上快快乐乐的父亲是多么孤独啊。她觉得几年前的装模作样，很是对不起父亲，在往后的日子里，一有机会，她就偷偷陪父亲喝酒。每次收拾杯盘碗盏的时候，父亲都要交代一句："莫让你妈晓得了。"那时候，父亲的表情是复杂的，既有瞒住妻子干了"坏事"的愧疚，也有男人尊严受到伤害的暗怒。即便父亲不交代这一句，邱家琪也是知道的，想想吧，母亲心目中的淑女，连往夜壶里撒尿都不许弄出声响，还能喝酒吗！

邱家琪陪父亲喝的酒，都是当地产的土酒，散装货，最贵的，也不过两三块钱一斤，可今天这瓶国窖1573，好几百块！父亲没喝过这样的好酒，邱家琪怎么能喝？再说，没有父亲在旁边，闻不到父亲身上的气息，看不到他那张胖胖的、快乐的脸，邱家琪就觉得自己与酒无缘。

她本来就与酒无缘。酒就是她父亲，别的什么都不是。

但她知道，如果不喝下酒楼经理倒的这杯酒，就是既不给经理面子，也不给高总面子。

她脖子一扬，将那杯酒闷了下去。

九

夜里十点多他们才回宾馆。高勤孝跟邱家琪住的是隔壁，各自开门进屋的时候，邱家琪说："高总，你好生休息，你开了一整天车，肯定累坏了。我不会开车，路上又不能帮你。"

高勤孝说好的。

进了屋，洗了澡，高勤孝坐在沙发上看电视。电视真是个慈祥的东西，不管你走到哪一片陌生之地，里面那些熟悉的脸嘴儿和节目都能慰藉旅人的寂寞清苦。何况对高勤孝而言，这里并不陌生，虽然来的次数少，却有朋友在。更何况，在他的隔壁，住着邱家琪！他没把电视看下去，因为他把声音开得很小，实在听不清里面说些什么。他把声音的通道留出来，是想听隔壁的动静。

隔壁没有丝毫动静。

高勤孝走到电话机旁，看了看服务指南，之后把电话拨到隔壁去了。

邱家琪说："喂——"

这短短的一个字，却让高勤孝看到了邱家琪的样子。她一定是斜倚在床头接电话的。她的声音跟在公司里是多么不同，在公司里，她声音透明，在这里却蒙上了一层薄纱。

高勤孝说："琪姐，是我，你没事吧？"

"高总你是指什么事？"

"酒啊！没喝醉吧？"

"没，没有，高总你放心。"

高勤孝说："你个家伙，我没想到你能喝！"

类似的话，是谁对她说过？

——是父亲！

"见识了吧？"邱家琪说，"要是只有我们两个人，我还可以陪你多喝几杯,有外人在场,我还是淑女一点儿的好,免得丢你的脸哪。"

随后她笑起来,笑得很娇。这样的娇,高勤孝从没在她那里听过,也没在她那里见过。

高勤孝内里一热:"早知道这样,我就不通知他了。我们现在出去喝夜啤酒好吗?"

邱家琪想了想说:"明天一早要上路呢,算了吧高总。"

"那……好吧。琪姐晚安。"

放了电话,高勤孝躺到床上去,关了电视和床头灯,老老实实地睡觉。他的确很累了,刚闭上眼睛,脑子里就是一片退潮的闷响,他摊手摊脚,把自己平放在沙地上,让潮水任随自己的心意把他带走。然而闷响停息,潮水却并没把他带走,他也没躺在沙地上,而是躺在川黔交界处一张从没睡过的大床上。这张床不可谓不舒适,但它散发出的每一丝气息,跟他都是排斥的……为什么这么安静呢? 安静得让人心慌。生活在大城市的人,老是觉得烦躁、焦虑、紧张,梦想着某一天,能去偏僻的县城或小镇住上十天半月。高勤孝也是这样想,但真的来了,他却受不了偏远带来的安静。这是类同于荒凉的安静。他把床头灯打开,接着又把电视机打开。好多个频道都只有"再见"两个字,他才知道夜已深沉。在床上翻来覆去,就把时间打发了这么多。但高勤孝这次出来,不只是想打发时间的。他摸了摸脑袋背后的墙壁,墙壁是凉的。墙壁那边的人呢? 他尖着耳朵听,依然听不见什么,好像邱家琪跟他不是一墙之隔,而是相距十万八千里。

或许,真有十万八千里。

只要给隔壁打个电话,就能迅速把距离拉近。

高勤孝这样想着,伸了几次手,却没拿起床头柜上的听筒。

这么晚了,邱家琪肯定早就睡了。

其实邱家琪跟他一样,没有睡。路途中,她存心抛下一切,但高勤孝那句关于酒的话,又把她心中的父亲唤醒了。她沉到岁月深处去捡拾旧事,点点滴滴,绵延不绝。要是父亲还活着该有多好,哪怕以植物人的方式活着! 那样她就可以去父亲面前撒娇,可以天天给他擦澡。

父亲死后，邱家琪依然给父亲擦澡，但不是擦父亲的身体，而是一个陶瓷骨灰盒。母女俩早就说好，父亲火化后，把骨灰盒带到川东北矿山入土。在矿山的日子，是父亲最快乐的日子。照这个地方的风俗，骨灰盒要在殡仪馆存放一年再下葬，但邱家琪只让父亲的骨灰盒在殡仪馆待了半年就取回来，放进了自己的卧室。为了不让母亲知道，她把骨灰盒锁在抽屉里——虽然母亲天天往那间空屋子跑若干次，但一谈到有关父亲的话题，母亲就害怕，害怕得瘫在那里——每天下班后，她都进去看一看，睡觉前，都把骨灰盒抱在怀里，细心擦拭。她擦骨灰盒也像给父亲擦澡一样用热水，她把热水端进屋，将帕子拧干，再迎风抖一抖，使它不至于太烫。

一切都做得有模有样。

只是，当初作为植物人的父亲，身体是热的，而骨灰盒却是冰凉的。

变了形态和温度的父亲，还是她的父亲吗？

邱家琪正在迷惑，电话铃突然炸响，吓得她毛骨生寒。

"琪姐呀，早就睡了吧？"

"哦，高总啊，吓死我了！嗯，睡了。"

"真不好意思，又把你闹醒。"

"还想喝酒？"

"不，不喝了，这么晚，又在这么个鬼地方，想喝酒怕也找不到地方了。我想跟你聊聊。"

"……是吗？"

"我不过你那边去，你也不到我这边来，我们就在电话里聊。"

这倒挺有意思。邱家琪把枕头靠在床板上，枕得高了一些。

高勤孝问："你在听吗？"

"听啊，我不是正在听吗？"

于是高勤孝就聊开了。

他聊的是自己的家事，是他跟他爱人的事！

他跟爱人已分居十多年了。他爱人太好强，以前两口子在同一座城市开火锅店，店名叫"燕生火锅"，燕生就是他爱人的名字，对内管理，对外联络,都是刘燕生的事,高勤孝几乎成了看客。高勤孝说,你主内,我主外,这样也省得你那么累。但刘燕生不同意,因为燕生火锅已开出名气,好多城市的火锅店都想借他们的名号,名号怎么卖,怎样跟踪管理,是一摊子相当复杂的事务,如果不亲自出马,她就放不下心。这极大地伤了高勤孝的自尊。

但他终于下决心走出爱人的阴影,是因为这样两件事情:"燕生火锅"这个招牌,是初创时由高勤孝自己写上去的,而今事业做大了,高勤孝的那几个字显得很不般配,刘燕生想请书法家重写。高勤孝认为这意见很好,他也对自己的字不满意,于是跟一个熟悉的书法家联系,那书法家满口答应了,第二天就让高勤孝去拿。字相当好,隶变体,有几分怪异,骨子里却是庄重。高勤孝付了钱,乐颠颠地拿回来,谁知刘燕生相当冒火,并且当场决定不要这字。她并非嫌字不好,而是因为这件事不是由她去做的。紧接着,刘燕生想找人写一篇《燕生火锅赋》——给自己的生意作赋,是一种时髦。高勤孝又自作主张(他只能这样抢事做,否则就沦落为彻头彻尾的多余人了),去请了一个教古文的大学教授写。结果刘燕生又不满意,还是要亲自请人!

就在那天,高勤孝对妻子说:"燕生,我们离了吧。"

刘燕生不让高勤孝插手火锅店的事,并不证明不爱他,更不是想离婚。

听了丈夫的话,她傻了。

她问为什么。

"因为我配不上你。"

刘燕生哭了,哭了好几天,并且坚决不同意离婚。

高勤孝说:"不离也行,但我必须走。"

"去哪里?"

高勤孝就说了他现在生活的城市。

刘燕生说好啊,我们在那边还没有分店,你去开家分店。

而高勤孝告诉她,他这辈子绝不开火锅店,至于他想干什么,用不着她管。

那之后一个星期，他就带着不多的底金过来了……

听了高勤孝的倾诉，邱家琪老半天说不出话。她想起高勤孝和刘姐一同去她家的那个夜晚，两人显得那么和谐，像心跳的频率都是一致的，谁知……每个人的内心都深不可测，她邱家琪给父母当了几十年的女儿，可是她并没有彻底理解母亲，也没能彻底理解父亲。在父亲的情感深处，对母亲究竟是一个什么样的态度？他面对母亲时那既卑微又愠怒的神情背后，究竟隐藏着怎样的灵魂？母亲为什么一辈子都只看到了父亲的卑微而看不到他的愠怒？人与人之间，究竟从多大程度上可以走进同一片阳光？她又想起那天夜里刘姐的眼神，她以为那眼神里充满了对高勤孝的信任，可现在她明白，那并非信任，而是她依然满怀掌控丈夫的信心。

高勤孝说："琪姐，你在听吗？"

"嗯，我在听。"

于是高勤孝又接着说下去。

这下不只是说他跟他爱人，还说到邱家琪。邱家琪的漂亮和大气，邱家琪对他事业的支持，他都给刘燕生讲了。讲过不久，刘燕生来了，走进高勤孝的公司，要见一见让丈夫如此着迷的美人和能人。可惜那天邱家琪外出办事去了，刘燕生没能在公司见到她。但刘燕生见到了放在丈夫抽屉里的那张借条，问怎么回事，高勤孝说了原委。刘燕生说："既然她是你的得力助手，她父亲病得那么重，你也不去看看？"这倒提醒了高勤孝。十多年来，他第一次觉得妻子终于说了一句动听的话。

当天晚上，两人去了邱家琪的家。

但高勤孝绝然不知刘燕生带着那张借条，还当着邱家琪的面撕了。

虽然，借钱的时候他就没打算让邱家琪还——他把那张借条已经忘记了，不知道刘燕生是怎么翻箱倒柜地找出来的——但他绝不会当着邱家琪的面撕掉借条。更何况是由刘燕生来撕掉！

"她伤害了我，也伤害了你。"高勤孝说。

接着他又说:"我不允许她伤害你。"

邱家琪感到皮肤发紧。她就像刚推出来的凉粉,正被放到露台上去吹风。

"高总,"她有气无力地说,"刘姐没有伤害我,你不要多心。她真的没有伤害我。"

高勤孝叹息一声:"这几个月,我都在跟她谈离婚的事,可是她紧紧拽住我不放。她捏我捏成了习惯,把我捏在手里,能够满足她控制人的欲望。"

十

原以为一个星期就可以回去,结果他们到了第九天还在贵州北部山区转悠。从出来的第三天邱家琪就知道,高勤孝根本不是来谈什么生意的,而是带她旅游、散心。住在凌子风故乡的那个女子,需要回家是事实,但高勤孝也是顺便利用她打了掩护,否则他怎么不把车开到邱家琪的家门口接她,而是让她去公司楼下跟那女子一同上车呢?

路况不好,车子颠簸,特别容易让人疲倦。邱家琪往往跟高勤孝说着说着话,就小睡过去了。

其实也睡不着。似睡非睡当中,邱家琪记起有天下午,她坐在办公室跟手下小向说话,突然收到一条短信,号码很陌生,留言却十分古怪:"下班后你能晚走一会儿吗?我有话对你说。"邱家琪没理,继续跟小向说话。直到小向按她的吩咐出门办事去了,她才又想起那条短信。那一定是有人恶搞。邱家琪经常收到恶搞的短信,最好笑的一条这样说:"今天,省委书记要来见你,被我拦在大门外,省委书记哭了,说我崇拜她啊,我马上就要调到北京去了,你好歹让我走之前见她一面吧。"真没意思。这时候,邱家琪拿出手机,把短信删掉了,打开电脑,先看了一些网上新闻,再清理她的文件夹。不知过了多久,电话响了,是小向打来的。小向说,琪姐,事情办好了,我可以不回办公室吗?邱家琪看了看表,还差几分钟就该下班,她说行啊,你别回来了。

挂了电话,她的心却一漾一漾的,像下面有把火在烧,水并没沸腾,但已冒出不安分的泡泡。

她再次想起了那条短信。

走廊上,次第传来关门的声音、彼此道再见的声音,以及渐行渐远的脚步声。邱家琪的事情也干完了,她可以关掉电脑离开,但她偏偏没有。她比任何时候都更认真地盯着显示屏,好像有一件十分紧迫又十分重要的事情等着她完成似的。她的嘴唇轻轻地嚅动着,像是在跟自己说话。

她说的是:"反正又没伤害我,等一等又怎样呢!"

当走廊上清风雅静,根本不可能有谁会在这个时候来找她,她才感到有些悲凉。她可怜自己!她恼怒地移动鼠标,一个页面接一个页面地关闭着。电脑的运行跟不上她的速度,吱吱地嘶叫着,困顿地挣扎着。好像过了一年半载,显示屏才终于黑下来,电脑里丰富无比的内容,削减为零……

那一次,她没能等到"有话对你说"的人;这一次,在她毫无思想准备的情况下,却被带离母亲,带离那座城市,来到这做梦都没来过的地方。

到处是河。从悬于半山的公路俯瞰下去,那不是河,而是深涧,水流说不上急,但蓝幽幽的,清冽冽的,给人寒气丛生之感。无处不在的喀斯特地貌,使河流与大山都有了年岁,有了生命的厚度。某些地段,车行许久都只见如烟的竹海。滚动的车轮,分明是在把竹海一段段截开,抛在后面,而邱家琪却觉得竹海是在对她耍手腕,它们从另一条道跑到前面去了,使脚下的路变得没有穷尽。

高勤孝究竟是怎么打算的? 难道就这么无休无止地走下去吗?

这天,邱家琪到底问他了:"高总,啥时候回去呀?"

高勤孝盯着前方,小心地转动方向盘,说:"想母亲了?"

她老实承认。其实不只是想母亲。

高勤孝说:"明天吧,明天我们就往回赶。"

当天夜里,他们宿在遵义城。到遵义城的时候,天近黄昏,他们去凤凰山下找了家宾馆，放了行李，洗了澡，便出去找地方吃饭。往天吃饭，高勤孝都带邱家琪去当地最高档的酒楼，虽然坐在包间里，可后面站着个服务生，反而显得拘谨。邱家琪是在矿山长大的，母亲殚精竭虑教给她的那些礼仪，讲给她听的那些雅致生活，只是一个漂亮而不中用的外壳，并没深入她的血液。从骨子里，她喜欢矿山似的粗犷和简单。那是父亲的风格。

她说："高总，找家小酒馆吧，现在酒楼多了，小酒馆少了，倒衬得小酒馆更有情调。"

她又说："一直都说好好陪你喝顿酒，可这些天赶路，没大喝。既然明天就回去了，可以放松一下，稍稍走晚一点儿。"

高勤孝看着邱家琪笑，说，好，我听琪姐的！

从红旗路转下去，进入一条不知名的小巷，看到"李大姐臭豆腐"的招牌。遵义城的臭豆腐很有名，他们早已闻知，加上"李大姐臭豆腐"店桌椅齐整，地板干净，人又不多，高勤孝便走进去问："你们只卖臭豆腐吗？"一个略微显胖的中年妇人——不知是不是"李大姐"——热情地说："羊肉粉、炒腰花、炖蹄髈、卤毛肚、辣肥牛，都有！"邱家琪一听，满口生津，跟进去说："就在这里吃吧。"高勤孝又问："有酒没有？"妇人把高勤孝的目光引向曲尺形的老旧柜台，柜台里排列着十来种酒，有贵州产的，也有外地产的，最昂贵的也不超过十元一瓶。高勤孝有些为难。他已记不清自己有多少年没喝过这样的酒了，在他的世界里，不是茅台、五粮液，就是英、法或意大利产的洋酒。他为难的并不是怕自己入不了口，而是觉得，把邱家琪带到这么简便的饭馆，又请她喝这么便宜的酒，心下不安。他不知道邱家琪那时候正在掂量：父亲在矿上的时候，都是打两三块钱一斤的散装白酒，喝超过五块钱的瓶装酒，还是他得病前几年的事。邱家琪曾经给父亲买过一瓶好酒，是四川产的红花郎，一百多块一瓶，结果父亲根本不感兴趣。不是舍不得喝，而是真的不感兴趣。他对女儿说："这酒劲道不行。"又摇了摇几块钱一瓶的白酒说："这酒才跟我贴心，喝起来踏实。"

高勤孝正在犹豫的时候，邱家琪已站到柜台前把酒选好了。

是父亲喜欢的小瓶装二锅头。

她要了两瓶。

高勤孝又笑,笑得特别单纯。

两人坐到傍壁的角落里去。桌面窄小,虽是坐在两边,可腰稍稍一弯,就把头碰上了。顾客陆续到来,多数都是外地来旅游的人,都是冲着有名的臭豆腐来的。高勤孝他们也要了一碟臭豆腐,邱家琪尝了尝,吃起来并不臭,可那味道实在不敢咀嚼,然而,这正是她心里的味道,厚实有力,又说不清道不明。顾客们小声地说着话,邱家琪和高勤孝也小声地说着话,每句话都像酒一样入心入骨。陌生的城市,陌生的小巷,陌生的饭馆,却让邱家琪找到了家——父亲活着时的家。

他们一共喝了三瓶酒,加起来接近八两。这算不上什么,邱家琪并没有醉,只是有些恍惚。

出店门的时候,高勤孝搂住了她的腰。

邱家琪的腰闪了一下。

但慢慢地,她让自己平静了。

她就让高勤孝那么搂着。

她在心里呼喊着一个人,也呼喊着一个埋藏得很深的意念。

那个人是桂东(她似乎这才发现,桂东跟高勤孝长得有些像,也是那么瘦,那么细的腰)。

那个意念是:我为什么不给他呢? 我还在为谁守呢?

高勤孝说:"我们去看场电影好吗?"

电影? 邱家琪脑海里电光一闪,忆起出发的路上高勤孝跟那古镇女子热烈谈论的那部影片。

"不……不了……就这么走走不是挺好的吗?"

是的,挺好。以前,邱家琪只知道遵义是座历史名城,不知道它有这么美,街道整洁,微风习习,天气凉爽。然而,两人却不知道说什么话,只听见还不太习惯也不太协调的脚步声。

放在邱家琪腰间的那只手,改变了他们的关系,也堵住了他们的嘴。

高勤孝比邱家琪还略矮一点,只要邱家琪侧一侧脸,就能看清高勤孝的表情。但她不敢看。

两人回到宾馆,才刚九点多。

各回各的屋。不管在哪里住宿,两人都是开相邻的房间。

子夜来临的时候,邱家琪去揿响了高勤孝的门铃。

高勤孝迅速把门打开。他仿佛知道有这样的时刻。这么多天来,他都在等待这一时刻。

邱家琪伏在床上哭。哭声压抑,却肝肠寸断。

高勤孝很内疚,不敢再去碰她的身体,只说:"家琪……"

邱家琪打断他:"你别管我,我爸爸死了,我从没好好地哭过,你让我今天晚上好好地哭一场!"

宾馆后面的凤凰山,风声四起,木叶乱鸣。

十一

邱家琪从高勤孝的鸿运公司辞了职。

两人回到城里,是下午三点多,高勤孝对她说:"你累了,休息一天再来上班。"他要把邱家琪送到家门口,但邱家琪拒绝了,说先去公司。她的话很简短。从遵义出发,她跟他说话都是这么简短。高勤孝把车开到公司,两人去了各自的办公室。不一会儿,邱家琪到高勤孝这边来,手里拿着一份辞职报告。高勤孝把报告接过去,手直抖。邱家琪说:"高总,我辞职不是因为你,是因为我自己。"的确是因为她自己。她觉得羞愧。她既对不起刘姐,也对不起母亲。把母亲撂在家里这么长时间,说是出去谈生意,结果干了什么呢?母亲从小就教育她,别像普通矿山女那样把男女关系看得太随便,可她不仅随便了,还是跟有妇之夫,而且归结起来,还是她主动的!高勤孝虽然带她旅游,虽然搂过她的腰,但那种话他从没说出口。难道她是打定主意要嫁给高勤孝?那绝不可能。刘姐还是他妻子,并正在为继续做他的妻子挣扎和痛苦,她不能乘人之危。

她从高勤孝和刘姐的关系里,还看到了父母的关系。如果,当初也有那么一个女人,一个不像母亲那样小看父亲的女人,父亲也接纳了她,母亲怎么办?

进屋叫母亲的时候,邱家琪也带着哭腔。

母亲却没能听出女儿的哭腔,女儿进屋后,她马上去准备晚饭。邱家琪睡一觉起来,饭已做熟,母亲把饭添上,再把菜一样接一样端上桌。以前,母亲做饭总舍不得弄菜,常常是放一袋泡菜,再烧个汤什么的就行了;可是今天,母亲却弄了五个菜。

母亲是在为我接风,邱家琪想。她的愧疚之心越发浓烈。

然而,接下来的几天,母亲都是这样做菜。母亲心里有一把皮尺,能精确地丈量女儿的脚步,如果某一天邱家琪提早回家,即便没打电话,母亲也能感应到,及时把饭弄熟,且很丰盛。邱家琪开门进屋,母亲必从沙发上站起来,拢一拢头发——在邱家琪的记忆里,母亲从没编过辫子,哪怕在全中国女人都编辫子的年代,她也让头发随意地披散着——对女儿说:"洗手,洗了手吃饭。"

对母亲的勤于做饭,还改掉奉行了一辈子的节俭信条,邱家琪的理解是:母亲是用这样的方式排解寂寞。父亲在世的时候,尽管是个植物人,但母亲可以挖掘他们几十年共同生活的经历,在父亲僵化的身体上找到默契,有什么想法,就告诉他,她也想象他听懂了自己的话,他该怎么回答,她也在心底里帮他做了,下一句该怎么接,她一清二楚,这样,彼此就能把"谈话"推动下去。父亲去世后的一段时间里,母亲往父亲屋里跑,嘴里也是叽叽咕咕的。可是现在,邱家琪发现母亲已经不再去那间空屋子了,更不会拿着剪刀去为那个根本就不存在的人理发了,她似乎意识到,那个跟她生活了几十年的人,化成了另一种物质,他的灵魂,已经飞升或者沉没,总之与她没有任何关系了,她叽叽咕咕说出的话,也没有任何意义了。而邱家琪在家的时间比以前更少(她在寻找新东家),母亲有了话,不知道向谁说去。

想到这些,邱家琪总是不停地给母亲夹菜,还把一整个白天的见闻讲给母亲听。

然而母亲心不在焉。她的心不在那里。

邱家琪不懂母亲的心,在母亲面前就表现得更加小心翼翼。或许正是因为这份小心,她感到特别累。那份累已经不只在骨头里,还外溢到了皮肤,把皮肤浸透了,泡肿了,让她说不出累在哪里,却什么也不想做,甚至站起来就不知道坐下去,坐下去就不想站起来。父亲病着的时候,她也没这么累过。她真希望家欣周末过来走走。但是家欣根本没打算过来。她并没忘记自己还有个母亲,有个姐姐,只是母亲和姐姐都仅仅存在于她遥远的生命中,与她具体而微的生活没有关系。某一个时刻,她会想起她们来,会神秘地觉得某种丰盈或沮丧,仅此而已。

家欣不愿过来,让母亲去她那里行不行?有一次邱家琪试探着对母亲说:"妈,你成天窝在屋里也烦,去家欣那里看看吧,坐88路,直接就到了机场,不想坐公交车,坐出租也行,或者干脆我叫段定开车过来接你。"母亲听后,淡然地说:"我不去麻烦人家。"

那时候,邱家琪非常失望。

母亲又说:"我宁愿待在自己家里。"

这就是说,母亲把大女儿的家才当成家。

邱家琪为自己对母亲那份不光彩的心思感到羞愧:母亲本来就是我的,我要把她往哪里赶呢!

其实她想偏了。现在的母亲,并不如邱家琪想象的那样需要她。在邱家琪离开的那些天,母亲变了,不是变得更寂寞,而是变得更快乐了。她不仅舍得花钱买菜,还舍得花钱打扮了。

有天吃晚饭的时候,她对女儿说:"家琪,我想买双鞋。"

母亲主动提出买穿的,让邱家琪高兴得不得了,她说,妈,我明天就给你买一双回来!

母亲却说:"我想今晚上自己去买。"

"好,我陪你去。"

邱家琪万万没想到,母亲是要一双高跟鞋。当然不是十厘米那么高的跟,而是半高跟。

且只要一种颜色:白色。

母女俩在离家不远的服装街上寻找,找了十多家,试了不下二十双鞋,母亲都不满意。邱家琪说:"妈,我们去映花街,那条街上的服装很时尚。"听到"时尚"这个词,母亲有些别扭,但她也没反对。映花街离家远,邱家琪招了辆出租车。在映花街又花去将近一个小时,母亲终于找到了中意的鞋子。她穿在脚上,走了几步,反反复复地审视。邱家琪说:"妈,就这双吧,很好看!"的确好看。母亲也觉得好看。但母亲心里想着另一个人:他会觉得好看吗?

这个"他",是川东北那家矿山的一个退休职工,姓徐,跟邱家琪的父亲邱祥做过十多年同事。两年前,他来这座城市跟儿子同住,只是和邱家琪母女没有联系。邱家琪跟高勤孝去贵州的第四天,桂东给邱家琪打手机,不知道那时候邱家琪是把手机关上了,还是正行进在某段没有信号的山区,总之没接到桂东的电话,于是桂东又把电话打到家里。叶玉景接了。桂东要找的人就是叶玉景。近些年来,矿上的退休老人来这座城市居住的,已有好几十位,办事处想把他们组织起来,在城里找个地方搞一次联谊活动。邱家琪在烟雨蒙蒙的竹海里穿行时,母亲去参加活动了。去的是一个公园,这公园很古老,早在现代作家李劼人的小说中,就能见到它的影子。几十位老人坐在树下喝茶,斑鸠竟从树上下来,昂着脖子,在他们脚边踱步。老人们在一起,大多是回忆,回忆旧的人、旧的事,且仿佛有了默契,只说那些令人高兴的人和事。早被时光埋葬、在叶玉景那里已经死亡了的过去,被呼唤出来,也把她生命中的活力激发出来。她跟着别人笑。好几年来,她第一次这么笑。阳光穿越树叶间的缝隙,斑斑点点地落在茶桌上,鸟爪似的蹦来蹦去。

生活原本是多么新奇,多么美好。生活并没有死。生活从来就没有死过。

就是在那次聚会上,叶玉景见到了老徐。

叶玉景问了一声:"静秋怎么没来?"

静秋是老徐的老婆。老徐当时没回话,同时也没问邱祥。邱祥成了植物人的消息,早在同事间广为流传,而且老徐几天前就听说邱祥去世了。聚会快结束的时候,他要了叶玉景的电话。

当天傍晚,他就把电话打来了。他说静秋两年前就"走了",得的是心脏病,拖了将近四年。正是因为她走了,他才过来跟儿子住的。

两人在电话里说了一个多钟头。电话挂断后,叶玉景感到嘴皮发干,起身去喝了一大杯水。她知道,自己的话比对方说得多,多很多。一个多钟头啊,哪来那么多话说?当初在单位上,她也罢,邱祥也罢,跟老徐一家的关系都稀松平常,见了面也不会有那么多话说的。叶玉景坐下来,竭力回忆究竟说了些啥。然而,除了能记起静秋已死这件事,别的都记不起来了。

那之后,老徐天天给叶玉景打电话。叶玉景去弄饭的时候,都把电话拿进厨房,生怕没有听见。反正电话线长着呢,能很方便地顺过去。

电话打了几天,两人就去公园见面了。

在两家的中间位置,就是那个新修的有个人工湖的免费公园,两人各坐二十分钟车就到了。

天天见面。包括邱家琪从贵州回来的这些天。只是邱家琪不知道。

这天夜里,邱家琪陪母亲把鞋子买回来,忙不迭地又去烧洗脚水。她实在是很累了,水壶放在地上,需把腰弯下去拿,这让她也感觉是个负担。工作找了好多家,都不满意,不是工资的问题,也不是工种和环境的问题,反正就是不满意。前几天,她才在一家同样不满意的涂料厂落脚。她在厂里当管理员,工作并不繁重,老板对她也好,按理不该有那么累,可就是累得慌。高勤孝时不时打电话给她,希望她回去,她开始也有回去的心,她无法回避的是,自己心里的某一处角落,已被高勤孝占据了。何况高勤孝对她是有恩的,她早就说过要报答他。然而,高勤孝的一句话,把她回去的心扑灭了。高勤孝说:"家琪(他没再叫琪姐),你放心,我已准备走法律途径离婚,我相信这事很快就可以解决。"她都成什么人了?就算法律能帮你离婚,可法律能读懂另一座城市那个女人的命运吗?能让她邱家琪将来做高太太做得心安理得吗？

邱家琪从厨房出来，母亲说："家琪，你过来坐一会儿。"

邱家琪傍着母亲坐在沙发上。

母亲问她："你还记得徐叔叔不？"

"哪个徐叔叔？"

"就是跟你爸在服务公司上班的那个徐叔叔。"

"哦，他呀，胖得不得了！我们穿毛衣的时候，他还穿短袖。"

母亲的眉头皱了一下："他现在没那么胖了，瘦多了。"

"你啥时候见过他？"

母亲略一迟疑，便说了他们的相遇，说了静秋阿姨的死，也说了他们去公园见面。

邱家琪的心直往下沉，但她脸上是笑着的。

"难怪妈爱打扮了。"她说。

母亲的脸红了，说："你徐叔叔让我嫁给他，我没答应。"

"这是好事啊，为什么不答应？"

"我大女儿还没嫁呢，我怎么能嫁！"

邱家琪猛然间涌起一阵酸楚。她原以为自己要做母亲的母亲，没想到却成了母亲的拦路石。

她双腿跪下去，望着母亲："妈，你只管照你想的去做吧……你不答应我，我就不起来！"

十二

叶玉景和老徐的户口都在川东北矿山，要办结婚证，必须回去。两人准备动身的头一天下午，邱家琪问母亲："你们是把证办回来再喝喜酒还是今晚上就请两桌人聚一下？"

母亲一听，急了："聚啥呀聚？一把年纪的人，悄悄结婚就行了。你谁也别通知！"

邱家琪见母亲态度坚决,知道她的心思,但别的人可以不通知,难道家欣也不通知?

"你给家欣讲过吗?"

母亲低着头,沉默了好一会儿,才轻声说:"没有⋯⋯我不敢讲⋯⋯要不,等我走了过后,你再给她透个风吧。"

但邱家琪当天中午就给家欣打了电话。今天说和明天说,那意义是不一样的,给家欣的感觉也是不一样的。打电话之前,她想了一大堆理由来替母亲解释,怕家欣激动起来搅乱了思维,她还把那些解释的话一条一条地列在了笔记本上。谁知道,家欣听后,在那边笑得呵呵呵的,说,妈是怎么的啦?她未必没调查过徐叔叔的出身?邱家琪也知道,徐叔叔跟父亲一样,是农家子弟,招工进了矿山,父亲当掘进工时,他做采煤工,后来父亲因为拉一手好二胡进了服务公司,徐叔叔是怎么进去的,不清楚,反正,他一辈子就是个不引人注意的、彻头彻尾的小人物。他比不上父亲。但邱家琪提醒妹妹:"当着妈的面可千万别提这话。"家欣"喊"了一声:"我才懒得提呢!我只是奇怪,她以前把我跟段定欺负得那么狠,结果自己找的人比爸爸和段定都不如!就说当年跟了爸爸是迫不得已,现在不是那社会了,她该按自己的心愿,找个种好的才是。"邱家琪轻轻地叹息一声:"家欣,你真毒啊。"家欣又是呵呵呵地笑:"我毒吗?我还有更毒的呢:太快了吧?爸爸才死多久?好了,我不说了。等他们回来后,我再抽时间过去一趟吧。"

大概是不想让矿上更多人知道,叶玉景和老徐领完证就坐火车赶了回来。

既然结了婚,总得有个住处。老徐的儿子那里不能住,房子跟邱家琪的差不多大,却塞了一家三口再加个保姆。老两口买一套房吧,又不可能,他们都才送走难缠的病人,根本没什么积蓄了。

从矿上回来的那天,还是老规矩,叶玉景回女儿家,老徐去了儿子家。

邱家琪傍晚下班回来,见只有母亲一个人,问:"徐叔叔呢?"

叶玉景沉默了片刻说:"家琪,我想跟你徐叔叔去外面租套房子。"

邱家琪愣住了。母亲一直是把她这里当成家的呀。她问,为什么要租,我这里不能住吗?叶玉景说:"住是能住,可我总不能太亏欠你,再说你自己也要成家。"邱家琪把母亲搂过来,她比母亲高一个头,她说:"妈,别说我现在没成家,就是将来成了家,这里照样是你的家。有三个房间,又不是住不过来。你跟徐叔叔都上了年纪,还去租房!租的房再好,也不是自己的家!"

这正是叶玉景的心思,也是老徐的心思。到他们这岁数,把拥有一个自己的家看得特别重。

邱家琪又说:"你们真的去租了房子,叫别人怎么说我?你不是让人戳你女儿的脊梁骨吗?"

母亲扑在女儿的怀里,痛哭了一场,边哭边说:"家琪呀,我跟你爸爸对不住你呀……"

这话说得邱家琪的泪水直往母亲的头发里泼。

当天夜里,叶玉景就把老徐叫了过来。他中规中矩地穿了件白衬衫,看上去的确没那么胖了。

家欣是三天后下午时分过来的。虎子有轻微的感冒,她便把丈夫留在家里照顾儿子,自己坐了出租车来。她对一切新鲜的处境和人物都感到好奇,并渴望自己参与其中,因此一路上都很兴奋。

然而,刚刚开门进屋(她有这边的钥匙),她的脸就沉下去了。

她看到了母亲的打扮。

母亲把头发烫了,还戴了耳环。

幸好是在家里,母亲穿着拖鞋,家欣没有看见她穿那双半高跟的白皮鞋。

老徐见到家欣,连忙起身招呼:"哦,家欣都长这么高了!"

对于一个已经跟自己母亲成为夫妻的人,老徐的这声招呼显然讨不到什么好。家欣没理他,连徐叔叔也没叫一声,就去厨房跟姐姐说话。厨房门本是开着的,她进去后关上了。

"纯粹像个老妖怪！"这是她在姐姐面前咕哝出的第一句话。

邱家琪问，你说谁？

"还说谁？"

邱家琪把正切菜的刀放下，转过身，看着妹妹，说家欣，你不该这样骂自己的妈。

"这叫骂吗？你还没听到过骂人的话呢！我问你，你见她这样为爸爸打扮过吗？"

这句话点了邱家琪的穴道，使她浑身瘫软。她说家欣你别再说了好不好。

"我本来不想说……"家欣双手捂住脸，泪水从指缝间浸出。夕阳余晖从窗口照进来，使那泪水呈淡红色，像稀释后的血。邱家琪站在她面前，根本没有力量去劝她。

无声地哭了一阵，家欣去水龙头前洗了脸，然后抄起菜刀，啪啪啪地切菜。看上去，她像是那种四体不勤五谷不分的人，其实行茶办饭，她都很在行。

把菜切好，她洗了手，对一直待在一旁的姐姐说："我走了。"

"饭也不吃？"

"不吃了，我吃不下。"

又说："姐，还是那句话，你要为自己想想。"

她既没给徐叔叔打招呼，也没给母亲打招呼，就离开了。

吃饭的过程中，母亲一直在抽鼻子。邱家琪安慰了母亲，又安慰尴尬得笑不是哭也不是的徐叔叔，她说："徐叔叔，你还不很了解我妹妹的性格，她架势摆得足，其实是个豆腐心。前些天我给她说你们的事情，她听了高兴死了。今天是虎子感冒了，她心里急。没关系的，过几天她就好了。"

安慰了别人，却没有人来安慰邱家琪自己。家欣说母亲从没为爸爸打扮过，这是真的，也是让邱家琪深感疼痛的地方。如果是因为爸爸的"种"不好，母亲瞧不起他，可徐叔叔的"种"照样不好，母亲却在他面前那么在乎自己的形象……

往常下了班,邱家琪再累,都是急匆匆朝家里赶,现在不了,她慢吞吞的,离家越近,步子越迟缓,好像有一种力量在阻止她回去。

她害怕看到母亲的打扮,也害怕看到母亲和徐叔叔细声细语说话的样子。

冬季的某一天,邱家琪内心的某种界线,终于被突破了。

那天出了很好的太阳,暖洋洋的,简直就像春天。邱家琪平时中午不回家,这天她午饭后外出为厂里办事,恰好从家门口过,想到前几天徐叔叔就说自己消化不好,于是进超市买了袋"铁山楂"送回去。母亲和徐叔叔既没在客厅,也没在卧室,邱家琪找了一圈,才发现他们在阳台上烤太阳。整套房只有一个阳台,在客厅外面(其间还隔着饭厅),很小,加上堆了些杂物,除了邱家琪,基本上没人去。邱家琪去那里,一般是擦拭为父亲买的那把躺椅。

可是这天,邱家琪透过玻璃,看见徐叔叔正躺在那把躺椅上!

她猛然间捂住了嘴。

她是害怕自己尖叫出来。

而阳台上的两个人,还不知道屋子里进了人。他们在轻声又很投入地交谈。母亲坐在角落里,徐叔叔躺在躺椅上,逍遥地摇啊摇,那微微起伏的身体——不是父亲,而是另一个人的身体,像逼向邱家琪的铁榔头,把她的心都敲碎了。

她一步一步地退了出去。

晚上,天黑尽了邱家琪也没回来,母亲打电话去问,邱家琪说加班,不回家吃晚饭了。

母亲又问餐桌上那袋山楂是怎么回事,邱家琪说是她中午买的,时间紧,没打招呼就走了。母亲说:"傻女子,你连门也没关!"

邱家琪并没加班,她去了酒吧,要了一瓶白酒,两个酒杯——一个她用,一个父亲用。

当她喝得醉醺醺地回到家,母亲和徐叔叔已经睡了。

自父亲得病以后,遇到大事小事,邱家琪都是自己消化。她再次回忆起父亲去世那天母亲说的那句话:"……那个不要天良的,他到底走了!"从这句话里,她更深地理解了母亲骨子里的辛酸。在长达三年的时间里,用尽全部心思照顾一个人事不省的病汉,会把人身上的多少东西摧毁!她相信母亲是爱父亲的,否则她不会把父亲照顾得那么好。母亲干净利落地抛弃她的"种子理论",跟徐叔叔结为夫妻,不能说与父亲没有一点儿关系,是父亲让她明白,"种"的好与坏,关键是看长出什么样的枝条。邱家琪甚至相信,同样是因为父亲的影响和母亲自己对婚姻的感悟,才使她在家欣的婚姻问题上最终做出了妥协。

然而,母亲爱父亲,却也热爱生活。

几年足不出户地跟一个植物人耗,使母亲错过了太多太多的生活。

母亲年老了,还有多少生活可过呢?

邱家琪的心宽了许多。

只是,她怎么也无法忍受徐叔叔躺在那把躺椅上,逍遥地摇啊摇……

她决定离开,离开这个家,也离开这座城市。

母亲现在有了新生活,她尽可以放心了,尽可以带着别样的热情,去追求自己的新生活了。

父亲去世一周年那天,她和母亲、徐叔叔同家欣夫妇一道,把父亲的骨灰盒送回川东北矿山下葬。母亲一行返回的时候,她坐上了另一列火车。

她的前方是上海。那个神秘而活力四射的东方大都会,她从来没有去过。

细　浪

　　王燕看着身边的姑娘。这姑娘的眼睛,大得像是在不停地生长。王燕担心到了某一天,她脸上只剩下眼睛,甚至整个身体都只剩下眼睛,她变成一池水能把人淹死。王燕把这想法对姑娘说了。她说小颖,一池水才能淹死一个人,你的眼睛就能淹死一群人。姑娘知道是在夸她,笑了一下,说谢谢王姨。她笑得说得都心不在焉,带着黏黏糊糊的伤感,因为她正望着对面的女孩。对面的女孩远不如她好看,眼睛更比她的小得多,但睫毛那个长,像两铺帘子,眼睛一闭,帘子拉上,眼睛一睁,帘子掀开,好像眼睛就是她的门,她走到哪里,都带着自己的门。王燕拐了一下身边的姑娘,打着挶笑说,你该知足了! 姑娘抠着淡金色的指甲问,我为什么该知足了呢? 王燕说,你一个人的眼睛要顶几个人的眼睛。姑娘扁了扁嘴说,眼睛大有什么用? 人长眼睛,不就是为了长睫毛的吗?

　　听到这话,王燕笑得前仰后合。

　　她的笑声把两桌人都惊动了。

　　这是八个家庭的聚会。这八家的男主人,是大学同学。毕业二十四年,住在同一座城市的这八个人,碰面的时候不算多,最近几年也不算少,但把妻子儿女拢到一块儿,还是头一回。包间里,安放着两张餐桌,男人一桌,傍窗,女人和孩子一桌,靠墙。有四家的孩子(包括王燕的儿子)没来,尽管靠墙这桌稍挤,也还能挤得下去。火锅从黄昏——如果城市也有黄昏的话——热腾到晚上八点,大家都吃喝得红光满面的,正是暂停进食、往外吐话的时候。男人说的,全是他们在大学里的旧事,女人和孩子这边,因大多数是初次见面,话题宽泛得多,东一句西一句,扯到哪里算哪里,别冷场就好。

不过,只要有王燕在,一般不会冷场。王燕是个粗性子,跟谁见面都自带三分熟。她笑起来也无所顾忌,嘎嘎嘎的,弄得地皮都在抖。

啥事情那么好笑?那边男人问。

王燕带着眼泪花子,把姑娘的话转述给大家听。

所有人都笑,笑得姑娘不好意思,说自己有事,先回去了。

她一走,另外三家的孩子也跟着走了。

现在是八个男人和八个女人,谈话也统一了方向:男人说女人,女人说自己。男人依然没离开大学里的旧事,只不过每件事情都跟女同学有关。想当年,他们躺在床上,熬到深更半夜,还在呵欠连天又兴致勃勃地给女同学打分,谁的脸嘴儿好,谁的身段儿好,谁温柔多情,谁善解人意……话题投机,又喝了酒,胆子越说越大,也不惧老婆在场,就透露谁给谁写过情书,谁和谁谈过恋爱。女人说自己,无非是怎样瘦身,怎样穿着打扮。王燕这才注意到,在座的女人,除了她,每个人身上都是戴了东西的,要么耳环,要么项链,要么戒指手镯,或者兼而有之。她斜对面的那位,满口亮闪闪的,是在箍牙;四十多岁的人了,还有心思箍牙。王燕笑眯眯地听她们说。对这些事,她没有发言权,也不想有发言权,从小到大,她都是自自然然地生长,风来了风吹,雨来了雨淋,就像一棵树。

搭不上言,又没多大兴趣,王燕就把脸侧过去,听男人们说。

男人那边的话头,都集中到了她丈夫李远身上。李远当年传递情书的方式很特别:用铁夹夹住,拴根麻绳吊到楼下去。他们寝室在412,312住着不知哪个系,也不知哪个年级的女生,李远的情书就是写给她们中的一位。当然,最开始写的不是情书,而是革命性的控诉。到每个月的二十五六号,男生就把饭菜票吃得精光,父母的钱又没及时寄来,只有厚着脸皮去找女生要。同班女生仅有九个,且到了大三,都名花有主,不好再伸手的。有天中午,412寝室的人没钱吃饭,你看我,我看你,越看越饿,越饿越急,越急越没有办法;楼下却是欢天喜地,笑声不断从窗口飞进来,像是故意气他们。李远从笔记本上扯张纸,写道:"楼上的同胞正在挨饿,你们却在那里说不完笑不完,你们还有一点儿阶级感情吗?"愁眉苦脸的室友乐开了,乐得忘了饥饿,立即准备麻绳和铁夹,将字条吊了下去。笑声停了,麻绳动了。楼上的人却没收手,他们要看看女生回不回话,回什么话。大约三分钟过去,麻绳又动了,动得很厉害,还听得见铁夹碰撞墙壁的声音。李远说,收!铁夹像鱼一样从深水跃出,在书桌上蹦跶。等它静止下来,才发现女生没有话,只在铁夹上夹了一沓饭菜票。

铁夹不是鱼,是他们的鱼鹰,每到月末,把鱼鹰放下去,都不会空手而返。

深秋的某一天,鱼鹰除衔回口粮,还带回一张香味儿飘飘的彩纸,上面写着一句话:

"你的字真好!"

每次放鱼鹰,都由李远执笔,写几句赞美或感谢的言词。他的字是俊逸洒脱的曹全碑体。

从那以后,李远再不是月末才递字条下去,而是隔三岔五就写几句。后来发展到天天写。再后来,一天要写好几次,且越写越长,长到满满当当的几大张。那些话没有一句是秘密,许多是唐诗宋词,还有他精心挑选的当代诗文,甚至有他熬更守夜设计出的模具图纸(这是他的专业)。

但全班男生都明白,那是李远的情书。

是谁接下了那些情书? 不知道。

又是几个月过去,女生宿舍楼竣工,楼下的人搬走了。

事情就这么简单。刚刚恋爱的时候,李远也给王燕讲过。

可现在听起来,王燕却别有一番滋味。

因今天的聚会是王燕一家请客,李远被推到东道主的位置,面门背窗,王燕从这边望过去,刚好望见丈夫的脸。那张脸有些虚胖了,头谢顶了,灯影照在鼓凸的额头上,明的少,暗的多。即使说到放鱼鹰,丈夫笑得肩膀一耸一耸的,那笑声也像开不圆的花,肩膀上也像压着重物。

他已经屈从于生活了。

他和王燕同时毕业,同时进入四川达州的一家国营企业,一同分去的男女,只有他俩,这仿佛注定了他们应该恋爱,应该结婚。婚后半年,两人再次顺应潮流,辞职去南方打拼。那个穷,是不必去说的,到了东莞,身上只剩五十块钱,工作却全无着落。这天,从报上看到长安镇招聘模具工程师,李远便把王燕安顿在同乡那里住下,他独自前去应聘。舍不得坐车,舍不得吃饭,舍不得喝水,什么都舍不得。步行好几个钟头到了长安镇,又累又饿,招聘方让他画图纸,手却抖得厉害,招聘方说,你全都会做,就是太不自信,以后再说吧。他昏昏沉沉地从大楼出来,要了份快餐;吃过后没感觉,又要一份。两份吃过,肚子饱了,人也清醒了:天啊,一顿饭吃掉三十块,他们所有的资产,只剩二十块钱了!

能混到今天(在东莞置下两套房产,开一家公司,然后把房产和公司转手,回到四川,在成都买了更大的房子,开了更大的公司),吃了多少苦头,只有他们自己心里清楚。

有些苦头愿意说给别人听,有些不愿意,不愿说的部分,就跟你的骨肉长在一起,你睡,它睡,你醒,它醒,有时候你还没有醒,它就把你唤醒了。你有白天和夜晚,它没有,它什么时候都可以醒来。它醒来后就掐你,咬你,直到你睁开眼睛,并乖乖地承认自己屈从于它,它才不再龇牙咧嘴。

某些人以为,有了钱,或有了权,就不再屈从了,甚至还可以在生活面前张牙舞爪了。碰破脑壳去挣钱,低三下四地去捞权,不就是为了不再屈从吗?

希望是这样,其实不是这样的。

你再张牙舞爪,神情里的某种东西也垮掉了。那是屈从的印记。

人人如此,概莫能外。

望着丈夫那张屈从的脸,王燕心里很深的地方,痛了一下。

她心里痛,是因为她觉得,丈夫曾经做过那么浪漫的事情,可现在,连笑都笑不圆!他的脸也虚胖了,头谢顶了……她心里痛,是因为她还觉得:自己对不起丈夫(这是最主要的)。

她跟丈夫现在同甘,过去共苦,苦到两口子在南方陌生的土地上,住不起旅馆,只好相拥着去公园度过漫漫长夜,她也从没抱怨过一声,苦到一整天不进米水,从熟食店门外过,透过橱窗看到里面的肥鸡肥鸭,让她情不自禁地想起《卖火柴的小女孩》,她也从没吵过饿,闹过馋。后来有了钱,也有了儿子,她帮助丈夫管理公司,尽心尽力养育儿子成长,辅导儿子学习,公司开得顺风顺水,儿子不满十七岁就考上了复旦,而且是以成都市青羊区状元的身份考上的。到了今天,家里也没请保姆,里里外外,全由她自己打理。她对生活最奢侈的要求,就是过那么一阵,就要丈夫陪她去店里吃份肥肠。

她有哪一点对不起他呢?

她使劲想,也没想明白。

但她的的确确觉得自己欠了丈夫一点什么东西。

在餐厅没想明白,回家来继续想。

餐厅太闹了,家里安静。儿子三天前去了达州的外婆家,本说今天回来,外婆非要留他再耍两天。李远还在茶楼,陪他的同学和同学们的老婆。那些人要去茶楼打麻将。李远和王燕都不打麻将,但今天是他们请客,李远就要把客人陪到底。他很注重这些礼节,尽管客人是同学。

王燕坐在沙发上,眼睛盯着电视,看见的却是那个名叫小颖的姑娘,还有那个箍牙的女人。

小颖今年二十一岁,是成都某高校二年级学生,在小颖看来,长眼睛不是为了观世景,而是长睫毛。美,在她那里变得如此绝对。王燕当时笑得前仰后合,小颖离开后,她才觉得不是笑笑就能完事的,小颖那句话像一场突如其来的猛雨,淋得她透湿。在湿淋淋的水光里,她看清了自己,觉得自己太实用主义了。给丈夫和儿子买衣服,她舍得花钱,像今天夜里这种聚会,她也舍得花钱,可是,给自己买衣服,她首先考虑的是耐不耐穿,然后是穿上去舒不舒服,至于是否好看,从不考虑。"女人"这个词,似乎总跟化妆品联系在一起,而她在广东待了十多年,竟想不起自己抹没抹过防晒霜。防晒霜还根本就算不上化妆品!她对化妆品陌生,对女人也陌生,好像她自己不是女人。

箍牙的那位,姓谢,比王燕年长十七天,因此王燕叫她谢姐。据谢姐自己说,她箍了将近一个月,也就是说,还完全显现不出矫正的效果,但瞅上去她的牙齿并不难看,只不过两颗门牙稍稍往里勾。就为这一点小小的瑕疵,她却愿意忍受疼痛,忍受不舒服,赔上一年甚至更长的时间。

在小颖和谢姐的身后,站着另一个人。

那个夸李远字写得好的女学生。

对楼上那群讨口要饭的男生,女学生没说别的,只说字好,可见她是个爱美的人。美超越了一切。由此推断,她自己也一定长得相当漂亮的吧?

王燕一手拿着遥控板,另一只手放到脸上去了。

她的几根指头,在自己脸上爬。摸到下巴,圆乎乎的;摸到嘴,嘴皮很薄,但并不缺乏柔韧的质感;她把嘴巴张开,摸到牙齿,两排牙齿都很整齐,而且颗粒细密,是逗人喜爱的珍珠贝。指头从瓜子形的脸颊爬上去,摸到额头,额头光滑圆润;摸到眉毛,眉毛很长,很弯,只是浓了些;摸到眼睛,双眼皮有韭菜叶子那么宽,折叠和舒展的时候,给人奇异的飞翔感。

最后,她才把手放到鼻子上去。

鼻梁怎么那么低呀!鼻梁和脸颊之间,像是没有什么坡度。

她站起身,走进卫生间,站在镜子前照。

镜子照出来的鼻梁,没有摸上去的那样低,但鼻根处的凹陷却格外打眼。

二十二年前,她跟李远还没结婚,但早就好上了。两人周末逛街,逛饿了就去文华路的小吃店吃肥肠,每个周末都这样——王燕对肥肠的爱好,就是那时候培养起来的。往后的日子里,她一旦想吃那道食物,就不可遏制,但她一个人去吃,简直无法下咽,只要跟李远在一起,就吃得特别香。李远也总是满足她,时间再晚,路程再远,也陪她去。有天进店不久,一个老先生带着五六岁的孙女进来了,就坐在他们旁边。小女孩像是饿得不行,哭丧着脸,吵闹着要马上就吃。老先生面容慈祥,轻言细语地对孙女说,顾客这么多,要讲究先来后到。正在这时,王燕和李远的肥肠端了上来,他们便让给了爷孙俩。老先生很感激,对他们说了许多好话,听上去,他是会相面的,他指着自己的鼻根对王燕说,你这姑娘啥都好,只是祖上无靠。

王燕问,为什么呢?

老先生说,你的鼻根太凹陷了,就是祖上无靠。

算他说准了。王燕的父母是棉纺厂的工人,父母的臂膀就像棉线那么纤细,那么柔弱,在那根纤细而柔弱的棉线上,吊着王燕和她的兄弟姐妹,人人自危,想靠也靠不住。但她和李远都一笑而过,他们没想过要靠谁。李远的曾祖父,新中国成立前掌管着川西大渡河畔的三家造纸厂,新中国成立后是彻底地败落了。但正所谓花败了有种子在,李远上大学那年,他父亲就开了岷江下游第一家民营砖厂,钞票像大风吹到怀里来的尘土。然而,即使夫妇俩在广东饿肚子,宿街头,李远也没找父亲要过钱。

这么多年来,王燕忘记了那个老先生说她鼻根凹陷的事,今天想起来了。她把手指放到脸上去之前就想起来了。现在站在镜子面前,她不仅想起了老先生的话,还想起了他指着自己鼻根的样子。他自己的鼻根鼓鼓的,像一座精致的坟茔的尾翼。鼻子本就是安放在脸上的坟茔,接通的不只是呼吸系统,还有自己出生之前的历史。鼻子带着远方的信息,会泄露自己家族的秘密。仔细回忆,王燕发现,小颖的鼻根、谢姐的鼻根,都跟那老先生的一样,鼓鼓的,固执地呈现出向深处延伸的力度。

那个女学生也是这样吗?

对着镜子,王燕把指头放在鼻根上,那里就跟镜面一样平。

然后她又把指头压在镜面上,想确认一下镜子里的那个人是否有隆起的鼻根。

结果镜面跟她的鼻根一样平。

她在重新认识自己的身体。

或者说,她是第一次认识自己的身体。

不是全部,只是一张脸。

而人活着,不就是活一张脸吗?男人评价女人是否漂亮,也大多不是从身材出发,而是看女人的脸。要说身材,王燕是能赛过很多人的,一米六八的个子,腰细得就像从来没有怀过。

可是她的鼻子——位于脸部正中那个十分重要的器官,却带着如此明显的缺陷!

她找到了自己在哪一点上对不住丈夫了。

穿着随意,且从不佩戴金银,这些她无所谓,穿金戴银的太麻烦,而且那些东西就跟冬天加衣服一样,加上去就脱不下来。王燕有许多女伴,穷的时候,口口声声说好女不戴金,一旦有了闲钱,就比试看谁戴得多、戴得贵、戴得显眼。往脸上抹粉,往身上洒香水,也是这样,总是越抹越厚,越洒越浓。王燕是过过苦日子的,现在公司越开越大,心里不苦,身体还是苦的,实在抽不出精力去跟奢侈品厮缠。奢侈品最奢侈的地方,不是钱,而是你得花时间和精力去跟它闹,跟它缠。奢侈品一旦上了你的身,它就成了你的主人。

然而,她可不可以做一件一劳永逸的事情,让自己的脸变得更漂亮?让丈夫看到她的脸感到更舒心?

丈夫已经四十六岁了,他对生活屈从了,那是无法挽回的,人人如此概莫能外的事,都无法挽回,但漂流在光阴里的生活再强蛮,也总会飞起几朵浪花。生活不给你浪花,你自己也要制造浪花。有了这些浪花,屈从的滋味就不会那么割人。谢姐之所以箍牙,绝不只为自己好看,这是她和她丈夫的浪花。她丈夫的脸上尽管也贴上了屈从的标签,但眉宇间比李远有更多的神采,说话的时候,牙帮上也带着劲道。这是谢姐弄出的浪花起了作用——一定是这样的,王燕想。她的丈夫李远,本是个浪漫的人,学的虽是工科,却能背诵很多诗文,比如"一朵浪花叫着另一朵浪花的名字"(是抄录给那个女学生的句子吧),他不该连笑都笑不圆,更不该笑得耸肩膀的时候,那肩膀也耸得有一下没一下的。

王燕决定给丈夫一个惊喜。

医生在雕刻鼻模假体。医生说把假体雕刻出来,再上麻药。医生还说,你的五官有四官都长那么好,就是鼻子不好,为什么不早来做手术呢?早来做手术,你的人生就变了,当然,现在做手术也不晚,人对自己的身体就像对待人生,醒悟得有早有迟,你能及时醒悟,作为医生,我为你高兴,有些人一辈子都不醒悟,我天天走在街上,天天看见某些女人,分明只要稍稍动一动刀,就可以美丽动人,可她们偏偏对自己的身体麻木,对美麻木,带着残缺从春走到夏,从夏走到秋,真为她们着急!

不管医生说什么,王燕都不回话。事实上她啥都没有听见。医生的话只是两片厚薄不一的嘴唇碰出的声音,还没传到她这里来,那声音就被过分强烈的灯光烧化了。她很紧张。

又兴奋又紧张。当年,决定跟丈夫一块儿辞职的前夜,她也没有这么紧张过。那时候,她的身边有双坚强的手臂,现在她要独自面对了,而且是对身体的变革。从小到大,她都像棵树那样,自自然然地生长,中年以后,她却要对这棵树进行修剪和嫁接。

为了他,也为了自己。

但主要是为他。为自己也是为他。

在患难与共的日子里,他们就像相遇的两滴水,早就融为一体。凡认识的人,都说他们最有"夫妻相",所谓夫妻相,并不是长得像,而是骨子里的气息有着同样的颜色、同样的味道。

医生还在做他的活儿,做得格外精细,医生手里的活儿也将与她融为一体。那个很难说清形状的物质,让她产生一种古怪的感觉。医生说,要在她鼻孔缘内侧做切口,将腔隙剥离开,再把假体植入。也就是说,那东西会永生永世充满霸气地占据她身体的一角。她的腹内咕咕叫,像吃了不洁的食物,有些不舒服,甚至恶心。但她已经上船,这船上就她和医生两个人,医生是舵手,她只能听从。她提出的唯一要求,是不要全身麻醉,只局部麻醉,因为她无法容忍在自己全无知觉的时候,任随别人往身体里植入什么。医生的手柔软如棉,他一边在她脸上忙碌,一边对她说,手术过后,不仅能把你的旧鼻子换成一个新鼻子,还能明显提升你的面部美感……这么说来,她不仅换了一个鼻子,还将换一张脸。

她闭上眼睛,想象着丈夫看到她焕然一新时的表情。

惊讶。欣喜。或者跟她一样,在最初的瞬间,竟带着一丝羞涩。

医生还在絮絮叨叨,用他最动人的言辞消除她的疑虑。其实,到了现在,她没什么可疑虑的了,她必须跟医生一起,对结局充满信心。过了这道险滩,前方就是舒阔平缓的水域,明媚的春光,在河面上奔跑,也在河的两岸奔跑,岸上的野花如同水里的浪花,水里的浪花仿佛岸上的野花,它们不分彼此,交互应答("一朵浪花叫着另一朵浪花的名字")。她必须这样想。

这样一想,她不再紧张了,也不再恶心了,全身放松,心绪宁静。与其说她是在改造自己,不如说是在迎接自己。那个还没成形但必将更加完美的自己,本来就该属于她,属于她所爱的人。

刚刚恋爱那阵儿,李远给她讲述那个女学生时,她问李远:

你爱她吗?

李远说,当时是很爱她,现在早就淡了。

你真的没有见过她吗?

李远说真的没见过。

要是见了面,她不是你想象的那样漂亮呢?

我从来没把她想象的非常漂亮,李远认真地说,爱上一个漂亮得没有任何缺陷的女孩,只是微不足道的机能反应,再愚笨的人都能做到的,因为那根本就不需要智慧。

爱也需要智慧?

当然需要。

…………

那次,他俩站在夏季的州河边,靠着粗壮的麻柳树。州河从城外流过,挟裹着那片土地的体温、歌谣与叹息,浩浩荡荡奔赴渠江,在重庆境内汇入嘉陵江,最终融入长江,穿岩凿壁,纵贯东西,归依大海。他们青春的身体里,也奔涌着这样一条河流。那时候他们一无所有,却有的是精力,有的是梦想。而今,都是四十大几的人了,是该实现梦想的时候了,别人——包括李远的同学,都说他们是成功人士,但两人自己清楚,梦想在离他们越来越远,成功更是遥遥无期。在这个世界上,真的有人觉得自己已经成功了吗?大概是没有的,取得辉煌成就的人,堪称伟大的人,恐怕也不会有这种感觉的;如果有,也只是错觉和欺骗。因为,每当你这样想的时候,生活就会把它最坚硬的真实扔到你的面前:岁月的流逝,以及在流逝的岁月中,点点滴滴累积起来的对生活的屈从。

这些年来,李远太累了,累得都谢了顶。他的头发本来茂如狮鬃。把公司做成、做大、做强,已让他挖空心思,如果连爱自己的妻子也要舀走他一勺智慧,王燕觉得,她这个妻子就做得太不合格了。婚后的每一步路,尽管都是两人共同去走的,但要说到打拼,丈夫毕竟付出的更多,多很多。既然丈夫觉得爱也需要智慧,那么,她怀着衷心的喜悦去迎接一个崭新的自己,就是她爱的智慧了。

她怎么早没想到呢?

手术已经结束。前前后后,只用了不到一个钟头。

医生对王燕说,如果没有排异反应,你一个星期后过来拆线,稍微有点痛是正常的,那不叫排异反应。最多十天,鼻部瘀血散尽,你的鼻子就能脱胎换骨。在这十天内,至少前五天,你再忙也要休息。要说注意事项嘛,别的没啥,只是要防止鼻部碰撞,不止拆线之前,在以后的日子里,都要注意这个问题。不过,这样给你交代是多余的,谁那么没事干,去撞鼻子干啥?鼻子又不是钟。不要说做过手术的鼻子,就是天然鼻子,也害怕碰撞的对不对?医生看着王燕的眼睛,像是要她给一个回答。

王燕只好说,对。

医生边洗手,边哼起了歌。王燕也想哼歌。离开手术台,她就从墙上的镜子里看到了获得拯救的鼻子。她的视力不好,平时也不戴眼镜,因此只看到了模糊的轮廓,恰好把手术的痕迹模糊掉了,使鼻梁的挺拔和鼻根的微凸得到夸张的显现。

王燕和李远手挽手地走在成都春熙路上。

将近五十岁的夫妻,这么手挽手地在街上散步,委实不多。

比傍晚稍早,他们还没吃晚饭,懒得回家去做,打算在外面随便吃点儿。李远问王燕想吃啥。

王燕说,我想吃肥肠。

但春熙路没有肥肠店。

李远问,吃王家水饺行不行?

王燕说,行啊。

这是王燕做隆鼻手术两年之后的事了。

但长在她脸上的鼻子,还是她爹妈给的那个鼻子。两年前,她带着新鼻子回家,挨了李远一拳。李远说,长这种鼻子的人,不是我的老婆。这是她平生第一次挨丈夫的拳头,而且是打在她最不能碰撞的地方。她的鼻子歪了,花了更多的钱,也受了更多的苦痛,才把鼻子复原。

为此,她偷偷地哭过一场。

也可能不止哭过一场。

但她觉得,她更爱自己的丈夫了……

春熙路繁忙得如同五月的河流,阳光在河面上欢乐地游动,四周弥漫着醉人的香气。那阳光是年轻漂亮的女人,香气也是从她们身上散发出来的。成都的漂亮女人,都集中到傍晚的春熙路去了,她们知道白天有从天上来的阳光,因此把整整一个白天睡过去,或者躲过去,只在傍晚到来时才倾巢出动。这时候是她们的天下,她们为自己的香和美,激动得面若桃花、体态妖娆、步履轻盈。

王燕和李远手挽手地朝百米外的王家水饺走去。王燕再次注意到,丈夫的眼睛没有看路,也没有看她,而是看着别的女人;他看的女人不一定是漂亮女人,但无一例外地,都是长着高鼻梁的女人。

他的眼光蜻蜓似的,盯在那些女人的高鼻梁上。

在王燕去做隆鼻手术之前,李远没有这个爱好。

深　水

上篇

　　刘河生下来第二天,她父亲刘文炳离家出走了。刘河落地时临近中午,刘文炳是次日早上走的,也就是说,女儿来到人世不满对时,他就匆匆忙忙弃下了这个家。他匆忙得连女儿的名字也没取。刘河的名字是母亲取的。刘河有两个姐姐,大姐叫刘清,二姐叫刘溪,母亲猜想,依照那个不要天良的人的意思,这老三不论是男是女,都该叫刘河。他们住在普光镇中街,打开后门,虚楼底下就是一条河:清溪河。清、溪、河——那个不要天良的,借婆娘的肚子完成了一条河流的名字,就不要这个家了。

　　刘文炳走的那天早上,雾气在河面滚滚蒸腾,筑起数十米高的雾山,随后轰然崩塌,顷刻间,镇子被雾掩埋,也被水腥味儿和潮气掩埋。普光镇是条狗肠子街,也就是一条独街,约定俗成地分为上、中、下街。刘文炳迈着长腿,在青石板路上走,他要从中街走到下街,再走过绿的草滩和黄的沙地,才能走到河沿。他家的房子跟河挨得太近,虚楼的柱头就插在河水里,反而到不了河沿。他笨重的身躯很卖力地朝前努,每跨出一步,晨雾就把他吞得更深些。他的两个女儿,光脚跟在后面(那时候刘清九岁,刘溪七岁),你一声我一声地叫爸爸。刘文炳说,你们各自回去。两个女儿说,爸爸,你也回去,爸爸,爸爸……她们越叫越急,"爸爸"成了根直线,步子也越迈越快,成了小跑。但这时候刘文炳已经到了河边,从石磴上解下他家的舢板,向下游划去。

两个女儿趴在湿漉漉的沙地上,大声呼喊,眼泪和鼻涕像破布一样挂在晨风里。

刘文炳只划了几桨,就看不见他了,只听见桨声。

两个女儿像是在把河雾或者桨声叫爸爸。

肚皮底下的沙地慢慢发热。雾散了,太阳出来了,空荡荡的河面,波动着烂金似的光芒。

父亲为什么出走,而且一走就是三十七年,再不露面,刘河的母亲和两个姐姐的说法很不一致。母亲说,那个天杀的,他早就想走了,他以为自己是条大鱼,嫌普光镇池子小,养不活他。事实上,走之前他从未透露半点风声,他的那些想法,是刘河的母亲在十多年的夫妻生活中"摸"出来的。母亲说,婚后不满半年,她摸着的就不是刘文炳的身体,而是他的想法。那个大雾弥漫的清早,刘文炳的想法结出了果子,他站在客厅里说,燕,我走了。母亲当时正斜在床上奶孩子,听见那话,吓得一哆嗦,奶头从孩子嘴里蹦出来,淡白的奶水射了孩子一脸。你这就走了?再不回来了?他说不回来了。她正要起身,他却打开了门。她大喝一声,你回来!他没有回来。她把孩子丢开,跳下床,追到门口问他,你连三个女儿也不管了? 不管了。他说,然后径直朝下街走去,头也没回。

每次母亲说到这里,就陷入沉默。

母亲沉默下来,刘河就用想象去填补后面的情节。其实不需要多少想象就能填补上,一个三十岁的女人,被丈夫以这样的方式扔掉,还要独自养活三个孩子……

母亲名叫夏燕,在镇上的工作,是为兽防站一头配种牛割草。那头牛也有个名字,叫东风。夏燕的收入,大半拴在东风身上:每成功配种一次,兽防站收母牛主人三块钱,夏燕六成的工资来源是从中提成。大河两岸的农户,半数以上窝在万山老林里,很不愿意拉着发情期的母牛,翻石窖,下陡坎,涉险滩,走那么远又那么难走的路,到兽防站给牛配种,还那么贵。但这是规定,否则以损坏公物论处。这罪名听上去牛头不对马嘴,但这并不重要,重要的是有了罪名。何况人家也有道理,因为让东风配种,是给牛改良。

东风的出生地,在川陕交界的白花镇,那地方山是一般的山,水是一般的水,养的牛却不是一般的牛,特别是公牛,高大得像座山岳,天远地远的,都到白花镇买配种牛。东风是用大卡车和大货船运到普光镇来的,其时牙口刚圆,年华正好,站立时,头高高昂起,项上的肉鬃沉沉垂挂,石墙般坚实。闻到母牛的气息,它绝不像本地那些土老帽儿,乱蹦乱跳,仿佛全世界的喜事都给自己碰上了;它岿然不动,直待母牛近到身前,才穿山渡水地长鸣一声,后腿直立,跨上去。它太骄傲了,免去了鼻息的交融、舌头的梳理以及所有的温存。而被它骑跨的母牛,在它面前就像个孩子,一压就塌。只要连跨三次都不成,它就把家伙收起来,冷酷地望着别处。因此,能配上种的时候是那样少。在夏燕的印象里,东风成天都是在配种和配种失败当中度过,此外就是吃草。它一顿要吃六七十斤草,而割草的任务,由夏燕一人完成,只在她坐月子期间,才临时请人。

镇上哪有草让她割?河滩上长的,多是猪鼻孔和车轴草,牛不吃的。她要去山里。大河两岸,这面是老君山,对面是杨侯山,老君山林木茂密,不大长草,多数时候,她得驾着那条小舢板,渡过清溪河,去杨侯山。自从丈夫把舢板推走,她就只能沿河下行,走三里地,再过清溪河大桥。那些日子,她瘦得像是她自己的影子。

想到母亲的这些事,刘河总禁不住泪潸潸的。

可两个姐姐瞧不起她的泪水。

刘清说:"河,你信妈呀?她是在扯谎!"

刘溪说:"河,你晓得爸爸为啥子出走?"

刘清接言:"是遭妈逼走的!"

夏燕六十七岁了。

她没有朋友，甚至也没有熟人。她的朋友和熟人，不是离开了，就是慌慌忙忙死去了；不一定是真的离开或死去，只是从她记忆里溜掉了。每天早上醒来，夏燕做的第一件事，是去把门打开。乡下老婆子这样做，为的是把关了一夜的鸡放出去，让它们拉屎，吃土坷垃，而夏燕这样做，是要认人。

那些街坊邻舍，跟她做邻居做了几十年，她却记不住他们的名字了。

这件事可能是相当缓慢地进行的，但很突然地让夏燕明白了这一点。

那天傍晚，中街接到通知，说要停一夜电。遇到停电，夏燕都特别恐慌，她害怕黑夜。很久以前，她就觉得黑夜只针对她一个人，像追着她咬的狗。自从三个女儿都不在身边，她睡觉也开着灯。那天听到通知，太阳还歇在杨侯山顶的松垛上，霞光轻盈，把镇子罩起来，可夏燕觉得那霞光像块黑布，太阳也不是太阳，而是一粒充血的眼珠。她去里屋，翻箱倒柜地找蜡烛，但没找到。好在旁边贺秋阳的店子里有卖，于是她出了门。左拐不到四十步，就是贺秋阳家的柜台。他家的柜台霸气地横着，堵住整个门面，而且那么高，个子矮的，感觉那是一面墙。好在夏燕是高个子，尽管驼了背，也挡不住她的视线。她看见贺秋阳光着脚板，盘腿窝在一把破旧的藤椅里看书。他一天中的大部分时光，都是这样度过的。普光镇扩建过后，买卖都移到了下游，这段街面上的生意，就像煮了一大锅菜，却没放一粒盐。夏燕也曾在自家的前厅开了个铺面，卖些杂货，进账不多，倒也能缓缓悠悠地打发日子，后来，那些"日子"只管停在她的货架上，落满灰尘和不知从哪里来的毛发。五年前的七月间，她闹胃烧心，没吃什么东西，肚子却胀鼓鼓的，从喉咙到胸口，又像有滚水在淋，她就把铺面关了。这一关就关老实了。

天色昏暗，贺秋阳捧着书，更像是捧着他自己的脸。他的脸跟发黄的书页一样皱巴。

毕竟是七十出头的人了。

夏燕把嘴咧了一下，想喊贺秋阳。

可她发现自己忘了贺秋阳的名字。

把整条街上的名字都忘完，也不该忘了贺秋阳。

忘了名字，她可以喊贺站长。贺秋阳很年轻的时候就在普光镇兽防站工作，后来去市畜牧学校读了半年书，回来就当了站长，一直当到兽防站撤销。夏燕心里清楚，贺秋阳除名字以外还有个称呼，这是她再熟悉不过的称呼，可是她同样忘记了！

她连贺秋阳姓啥也想不起来了。

太阳无声无息，从山顶滚进了河里。哪怕天上只有太阳的一根胡须，青石板街都像涂了釉彩，飘浮着温暖的亮光，一旦太阳被山驱赶，被河吃掉，那亮光就迅速变凉，暮色随之洇开，眨眼间天就黑了。普光镇的傍晚和黑夜是连在一起的，普光镇没有傍晚。夏燕在自己胸膛上薅了两把，薅得恶狠狠的，像贺秋阳的名字藏在她的皮肉里，这么一薅就能薅出来。结果忘得更深，更远。她分明看见那个名字在背向她奔跑。

这比黑夜还令她惶恐。

她只好拍打柜台。柜台上的玻璃装得不够瓷实，一拍乱响。贺秋阳以为遇到棒老二呢。沿河的水码头上，总少不了棒老二，那些家伙不屑于像早年的抢匪，拿根大棒在僻静处行事，他们就在街上抢，整张脸用头套蒙住，只在眼睛处开两个小洞，手执利斧或仿制手枪，来了就敲柜台，把东西抢到手，就从水上逃走。

贺秋阳两腿一弹，书飞向脑后。

待他看清柜台外面站着的是夏燕，脸沉下去了。夏燕给了他惊吓，他很不满。

夏燕知道他不满，说，对不起，我要……蜡烛，对，是蜡烛。

贺秋阳气呼呼地抽出一捆，问要几支，夏燕说，把整捆都给我吧。

"有二十支呢，又不经常停电，要这么多干啥子？"

夏燕很想说，如果今晚不来电，她就要从黑点到亮，怕不够点，所以得多要。但说这些有啥意思呢？她只是付了一捆蜡烛的钱，就匆匆忙忙回了自己的家。

她是把蜡烛点上才关家门的。

直到这时候,她还是没想起贺秋阳的名字。想不起就算了,懒得想了。几十年了啊,那个人……可到底放不下。就如同心里涌起一首老歌的调子,熟得不能再熟,却就是想不起它的歌词,把调子哼过来哼过去,哼得口干舌燥,歌词也唤不出来。

这是让人相当难受的,甚至可以把一个人逼疯。夏燕就曾亲眼见过一个因为想不起熟悉的东西被逼疯的人,那人名叫周安,疯后鼻涕口水,又哭又笑。因为见过疯子的模样,夏燕不想疯。她决心不再去想贺秋阳的名字,她宁愿让贺秋阳的名字永远瞎在那里。

可她并没因此平静下来。她知道人的心就跟面前的蜡烛一样,瞎掉的,就再也不会亮起来了,而且只要蜡烛还在燃烧,就会不断瞎下去。她本是躬腰坐在沙发上,这时候像被人从后面抽了一棒,身体内部尖叫一声,使她猛然站起,左右逡巡。逡巡一会儿,才发现根本没有目标,于是绕过茶几,颠颠扑扑走到对面的电视机旁,将按钮戳了一下。电视机没理她。戳好几下也没理她。蜡烛的光焰迸跳起来,讥讽她:你这老婆子,今晚不是停电嘛!

她觉得所有的人和事,都在跟她作对,都在把她往边缘上挤。

三个女儿呢?她想到了三个女儿。女儿很久没跟她通过电话了。老幺有时还打电话回来,老大老二嘛,只要她不打电话去,也就听不到她们的声音。

女儿不需要她,她却需要女儿,特别是在今夜。这种需要让她伤心,让她感到隐隐的屈辱。但她顾不了这么多,重新坐回到沙发上,重浊地呼吸着,开始拨女儿的电话。

她把每一个数字都按得很实沉,生怕按轻了,那号码也会瞎掉。

这天夜里,刘清、刘溪、刘河,三姐妹正聚在一起。

是又一次相聚。近一年来,她们聚了不下十次。每次都是大姐刘清召集。刘清和刘溪住在巴州市内,刘河住在竹江县城,巴州市、竹江县和普光镇,呈三角形分布,普光镇往东,沿国道可到巴州市,往北,水路直通竹江县城,竹江县城至巴州市,既通水路也通公路。三者之间,镇子离县城最近,但所用时间相差无几,都在两个半小时左右。

刘清召集,自然是去市里。

聚会的目的都是同一个:寻亲,寻找她们的父亲。

去年秋天,差不多也是这时候,刘清的儿子上了大学。儿子一走,她突然觉得家里像少了七八口人,儿子在时,地板和墙壁都会说话,现在连人也不会说话了。许多时候,家里就她一个人。儿子刚上高中,她就为自己安了个病,办了病退手续,她把十之八九的精力扑在儿子身上,留下十之一二给丈夫。眼下她照样那样扑,只不过把给儿子和给丈夫的比例,颠转了过来。

却扑了个空。

丈夫张占军,是市卫生局办公室主任,他的家不在家里,是在单位、酒桌和牌桌上。对此,张占军自己很不满,常向妻子抱怨,说这日子简直没法过,陪领导通夜通夜地砌长城,还要往酒缸子里泡,好好的一副身板,活生生被败坏得奇形怪状。可刘清发现,丈夫的领导并不是天天喝酒,也不是天天打牌,特别是眼下,风声紧,领导喝酒打牌的时候,比先前少了大半。退一步说,就算跟先前一样多,也不是回回都让张占军去陪的。不让他陪,他就回家来,他开门进屋时,是那样疲乏,像把脸舒张开也要费去最后的力气,因此他闭着嘴,沉着眼皮,换鞋时还发出轻微的吁吁声,然后,他把自己往沙发上一甩,刚甩下去,就扯起了鼾声。

不知从哪天起,刘清便无法从丈夫的鼾声里判断他是否真的睡着,因为最多扯上三五声,他就把手机掏出来,眼睛撑开一条缝(他过于肥胖,眼睛差不多只剩一条缝了),在手机上画个倒三角,解了锁,发短信,或者打电话。他打电话的声音小得像蚊子叫,刘清坐在他旁边也难以听清,对方是怎么听见的?短信和电话的内容倒也没啥秘密,都是问别人在干什么,若对方有事,他会再次躺下去,再次扯起鼾声。但很快,又发短信,又打电话。即使不发也不打,别人也没联系他,他照样隔两三分钟就掏出手机瞄一眼。这么折腾着,直到把人约上了,他才变成一个真正的活人,对妻子说:"我有应酬。"出门的时候,他精神百倍。

刘清觉得,自己在丈夫眼里,只是一件陈旧的家具,一直在用它,却没注意过它,甚至没正眼瞧过它。换作别的女人,即使不把怨气发在明处,也要把守活寡的哀怨挂在脸上。但刘清从不。她是个知事的女人,明白巴州市六百多万人口,市卫生局办公室主任却只有一个。她打心眼儿里觉得,丈夫不是故意把她撇在一边,而是在为这个家受苦。丈夫受苦,她担寂寞,她觉得天经地义。只要当家的有个一官半职,哪个女人又能不寂寞?所有寂寞,刘清都自己了结。儿子走后,她养过一条贵宾犬,别人送的,只养了半个月就卖了;接着养猫,一只纯种波斯猫,也是别人送的,但很快也卖了。倒不是贪那点小钱,而是她对宠物过敏——打喷嚏,打得骨头稀软。她既不跳舞,也不打牌(她觉得女人动不动就往牌桌上钻,有损丈夫的名誉),宠物又不能养,确实想不出多少法子打发自己。幸亏有电视。她成天都开着电视。但有一回,她在电影频道看了部老片子,对里面的女主人公极其厌恶,便恨屋及乌,连别的节目也少看了。

日长无事,她想到了父亲刘文炳。

其实也并非无事才想到父亲,她一直想着。

父亲是她心里一个沉睡的伤口,现在那个伤口醒过来了。刘清的内脏痛起来,胃痛,肝痛,心痛。潜伏了三十七年的伤口一旦醒来,就是为了咬人的。

这么痛了几天,她给二妹去了电话,让二妹赶紧来她家里,有要事相商。

刘溪住在城南,与大姐所住的城西,有个垂直的拐角,路程倒不远,不堵车二十分钟就到了。只是刘溪出门不是太方便——她跟丈夫的关系不那么顺。

若干年来,巴州城自然而然形成了这样的格局:东边住穷人,西边住贵人,南边住富人,北边住怪人。这种概括不一定适合所有个体,但用在刘溪夫妇身上是准确的。刘溪的丈夫王成江,年纪轻轻就炒股,很短的时间内赚了一大笔钱,后来跟妻子合伙炒房,赚了更大一笔钱。这两大笔钱,让他们有理由坐享其成,且把女儿送到了澳洲读高中。而今他们在南城傍湿地公园的地方购了别墅,买卖也见好就收。可两人都才四十出头,四十出头的人总得有点事情做,否则无聊起来,真是要命。人这辈子,可怕的不是穷,而是无聊。不过这只是王成江的想法。刘溪不怕无聊,因为她从没无聊过,她对每一种生活都满怀热情,比如几年前,她去南海边玩了一趟,捡了个蚌壳回来,就经常把蚌壳贴在耳边,听海啸的声音。

她越这样,王成江越觉无聊,于是又开始了折腾,忙着联系开饭馆、开酒吧。奔了二三十天,饭馆和酒吧都没开起来。其实他不是真要干这事,可当他明白自己想干的事没干成,就更加恐慌。这类同于那些老烟鬼,在某一个时刻,并不是真想抽烟,但当他发现烟盒里一支烟也没有时,烟瘾就会像点燃了的汽油桶。

王成江折腾的时候,刘溪也没闲着。刘溪这人,豁达、爱笑,笑起来哪怕只眯一下眼睛,也像浑身都在笑,因此人缘好,朋友多。她常去找朋友们玩。他们这个年龄的人,巴州市的玩法基本上是打麻将,刘溪和王成江以前都不怎么打,现在刘溪仿佛突然知道了麻将的好处,离不得。正是在麻将上瘾过后,她才感觉到自己也怕无聊。没人约,她就怕,就主动往茶馆里钻。巴州市的茶馆跟天上的星星一样多,陆上有,水上也有。市外的那条河,名叫州河,属嘉陵江水系,接纳前河及中河跟后河汇成的清溪河,水势浩大,河面密布着彩船,白天乱旗招展,入夜灯火通明。每艘船都有两三层,一层是餐厅,二层打麻将,如果还有三层,就搞按摩。刘溪的脚步频繁地在陆地和水上游走。

没干成想干的事,王成江唉声叹气,刘溪便拉他也去打麻将。他就是不肯。她的瘾越大,他越不肯,连以前的偶尔为之也赌气戒掉了。王成江是个多疑的人,也是惯于把什么事都夸大的人,他把没开成餐馆酒吧,当成了某种警示,认为自己这辈子再也不会有成功的时候了。他哪有心思去打麻将?

有天后半夜,王成江突然摇着刘溪的肩,悲怆地说:"我已经是个死人了。"刘溪那时候正做梦：她张开双臂在空中飞，累得只有出的气，没有进的气，感觉马上就要坠入深谷，而后面追她的人却步步紧逼。最近这段时间，她老是做同一个梦，梦中的景象阴风惨惨，那个追逐者长啥样，她从没看清过。那天夜里听了丈夫的话，她还以为是追她的人在说话。"未必是个死人在追我？"刘溪肩膀一抖，发出模糊而绵长的惨叫。

这声惨叫成了王成江的证据。王成江觉得，妻子一定在梦中想着别的男人——在他们日子过得最顺、夫妻关系最好的时候，他就这样怀疑过——妻子是在为那个男人痛苦。刘溪清醒后，王成江忘记了自己的苦恼，而是追问妻子刚才在想谁。刘溪把梦告诉他，重复三遍，他也不信，刘溪恼怒地说："我不做对不起你的事，连想想别人也不行？"

语言也是物质，一旦出口，就像某件东西摆在那里；跟东西不同的是，东西可以扔掉，而它扔不掉，你越想扔，它越抓你的心。从那以后，王成江和刘溪就别扭起来。王成江像突然衰老了似的，雄心没有了，啥事也不想做。刘溪看他可怜，为消除他的疑虑，只要不是牌客约她，别的任何人，哪怕是先前再好的朋友约她，她都尽量推掉。

可既然姐姐有要事相商，她不能不去。

那天刘清把二妹迎进屋，焦躁地说："溪，我们是从小就没爸爸的人哪！"

对于没有父亲的日子，刘溪早就习惯了，但习惯的只是表层，经姐姐这么一说，表层的泡沫被捋开，露出了皮里的烂肉。她生动地回想起了自己和姐姐趴在沙地上望着父亲被河雾吞蚀的景象，同时也想到了自己眼下所过的墓地一般的日子。

"也不晓得爸爸咋样了……"

刘清赶紧说："我叫你来，就是想把爸爸找回来。"

"找？都三十多年了！"

"你说是三十多年，我说只有一天。"

刘溪无言以对。因为发现自己跟姐姐对爸爸的感情重量不等，她很是愧疚。

于是她模仿着姐姐的忧伤，说："能找回来就好了……咋找呢？"

"我也不晓得，"刘清抹了把脸，"所以才找你来商量。"

她们商量了很久，想了许多办法，觉得都不可行，便又找了刘河。

刘河在县职高教语文。职高是从中师改过来的，最近几年，虽说职高不太愁生源，但跟先前的中师相比，那种落寞几乎可说是惊心动魄。刘河身上就带着落寞的气息。只要不在课堂上，她很少说话。但她脑瓜子灵，这一点两个姐姐都承认。

刘河去了市里，听了姐姐的意思，很不解："为啥要找他？"

尽管每次召集她都去，但每次她都要这样问。

这天夜里——普光镇上的母亲去贺秋阳店里买了蜡烛的这天夜里，她还是这样问。

自然，她又被两个姐姐狠狠数落了一通，说她没心肝。

刘河不服，说真正没心肝的，是他。

说到父亲刘文炳的时候，刘河都不叫爸爸，而是叫"他"；她从小就没叫过爸爸，现在怎么努力也叫不出口。她倒是能很顺溜地把公公叫爸爸。她认定了自己只有公公这样一个爸爸。但两个姐姐提醒她，把公公叫爸爸，是因为有座桥，丈夫就是那座桥，没有那座桥，你那个宽皮大脸爱逗乐取笑的公公，就是你的陌生人。你需要的是一个血肉相连的爸爸。我们趴在沙地上看着远去的那个爸爸，才是我们血肉相连的爸爸。

每当听姐姐们这样说，刘河都心生嫉妒。人以为一生很长，可懵里懵懂地，就到了回顾往事的年纪，而姐妹三人最重要的往事，她却不能参与。许多时候，她有种古怪的感觉：怀疑自己跟清和溪不是亲姐妹。这种古怪的感觉常常转化为怒气。她说："你们当然喽，你们见过爸爸，我没见过！我生下来不满一天他就走了，总不能说我见过他！你们说的那个血肉相连的爸爸，对我来说就好比空气，我总不能把空气叫爸爸吧！"

老大跟老二对视一眼，然后老大喝了口水，又喝了口水，给自己添水之前，给老三添上了——算是原谅了老三的怒气。放下水壶，老大把椅子朝老三挪近了些,柔声说:"河,就是晓得你不能把空气叫爸爸,我们才要去把爸爸找回来呀。"

刘河的眼眶湿润了。唯她自己清楚,姐妹三人,最想找回爸爸的是她。她们都知道自己有爸爸,她不知道,她要让那个被称为爸爸的人,站到她面前,承认她是他的女儿,然后像父亲搂抱女儿那样,把她抱进怀里……

刘溪抽出一张纸巾,递给刘河,刘河接过来擦眼睛的时候,坤包里的手机响了。

是妈妈打来的。

刘河的手机里没存"妈妈",存的是"夏燕"。现在的不法分子,偷了你手机,还要寻你手机里的联系人,对他们实施诈骗,比如说你亲人出车祸了,正在医院抢救,火速汇几万块钱到某账户。妈妈接到这样的电话,必定想也不想,就往储蓄所跑。可是她没有那么多钱,她有好多年没领过工资。兽防站撤销后,除站领导,别的人都停发了工资。直到五年前,又才给他们落实政策,停发的工资不再补,但从今往后,每月可领八百块。要不然,那年妈妈再害胃烧心,货架上的东西再是积灰长霉,也不敢关了铺面。有这笔收入之前,刘河和两个姐姐,每人每月给妈妈五百块,现在再给那么多没有必要,由五百降为了三百。千多块钱,无非也就是生活费,妈妈塞不住骗子的牙缝,只能借。最方便的借处,便是她的邻居贺秋阳。

贺秋阳,那个被姐姐们说成伙同妈妈把爸爸逼走的人。

几十年前的事了,可姐姐们说起来,就像发生在上个星期。有的事情正在发生,却什么事也没有,有的事情早已过去,却一直尾随在你身后。妈妈夏燕与贺秋阳之间的事,属于后者。但真正说起来,又简单得很,简单到语焉不详。那家兽防站,那间牛棚,就是制造和隐藏全部秘密的处所。刘河懂得那些流言蜚语的时候,兽防站已经不存在了,改作了酒厂,原是牛棚的地方,也砌成砖房,作了酒厂的职工宿舍。至于那头名叫东风的种牛,早就蜕变成另一种物质。在镇上念中学的几年里,刘河有空就朝酒厂方向去。若不是因为盖了顶棚,那简直可以说是个露天酒厂。当年的若干房间被拆除,整块地面打通了,备料、选料、粉碎、入库、蒸馏、全套程序,都在这没有遮挡的空间里完成,栗黑的酒糟堆积在门口,堆成了山,等着赶场天让乡下人来把山搬走。乡下人把酒糟买回去喂猪。刘河到这里,眼睛几乎派不上用场。越是敞亮的地方,眼睛越是派不上用场。她只是闻。

酒的气味。酒糟的气味。

把这气味往前推,是田野的气味。

再往前推,是粮食的气味。

玉米的气味。小麦的气味。豆子的气味。

那时候,也就是母亲为种牛东风割草的时候,普遍缺粮。但兽防站比别处好些,这全仰仗了东风。为保证它的产精量,兽防站给它配了专用口粮,玉米、麸皮和豆粕,每月三十斤。贺秋阳把这三十斤粮,分成两份,每份各半,一半拿回家,一半给东风。后来他重新分配,依然是两份,一份二十斤,一份十斤,二十斤的给自己,十斤的给东风。再后来,十斤的给了夏燕。刘河听两个姐姐说,妈妈拿回那些粮食,给他们做粑粑吃。但爸爸不吃。爸爸是烟叶收购员,掌上的烟油有半寸厚,手不管伸向哪里,就把那里的东西粘住,因此他的手掌上随时响起撕裂之声。他把撕下来的东西扔开,说:"人要讲良心。"这话当然是说给他妻子听的。他妻子听了,自己也不吃,背上花篮出了门。尽管老是配种失败,但东风所做的,到底是损元气的事,东风的饲料被她拿了,东风沾不到饲料,整个身躯,就是一副骨架子,往它身上一摸,硌手,肉鬃也变薄了,像片干肉。夏燕一去就好几个钟头才回来。她用自己的劳苦,为吃了牛饲料赎罪。

可父亲刘文炳的那句话,却不单纯指这个。

母亲应该听得懂他的意思,但她装着不懂。

她照旧在月尾的时候,拿回十斤粮食。

她把粮食放进草花篮,仔细掩了,再背回家。但这瞒不过镇上人的眼睛,其实是瞒不过他们的鼻子。饥荒年月,人和动物,长鼻子别无他用,就为闻食物的气味。镇上早有传言,说东风的饲料被贺秋阳吃了,因为贺秋阳也要跟东风做同样的事。贺秋阳倒是比东风有情义,东风只顾自己,贺秋阳还要顾母的。

父亲就是这样被逼走的吗?

往常,刘河看到"夏燕"两个字,不经任何过渡,就自然而然地反应出那是妈妈。妈妈就是夏燕,夏燕就是妈妈。可这天夜里,她觉得夏燕和妈妈之间,似乎并不能画等号。夏燕是把父亲逼走的女人,妈妈是生养她的女人。这是两个女人。

她现在从手机里看到的,是把父亲逼走的那个女人。

她第一次觉得,自己跟姐姐们一样,轻视那个女人。

刘河的手机响之前,清和溪的都响过,还不止响一次。她们看了一眼,都没接。刘清是寂寞着并且害怕寂寞的人,她奇怪丈夫有理无理把手机摸出来看,其实她自己也是这样,三姐妹这么商量着寻找父亲,她也忙里偷闲,将沉默的手机看了七八回。虽然跟她联系的人并不多,但有人来电话,她是求之不得的,如果不是妈妈打来的,她不可能不接。刘溪正跟丈夫闹别扭,生怕丈夫查问,要是王成江来电话,她不仅要马上接听,还要故意让丈夫知道她现在是跟姐姐和妹妹在一起。也就是说,那电话不是王成江打来的,也肯定不是牌友打来的。刘溪没接听的电话,只可能同样是妈妈打来的。

想到这一层,刘河心里有些酸。

她觉得妈妈对大女和二女比对幺女好。不是现在才感觉到,是从小就有这感觉。别人家有了好吃好喝的,都是先给老幺,老幺最弱,多受些照顾理所当然;而妈妈总是先给老大老二。轮到给老幺的时候,眼神里有一丝迟疑,也有一丝怜悯的味道。小时候的刘河,倒是希望看到妈妈那种眼神,这证明有好东西吃,比如面条里埋个荷包蛋——那是当年最常见的好东西。长大了,刘河才隐隐约约感觉到委屈。而妈妈那眼神究竟意味着什么,她一直没读懂。但这天夜里,她猜出妈妈给老大老二打了好几个电话她们都不接,才想到给她打,她便发现妈妈那眼神并不复杂,无非就是不爱她,无非就是觉得她不如前两个女儿重要。

以前妈妈来电话,除非在上课,刘河没有不接的,今天她不仅没接,还把手机关了。

三姐妹又回到正题上。

刘清说:"爸爸撑着那条小船,从清溪河到州河,州河下去是渠江,渠江下去是嘉陵江,嘉陵江下去是长江,长江下去是东海。三十七年啦,还不够他走到海上去吗? 说不定他早就成了海里的野人了……河,你比我们灵光,你得想个办法。"

没等刘河回话,刘溪突然想到中央电视台有个寻亲节目,不如……

"你比我还笨!"一口茶水刚进嘴里,刘清就打断她。茶水没包住,往下滴了一串。

"老了!"刘清解嘲地说,扯了纸巾先擦嘴,再擦地板。

刘溪笑起来。刘清够着手,拍了刘溪一掌,自己却笑得比她更响。

为这件小事开心了好一阵,刘清才解释为什么说刘溪比她还笨:"那些去电视上寻亲的,都是走掉的亲人找不到家在哪里。我们爸爸是他个人不愿意回来,你上电视有屁用!"

这话在理,但刘清真正的顾虑在于:如果上电视,爸爸多半看不到(要是他到了海上,更看不到),却很可能被熟人看到。她不想让人知道她有那样一个爸爸。普光镇的老辈人当然知道,但后生知道的不多,县城和市里更是无人知晓。不管怎样,这都是丑事。如果遇到好事者,不仅关心她们爸爸为啥出走,还要刨根问底,弄个水落石出,就是更大的丑事。她们的丈夫都不是很清楚呢。但刘清没把这层意思说出来,她又转过脸,盯住刘河。

大姐的话提醒了刘河,让她想起念大学时读过的两篇小说。一篇是美国人写的,说有个男人,某天突然心神不宁,便离家出走。他走了很多年,他的妻子成了寡妇,孩子成了孤儿。这一切,他全看在眼里,因为他并没走远,他就在邻街,只是再没有回家的勇气了。另一篇是巴西人写的,这篇跟"他"更像:一个本分的父亲突然划走一条小船,开始了他在河上的漂流岁月,其实他哪里也没去,就在家附近的河里划来划去,只是从不上岸。

刘河把这两篇小说讲给姐姐们听,但没说是小说,只说有过这样的事。"他"也可能这样。"你们想,"刘河说,"他的那条破船——照你们说起来,那条船不仅小,还破,稍微大些的浪头子就能把它打散,能走多远?清溪河和州河还算平稳,渠江你们是去过的,渠江里流的不是水,是浪,全是浪,他的那条破船,穿不过那些一浪高过一浪的浪!"

中篇

刘河回了普光镇。

这是个星期五,她下午上完两节课,家都没回,就去坐船。到普光镇已是黄昏。普光镇连傍晚也没有,别说黄昏,因此更准确的说法是:在这个星期五的晚上,刘河回了镇子。船停在下街码头,她去码头斜上方的摊子上买了几份熟肉,拎着往中街走。

而今的普光镇,依然是条狗肠子街,但朝下游延伸了数倍。延伸部分称为新街。十多年前新街建成,又着手改造老街,老街全是陈旧不堪的板房。然而,刚拆了上街的半间,工程就被紧急叫停,说普光镇是巴国故都,那些老房子是文物,里面可以继续住人,但不许损坏和拆建。当然已经搬到新街的镇政府除外,镇政府原在老街尽东,砌了四丈多高的堡坎,盖的又是青砖瓦房,并不在文物之列。现在的老街两头,各立了个刻着"巴人街"的石磴,且给每个住户编了号:巴人街1号、巴人街2号……但巴人街只是官方的叫法,民间对石磴和号牌视而不见,都把这段青石板街叫老街,上了些岁数的,还固执地保留着老街上中下街的区分。政治经济中心捆绑下移,加上巴人街的强制性保护,使老街除了变得更老,别的都可以忽略不计。

一路上都有人打招呼,叫得五花八门:刘河、河、三妹、大炮。每个称呼都是她的一段人生。"大炮"是她念小学五年级时班主任给封的,是因为那时候,她很有些不负春光、野蛮生长的味道,手脚浑圆,还特别爱说,而且啥话都敢说。后来苗条了,也不爱说了。并不是落寞的职高让她的嘴皮子落寞下去的,上初中后她就不爱说了。她真像河流,以前说到河流,会自然而然想到奔腾和喧嚣,而今那样的河流越来越少。

刘河听着别人叫她,如同穿行在她自己的丛林里,刚走进花骨朵满枝的初春,又一脚踏进了炎热的盛夏,纳凉的扇子刚摇开,微风又送来秋天的气息。三十七岁的女人哪。她的岁数太好记了!当姐姐们说爸爸离家有二十年了,她就是二十岁;当姐姐们说爸爸离家有三十七年了,她就是三十七岁。

刘河发现,别人叫她河、三妹或大炮的时候,她都会涌起莫名的羞愧。唯有叫她刘河,她才心安理得。她已经不习惯亲热,就连跟丈夫和女儿也是。女儿似乎也并不需要她的亲热。女儿在县中读书,操心的事全由她爸鲜春做了。鲜春是天底下的头号暖爸,从没训斥过女儿,更没骂过、打过。不仅如此,当女儿还是个系着羊角辫的小学生时,他跟她说话就脸红。人言,女儿是父亲前世的情人,真像。这种联想更加败坏了刘河的心情。如果那句话成立,她就是个被抛弃的情人,一个出世不满一天就被抛弃的情人。

真不该去找他!

而她这次回来,就带着找他的任务⋯⋯

不知不觉,到了贺秋阳的柜台前。天完全黑下来了,贺秋阳却没开灯,窝在那把破旧的藤椅里看书。刘河三姐妹都遗传了父母的高个子,能清楚地看到里面的情形:一张茶几,一个方凳,一把藤椅,再就是藤椅里黑乎乎像是炭化了的人。如果贺秋阳长的不是猫的眼睛,不可能看清书上的字。事实上他没有看书。即使在看,也肯定不是看捧在眼前的书。他看的书,写在跟风一样流逝的时光里。那书上除了有他本人,一定还有夏燕,同样少不了周安。

当年,周安跟贺秋阳是最好的朋友,两人也都是镇上有名的读书人,只是贺秋阳没有周安身上那股读书人的香气。周安的那股香气,让下街的冉芹吃了大亏。冉芹是镇上最好看的姑娘。她知道自己好看,也利用自己的好看,对某个男子本来毫无感觉,也故意两眼虚虚地跟人家说话,临别时再用力看对方一眼,像有无限情意。男子被看得发酥,再去找她,找到的却是一块冰。但那可怜人已丢了魂,按上街张中医的说法,是丢了幽精,幽精一丢,人就着了迷道,得不到回应,便只能躲到某个角落,悲苦地去害相思病。这些人中,包括贺秋阳。只是贺秋阳跟别人不同,相思越苦,他越要做出谁也不配我喜欢的样子,那段时间,满场镇都听见他的说笑声。街坊私下谈论,说要是冉芹不能嫁到县城,镇上怕是没人配娶她了,因为贺秋阳家境好,人又能干,还长得高高大大,浓眉底下的关公眼,英气逼人。可谁能料到冉芹中意的是周安?周安除了书读得好,可说一无是处,穷、矮、黑,三个字就把他说尽了。桃李丰润的冉芹,却为他水米不进,紧跟着发癔症,说胡话,句句胡话都离不了周安。

这事传出去,镇上很多姑娘扁嘴,认为冉芹是装的:她假装说胡话,其实是想让人知道她的心。没有人怀疑冉芹也对周安丢过媚眼,看来周安没接招。周安可能是迷进书里去了,或者以为冉芹在他面前,无非只是习惯性地卖弄风情,再或者,是忌惮贺秋阳。贺秋阳行事霸道,说出去的话从不收回,却对冉芹的拒绝隐忍,是因为他正暗中经营自己的势力,终有一天,他会成为普光镇的地头蛇。作为朋友,周安比别人把他看得更透些。不管怎样,周安不理冉芹,都让别的姑娘高兴。她们也对周安身上的香气着迷。

獐子因为香气而被猎杀,周安也必须付出代价。镇上谁都清楚,是贺秋阳设绊子,把周安当成牛鬼蛇神,关进了牛棚。那牛棚本是专供种牛东风躺卧的,但那些天,东风搬进了天井。

周安在里面不能看书,不能听广播,也无任何人交流。刘河听母亲说,当时由她负责给周安送水送饭,可有人提早打招呼:不许停留,不许出声……其实谁愿意在里面停留呢?那正是三伏天气,太阳烤,河水蒸,普光镇成为火炉,而牛棚是火炉的中心,盈尺厚的牛粪,又臭又烫;不光牛粪,还有人粪,周安只能像牛一样在里面拉屎撒尿,且不给他手纸。此外还有蚊虫,黑压压的,飞起来比河水还响。周安似乎不怕蚊虫,他光着膀子,在牛棚里踱过来踱过去,想他看过的书报,不仅在心里想,还大声说出来,相当于背诵。

有天中午,他丢了饭碗,开始背曹操手下战将的名字,照《三国演义》的出场顺序,依次往下背,背到第二十四个,突然忘了是谁。怎么可能呢?他不信,但那是事实。第二十四个名字瞎掉了。他从头再来,每次背到第二十个,都卡了壳。连续两天,夏燕给他送饭,都听到他在重复前二十三个名字,被卡住之后,他急得颈项上青筋暴起,双手在身上乱抓。他那指甲很久没有修剪,一抓一道槽,槽口结满熟葡萄似的血珠子。夏燕想对他说,你背这个有啥用呢?记不住第二十四个,不可以从第二十五个开始吗?但旁边住着看守,她不敢说。她也想过找人查一查书,把那第二十四个名字写在纸上,将纸条埋进饭里。但那比直接告诉他更加危险,还会连累了帮忙查书的人。何况,自从忘了那个名字,周安就连饭碗也没瞧过一眼了。

又过去一天,黑屋子里响起不寻常的动静,先是碗被砸烂的声音,接着是拳头猛击板壁的声音。一群小将冲了过来,边跑边解腰带。但贺秋阳出现了,贺秋阳向小将们求情说,看在我的面上,饶了他吧。这群嘴上无毛的娃娃,本就受贺秋阳调度,于是按兵不动,任周安去砸。碗就那么两只,一只装水,一只盛饭,都是龇牙咧嘴的土碗,砸了就砸了;牛棚是砸不烂的,关东风的时候就固若壁垒,把周安关进去后,又在板缝处打了补丁(主要是挡住天光)。

周安砸了几袋烟工夫,停了,又开始背曹操战将的名字,背到第二十四个,有了短暂的静默,然后传来抓扯自己的怒吼,怒吼一阵,又从头再来。

背到第五天中午,周安疯了。几天以来,他没吃过,也没大睡过,此刻又哭又笑,抓起苍蝇盖面的饭菜,却不是往口里塞,而是拍成饼,捏成团,藏进又深又脏的头发里。

一个疯子是活不了多久的。周安死后,镇上人悄悄说,贺秋阳治周安的那一招,毒啊,杀人不见血啊,如果当时贺秋阳让小将们把周安揪出来,哪怕是揪出来暴打一顿,周安就跟外界有了联系,就会从那个自设的迷宫里逃走,就不会疯,也不会死。

但这些都是假设,周安疯了,也死了。几十年来,他成为普光镇的传说,传的都是他对书本的痴狂和过目成诵,最多再说到漂亮的冉芹为他憔悴,没有谁再提起他被关了牛棚,更没有谁提起他在牛棚里的遭遇。世事早就教会了普光镇人选择性遗忘的本领。那些难堪的历史,只要没发生在自己身上,也就没必要记住。再说周安早死了,他的家人也悉数迁到了外地,而贺秋阳还活着,且一直住在老地方,说那些事,讨不了周安的好,却得罪了贺秋阳,实在犯不着。

不知道贺秋阳自己是怎样想的。

刘河总觉得,当他在黑暗里"看"书的时候,其实很希望别人能分担他的记忆。

幺女快拢家门时,夏燕正拿出手机,又准备给女儿拨电话。

近些天来,她能记住的事越发稀少了,但给女儿打电话这件事,她记得牢牢的。打过去,有时候通了,有时候没通,有时候接了,有时候没接——多数时候是没接。但不管怎样,她都要打。这是她与外界最可靠的通道。

此刻,她把手机盖翻开,却发现自己把女儿的号码忘了。她不会存电话,也不会从手机上查找电话,女儿的号码她是往心里记,也可以说,女儿的号码是长在她身上的——竟然也忘了!她身上最重要的器官被割走了。几天前她就有预感,怕忘,将三个女儿的电话从心里腾出来,记在一张广告纸上,但那张纸放在哪里,完全想不起来。她不仅被割了器官,还丢了魂。是电灯不够亮吗?她连忙抽出没用完的蜡烛点上,而且一次点了两支。

但蜡烛也不能帮她。

她进了里屋,一阵乱翻。

门虚掩着,刘河推门进去,看不到母亲,只见客厅里亮着电灯,却又在茶几上燃着两根蜡烛,这让她大惑不解。蜡烛的光焰一耸一耸的,不像燃烧,像发射,因此反而让屋子里呈现出弯曲的暗影。挂在西墙上的一面小圆镜,反射出双倍的暗影。

"妈!"

在忙乱中听到喊声,夏燕还以为是写在那张纸上的电话号码在喊她。她寻着声音,转过头,见到的却是一个人。一个号码变成了一个人。确切地说,在夏燕心里,是三个号码变成了一个人。可她分辨不出这是哪一个。清、溪、河,那个不要天良的,借她的肚子完成了一条河流的名字,就屁股一拍走了,唯有这件事清晰得刺目。人世间的所有事,最终都会反映到眼睛里,哪怕那件事已经朽了,眼睛已经瞎了。而站在面前的这个人,她却叫不出来,证明这个人要来到她眼里,还有一段路程,或许是一段遥远的路程。

刘河再次看到了母亲的迟疑,就像小时候母亲给她递好吃的,只是没有怜悯了。母亲的眼神迟疑而空漠。此刻是在母亲卧室里,刘河往客厅走,母亲也跟着走。进母亲的卧室之前,刘河吹熄了茶几上的蜡烛,这时候母亲又去点上,很慌乱的样子。窗外有风路过,几缕被秋天染成青灰色的夜风,斜着身子探进来,撩动得烛光跟母亲一样慌乱。

这景象似曾相识。

那是发生在时光背面的景象。那时候兽防站还在,周安还活着,刘文炳也没出走。尽管那时候也有蜡烛,但能点蜡烛的人家屈指可数,绝大多数只能点桐油灯。大河两岸的山里,盛产桐子。如豆的灯盏闪闪烁烁,在高山长河间显得格外魅气,格外孤独。那时候刘河还没出生,可她真的觉得对那景象似曾相识。她并不认为是自己翻过地方志的缘故,也不认为是来自于老人们的回忆,而是坚定地相信,人在出生之前就已"存在"。

当年的普光镇老停电,可有段时间,家家户户接到指令:夜里不许黑灯瞎火。原因是美国卫星到了普光镇上空,不能让美国人知道我们连灯都点不起。于是通夜灯烟缭绕。这与其说是需要,不如说是象征。老实巴交的普光镇人,在那个年代学会了理解象征,甚至学会了制造象征。比如贺秋阳,就是制造象征的高手,他觉得自己这本事无用武之地,就找到了周安。在贺秋阳看来,既然周安是他最好的朋友,就一定乐意配合他。事实证明他是对的,周安以想不起曹操第二十四名战将之名就发疯的方式,向世人宣示作为朋友能够达到的绝对境界,但同时,又谦卑而傲慢地暗示了谁才是货真价实的高手。的确,要说制造象征,周安比贺秋阳高明多了,贺秋阳以为他胜了,其实真正的胜者,是那个表面上败下阵来的人。周安不仅胜了,还用死亡把胜利带走,贺秋阳再想跟他比试,已经没有了机会。

那么母亲呢? 刘河想,母亲同样是高手,她不用任何言语,只是隔段时间拿回十斤牛饲料,就成功地把一个男人逼走了。

刘河很想再去吹熄蜡烛,可在大姐家的那种感觉又一次泛起:她面对的,不是生养她的女人,而是把父亲逼走的女人……

或许是用力过猛,将弹簧拉了过了的缘故,夏燕最初虽然不知道回来的是哪一个女儿,毕竟知道是她女儿,但很快连这个也忘了,就像沙漠还在继续沙漠化。

刘河任她坐在跳动的烛光前,自个儿进厨房做饭去了。肉是熟肉,冰箱里又有半碗莴笋汤,刘河只需要压饭。不到十分钟,饭菜就上了桌。

吃饭的过程无非也就是进食的过程。

夏燕很快吃完。她丢了筷子,出声地清点桌上的菜品。她叫不出牛头皮、烟熏鸭、缠丝兔、猪耳朵这些名字,便数1、2、3、4,然后把大腿一拍,喊叫着说:"嗨呀背时婆娘,你疯啦,你啥时候学会这样子糟蹋的?你疯啦!"言毕站起身,进了厨房,摩挲一阵,拿个食品袋出来,走到餐桌边,把空袋子抖搂几下,端起烟熏鸭就往里倾。她以为自己是在餐馆吃饭,不然哪来这么多菜? 装了烟熏鸭,又去端牛头皮。

可这时候,她的眼神一闪,盯住了对面的女人。

她拿不准这些菜是她的,还是对面那个女人的。

对面的女人垮着脸,很不高兴的样子。这么说来,是她的了?

夏燕又含糊地骂了一声,是怪罪自己怎么能把别人的菜拿走。她不好意思地放下袋子,离开了餐桌。旁边茶几上的蜡烛,已经燃尽,两股惊慌失措的青烟,追随她进了卧室。

刘河完全摸不着头脑。

当母亲闭了卧室的门,她觉得,母亲是在装精作怪。反正不喜欢我,就想以这种方式,把我像逼"他"一样逼走。我巴不得走,今晚没船,我明天清早就走;我甚至可以不睡,让今夜和明晨连在一起,也就不算我在这家里过了一夜。

话虽如此,洗罢碗,刘河就关了客厅的灯,推开了左边的卧室。家里就两间卧室,母亲睡右边,她和姐姐们睡左边。以前是三姐妹挤一床,当她读到小学三年级,大姐就去外地念书了,读到五年级,二姐又去外地念书了,因此在刘河的印象里,她在这床上睡的时间最长。事实上也是,自从参加了工作,特别是结了婚,她回来的时候最多。

站在卧室门口,她伸手到板壁里侧去摁开关,伸两次都没摁着。以前在她半睡半醒的时候,也能一摸一个准。她心里一沉,仿佛这才明白,自己有好长时间没回来看过母亲了。在高一点和低一点、长一点和短一点之间,丈量出的是地老天荒的距离。但毕竟,开关就在傍门的壁子上,多摸几次总是能摸到的。灯亮的一刹那,刘河被晃得抬手一挡,不是被光线,而是被房间里的整洁。她每次回来,房间都是这样整洁,地板纤尘不染,床垫和被褥的厚薄应时而变,枕头平平展展地横着,被盖折一半摊一半,像是在等她。有好几次,包括这次,她回来之前都没跟母亲说。看来,自从不开店,母亲每天的事务,除了照管自己的吃喝,就是收拾女儿的房间和床铺,然后等着女儿回来睡这床铺。

母亲是在为她长时间不回来生气吗?刘河不知道,她只感觉累得慌。

把父亲逼走的女人,生养她的女人,这两个女人在她心里打架。

可是,父亲与我有什么关系?我从小就只有母亲。

刘河记得,她大学刚毕业,母亲的背就驼了。母亲说,她的背早该驼了,但一直为三个女儿留着,现在幺女也出息了,因此她的背可以驼了。果然就驼了。在那些晦暗的日子里,母亲是凭什么不仅把三个女儿养大,还让她们读了书？刘河不愿去细想。

走进卧室，坐到床上去，她将摊开半边的被子扯过来，搭住膝盖。并不是冷，秋老虎才刚刚过去，河里的水才泛蓝，天上的云才吐穗，两岸山崖上的岩鹰，才把绒毛褪掉勉强成熟的幼崽赶出领地。刘河把被子扯到身上，只是想跟被子合为一体。被面爽滑，手一碰就沙沙响，那是蓄在被面上的阳光的声音。随着那响声，阳光的气息弥漫开。

为啥要找他呢！刘河想。

就像一个地方痛，或者痒，只要想着，就证明是真痛、真痒。

她是个被抛弃的人，而抛弃她的人她却不认识。如果是被丈夫抛弃，或者被母亲和姐姐们抛弃，她都知道抛弃她的人长啥样，都觉得好受些，而她是被虚空抛弃，被于她而言根本就不存在的人抛弃，使她完全失去了方向。

心里念着那个人，却享受着母亲给予的整洁和舒适，刘河觉得很可耻，断然地站起身，关了卧室的灯，让自己看不到那整洁，也不许眼睛被舒适诱惑。

这种自欺欺人让她觉得更加可耻，于是走出卧室，提张竹凳，去了虚楼。

拉开虚楼沉重的木门，首先感觉到的，是对面黑魆魆的山峰。峰顶一颗淡星，从横天褐云里深远地露出影儿，水和水生物的气息，在夜色里浮动，也在虚楼上浮动。虚楼很窄，削薄的木板，踩上去如踩在行船上，一波一波地漾。虚楼底下就是河，但不必担心掉下去，与时光偕老的杉木板虽然薄，却韧性十足，而且外沿装了半人高的栏杆。这栏杆是母亲装上去的，在刘河满地爬的时候。母亲说，清和溪都很"芷雅"，只有河"千烦"，不满九个月，爬起来就一阵风，"比儿娃子还能爬"，贺秋阳的小儿子比河还大半个多月，也爬不赢她。虚楼和正屋之间，卧着半尺高的门槛，母亲说，只要虚楼门忘了关，或者酷暑天热得不敢关，打个喷嚏的工夫，河就爬到了门口，屁股一撅，人就翻过去了。怕出意外，母亲就装了栏杆。每颗钉子、每根木条，都是母亲从当时下街的家具厂捡来的废弃物。

"芷雅"是方言,文静的意思。小时候文静的清和溪,长大了却风风火火。刘溪且不说,美院毕业直接就去波峰浪谷的楼盘里混;现在她出门打牌,电话一接,就能把起床、穿衣、刷牙、洗脸、化妆、拎包、穿鞋等等一系列动作,变成一个动作。刘清读的是卫校,学护理,病人的呻唤,在别的护士听来,如同在铁匠铺里听到叮当声,因为习惯,早已麻木,而刘清却能从呻唤里听出病人的需要,她就为那些需要奔忙,刚在这个床前吸了痰,转眼又在那个床前导尿。当时她是市二医院最好的护士,可惜早早地办了病退。

不过也没啥可惜,正如她丈夫张占军,还是个毛头小伙的时候,就是远近闻名的外科能医,三十岁刚过,就是全市公认的"一把刀",且有多篇论文在国家级医学杂志上发表,因成绩突出,他被调离一线,坐了办公室。有些老专家觉得可惜,但张占军自己不觉得。坐了办公室的张占军跟手术台前的他,完全变了个人,变得肥胖,也变得平庸。可这同样是别人的说法,张占军自己特别享受坐办公室的滋味,似乎也特别享受平庸的滋味。

他不是变了个人,只是跟所有人一样,身体里埋着很多个"分人"。光阴不只催人老,还要挖出每个人的分人。挖出这个分人的同时,另一个分人要么被放逐,要么被斩首,所以人总是在不断地处死自己的某一部分。刘河想象不出自己野蛮生长的岁月,更想象不出"比儿娃子还能爬"的岁月,现在的她,不管做什么,都比两个姐姐慢几拍。她们调过来了。这一调,使她们有了不同的境遇。命运不是由个人的性格决定的,而是比个人更小的分人决定的。一生中的关键时期由哪个分人出场,才真正决定着你的命运。

比如冉芹,在那些据说总是阳光灿烂的日子里,霸占在她体内的分人,狂热地追逐周安身上读书人的香气。她说胡话没多久,周安就被关起来了,对此她并不知晓。周安死后,贺秋阳去她家里,沉痛地告诉了她这一消息。贺秋阳说周安是搭急病死的,但话音未落,冉芹就吐了他一口。冉家父母吓得面如土色,接着父亲猛扇女儿几个耳光,以此来向贺秋阳道歉。贺秋阳却没跟她计较，当天晚上就着人去提媒。可就在那天后半夜，冉芹从普光镇消失了。她是偷跑的。跑出去的她嫁过四次人，最终落脚在长江边的万州。她每弃下一个男人，都是嫌那男人穷（不知道是否还要加上矮和黑）。也就是说，她体内被读书人的香气迷住的分人，在她第一次嫁人后，就毅然退场。刘河读大一那年寒假，冉芹回了镇子，这是她跑掉后第一次回来，在形容枯槁的父母的家，住了整整五天。恰好那五天里，刘清和刘溪也回来了，三姐妹都目睹了这个传说中的美人，其实是惨不忍睹。要说，虽然老了，还是能见出她脸上的每个器官都长得好看，但合在一起，就如松散的皮影。贺秋阳特意去见了她。贺秋阳显得很随和，随和到亲切的程度。她回应着他的亲切。贺秋阳离开时，给了她一千块钱，她把钱接过去，捂在脸上抽泣。

再比如他，那个名叫刘文炳的人，在那个大雾弥漫的清早，体内发生了一场战争，渴望尊严的分人，所向披靡，强迫他抛弃妻女，走向河沿，走向雾的深处，走向不归路。他不归，是因为归路被他自己切断了。即便到某一个时候，那个强蛮的分人死去，另一个懦弱的分人继位，懦弱的分人想回到家的怀抱，也因为懦弱而不敢回来。

深入骨髓的怜悯，让刘河心头一震。

对他，她第一次有了这种感情。

母亲屋里亮着灯，一直亮着，从格子窗漏出的灯光太近，反而使脚下的河水更黑。河水激荡和冲撞柱头的响声，同样是黑色的。河心倒是有一小片亮光，那是别人家的灯光逃进了河里。

夜已深，没睡的不止刘河一人。

她以为母亲也没睡，其实母亲早睡了。往日，夏燕到半夜都睡不着，今天很奇怪，走进卧室，往床上一躺，就安详地进入了梦乡。她在梦里记起了今天回来的是她幺女，她在梦里跟幺女摆龙门阵，说她近来突然老了，老得轰的一声，紧跟着精神不济，眨个眼睛就忘事。忘事不怕，忘人可怕，分明是熟得稀烂的面孔，却叫不出人家的名字，甚至连面孔也记不住,从对面走过,也不晓得打招呼,人家招呼你,你却接不上话头。这多得罪人!就是怕得罪人,除了去菜市场,平时她连门都不敢出。说这些话的时候,她并不悲伤,只是笑,她笑着对女儿说:"要是某一天,我把你跟你姐姐们都忘了,就该死得了。"此话一出,她确实悲伤了,她在梦里抹眼睛,把一只叮在眼袋上,因吃得过饱而反应迟钝的蚊子,抹得粉身碎骨。

对此,刘河一无所知。她被河心的那束亮光吸引了。

与水面接触之前,光线只是苍茫的粉尘,一旦跟水拥抱,就亮如星子。那是两个秘密的拥抱。刘河盯住比乒乓球大不了多少的光点,好长时间也不把眼睛移开,仿佛这么一直看下去,就真的会有个精灵古怪的秘密从水里蹦出来。那是关于河水的秘密,关于两岸山野的秘密,也是关于镇子的秘密;据说是她父亲的那个男人,居于秘密的中心。

但什么也没有。被亮光照住的河水,固体般纹丝不动。

夜风从柱头底下的黑暗里升起,吹着浅浅的哨音,穿过虚楼的板缝,钻进刘河的裙子。裙子被惊醒,噗的一声扇开,待知道是风,又想回来,但风越来越盛,回不来了。

这其实不是夜风,是晨风了。每年春秋二季,只要不起河雾,都会吹一阵晨风。

天光在远处,晨风把天光吹到镇上。

这样一来,刘河就真的一夜没睡。

她揉了揉眼睛,起身进屋,把前门打开。反正都回来了,她想,还是去街上看看吧,看那个人是不是真像那个美国作家写的,就躲在家附近的某间房子里。

与此同时,她的两个姐姐也在收拾,准备去江上寻找父亲。

姐妹俩头天就出发了。

出发之前,两人再次碰头,点点滴滴地回忆,确认父亲当年驾着那条破船,是朝河的下游划去的。可是所谓确认,或许只是一个渺远而固执的错误。

姐妹俩碰头，不用说，又是在刘清家里。刘溪住着别墅，房子既宽敞，又豪华，但刘清通常不愿意去。一方面，她是老大，不能随便动步往老二家走，特别是有事情商量的时候；另一方面，只比刘溪大两岁的刘清，像是大了二十岁，甚至四十岁，觉得挣钱只能"凭本事"，她认为炒股也好，炒房也好，都算不上本事，不凭本事，别说挣套别墅，就是挣一座王宫，她也不羡慕。不羡慕的意思并非心平气和，而是鄙薄，只因是自家妹子，不好把鄙薄的话说出口罢了。她就在心里这么想，让自己安慰，也让自己生气。她曾经到过二妹家两次。一次是二妹从香港旅游回来，下机时崴了脚，又给她买了很多礼品，她去看望，顺便把礼品提回来；一次是外甥女要去澳洲上学，她去送行。每次去了都吵到头痛。

在她自己家，她就神清气爽了。姐妹俩说到三十七年前那个清早，她眼圈发红，等到居然拿不准父亲去的是哪个方向，她呼吸急促，明显是缺氧的样子，却也不头痛。

那是夜里，刘溪把王成江带来了，张占军也暂时在家，这俩老挑平时就很少交流，现在也是菩萨似的窝在沙发上，当然比菩萨忙：张占军翻手机，王成江看电视。刘清姐妹坐在沙发的背后。那套虎背熊腰的皮沙发将客厅隔出了两个单元，正面的作客厅，背面的叫憩岛，是一种很古也很时兴的叫法，如果你嫌客厅吵，去里屋又嫌寂寞，就可去"岛上"休息或假寐，那里照样有茶几，有软凳，还有一张通上电就能帮你按摩的摇椅。姐妹俩就是坐在"岛上"的。当为父亲的去向纠缠不清时，刘清转过头，面朝两个男人的后脑，着急地说："你们也帮忙想一下呀！"

两个男人如从梦中惊醒，面面相觑。

他们根本就没听清两个女人说什么。

听清了也帮不上忙。

俩老挑都不是竹江县人，对岳父，只是从情理推断应该有这么个人的存在，事实上却并不存在。关于数十年前普光镇的那场大雾、那个早晨和那条舢板船，刘清和刘溪或隐或显地给自己丈夫提起过：刘清说的是当时家里缺吃的，爸爸出去找吃的，再没回来；刘溪说的是爸爸心血来潮,想出门闯世界,结果世界把他扣留了。两个男人像听古老的故事,听了也就听了。没想到各自的妻子要去把他们的岳父找回来,这事他们最近才听说。

张占军觉得很荒谬,几十年又不是几天,没一点线索,上哪里去找?说不定那人早就死了。可他更觉得这是个好主意,尽管刘清从不管他三闲,毕竟背后留着双眼睛,儿子上大学后,那双眼睛仿佛一天二十四小时都盯住他的脊背,她有了事情做,他的脊背就松快了。

王成江跟张占军的想法完全相反,他没有事情,也不想妻子有事情。他觉得妻子有事他没事,就是妻子对他的背叛。可妻子总是比他的事情多,这让他难过。他很清楚,并非妻子比他的事情多(真比他多出来的事,无非是打牌),而是妻子的朋友比他多。她本来就有很多朋友,现今又把朋友圈从陆上扩到了水上。她陆上的朋友王成江认识一些,水上的一个也不认识,这加剧着他的不安。最近这些天,他开始限制妻子出门。事实上也限制不了,但他能让妻子不愉快地出门。如此,两人之间像绷紧的皮筋,空气里也能听到"紧"的声音。他觉得总有一天,皮筋要绷断的,为此他深怀恐惧,但他红了眼,也只能顾到眼前。他的"眼前"就是:当有人给妻子来电话,妻子急着出门的时候,他要想尽办法,拖延妻子的脚步,把出门这个简单的动作,演变为一场艰难的斗争。

现在妻子要去找父亲,这让他无话可说,但心里照样起疙瘩。刘溪知道他有疙瘩,让他一块儿去,他又不愿意。他既不愿去,也不关心。除了约束妻子,他眼下对任何事情都不关心。女儿在澳洲读完高中,想留在那边继续念大学,征求他的意见,他两个字就打发了:"随便。"此刻他正看的电视,是讲如何培植巧克力味的草莓,他更不可能感兴趣。这证明他眼睛盯着电视,其实并没看。他跟老挑面面相觑过后,老挑把脖子扭到背后,意思是要刘清再说一遍,而他已经又盯着电视了。

知道男人帮不上忙,刘清没再重复,朝张占军挥了下手,又跟二妹从头回忆:那天早上,母亲追到门口,问父亲是不是连女儿也不管,父亲做了肯定的回答,母亲返身回来,冲进姐妹俩的房间,左手一个,右手一个,将她们抓起来,直接往地上一丢,说快去追你们爸爸,你们爸爸跑了!是的,说的就是个"跑"字。这个字在普光镇有特殊用法,意思里面有放弃的无奈,也有抛弃的决绝,总之是不要这个家了。九岁的清和七岁的溪,都懂这个字,听了母亲的话,脑门心嗡的一声,鞋都没穿,拔腿就追。

她们以前只听说过"跑"的人(最常听到的是说某家的媳妇跑了),从未见过,没想到"跑"的人竟是那样从容。爸爸的两条长腿虽是很卖力地朝前蹽,可他平时就这样走路,他的步态跟平常没啥两样。这让姐妹俩更加恐惧,翻着脚板,越追越快。想起来了,跟着追去的,不止她俩,还有一条狗。那是贺秋阳家的狗。那时候贺秋阳家养着一条土花狗,就叫花儿,花儿的四条腿,像是安着弹簧,但它只跟姐妹俩平行追赶,绝不越位。追到河边,姐妹俩趴在沙地上,花儿坐着,朝钻进雾里的舢板吠叫,吠得像哭,又像劝说和指责。再往后,它朝舢板消失的方向奔了一程,过一会儿回来,粘了满身的苍耳子……

这就对了!普光镇外的河岸,无芦苇野蒿之类的高秆植物,只在下街下游百米开外,才有一小片跟狗身差不多高的苍耳子。

没有错,父亲就是向下游划去的。

确定过后,更大的难度又来了。

下游的战线实在太长,正像刘清说过的,清溪河下面是州河,州河下面是渠江,渠江下面是嘉陵江,嘉陵江下面是长江,长江下面是东海。东海是太平洋的一部分呢!

但刘河记得对,爸爸走不了那么远,他那条破船,穿不透渠江一浪高过一浪的浪。也就是说,渠江是他能走的最远的路。而且还不是渠江的全部,最多走到渠江中游,过了中游的东林县城再走,便如老三峡,好多新制的大船,也在那里三下五除二,土崩瓦解。

他会不会连渠江也没进,只在州河或者清溪河,甚至像刘河说的那样,只在家的附近划来划去?这不可能。那两条河流程短,她们也很熟悉;至于家的附近,更不可能,普光镇外的河道,既无高秆植物遮挡,河心也无沙洲,一眼就能望透。

如果爸爸真的漂荡在江河上，就该是在渠江上游了。

姐妹俩决定，先坐汽车去东林县城，然后坐船往上游走，这样既找人，又回家。

出了市区就是盘山路，翻过绵延的、风光旖旎的两座大山，一条深长峡谷的远处，隐隐露出块状白光，那就是东林县城。近了才知，东林县城并没在峡谷里，而是步步高似的依山而建。渠江放荡不羁，十年中有六七年闹水荒，把峡谷变成河床，县城低处也多被扫荡。这让当地苦不堪言，可也得了不少好处。国家发放的救灾款，远远多于遭受的损失。

涨大水通常是在七八月份，也就是说，刘清姐妹到来时，都过去了，世界太平，她们不会受到惊吓和打搅。

按张占军的意思，他给东林县卫生局打声招呼，让他们出面安排一下，但刘清不肯。市里有几位领导夫人，因为贪，也因为虚荣，支使丈夫做这样，要那样，结果把丈夫推下了悬崖。刘清觉得那些夫人连爱玛都不如。爱玛，就是她曾在电影频道看的那部老片子的女主人公。那个艳丽的女人，被欲望燃烧，让刘清厌恶到极点。刘清当然不是厌恶她的艳丽，甚至也不是厌恶她的欲望，而是觉得，她跟自己一样闲。爱玛是闲出来的欲望，这无异于是对她刘清的羞辱。爱玛的欲望，是烧掉自己，附带才烧掉了丈夫和女儿，但那些夫人的欲望，首先就把丈夫烧毁了。有些当丈夫的，至仁至义，要么先让夫人带着儿女去国外，要么就说，一切都是他自己所为，夫人概不知情，待他进了监狱甚至下了地狱，夫人便另寻新欢了。

刘清宁愿丈夫平庸（她只是不愿承认丈夫后来的平庸），也不要他冒险。她首先从自己做起，丈夫请下属单位安排一下这样的小事，她也不要他做。在她最忙的时候，家里也不请保姆。她把丈夫和儿子打扮得像她的丈夫，像她的儿子，而她自己，穿了好几年的衣服也舍不得丢，衣服起了线球，用带颗粒的塑胶手套一抹，就看不出来了。

但这并不代表走出市区的刘清同样俭省。

她们到东林县城时,已过下午五点半,不可能马上坐船往回走,需住一夜。当刘溪说住来阳宾馆刘清却要住万象酒店的时候,刘溪暗暗吃了一惊。万象酒店比来阳宾馆贵两倍多,来之前刘溪就在网上查过,也把价格告诉过姐姐。但既然姐姐这样说了,刘溪便依从,而且抢在姐姐之前付了费。其实刘清根本就没打算跟她争。

　　进房间收拾了一下,姐妹俩出去吃饭。汽车坐得太久,又是在山路上跑,五脏六腑都还悬吊吊的,想吃也不知道往哪里装,两人便只在酒店二十三层的露天旋转观光台吃点心,喝饮料。万象酒店位于县城中段,也就是半山腰,直直地耸上去二十三层,最顶端的街道也可俯视。傍晚时分,人如蚁聚。刘清不知是累了,还是对明天的行程怀着过于深切的期待,只吃喝,不说话,吃喝也是懒心无肠的。这简直是对刘溪的折磨。往日这时候,她正坐在牌桌边,无论王成江怎样阻拦,她都在牌桌边,而此时此刻,却住在陌生的县城里。渠江她们走过,东林县城却从没来过,姐姐可能新鲜,她不新鲜!自从迷上打牌,没有麻将声的环境都让她觉得闷。同时,对明天的行程她也没有期待。不仅没有期待,还暗自觉得可笑,她只是跟着姐姐而已。

　　哑巴似的清坐一会儿,刘溪说:“姐,我们去逛逛街吧。”

　　刘清微微点了点头,却没动。

　　至少五分钟过去,她才突然问:“你记得吗?”

　　刘溪等着她说下去,可她正等着刘溪的回答呢。

　　“记得啥呀?”

　　“周安一家搬到东林来的。”

　　是有人这么说过,好多年前听说的。据老辈人讲,周安死后半年,周安一家就搬到东林去了。当时东林在三河流域——清溪河、州河和渠江,地理学上称为三河流域——最穷,被称为“稀饭县”,说他们喝稀饭的声音飞机上都能听到。凡在当地混不下去的,就往东林跑。周安一家也是。但所谓周安一家,也就是他的父母和妹妹。

　　“要是能见见他们就好了。”刘清说。

刘溪不答话。周安一家并没搬进县城，按他们当时的条件，不可能搬进县城（再是"稀饭县"，县城也比普光镇好），你到哪里去"见"？就算在县城，常住人口也有几十万！

更大的问题在于：你见他们干啥子呢？

刘溪本来从不舍得花心思去理解过于微妙的东西，可这时候她也感觉到，姐姐是生活在远处的人。那个远处已经过去，很可能早就过去了，在张占军不当外科医生的时候就过去了；最晚，在她离开医院，回家当起全职太太的时候就过去了。

"姐，你说妈为啥对河比对我们疏远些？"

"谁说的？"

刘清目光凌厉，让刘溪垂下了眼，又低下头。

她本以为，这件事她和姐姐早已心照不宣，她只是想利用跟姐姐单独外出的机会，挑明了说说。没想到会是这样。

她怕姐姐，从小就怕。父亲出走过后，母亲坐不成月子，父亲出走的当天上午，母亲就出门干活儿去了，整个白天，她几乎都不在家，有时要天黑许久才回。回来后的母亲，从头到脚只挂着一个字：累。刘河需定时和不定时地吃奶，母亲出门总是带着她，要么放进草花篮，要么用布条扎在胸前，家里的事，全都交给了刘清。刘清要打扫屋子，要做饭，要领二妹上学，要督促二妹完成作业，时候一到，要催二妹躺到床上去。虽然刘溪只比姐姐小两岁，但小一天也是小，何况父亲走后，姐姐就没有了童年，迅速长成了个行事果决的大人。姐姐是她俩之间的绝对权威，稍有违逆，巴掌上身。刘溪怕她，却也依赖她。从某种程度说，她们在失去父亲的同时，也失去了母亲。那几年里，母亲只是刘河的母亲，刘溪的母亲是姐姐刘清。

照说，母亲该对刘河更加亲密才是，但事实恰恰相反。

刘溪看在眼里，却不知道为啥。

她只是想跟姐姐说说而已。

涛声壮阔。这时候,姐妹俩坐在小火轮上。她们出了舱室,爬上顶棚,扶着栏杆望水。浪头子像疯狗似的,追着船狂吠,两岸山崖上的树叶,被枝条抛弃,一片,一片,在空中无奈地挣扎一番,终被白色的漩涡含进口里。刘清觉得,每个漩涡都长着牙齿,别说树叶,就是石头,也能嘎嘣嘎嘣嚼碎。这局面令人尴尬,你把头抬起来,看到的就是山,还有山间零落的房舍,房舍周围一律见不到人,却偶尔能看到一只拴在树丛中的羊子;你把头低下去,看到的就是水,还有水的大口、水的牙齿。

就是没有古老的小舢板。

刘清以问话的方式回答二妹过后,叹了口气,离开栏杆,走到小火轮中间部位。那里有张长条木椅,船员放上的,他们有时要上来抽烟,椅腿底下,躺着几个被踩扁了的烟头。刘清坐上去,刘溪傍她坐下。其实刘溪不想坐,可既然姐姐坐了,她便照做。这种屈从的感觉并不愉快。上大学过后,刘溪在姐姐面前就意识到了这种感觉。她很难说清自己毕业后不照所学专业找工作,是不是对这种感觉的反抗。她学的是工艺美术,工作是比较好找的,至少在巴州市好找,姐姐也表示要为她寻去处,但她自作主张,没等姐姐把去处找好,就去城南"阳光地产"上班了。她也很难说清,自己那几年兴致勃勃且卓有成效,究竟是找对了路子,还是挣脱控制的渴望和喜悦,帮她由藤长成了树。她知道姐姐看不起她,有次姐夫问她丢了专业可不可惜,她还没回答,姐姐就甩出一句:"鱼有鱼路,虾有虾路,说啥可惜不可惜!"在姐姐眼里,她不是树,连鱼也不是,她就是虾。她跟王成江结婚,姐姐更看不起。"两个无业游民!"这话没说出口,但写在姐姐脸上,至今还写在脸上。

无言无语坐了几分钟,刘溪正要说风太大,不如进舱室里去,刘清却先于她开了口。

"你说,河像哪个?"

这把刘溪问住了。

姐妹仨,都称得上漂亮,最漂亮的是刘河,但要说她像哪个,真说不出来。

"还是像妈……"刘溪期期艾艾。

"像妈哪里？"

又把刘溪问住了。妈跟她们姐妹俩一样，是圆脸，而刘河是瓜子脸；妈也跟她们姐妹俩一样，眼皮是内双，而刘河的双眼皮，宽得像条路。

河不像妈，可能像爸，刘溪想。然而，爸爸没留下过一张照片，爸爸的样子，比浑水里的月亮还花。

"河是油皮子。"刘清说。

是的，刘河显黑。在刘溪看来，如果说皮肤黑算缺点的话，这是三妹身上唯一的缺点。

"河的上嘴唇儿比较短一点，"刘清又说，"不说话的时候，也会露点牙齿出来。"

同样没错。刘溪咻咻地笑。她可能会这样去观察别人，却从不会这样观察家里人。

刘清没笑。她把被江风撩乱的头发捋到耳后，捋过去又吹前来，如此三四回，她才不再管它，透过栏杆的缝隙，望着江里涌动的水脊，挑拣着词句说话。说她做护士的时候，遇到过一件蹊跷事，当时是在产科，产科差人手，她临时去顶班。这期间，一个姓宋的女人生出个娃娃，竟是红鬈毛，娃娃的爹妈都不是这种头发。后来她听说，宋是从国外回来的，好像是比利时。这很容易让人误解，以为那孩子在国外就怀上了。当时她也这样想，结果根本不是，宋已回来两年多，一年前才跟杨结了婚。本来没啥问题了，可杨不依，逼问孩子的头发是咋回事。宋既惊讶又惊慌，答不上来。待仔细看了娃娃，她脸色变青了，反过来逼问杨说，孩子的鼻子咋回事？娃娃长的是尖鼻头，而杨和宋都是圆鼻头。夫妻二人没有得子的喜悦，而是反复争吵。从他们的争吵当中刘清听出来，宋在国外有个相好，长的就是红鬈毛，杨之前也有个相好，长的就是尖鼻头。娃娃确实是他们俩的，但在制造这娃娃的时候，他们各人想的是各人的相好，娃娃顺从父母的心愿，就把两人的相好都长了一部分到自己身上。

说完，刘清转过头，意味深长地盯了二妹一眼。

如果不是盯这一眼，多少有些大大咧咧的刘溪，还不会往深处想。现在她不得不想。她想到了两个人，一个是周安，一个是冉芹。周安皮肤黑，冉芹的上嘴唇比较短一点。周安的黑，她是听老辈人讲的，而冉芹的样子，是冉芹那年回镇上时她亲眼见过的。

姐姐是什么意思呢？

刘溪接着往下想。这一想让她无限哀伤。姐姐无非是说，母亲当年跟镇上的众多姑娘一样，暗恋周安，而贺秋阳渴念的是冉芹，母亲跟贺秋阳私通，生出了刘河。这完全没父亲什么事了。父亲比那个姓杨的人还惨。姐姐的意思还要说，母亲之所以对刘河疏远些，或者说不喜欢些，就因为她跟贺秋阳私通，贺秋阳想的却不是她，她就把对贺秋阳的怨，转移到了刘河身上。刘溪觉得姐姐太过分了。尽管母亲逼走了父亲，但还不至于无耻到这地步——她想着别人，却不许别人想别人。何况如果母亲真的跟过贺秋阳，也是为了十斤牛饲料，用不着去计较贺秋阳想不想别人。再说了，按姐姐的意思，要是母亲一直暗恋周安，她们姐妹身上就该都有周安的一部分。在老辈人口里，周安最重要的特征，一是聪慧过人，二是穷、矮、黑，而她跟姐姐只能说不笨，绝对说不上聪慧，并且个子高，肤色白。

刘溪空空地咽着唾沫，是在暗自鼓气，把她想说的话，老实不客气地对姐姐说出来。

但她没机会了。刘清根本没征求她的意见，就站起身，走向舱口。

让她去吧，我还要坐一会儿。刘溪想。

可这想法还没成形，她也跟着下去了。

虽如此，有些东西其实已经改变了。

下篇

"你这小姑娘，是啥时候来的呀？"

小姑娘学着夏燕："你这小姑娘，是啥时候来的呀？"

"快坐快坐。"

小姑娘又要学她，但夏燕忙着把沙发上的一个靠枕拿开，去拉小姑娘。

却拉了个空，小姑娘不见了。

夏燕迷惑地左顾右盼，终于又看见了。

"你这背时女子，还跟我藏猫呢。"

"你这背时女子，还跟我藏猫呢。"

"哎呀你为啥净学我！"夏燕挥了挥手，笑起来。

小姑娘也挥了挥手，也笑起来。

"你越长越乖了……不准学我！"

小姑娘很调皮，又要学，夏燕连忙打断她："你爹妈在做啥子？"

这回小姑娘没再调皮了，苦着脸回答："我爸抽调到老君山何家嘴炼钢去了，要半个月才能回来一次。我妈……"说到这里停住了，抽泣起来。

"你妈咋啦？"

"她在大食堂打杂，昨天，她偷了食堂半把绿豆，遭捉住了。"

小姑娘咧开嘴，放出哭声。

"这样啊……后来呢？"

"食堂罚我们一天不准吃饭。听说这事传到了何家嘴，那里也要罚我爸饿一天。"

夏燕抹着眼睛，把手都抹湿了。但她劝小姑娘："别哭，哭起来更饿。你莫怕，我还留了半碗，是给我二姑留的，她去羊角弯砸碎石还没回来，我端来你先吃了。"

"不要不要，"小姑娘连忙阻止，"我爸妈没吃，我吃不下去。"

"你吃一半，留一半给你妈带回去。"

小姑娘摇着头："带回去我妈也不会吃，因为我爸吃不成。"

夏燕怔怔的，怔了好一会儿，才说："你是因为饿，才没去上学？今天是礼拜二呀。"

小姑娘哭得更厉害了。

夏燕知道，小姑娘特别喜欢读书，成绩非常优秀，从一年级到三年级,都是全班第一。她没去上学,很可能不只是因为饿。

"你说,是不是因为你妈那件事,学校不要你了？"

小姑娘点着头,每点一下头,泪水就落一串。

夏燕伸出双手,去抱她。

她抱住的是自己。

她是站在客厅西墙的镜子前面,跟自己说话。

从那天起,夏燕就每天对着镜子,跟自己说话。自己的那些事情,她不仅没忘,还比刚发生时更清楚。她从自己当小姑娘的时候,一直往下说,说到她长成了大姑娘,去兽防站上班,说到周安被关了牛棚,说到她嫁给刘文炳,说到刘文炳怀疑她,打她。

说到这个地方,她像陷进了旋涡,接连转了好些天。

刘文炳手上的烟油啊,既能把布条木器粘住,也能把肉粘住。有天她提回一条鱼,刚进屋,刘文炳也进了屋,刘文炳把鱼夺过去,朝屋外扔,鱼却被手粘住了,他便抠住鱼鳃,欻啦一声,鱼被撕开,血殷殷的,小半在他左手上,大半在他右手上。那鱼的眼睛是用纸屑蒙住的,蒙住眼睛的鱼,离水一两个钟头也不会死。刘文炳撕它的时候,它还活着;她看见鱼被撕开后,留在刘文炳右手上的鱼尾还在动弹。刘文炳怀疑这鱼是贺秋阳给的。确实是。贺秋阳从渔夫那里买了两条,把小的这条给了她。那时候,清才两个多月,她的奶子就成空袋子了,清咀着她的奶头,咀几口就哭,哭几声又咀,两个多月的孩子,竟有那么大的力气,把奶头都咀出血来了。清就舔着那血,她也想活命,就顾不得妈了。当妈的想用这鱼发奶,刘文炳却用粘着鱼尸的手,左右开弓打她,鱼刺扎进了她的脸。然后他把鱼从手上刮下来,跑到虚楼上,扔进了河里。

他疑心她跟贺秋阳上过床,其实没有,至少那时候没有。那时候她恨贺秋阳,恨他对周安的毒。她承认自己喜欢周安,喜欢他那么能读书。她觉得周安本身就是书。贺秋阳把周安逼疯了,逼死了,等于是把书逼疯了,也逼死了。所以她后来含辛茹苦,也要让女儿读书,就是要让她从小

105

就喜欢的书活过来。

后来她跟贺秋阳上床了,是她主动的。当时就很懵懂,而今更是说不清自己为什么要主动。贺秋阳不是她想的,也不是人们说的那样坏。他的心确实毒,但不是对所有人。他对她的穷,对她女儿的瘦,对她经常遭丈夫毒打(他并不知道原因),很是同情,所以才给她鱼,偶尔还给她一些别的东西,后来还给她牛饲料。他的毒,只对他的竞争对手。周安不仅是他爱情的竞争对手,更是他各方面的竞争对手。许多时候,她觉得贺秋阳简直是可怜的。她跟他的第一次,他还哭了。她知道他这是在为冉芹哭。那一刻,她只为他伤心,觉得冉芹不知好歹,甚至不要天良。他很可能还在为周安哭,这就越加不可挽回了。

然而,对着镜子里的那个人,她还是想给出个说得过去的理由——主动跟贺秋阳上床的理由。上面的话构不成理由。她说:"你刘文炳那样对我,我偏要做给你看!"

这更不像话了。

"你哪是那么心狠又那么不要脸的人啊。"

但她接着骂了一句:"真不要脸!"

镜子里的人也骂她:"真不要脸!"

被骂了,她要辩解。"我晓得,"她说,"你是没得办法,那年头,日子虽不像你当姑娘的时候紧张,可也只是有了不紧张的气象,其实还是紧张的。他挣不了几个钱,你更挣不了几个钱,没娃娃还好说,可你是有娃娃的人,你总不能让娃娃饿死。"

说到这里,她和镜子里的人都被感动了,为她付出的牺牲。

可真是这样简单吗?当时你不那样做,孩子真的就会饿死吗?刘溪出生后,你几年没怀,日子也一天天好转,你为啥还是跟贺秋阳搅在一起?

她说不明白了。

转了好几天都说不明白,只好跳过去,接着说刘文炳的出走。

哪是她给女儿们讲的那样啊!河生下来(跟清和溪一样,河生在家里,连个接生婆也没找),脐带还没剪,刘文炳就给了她一拳。她生怕他打刚出生的婴儿,那样的话,一巴掌就会要了婴儿的命。但他没有。他这人,心到底是善的。他说婴儿像贺秋阳。后来河长大了,哪一点又像贺秋阳?那个不长眼睛也不长良心的!他打了她,床上的血都不帮她收拾,就不见了。她身子虚,又累又饿,也没人管她。她爬起来,找剪刀剪孩子的脐带,却怎么也找不到,就用牙咬。她的牙齿比肉还软,不是咬,是磨,磨了几个时辰才磨断。

他是天快黑才回来的,回来后木呆呆的,一声不吭。

过了好些天她才听说,那天中午,他先去河边坐了几个钟头,连班也没去上,然后他袖着一块石头,去了兽防站,在天井找到贺秋阳,当着几个人的面,直截了当地问贺秋阳是不是睡了他婆娘。他准备等贺秋阳狡辩一声,就把石头砸在那张标致的脸上。他打死也没想到贺秋阳会那样回答。贺秋阳说:"是啊,全镇人都在传这事,我以为你早就晓得呢。"说完,贺秋阳瞄了一眼他笼在袖筒里的手。贺秋阳猜出那手里握着石头,他等着那块石头。

可是,刘文炳听了他的话,被彻底击倒了。

那块石头落到地上,蹦跳着,蹦到了贺秋阳脚边。

贺秋阳弯腰捡起来,递还给他,说:"自家的婆娘,好好待。"

说完贺秋阳就去了牛棚。那时候正有人拉母牛来配种,贺秋阳要去帮助东风,让它把事情做得顺利,免得连跨三次都不成,它又把家伙收起来。

刘文炳梦游似的走出了兽防站。他不记得自己从贺秋阳手里接过了石头,也不记得石头还被他握住。有人看见,出兽防站没几步,石头掉下来,砸在他自己的脚背上。

他回到家里,枯坐着。是她这个刚产了孩子的女人,去生火做了饭。她把饭碗往他手上递,心里想的是挨一拳,再破只碗,损失一碗饭。可奇怪的是,他几乎是温柔地把碗接了过去。接过去并没吃,放在桌子上,然后继续枯坐,坐了整整一夜。

天刚亮,他说:"燕,我走了。"

他就说了这么一句，而她一句也没说，后来她给女儿们讲的"连三个女儿也不管"之类的话，是她添上去的。她听见他那样说，感觉那个"走"字非同寻常，接着又听见门响。门就是平时那样响，可她也觉得非同寻常，便惊惊慌慌下床来，追到门口。他已消失在雾里。她知道自己追去无济于事，就去把两个女儿抓起来。结果女儿也没能把他留住。

她问镜子里的人："不管三个女儿的话，既然他没说，你为啥要给女儿那样讲？"

镜子里的人回答："他不是最终也没管吗？"

"管没管是一回事，可他并没说。"

她无言了。但她心里清楚，她那样做，是想激起女儿们对他的恨。她嫉妒那个一走了之的人！随着女儿们逐渐长大，她发现，女儿——特别是大女和二女——跟她越来越远，跟那个一走了之的人却越来越近。她们把所有责任都归了她，觉得只有自己才在想那个人，她没有。如果她真没有，她就不会在感情上去亏欠幺女。她很明白自己在感情上亏欠了幺女，这让她心里痛，但她没有办法，她认为正是幺女的出生，才把他逼走了。

自他出走后，她就再没跟贺秋阳上过床。她重新恨他了，是他的霸道把她的男人轰出了她的生活。贺秋阳倒也没为难她，该给她的，照样一宗不少地给她。为此，她不知道该高兴还是伤感。那个强蛮一世的家伙，心里一辈子装的是冉芹。其实他并不一定真的那么爱冉芹，如果周安不是他各方面的竞争对手，十个冉芹去爱周安，他恐怕也不会对周安下毒手。但冉芹吐了他一口。当时冉芹的姨妈在场，多年以后，也就是冉芹回到镇上，贺秋阳给了她一千块钱过后，她姨妈才把这事讲出来，意思是夸贺秋阳为人大度，又重情义。她不知道贺秋阳看重的，是冉芹给他的伤害。对唯我独尊的贺秋阳来说，挨一泡口水，是多么大的伤害，他就把那伤害养在心里。那个强蛮一世的家伙呀，原来强蛮也只是表面的。

现在连表面也不能维持了。

她想起那回去找贺秋阳买蜡烛，她敲着柜台，竟把他吓一大跳。

"老了，他也老了……"对着镜子，她怅然地说。

都老了，那个人也该老了。可留在她记忆里的，却始终是他出走之前的模样。那是个可怜人，打小就没了爹妈，硬是靠着牲口一样的倔强活了下来。后来有了她，他就把全部的爱给她。可是他不会爱，越想爱，越不会爱，终于把爱变成了毒。她饮不下那毒，才起了外心。但这并不证明她不在乎他。他走后，她无时无刻不在想他，她现在每天醒来的第一件事，就是去打开门。开始她自己都以为是要认街上的人，后来发现不是，那些人与她有啥关系？忘了就忘了，她是看他是不是站在门口。她窝在家里不出去，也是怕他回来后，见门锁着。可是他没回来，也不会回来了。他多半是中途上岸，找了另一个女人。

再后来的事情，她想不起来了。离得越近的，越忘。

这让她犯了难。她本来以为可以无穷无尽地说下去，结果现在没的说了。

于是她从头再来："你这小姑娘……"

后来她简直离不开镜子了。一旦离开，那个跟她说话的人就不见了。电视里的人多，但那些人只顾自己说话，或者只跟电视里别的人说话，不跟她说话，只有镜子里的这个人，才愿意时时刻刻跟她说话。

因此她把镜子从墙上摘下来，捧在手里，睡觉也不丢开。

再后来，跟镜子的须臾分离也让她无法忍受，比如她总不能拿着镜子扫地，拿着镜子做饭，而不拿着，就没人跟她说话。

又一个清晨来临时，她决定就这样捧着镜子，躺在床上，不再起来了。

这一天恰好是冬至。

在三河流域，冬至这天要吃羊肉；也不止三河流域，很多地方都有这风俗。据说冬至节吃羊肉，最能养生。这天从凌晨到子夜，沿江沿河的大小寺院，诵经声浮于涛声和市声之上，是僧人们在为成千上万的羊子超度。那些草地上柔弱的牲命，为人类奉献了健康和狂欢，愿它们死后进入天堂。但这样的风俗，其实也就是城里有，乡村和镇上都没有。乡村里的冬至,只是提醒农人施好腊肥,防止霜冻,镇上则几乎记不住这节日,能记住的老辈人,也无非是说两句"清爽冬至邋遢年,邋遢冬至清爽年"之类的谚语。

冬至这天是星期五,刘河的女儿中午在学校吃,丈夫鲜春便煮了面条,两口子简单吃些,等女儿放晚学回来,一家人再去羊肉馆。

刘河不能跟丈夫和女儿亲近,但在家里,她其实是受到很多照顾的。鲜春只要有空,就绝不让她下厨房,许多时候还把碗递到她手上。凡吃面条,鲜春都会在她碗里加个荷包蛋,而且不是放在面上,是埋在碗底。他是偶然发现妻子这一喜好的,那天他无意间那样做了,妻子吃出荷包蛋来,诧异地停住,然后很香地吃下去。以前他也这样做过,只是把蛋放在了面上,妻子就没吃这么香。下一回煮面,他又把蛋埋起来,妻子仿佛猜出了什么,接碗的时候,下力地看他。他脸红了,不好意思地笑。他不光对女儿说话才脸红,对谁都一样。他有害羞的毛病,这毛病限制了他的发展,在天然气公司工作多年,连个股长也没当上,但也让他过得自在。他恐怕永远也猜不出妻子为什么会那样看他,她是看他眼神里是否有迟疑和怜悯。

这天,当鲜春又把碗递给她时,照例的,她又下力地看他。丈夫害羞地笑,让她的心一寸一寸地暖过来。她的心冷得太久了,从那次回普光镇找父亲开始冷,一直冷到现在。

那个秋天的清早,她从母亲家里出来,站在阶沿上张望,下游的新街倒是有了出没的人影和隐约的人声,老街上却唯有一只猫,若有所思地从上街那边游荡过来。扁窄的街道上,洒着路灯朦胧的黄光,朦胧到浑浊,像是灯光浸泡在泪光里。

如果"他"就在家的附近,只可能住在老街。大姐就是这样交代的,大姐说:"河,我跟溪在这边想办法,你回镇上去,把老街挨门挨户查问一下。"听见这话,刘河很惊讶。未必大姐把她转述的故事,当成了父亲的现实?故事是与现实竞争的手段,但现实如铁,从没在竞争中输过,作为曾经见惯生死的护士,大姐应该比谁都清楚。刘河觉得,大姐像是在完成某种仪式。但这也怪不了大姐，刘河自己同样需要这样的仪式，否则就不会说"他"也可能像故事里那样，更不会真的回普光镇找"他"。

那只迎面而来的猫，明显不欢迎她，更不信任她，还有十米远，就站住了，然后脊背一躬，前脚一撇，消失得无影无踪。刘河的眼里，只留下它被灯光放大的影子。她一直走到上街尽东。更东边是狭长的河岸，岸上青草龙茸，但现在看去，还只是起伏的暗黑。对面横卧的大山，像是没睡够，被晨光冒犯，很生气，把晨光攘回去了，天地反而不如在虚楼上见到的明亮。老镇政府遗下的堡坎，雄踞于黑暗之中，使黑暗岩石般坚硬。

刘河就站在那里等，等天亮。

仿佛等了一生一世，天也迟迟不亮。刘河感觉到凉意，想回屋。这时候，她似乎忘记了是出来找父亲的，只想到还没跟母亲好好说几句话。可是，母亲开着灯，却又点两支蜡烛，是啥意思？是祭祀还是诅咒？若是祭祀，祭祀谁？那个……被你逼走的男人吗？若是诅咒，那个男人早就自己诅咒了自己，他把自己的根都斩断了。母亲又为啥不理我，还做出那些古怪举动？就算对老大老二偏心，总不至于偏心到连老幺都不认，老幺饭都没吃完，你就要把菜收走！

刘河曾经以为，自己被母亲抛弃，比被父亲抛弃更好受些，现在发现完全不是那回事。

她像是真的被母亲抛弃了，伤心得想哭。

回县城去好了，那里才有我的家……她转过身，快步往中街走。

街灯已上完夜班，闭了眼睛歇息，街面暗了一瞬，紧接着，天光从青石板上浮起来。

天真的亮了，码头上的船要开了。

吱呀一声，右手边开了扇门。那门上贴着红纸，看上去不是门开了，而是红纸在朝门后躲。红纸躲开的同时，一个身躯庞大的高个子老人堵在门口。他实在太胖，阻挡了天光的降临，使他身后的屋子黑得像是没有屋子。刘河瞥过去，发现自己从没见过这个人。昨天回来时，听到一声声的招呼，就以为满老街的人她都熟悉，结果大清早碰到的第一个，就是没见过的。正是这念头,让她打了个激灵。在姐姐们的回忆里,"他"就是个又高又胖的人。在那个年代,他几乎是普光镇唯一的胖子,就连贺秋阳,一月吃掉二十斤牛饲料,也瘦成根竹竿,而他很少吃过饱饭,却长出一身泡胙肉。老人就是这样的,他穿着长袖汗衫,但能明显看出胸脯和肚皮在汗衫里肥硕地垂着。老人的脸,几乎只有脸的形状,裂得很开的皱纹,使他满脸都长着嘴。

刘河停下来,看了老人好几眼,却啥话没说,就离开了。

她从没想过抛弃她的人是这副模样。如果真是他,她会很失望。

她很清楚,这不可能是他。这条街上藏不下一个数十年的秘密。

但说实在的,她真希望是他!她要让他知道,任何一种对世俗情感的蔑视,都需付出代价,她要让他付出代价!你女儿站在你面前,却不跟你说一句话,就是你必须付出的代价。

这想法并没给刘河带来好心情,因为老人也没跟她说话。老人无言无语,像个古人。包括母亲,同样像个古人。这很可能是巴人街害的。别看他们口头上不承认巴人街,但巴人街是个概念,概念是个口袋,一旦张开,人就被吸进去,且大多数时候是主动钻进去。没有牢笼,就自设牢笼。周安当年也是这样。他嫌贺秋阳给他的牢笼太宽敞,便自己动手,扭紧螺丝,强迫自己背出曹操第二十四名战将的名字,就是他自设的小牢笼。还有姐姐,还有母亲,包括她自己……

意识到这一点,刘河浑身冰凉。

从秋天凉到了冬天。

此刻,丈夫羞涩地笑,像为她拆除了栅栏,透进来的阳光,让她暖和。她盯着丈夫,却没接丈夫递过来的碗,而是抱住了他的臂膀。

鲜春不防,碗碎在地上。荷包蛋从面条的网里挣扎出来,朝一边滚出老远。

她根本不管,站起身,扑在丈夫肩上。鲜春很惊慌:"啥事啊?你这是啥事啊?"她不管,拥着丈夫进了卧室。她要好好跟丈夫做一次。鲜春面皮羞涩,对房事却要求很强,每次她都依他,像一根木头依从一个人。鲜春从没怪过她。今天，她要好好跟丈夫做一次。

刘河一家走进羊肉馆的时候，刘清跟张占军也开饭了。

这顿饭吃得张占军百感交集。

从渠江回来后，刘清像是受到了神秘的打击，变得有些神思恍惚。张占军觉得，这只是寻亲未果的暂时性反应。虽是暂时性反应，他还是不能理解。在他看来，以那样的方式，去找一个失踪快四十年的人，找不到是自然的。妻子跟她二妹的那趟行程，说成旅游更合适，陆路和水路，沿途都风光绝美，特别是陆路，绵延山体上的奇峰异石和大叶杜鹃，在天下名山里也难见到；市里几年前就计划打隧道修高速路，正是舍不得那些风光，才迟迟没有动工。分明是旅游，妻子非要说是去找父亲，在张占军听来既荒唐，又矫情。没找到还神思恍惚，就更不像话了。但张占军没多过问。他是故意避开了不问，免得妻子把心思又转移到他身上。

十余天后的一个下午，张占军去参加市政府召开的卫生系统会议，从双顺街路过，意外地看到刘清在那条街上。她在那条街上并不意外，可她蹲在花台旁边，跟一个仰卧在花台上的流浪汉说话。那流浪汉傲慢地把脸调向一边，并不理她，她却神情恭顺，越凑越拢。张占军眉头一皱，下车去查看。原来，她是觉得这个流浪汉像她父亲。简直疯了！那人不过三十多岁的样子，怎么会是你父亲？张占军当然不知道，在妻子心目中，就如同在岳母心目中一样，那个名叫刘文炳的人，永远都定格在了三十多岁。

张占军是从不呵斥妻子的，但这天他呵斥了她，说她无聊。鉴于开会时间快到了，他呵斥几声便气冲冲地离开了。那天晚上，又有人请酒，且是两台，他喝过酒回去，已是子夜。他本来早已忘了那件事，但进屋时，见到处亮着灯，刘清在一间屋子里忙碌。那间屋一直没住过人，床铺上堆了许多杂物，刘清已将杂物清理出去，正在拖地。张占军的酒醒了大半，问这是干啥。她快乐地说她已找到父亲了，她要把父亲接回家来住。

五雷轰顶。

她当真把那流浪汉当成父亲了吗？她要把那流浪汉接回家来住吗？

如果这事传出去,将成为比天还大的笑话……在场合上,张占军总是以自己老婆自豪,自豪的是她从不管他,他的同事和朋友也知道刘清的好,说像刘清这样的老婆,结五个都不嫌多,又说就叫刘清开个培训班,主题就是如何做老婆,让他们的老婆都去班上学习几天。这下好了,她把一个三十多岁的流浪汉养在家里!

张占军觉得事态严重了,当夜他让她忙,第二天他请了假,说老婆病了,要送医院。他并没送她去医院,而是请来巴州师范学院一个教授,那教授是教传播学的,但也是心理咨询师,跟张占军有过一面之缘,彼此留了电话。巴州师院本身离市区有三公里路,加上心理咨询师职业道德的约束,张占军不担心他会说出去。刘清可能是头天夜里太过劳累的缘故,躺在床上睡觉,张占军不想惊动她(怕她起床后就去请她"父亲"),只将妻子的情况毫无保留地说给教授听。教授先没谈意见,而是狠批某些人对心理医生的轻蔑,说什么心理咨询将价值疑难和信仰危机完全简化为技术,是对人生深刻问题的逃避和扭曲。教授说,那些人根本认识不到心理咨询正是探寻那些复杂问题的钥匙,问题大(就如房间大),钥匙小,但钥匙却能把房间打开。此外他还说了很多,且提到一大串外国人的名字。张占军听得云里雾里,最后才听到关键性的话:他的老婆刘清,得了孤独症,这是抑郁症的一种。

她孤独? 张占军摇了摇头,接着又点了点头,仿佛这结论既离谱,又中肯。

教授接着说:"嫂夫人大概从她父亲消失后就孤独了,虽然她有母亲,有妹妹。作为女儿,她认为父亲是天,父亲不在,天就塌了。在她必须自我承担的时候,她可以无所畏惧,雷厉风行,一旦不需要她承担什么,就会陷入焦虑和颓唐,并因此感到孤独无依。"

话说到这个份儿上,张占军不得不信了。

他首先想到的,是去把那个流浪汉赶走。不需他赶,那人已经不在巴州城了。其次他觉得,他再不能像往常那样逍遥了。想到这里他就痛苦,可他发现自己根本不能失去她,他无法想象她因为抑郁症而有个三长两短。别的事再痛苦,也比不上失去她的痛苦。

从那时起,张占军每天下班就回家。为避免诱惑,回家后,他把手机放得远远的,手痒得心慌,也不过去翻看,更不主动给别人打电话,别人打来,只要不是领导吩咐有什么急事处理,他都要么不接,要么说脱不开身。他办公的地方离家有四站路,以前都是坐车,现在步行,他气喘吁吁地跨着大步,用体力的消耗来清除心头的杂念。这样两个月下来,他的体重减轻了许多,呼吸畅快了许多,自然,妻子也高兴了许多。以前他没觉得妻子不高兴,现在才发现了女人高兴和不高兴的区别,不高兴的女人很独立,高兴的女人有依赖。妻子依赖他了,如果他应该到家却还没到家,她就会打电话——以前从不这样。

冬至这天张占军比哪天都忙,近些年来,食品安全问题频发,卫生局要负责监管。他忙到六点多才结束,叫刘清出去吃羊肉,刘清却说她早就做好了,外面做的不放心,不如自己做。其实是她舍不得钱。她做的是小火锅,煨在餐桌上吃。刘清的脸红扑扑的,这是她少有的脸色。

张占军长舒一口气。

她终于缓过来了,这太好了。

让她再养一阵,他想,等翻年过去,就给她找个事情做⋯⋯

或许是累了一天的缘故,再加上食物过于可口,张占军实在想喝酒,实在怀念跟朋友们聚会的日子。只要她有了事情做,他又可以过那种日子了。

清、溪、河三姐妹,只有刘溪没跟丈夫一起。

上午九点多钟,刘溪出了门。那时候王成江还在睡觉。其实他没睡着,可他也没阻止妻子出门。他现在连这个也没兴趣了。刘溪到了州河北门,北门是水门,泊着"云天号"等几艘大船,刘溪上了"云天号",直奔二楼的"月明阁",那里有三个牌客在等她。牌打到中午,就散了。另三个牌客不想散的,说在船上随便吃点,继续战斗。是刘溪要散。刘溪说,今天是冬至节,要跟家人一起吃饭。另三个说:"冬至节算个屁节呀!"其中一个烫着鬈发、比刘溪年长几岁的妇人，对现在节日的繁多颇为不满，说那都是商家搞出的噱头，无非是想把你包里的钱吸出来。刘溪边清账，边笑笑地应，应着的同时，已起了身。

她没回家，而是去了仁华街。这是城北一条相对冷僻的小街。仁华街中段，有家"胖姐餐厅"，这餐厅只有一个包间，那包间里又有个人在等刘溪。

这人名叫孙小光，巴州市矿务局的，比刘溪大八岁，五十出头了，面相上倒是看不出来，头发黑黢黢的，脸很紧致，特别是说话肝精火旺，听着就让人振奋。

刘溪就跟孙小光过节，吃干萝卜卷炖羊肉。

吃过了，刘溪先走。走之前孙小光给了她一张卡，房卡。来之前，孙小光就在他铁哥们儿经营的惠东宾馆开好了房。因为去得密集，服务生都熟悉了刘溪，尽管从来没说过话。

这事情，在刘溪从渠江回来不久就发生了。

但她不愿去回想究竟是怎样发生的，只是感觉到，每次往宾馆走，她都焦虑不安，而越有这种感觉，她的步子迈得越急，如果坐在车上，就嫌车子太慢。每次泡在宾馆里，她都无比快乐，快乐到忘记一切；每次结束后离开，她都无比沮丧，沮丧到想起一切。今天尤其沮丧。孙小光比她先离开，她冲完澡，衣服还没穿好，就有牌客来电话。接着来了无数个电话，她一个也没接，可电话的声音让她恐惧。不知道为什么，每响一声都让她恐惧。她只想尽快离开房间，离开宾馆，她觉得只要离开了宾馆，她就安全了。但越着急，越没了先前的麻利劲儿，靴子的拉链拉了几次，都卡在半程的位置。

好不容易走出宾馆大门，心慌意乱的感觉却并没减轻。在巴州城的格局里，北边住怪人，可她觉得别人都正常得很，只有她怪，怪到街景在她眼里全都变了形。她无端地忆起前段时间经常做的那个梦，阴风惨惨地被人追逐的梦。现在她不做那梦了，因为那梦已经显形，来到了她的生活当中。

早上出门,晚上才回去,对她而言是常事,可今天才下午两点多,她就焦急地盼车来。她出门打牌,很少自己开车,大多是坐出租车,跟孙小光好上后,就再不自己开车了,因为兴之所至,他们会喝两杯。城里的出租车据说每年增加数百辆,可这数百辆就如一把沙子投入州河。终于来了辆空车,她怕被别人抢了,迎着车跑过去。

　　"南城,沁香华庭。"刚开了车门,还没坐上去,她就对司机说。

　　沁香华庭是她住的地方,是湿地公园旁边的连排别墅。

　　以往回去得再晚,她也没想过要给王成江解释,王成江似乎也不需要她的解释,今天她觉得,尽管他不需要,她也应该解释一下。还没想好怎样解释,她已打开了门。

　　"成江。"

　　没人应。

　　又喊一声,还是没应。

　　往日她是不会喊的,今天喊了,却不答应。

　　不过这倒让她心里轻松了些,猜他可能转路去了。

　　她突然感到很累,走进卧室,外套和靴子也不脱,就往床上一横,腿掉在床外,只扯了被子搭住胸口。

　　等她头晕脑涨地睁开眼睛,见外面暗沉沉的,一看时间,已是六点多!

　　她的腿又冷又麻,麻得站都站不起来,在床上坐了好一会儿,才能勉强下地。

　　王成江还是没回来。

　　手机里有无数个未接电话,都是牌客的,没有王成江的。

　　她走到客厅,坐到沙发上,给王成江拨电话。"你拨打的电话暂时无法接通。"连拨数次,都是机器发出的同一个声音。机器把暂时变成了永久。他是把我设成呼入限制了吗?孙小光跟我在一起时,就会把老婆的电话设成呼入限制,王成江也这样吗? 不会的,我又不像孙小光的老婆那样,动不动就过问丈夫,我从不过问。

空虚。空虚得比那个梦境还要沉重。她不丢手地给王成江拨电话,每次都是同样的结果。他会不会就在家里,故意这样气我?肯定在家里,平时他都是窝在家里。

房子有三层,她上下跑,上下查看。房间看过了,又去花台,去阳台。都没有。她这才发现,丈夫平时是否全窝在家里,她其实是不知道的。她对他一点也不了解,特别是近段时间。因此,她想出门找他,也完全没有方向。

人没找到,却在二层的阳台上,看到了她从南海边捡回的那个蚌壳。以前她经常把蚌壳贴在耳边,听海啸的声音,好久没那样过了,蚌壳上落满灰尘。她小心翼翼,像捉一枚炸弹似的,把蚌壳捉在手里,将口子周围的灰尘拂了两把,往耳朵上贴。

还没贴近,轰隆一声,海啸声就奔涌而来,吓得她赶紧扔掉。

她回到底层的客厅,又一屁股坐在沙发上。

就那样一直坐到天完全黑下来。

其间,她多次联系丈夫,全是无法接通。而每次给丈夫拨电话时,总有个人影跳到眼前,那是孙小光。这让她不得不承认,自己最想联系的人,不是丈夫,而是孙小光。到晚上九点多,她忍不住了,要给孙小光打个电话,刚摁下两个键(她没存孙小光的电话,只把号码记在心里),却又停住了。第一次,孙小光就对她说,她跟他联系,只能在他上班期间。当时她想都没想就同意了,是自尊心让她这样做的。可此时此刻,她心里堵得慌,非常难受。他俩是在牌桌上认识的,有个周末,牌打到很晚,孙小光非要送她回家。那天他开着车,她坐在副驾上,他一只手伸过来,抚住她的腰,她把腰挺起来,挺得硬硬的,但他还是那样抚住。她逮住他的袖子,想把他的手拉开,而那手却用力地将她一抱。那种不可一世,让她屈服,她的腰软了。第二天,他们就去开了房。你勾引了我,而你……不许我在你下班后给你打电话,你可以给我打,我并没有那样的规定。不来电话,至少来个短信。然而没有。此前一直都这样,她没觉得什么,可是今天,她仿佛才看清了这当中的无耻。

又是两个多钟头过去了,王成江依然没回来,电话也依然无法接通。

肚子很饿,可她不想弄东西吃,她一直关注着她的手机。而她的手机除牌客让它响过(她同样一个都没接),就一直沉默。屋里漆黑,窗外不远处的桉树林里,有乌鸦在耸动翅膀。乌鸦让她害怕,可只有乌鸦陪她。乌鸦比孙小光贴心!然而,谁又说过孙小光要跟你贴心的?第一次开房,孙小光就告诉你:"我们都只满足需要,别动真情。"孙小光一眼就把你看穿了,知道你同样需要。不同的是,你需要的不是性,而是要让自己成为妈妈那样的人。姐姐越是看不起妈妈那样的人,你越是要成为那样的人!你比孙小光都不如,孙小光并没利用你,而你利用了他。你在利用他的时候动了真情,那是你自己的事……

"妈妈。"她轻轻叫了一声。

今天是冬至节哪,怎么不给妈妈打个电话?

她慌慌忙忙在手机里调"妈妈"。"妈妈"藏得很深,像那个蚌壳,也像她的整个家,被灰尘蒙住了。当"妈妈"现身,她甩了甩头,把披散的长发甩到背后去,才摁下绿键。

通了,却无人接听。拨七八次都无人接听。

她觉得自己被整个世界抛弃了。

她觉得自己过得一点儿也不幸福。

她的妈妈夏燕,是听见手机响的,但手机放在客厅里,而她躺在床上。从早上起,她就下了决心,从此跟镜子待在一起,不再起床了。

同时想到妈妈的,还有刘河。

刘河跟家人围住热气腾腾的汤锅,她把最好的肉块,给女儿夹了,又给丈夫夹。女儿异样地看着母亲,捃着嘴笑。在她心里,母亲一直很严肃,严肃到冷,可今天的母亲目光柔和,满怀深情。她心里乐,她想要这样的母亲。看着女儿快乐的样子,刘河的心思回到了普光镇,回到了自己念中学时的光景。那时候,她的母亲不能让她快乐,是因为母亲自己也不快乐。女儿不快乐,母亲会更不快乐。现在的母亲依然不快乐,是女儿没给她快乐吗?

她似乎完全理解了,更不去计较母亲对她的"装精作怪",想现在就给母亲打个电话。从镇上回来后,她还没主动给母亲打过电话呢。

可是太吵了。羊肉馆门口,密密麻麻倒挂着砍成半边的羊子,刚取下一扇,又一扇立即补了上去,正如刚空了一桌,另一桌人立即填了进来。到处是人群,到处是声音。

干脆再等些日子吧,刘河想,到腊月二十几,回去把母亲接来,让她在县城过个春节。春节后她还想住的话,随便她,想住多久就住多久。这事情她还没跟丈夫和女儿商量,但她知道,丈夫和女儿不仅不会说二话,还会很高兴。

这么想着,刘河对前来掺茶的店小二说:"再来半斤羊肚!"

半岛上的白蝴蝶

    这个半岛上早已没有敲钟人。那口巨大的深褐色铁钟,闲挂在校园正中一棵古老的白杨树上,敲了一辈子铁钟的文师傅,正坐在他的堂屋里。文师傅的家与食堂毗邻,午后一点,最后一批吃饭的学生已经离去,食堂外的土坝空空荡荡,只余下许多饭菜的残渣。饭菜在春天的阳光里迅速变味,热烘烘的酸臭气息在空气里流淌。坐在木椅上的文师傅,双手握住一支漆黑油亮的拐杖,脖颈僵直,两粒深陷的眼珠,定定地看着槐树下捡食的野鸟。

    李校长端着饭碗进他家门时,文师傅的眼光暗了一下。

    李校长就坐在文师傅的身后。文师傅的身后是一张八仙桌,油漆暗淡,桌面和腿脚沉厚有力。李校长把碗放在桌上,自顾自地吃开了。吃完那一大碗饭,他也没跟文师傅说一句话。文师傅也不跟他说话。两个男人似乎都没有意识到对方的存在。半小时后,文师傅的妻子回来了。他妻子名叫周华,食堂的工人,身体饱满,肤色白净,二十七八岁年纪,也就是说,她比木椅上的丈夫小了四十余岁。妻子进屋的时候,文师傅的眼光又暗了一下。与李校长一样,周华也没理文师傅,而是端起八仙桌上的空碗,去厨房里洗了,又回到李校长面前。此时,李校长在抽烟,淡黄色的烟雾蜜蜂一样倾巢而出,罩住了他的脸,也缠住了木椅上男人的头。李校长抓住周华的手,周华狠命地盯了他一眼,把手抽出来,进了里屋。李校长把烟屁股扔到地上，脚底使劲一捻，端着空碗走了。

过了一会儿，周华从里屋出来，脸上红扑扑的。取了头发上的束带，使她整个人显得蓬蓬松松，野性而妩媚。她挽住文师傅的胳膊说，太阳好，出去走走吧。

从土坝下去，就出了学校地界。椭圆形的田原上，浮动着油菜花金黄的光雾，阳光与这光雾拥抱在一起，没有节制地铺展着半岛上的宁静与祥和。周华挽着丈夫的胳膊，缓慢地向西边的田野深处走去，直到彻底融进一片金黄之中。半个小时甚至更长时间过去，远处浅浅的灰色土丘上就会出现一个两人合成的黑点。他们在土丘上坐下来，望着丘下滔滔不绝的河水，各想各的心事。坐不了多久，他们就该回转了，周华去食堂上班，文师傅坐在堂屋里，望着槐树底下鸟雀没有捡尽的饭菜，望着那些各不相同的色彩，在时光里走向统一的黄色。

我哥在这个半岛上念书的时候，学校还没用电铃，指挥他们行动的，就是白杨树上的那口铁钟。敲钟人就是文师傅。由于母亲生下哥后得了长时间的妇科病，使哥比我大了整整十六岁，他在半岛念书时，文师傅大概是五十多岁。我哥说，看文师傅敲钟是体验感动的过程，他穿着千层底布鞋，迈着均匀的步子走近白杨树，伸出干死的苔藓般的手掌，取下古树凹槽里的铁锤，深深吸一口气，一锤击打在铁钟上。铁钟悠长的韵味，散发着暖暖的香气，在整座半岛上弥漫。相对于敲钟人而言，钟挂得高了一些，文师傅不得不提起脚跟，头微微仰着，目光追随钟声，木叶一样在它能够到达的地方寂寞地飘落。我哥说，从那半岛上的学校毕业后，他走南闯北，阅世多矣，却再也没听到过那么智慧的钟声，那是从大自然里生长起来的，先于花朵，先于果实，包含着彻底的忠诚和坚定。它不仅浓缩了敲钟人的人生，还浓缩了整个半岛的历史。

我想，我哥是有些夸张了。数千年前，半岛就是巴人聚居之地，考古发掘中出土的大量铖矛、铜剑、回首弧刃刀等，证明巴人是既浪漫又尚武的民族，且在这里曾发生过激烈的、决定部落生死存亡的战争；那些春秋战国时代的大量文物，更是书写着秦、楚、蜀、巴多种文化在此交融的华章。那时候，这里还不是半岛，而是整片川东陆地的一部分，不知哪朝哪代，三条水环抱而来，只留一条手臂抓住大陆的衣襟。退化得越来越没有想象力的后人，给这三条水起的名字是前河、中河、后河。半岛上本来居住着十来个家族，又不知哪朝哪代，别的家族全被李氏家族赶跑了，于是，半岛有了一个颇具中国特色的称谓：李家坝。民国初年，李家坝兴建了一所学校，学校虽然规囿于一百亩的范围之内，可历经大半个世纪，李氏血统还是被慢慢地、顽强地稀释了。这种穿越时空的变迁，难道文师傅的钟声能够涵盖？

但我说不过我哥，因为他而今已是颇有成就的哲学家，而且他讲得那么真诚，那么动情。我哥说，那时候的文师傅，是一个老光棍儿，几乎从不跟人交往，他的生命在钟声里开放，也在钟声里寂灭，当最后一丝余响融入苍茫大地，文师傅仿佛从美梦中惊醒，失魂落魄地把铁锤放入古树的凹槽，向教师宿舍里那个低矮的楼梯间走去。那时候，学生不崇拜校长，也不崇拜任何老师，而是崇拜文师傅。他们总觉得文师傅身上有一种超越学识和教养的练达与智慧。

我是带着对文师傅的虔敬踏入这片土地的，没想到见到的却是一个枯萎的男人，我太失望了。文师傅表面上依然不跟人交往，但在他的田原里盛开着一朵鲜花，那朵花不是钟声，而是一个活生生的女人。他没法不跟这个女人交往；当李校长端着饭碗走进他家门时，他也没法不跟李校长交往，尽管他们之间仿佛从未说过一句话。我想，那口挂在白杨树上的铁钟，已经由智慧的河床退化为一块巨大的伤疤。这块活着的伤疤，蛮横地吞蚀着文师傅的心事。

文师傅是什么时候跟周华结婚的？他过了几十年独身生活，为什么突然想到结婚？周华是什么来历的女人？她年纪轻轻妖冶艳丽，何以要嫁给一个老头子？她与李校长之间到底是一种怎样的关系？李校长顿顿饭端到文师傅家去吃，碗都是由下班回来的周华清洗，文师傅不声不哑，为何不闻不问？关于这些问题，我曾好奇地请教我的班主任兼语文老师。我的成绩好,因此错误地以为自己有请教任何问题的权利。班主任以匪夷所思的目光盯了我一眼,哼哼两声,再不作答。他的哼哼声含义明确:一个青春期的男孩,怎么好意思提出这样的问题?班主任伤了我的自尊,同时也让我懂得,对有些东西,如果固执地追寻理解,追寻答案,是愚蠢的,甚至是下流的。

我只知道,李校长的家不在半岛,而是在前河彼岸的小镇上。我们当学生的很少有人见到过他的老婆,听那些偶尔见到过的人说,他老婆是一个四十五岁上下的肥胖女人。论年龄,跟李校长差不多,但看起来比李校长年轻得多,由于肥胖,她脸上的皱纹被膨胀开来的肉绷直了。李校长很瘦,扁平的脸像被风雨剥蚀的老墙,学了埃及金字塔那段历史以后,学生们就把李校长叫木乃伊。说来奇怪,从李校长身边走过,鼻子里总是飘过一股死尸气味。这是真的,开始有人这么说,我不信,后来亲自去试过了,果然如此。同学们说李校长是复活的僵尸,并因此不敢晚上起来上厕所。我并不这么认为,我觉得是李校长的脚气坏了事,我曾看见他坐在文师傅的堂屋里,脱掉一只袜子撕脚掌上的老皮,老皮泛出橙黄的光芒,在文师傅的身边铺了厚厚一层,可李校长还在撕,直到脚掌上浸出淡青色的鲜血。

整个春天,半岛就像一只寂寞的蝴蝶,永不停止的风雨气息,带着成长的苦味,在纷纷扬扬的槐花里飞舞。油菜花凋谢之后,半岛发出透明的蓝光,成为另一面天空。校园外土路上的萋萋荒草里,埋伏着淙淙而去的小溪。傍晚放学后,我穿过操场,走到天青色的围墙之外,挽起裤腿,踏入清凉的、看不见影儿的溪流里。天气晴朗,晚霞在天地相接处燃烧得一片火红,泥土里飘逸出湿漉漉的,如同婴儿奶水吃得过多因而从皮肤里溢出的淡淡腥味。我承认我很苦恼。这苦恼不能向任何人说起,它比溪流藏得更深,有时连我自己也无法触摸。被水软化的草在我腿边摇曳。如果这草是我的腿毛就好了,可我没有腿毛,我还是一个十三岁的孩子。四野无人的时候,我会蹲下身子仔细察看,我腿上的皮肤织得又密又细,根本没有腿毛的立锥之地。这让我悲哀。我的心已经长成，身体却稚嫩得像一只谁也不在意的小鸡。

红红的、散发着苹果甜香的月亮，从远处土丘上乱蓬蓬的枝柯间升上来。我望着半岛的中心地带，只能望见簇拥着的瓦房。遍地的庄稼使瓦房仿佛是浮在水面的鱼脊，高大的垂柳宛如上帝抛下的钓丝，要把那些鱼钓上去。可我的眼睛能够看见目力之外的景象，我知道在那些瓦房的中央，有一个菜市场，学校的教职工都去那里买菜。周华也去那里买菜。她总是在最后一批吃饭的学生离开食堂之后，提着雪白的藤篮，从操场的缺口走出去，穿过数十个田埂，隐没于瓦房的深处。当她提着篮子从我们寝室上方那条槐树夹道的石子路走向操场的时候，我便像一个影子，不声不响地离开同学们的视线，到围墙外去等她。她有时很快就回来了，有时很晚才回来；只要超过四十分钟不回来，我就见不到她了。一旦上晚自习的电铃声在围墙边的高树上单调地尖叫，我就只能向瓦房的方向望上一眼，又失望又伤心地冲进教室。如果是这样，九十分钟的晚自习，我全用来算计她是不是回来了，她的篮子里装了些什么菜，那道浅沟旁边有一汪积水，她又以什么样的姿态迈过去。

大体说来，我能见到她的时候还是占多数。她圆嘟嘟的身体一出现在蒿草丛生的田埂上，我就感到呼吸紧张。分明还有那么远，我却能清晰地听到她的脚步声。她体态丰腴，可她的脚步格外绵软，在大地上弹奏着无声的琴键。我不敢看她，蹲下来，假装在小溪里摸鱼的样子。小溪里杂草丛生，互相缠绕，是大自然结成的网，再蠢的鱼，也不会往里钻。我比鱼蠢。我做出这样子是让她惊异的，我希望她说："哎呀，傻家伙，你把水淘尽也找不出一条鱼来！"她跟熟悉的老师就是以这种口气说话的。或者她什么也不说，只是笑，什么样的笑都行，开心的，不可思议的，甚至是嘲讽的。然而，她根本就没发现我。我在她的眼里什么也不是。当她从我身边走过去，我闻到了一股妇人掀动裙裾的气息。这气息让我陌生，让我悲伤而绝望。我痛苦地盯着她的背影。一只昆虫飞到她的肩上，跟她走一段，又飞走了。我久久地注视着那只昆虫，直到它蹦蹦跳跳地隐没于庄稼地里。

这可怕的梦魇,已经持续了很长时间。当我略为醒事以后,就在哥为我开掘的暗河里游动,阳光只有穿透土地才能照耀我;我本来打算一头扎进文师傅栽种于半岛上的钟声的森林里,却被他身边的女人赤裸裸地拉到了阳光底下!我几乎没有选择地承认了这种现实。我没有能力,似乎也找不到更加充分的理由体味文师傅的心境。我只是相信,文师傅只愿意蜷曲于岁月的深处,并不爱他身边的女人。周华就像从发出樟脑气味的箱笼里逃出来的猫,在旷野上疾奔;这只猫没有目的,所有的想望只在于逃脱樟脑气味。

我的目光已经不在河流里,也不在森林里,而在旷野上了。我沐浴在盛大辉煌的光芒之中,不屑于再躲进智力活动的阴影里了。

由于不敢正面看周华,很长时间以来,我说不清她到底长的什么模样。

不下雨的星期天多么美好!我们三五成群,出了校门,下一条二三十米的缓坡——缓坡上铺满了腐烂的槐花槐叶,被油黑的泥土煨得热乎乎的——沿机耕道一直向东走去。这条路指引着校园之外的生活,因此我们觉得它格外亲切。机耕道的两侧,随季节长满了油菜、小麦、稻谷、高粱和大豆,偶尔有几朵向日葵,骄傲地仰着脸,无声地表达它对太阳的忠诚。平易近人的太阳感谢它的忠诚,阳光也变成了跟葵花脸一样的颜色。如果是冬天,薄薄的雪覆盖着封冻的土地(其实土地并没有封冻,土豆正躲在里面做梦,当天气稍微转暖,它一觉醒来,绿得发亮的叶子就会让大地充满生机),人踩在上面,发出风扬轻纱的柔响。走上五华里,就到了前河岸边,给一毛钱,一个患白癜风的老艄公就会把我们撑过去。那一面就是小镇,全是青石板街,街巷狭窄,两边屋檐低矮,却热闹非凡,周围近二十个村子的人,都来这里赶集,街道上水泄不通,风吹不进。我们漫无目的地挤来挤去,一直挤到下午,挤得街道像突然散场的电影院才回半岛。

即便不去镇上,还可以从另一个方向,穿越生满车前草和铁线草的田埂,下到后河边。三条河比较而言,后河最为恣肆,相对宽阔的河床里,咆哮着蓝得发愁的河水。对岸是一个小型水电站，堤坝高高筑起，斩断河身却斩不断流水，水从半天云里摔下来，激起无数即生即灭的山崖，同时形成一个无人知其浅深的幽潭。有人说，那潭里的鱼比黄牛还大。我们选一处水势相对平缓的地方，清洗积了半个月甚至一个月的衣服。衣服很快洗完了，我们就脱掉长裤下河，或者站到两三丈高的石尖子上，眼睛一闭，就一个猛子扎进河里，天旋地转地挣扎一阵儿，又从水里冒出来了。女生知道男生的把戏，下河洗衣的时候，总是让艄公将她们推到河心去。河心有一个布满卵石的小洲，离男生活动的地域不过十余米，但烟气升腾的河水使彼此之间有了浩渺的距离。我们听不清她们说话，也看不清她们的脸，然而，我们的一举一动，都是做给她们看的。

晴了很久之后，这个星期天到底下雨了。

不能去后河边洗衣服是自然的，但同时也不能去镇上了。那条通往小镇的机耕道是泡土，夏季庄稼地里的露水，也能将其搅和成一摊烂泥，遇到下雨，褐色的泥浆能淹没脚背，走上三五十步，衣服的前胸后背，甚至眉骨上、发丛里，都会溅满泥点子。最要命的是前河！我曾听李校长对人说，那条河是摸不得的女人，一摸，就发情了。李校长称不上作家，但他常常向外投稿，偶尔有百把字的笑话在中学生报刊上发表，也有诸如"山羊爬山坡，水牛滚水凼"一类无聊的对联，最出名的是他在某刊物上出的一副上联："一女人，身穿蓝，手提篮，上南山，采兰花，遇男人，把路拦，你说着难不着难？"那刊物很欣赏，号称在全国范围内征集下联。尽管这上联同样无聊而且欠雅，但我们都认为它不是李校长想得出来的，他一定是从哪里听来的。不过，他把前河倒是比喻得很形象，尽管有些下流。前河平时温文尔雅的，只要天空流下几滴眼泪，中河与后河无动于衷，前河却像哺乳期的女人，胀得满满当当，汹涌下泻，迫不及待地展示着它大起大伏的魅力。这时候渡河，就很危险。前河不止一次地发生过翻船的事故。

如此，唯一可待的地方是教室和寝室，教室是早就待厌了的，只有那些把学习当成玩命的家伙，才把教室当成最辉煌的战场，还有那些彼此有了好感的男女同学，不约而同地、急切地坐到教室里去，含着矜持的微笑,装模作样地在那里看书,演算习题。我两者都不是,我一门心思地就想见到周华。

可在这样的天气里是见不到她的。她星期天似乎从不去食堂上班,她家堂屋的双扇门半掩着,里面黑乎乎的,散发着木屋的潮湿气味。

我待在寝室,躺在两尺宽的床铺上,像一只尽职尽责的母鸟,孵化我心中的惆怅。惆怅在雨声里稀释,流得满地都是。旁边有同学们在玩扑克,那个满脸麻子的家伙,因为赢了一把牌,笑得麻子都变成了紫色,不停地颤动,像雨点落在湖泊里。他真幸福。

我到底待不住了,阴悄悄地走出来,跑过那段碎石子路,进了礼堂。这礼堂从不闭门,由于地势低平,四周有高大的槐树和柳树遮挡,黑如地窖。我知道这里很少有人来,希望一个人在黑暗里静一静。当我适应光线之后,发现舞台上有两个深灰色的人影,皮影戏一般在浅淡的光线里跳动。我下意识地缩到了角落里,因为我看清了那是李校长和周华。李校长搂住周华的腰,周华捉住李校长的一只手,放到她鼓鼓的乳房上,一同朝楼梯上爬去。舞台的一面,有一架木楼梯,爬上去有一道门,推开就是一个阁楼,李校长就住在阁楼里。木楼梯很窄,李校长走在前面,周华紧紧跟上,李校长尖尖的屁股,垂直下来就是周华纹丝不乱的头。

我痛苦地蹲了下去……

半小时后回到寝室,麻子他们还在打牌。麻子的笑声像乌鸦的鸣叫,稍不留心就把空气震荡得发抖。我怒气冲冲地说:“麻子,你他妈的不笑行不行?”

麻子转过头来,鲜红的嘴唇像刚启动的马达。我知道他要骂人了。麻子骂人不知向谁学的,往往能一招制敌。他说:“小子,失恋了就找我发气?你他妈的长毛没有?我长全了还不急,你急啥?”

我不知道自己的表情,但从麻子得意扬扬的样子看出,我被他点了穴道。当他转过头去出牌的时候,我一拳击在他的后背上。麻子在小学留了好几次级,比我们大好几岁,他的后背果真有男人般的雄健。他将牌一扔,反手一掌就抓住了我的衣领,像亲热似的扇了我两个嘴巴,然后猛地一拳,把我打到了铺位之下。

我扑倒在永远也没干过水的地面上,像虫子一样爬起来,回到床上,蒙着被子,偷偷地哭了许久。我哭,并不是害怕麻子看穿了我的心思(我说过,这份心思连我自己也不甚清楚),也不是因为他打了我,而是为一个躲藏在阴影里的梦。

自那以后,我就渴望星期天下雨了。我如同一只潜伏在礼堂里的老鼠,找不到粮食对抗饥饿,就以黑暗为食。我几乎总能看见周华走进礼堂,登上舞台,再登上木楼梯。她跟李校长同居,在学校里几乎是公开的,大部分学生都知道,连女生有时也要议论几句。去食堂打饭的时候,男女生都情不自禁地把目光溜向文师傅的堂屋,如果去得晚一些,就总能看见李校长坐在文师傅身后的八仙桌边,要么吃饭,要么抽烟。但我相信,看见他们登上舞台,走进李校长的寝室,并且都由周华关闭那扇表面如皱纹纸一样的黑褐色木门的,只有我一个人。

我似乎再不像以前那么痛苦,我对那个比我年长一倍有余的女人的思慕,终止于她走进李校长寝室之前。木门一旦关上,我就走出礼堂,毫不犹豫地穿过发出碎镜般光芒的石子路,来到文师傅的家门外。文师傅面容恬淡,腰板挺直,双手扶着拐杖,望着槐树底下的雨地。苍茫如烟的半岛,在雨里静默。没有风,也不见鸟的踪迹,所有的生命都寂灭于天地不分的混沌里。文师傅的家门很宽大,光滑得发亮的门槛很高,我在门前走过来又走过去,企图引起文师傅的注意,因为我不确定文师傅的生命是否还具有意义,我甚至怀疑他是否还活着。我哥描述的智慧的钟声,先于花朵先于果实的钟声,肯定只是我哥对世界的理解。他把文师傅敲出的钟声美化了。我走来走去并没引起文师傅的注意,他的神情始终那么恬淡。他长长的白眉毛上不会结出回忆的果实,不灵便的腿脚使他只能在妻子的搀扶下才能走过田原,登上浅丘。他仅仅是一个存在,没有过去,没有现在,更没有未来。如此而已。

他的恬淡激怒了我:可怜的男人!

我觉得文师傅比那一对淫荡的男女还要卑鄙。

六月的一个下午,学校跟"105"厂举办了一场篮球赛。"105"是一家兵工厂,离学校有十余里地,渡过后河,从水电站悬绳一样的石梯登上去,就到了马路上,沿河上行十里,就进入厂区。厂里的人都说普通话,其子弟都在半岛上读中学,因此跟学校有密切的联系。我没有看到那场据说是异常精彩的赛事,我跟同学们打猪草回去的时候——学校总是喂着十余头猪,每个班的学生都有打猪草的任务,猪喂肥了,再杀来做成烧白卖给学生——比赛已经结束,厂里的人已经离去。但是,篮球场上还围了一大圈人,李校长一个人在干干净净的场地上投篮。学校艰难地赢了一分,李校长很高兴。李校长身体单薄,矮小,之前我从未见他参加过体育运动。他投篮技术很臭,无论怎样瞄准,篮筐上就是加了盖儿。可是,他每投一次,围观的学生就齐声鼓掌,大声喝喊:"再来一个!再来一个!"我这才发现,李校长裤子前门上的纽扣敞开着,露出了血红的内裤,学生们的呐喊就是冲着这个去的。这让我觉得李校长很可怜。我下意识地向周围看了一眼,是想看有没有老师,让他们给李校长说一说。

我没有看到老师,却看到了周华。她站在篮架底下,正对着李校长,她应该发现了李校长出丑的地方,可是,她却捧住了脸笑,耳根都笑红了。

这几乎是我第一次正面看她的脸。她长得美极了。她的头发向两边自然地分开,露出光洁的额头,翘翘的鼻尖使她带着异域的风韵,眼睛很大,隐隐约约有一圈暗影,又疲惫又狐媚。她把手从脸上放下来后,我看清了她的嘴唇,邪恶的笑意还没从她嘴唇上消退,仿佛挂在树梢上潮红的新月。

她真不该笑。这种时候,她为什么要笑呢!

当天晚上,学校包场放电影。放映员是从镇上请来的,放映机和拷贝也派学生去镇上背。李校长还没结束表演,我的肩膀就被拍了一下。是班主任。他让我跟麻子他们一起去背机器。通常情况下,这样的差事学生是乐意干的,虽是自己掏渡船费,但可以在学习时间去镇上,那感觉真是爽快极了。而且,我们背着发出柴油气味的家伙,提前体验了看电影的快乐。回来时,走到校门外的那片缓坡之下,必有学生鼓掌迎接,背夫就成了英雄,扬扬得意地从人群中穿过。

但今天我却不想去,我与周华离得这么近,我能嗅出她笑声里甜丝丝的、类似于青草被揉碎的气息。我能看到她脸上流畅的线条,以及圆润而嫩白的腮帮上几颗调皮的雀斑。哪怕让我再看一分钟也好!可是班主任不给我机会,他说,他们已经走了,快去吧!我说:"冉老师,李校长……"班主任红了脸,大喝一声:"快去!"他好像害怕我把话说完。

我只得回寝室背上背篼,匆匆忙忙地追赶麻子他们去了。

回校途中,麻子背着最重的发电机,走在我前头,有一句没一句说话。我知道他是想跟我和解,但我不想理他。他还在说李校长出丑的事情,同时他还说到周华。他说周华嫁给文师傅,只不过是李校长耍的花招,文师傅打过仗,那东西被一块弹片切掉了大半。周华是从重庆方向跑到半岛上的流浪女人,说不准是被男人打出来的,李校长看上了她,就把她养起来了,为了养得放心,就怂恿她嫁给了没有性能力的老光棍儿文师傅。

对麻子的一派胡言,我根本就不相信。他虽然比我们大几岁,可他毕竟是学生,真不该懂得这么多大人的事情。他直截了当地说到性,让我又陌生又烦躁,主要是恶心。我无法想象把性与周华联系在一起——那是对她的亵渎!

铺满晚霞的天空横躺在半岛上,慵懒而怅惘……

放电影都是在大操场。校门敞开,半岛上的农人都可以来看。有人说这是学校对半岛人的妥协。这半岛上的人,承继祖先的血统,疏阔流动,尚武好战,他们打跑了别的部落和家族,寂寞了数百年甚至上千年,耐不住性子,就把戈矛对准了自己。他们打起架来惊心动魄,往屋梁上爬,在瓦脊上飞,蹬得那些生了青苔的瓦片,像黑色的泥石流向下倾泻。猎枪被搜走之后,扁担、弯刀、锄头、铁耙、石头、瓦块,都可以成为他们的武器,摘下一只耳朵，剁下一条胳膊，算不得什么大事，至于把手指伸进腮帮，抠出半截舌头，挖得嘴巴成为一个血窟窿，更不足为奇。半岛上有了学校之后，他们的尚武习性可以不在内部消化了，而是转移到学校里来。学校占有了他们祖祖辈辈用热血浇灌过的土地，他们于心不甘，常来学校生事，既打学生，也打教职工，三言两语不对路，便一拥而上，打得你喊爹叫娘。对此，政府惩戒多次，都无济于事，直到1982年，半岛上最大的恶霸被枪决，情况才有了好转。那恶霸名叫李坤，每到学校开饭的时候，他就提着几个泔水桶到学生寝室门外，接学生吃剩的饭菜，拿回去喂猪；他还随时命令学生将刚刚打来的饭菜倒进他的桶里。没有人敢违抗。他的名声，他刀子般的目光，他紧得像汽车轮胎一样的黝黑的肌肉，就足以让人战栗。他被枪决就因为他把一个动作迟缓的学生打残了，虽未致人死命，但情节恶劣，民愤极大，终于吃了枪子儿。

李坤死后，半岛上的农人再不敢胡乱揪打教职工和学生，可是，燃烧在内心里的仇恨却愈来愈烈。正由于此，我们打猪草的时候，班主任都要再三交代，至少十人一组，集体行动，而且绝不能靠近农人的庄稼地，只能在荒坡上捡车前草、矢车菊、木槿叶一类不肥膘的植物。事实上，我去半岛上念书的时候，半岛人与学校的对峙已经彻底缓解。这得归功于李校长。由于他也姓李，见到半岛上的人，便以辈分相称，该喊叔则喊叔，哪怕比他年轻二十岁，也绝不含糊。更重要的是，1984年半岛上发生了一场火灾，浓烟从一里之外的大院里冒起来时，李校长亲自拉响了电铃，全校集合，男女老少一起开赴前线。学校的人到达之时，火势以不可挽回之势穿透屋顶，在烈风中自由地扇动着翅膀。整个半岛的天空红彤彤的，遥远处的树木和庄稼也像大地长出的红发。那些遭遇火灾的农人，扑倒在路边或者田垄上无声地哭泣。教职工尤其是学生不畏牺牲，虽然未能在烈火焚尽大院之前将其扑灭，却抢出了不少东西。事后，半岛人敲锣打鼓地给学校送来了一面锦旗，还包了一场电影。放映之前，村支书声泪俱下对学校表示了感谢。自那以后，半岛人凛然的目光消退了，见到学校的人都客客气气。学校要放电影，也允许半岛人前来观看。

我曾把这些事情讲给我哥听,并且转述了许多人的说法:口碑不好的李校长之所以能稳稳地坐住校长之位,是因为他能化干戈为玉帛,使学校有一个安宁的环境。这一点,是他之前的数任校长没有做到的。我哥不同意这说法,他说这只是表面,他坚持认为,半岛人之所以能产生感动这一复杂的情感,是受了文师傅的钟声长久浸润的结果……

半岛人看电影,什么话都说得出口。我们看的是一部印度电影,《复仇的火焰》,里面有一段情节:男主角被绑在荒野的石柱上,匪徒在地上扔满玻璃碴儿,令其情人不停地歌舞,一旦停下,瞄准他的枪就会扣动扳机。为了留住情人的性命,女主角赤着脚在玻璃碴儿上歌舞,扎得双脚血糊糊的,却毫不畏惧,直跳得天旋地转,昏倒在情人身边。这一段伟大的爱情,半岛人却报以讥笑,说,那女人怎么那样傻,难道她不知道玻璃碴儿扎脚吗?当她昏倒之后,场子里发出一阵喝彩,因为他们认为匪徒头目可以把女人抱回去享用了。

在那一刻,我同意了我哥对半岛人的评价,而且第一次渴念文师傅的钟声。

我右手边的麻子也在笑,也在跟半岛人一起喝彩。我恨不得敲碎麻子的脑袋。但我不能,我打不过他。我从笑声和喝彩声中解脱出来,回想着女主角的歌声:"只要我活着,亲爱的,我就要不停地歌舞。爱情是地久天长的,爱情从不畏死亡。我们是普通人,我们不会永葆青春,但我们心心相印,我们的爱情地久天长……"我觉得这女主角像周华。真的,像极了。如果周华戴上鼻饰,跟那女主角的长相就没有分别了。嫉妒的烈焰烧得我蜷缩起来。我无数次地看到周华登上通往李校长寝室的木楼梯,但我从未嫉妒过(我只是嫉妒过跳上周华肩头的那只昆虫),但我现在嫉妒得发狂。我要是那个男主角就好了,即使匪徒剥了我的皮也在所不惜。我憧憬那种饱满的生命。而这种生命,却是在哀愁的绝境中孕育的。

归寝之后,麻子还在笑,还在重复半岛人亵渎女主角的话,并且凭借自己有限的想象力,从头到脚描述那女主角的美。当他描述到腰部的时候,班主任悄无声息地站到寝室门边来了,全寝室的同学看见了,就是沉醉的麻子没看见,他还在挖空心思,继续描述。他终于说出了一句有些意思的话,他说那女主角像一支箫:"唉,那么好的箫,哮喘病患者也吹得出调子。"

这时候,班主任才走到他床边,轻声慢语地说:"何光光同学,你的毛病已经很深沉了,啊,已经很深沉了。"第二天上晚自习,班主任讲了麻子何光光的事情,之后在黑板上画了一个光屁股的麻子,蹲下身,吃力地抱一个巨大的天鹅蛋。他绘画功底深厚,画得惟妙惟肖,同学们笑得满堂开花。自那以后,麻子完全变了一个人,阴郁如鬼,鲜艳如女人般的嘴唇也蜕变成与脸上的麻子同样的颜色。成绩也越来越差,大大小小的考试,都是年级最后一名。他成了班上的后腿,班上的耻辱。没过多久,他就自动退学了。他退学并没跟父母商量,而是独自做出的决定,因此回家两天后,他的父亲就找到了学校。

没说两句,他父亲就跟班主任吵了起来。班主任说,没把他开除,而是让他退学,就已经便宜他了。这时候,我们才知道麻子不是自动退学,而是学校劝其退学。那个身材矮小、粗糙大手上粘满植物水汁黑斑的男人,急得眼泪直冒。跟班主任吵了一阵儿,终于知道胳膊拧不过大腿,就向班主任求情,扑通一声跪下去,蓄着浅发的脑袋在地上磕得咚咚作响,他说:"再给他一次机会吧,我的恩人啦……再给他一次机会吧……"

班主任坐在藤椅上冷笑。他常在班上说,有些家长不懂事,自己的孩子分明是孬火药,总以为是金包卵,表现不好,成绩不好,还怪学校教育无方。何光光的父亲就犯了这毛病。见班主任无语,他又说:"如果光光再敢犯事,不要你说,我就放他一条腿……我的恩人啦……"班主任起身离开了办公室。办公室里响起那男人撕心裂肺的哭声,后来就安静了。

我们都以为何光光的父亲走了,可中午开饭的时候,我从教学楼出来,发现他竟躲在一棵洋槐树下,而且在向我招手。他常给何光光送钱来,已经熟悉何光光寝室的人了,而且何光光也向他介绍过,说我哥在北京大学读博士。我走过去,他问道:"同学,你告诉我,班主任的官大还是校长的官大?"我说校长的官大。他感激地看了我一眼,说明白了,就叫我赶快去吃饭,晚了,就没好菜了。我一辈子也忘不了他目光里的迷惘和挣扎,还有父亲的关切和温暖,一辈子也忘不了他以前把钱递到儿子手里时那双皲裂的手掌,那手掌上写满了生活的苦痛和希望。可是现在,他儿子不在学校了,已经回到家里,在云彩擦过山崖的地方干着抬石头使铁耙的苦力活儿,他的希望破灭了,只剩下苦痛。我离开他时,他还站在那棵洋槐树下,目送我走了很远。我几次回过头去,都看到他咧开的、带着又柔和又惨淡的笑意的嘴唇。时光拂过他的额头,漫过他的眼睛,春水一样一去不返。他似乎把我当成了他的儿子,又在我到底不是他儿子的现实中承受着失落和痛楚。

我当时没明白他问谁官大是什么意思,端上碗打饭的时候才明白过来,他是想去向校长求情,既然校长比班主任官大,只要校长同意让他儿子复学,班主任也阻拦不了。结果是可想而知的,对麻子何光光这种品德败坏的学生,李校长怎么可能网开一面?

不久之后传来消息,说麻子的父亲得了一种怪病,死了。

麻子是一面镜子,他让我照见自己的品德是何等败坏,而品德败坏会带来多么可怕的后果。

但我无力自拔。

我不知道自己是否有恋母情结。我的母亲去世得早,那时候我刚满四岁,当我学会主动向母亲的怀里偎依的时候,母亲就走了。我扑了空,我的心落不到实处,因此至今也在寻找那个属于我的怀抱。其实我母亲一点也不像周华。母亲比周华高,但不如周华漂亮,也不像她那么胖,更不像她那样邪恶,可不知为什么,我觉得周华的一举一动都像极了我的母亲,因为我觉得她的一举一动都是为我准备的。这种单纯如歌的假想,使我认为自己有一万个理由与她亲近。可事实上却是相反,变成我的一举一动都是为她准备的了。我在校园外的那条浅溪里戏耍,装出一副蠢相摸鱼,故意弄湿了衣裤,甚至把艳丽有毒的蛇泡摘下来往嘴里放,都是希望引起她的注意,可是不,她一点也不在意我,不在意我的存在,也不在意我的死亡。

我几乎没有睡过一个好觉。从寝室至操场,要从一排铁质双杠林里穿过,做早操的时候,我昏头昏脑地从寝室里跑出来,不止一次把头撞在双杠上,撞得眼冒金星。

这样下去是危险的,我明显感觉到学习上的吃力。客观地说,我是一个智力不差的孩子,这归功于我母亲的遗传。我母亲没上过一天学,可在日常生活里时时显示出过人的智慧。她的智慧照亮了哥和我头脑里的黑洞。我说过,我在半岛上念书的时候,哥已经是北京大学的哲学博士了,远近闻名,半岛上的学校也以他为骄傲,大会上,李校长常常提起,小会上,班主任常常提起。我生活在我哥强劲的惯性里,同时也生活在他的阴影里。不管怎样,我没有理由学习不好,如果我在年级考了第二,全校的老师都会知道,见到我,都会拍一拍我圆滚滚的脑袋说,你哥从来不要第二。我觉得羞愧,躲到一边去,任眼泪哗哗地流淌。那份失落和伤痛,咬得我的心灵露出东一块西一块的窟窿,就像草地上的积雪被太阳初照时的景象。

但总体说来,我是老师眼里的好学生。我几乎从未让老师操过心,因为我不犯错误,跟麻子打架可以说是我犯的唯一的错误,但事后没有人去告发,没有人告发的错误,在别人的眼里,也包括在我自己的眼里,就不称其为错误了。我躲进礼堂的旮旯里偷看李校长和周华完成那段登上舞台、登上木楼梯的旅程,是一种可怕的错误,但除了地洞里的老鼠知道,是没有人知道的。我本可以逍遥自在,继续充当好学生的角色,可是我自个儿已经无法承受心灵的重压了。我像被垃圾山覆盖着,无论多么明媚的春天,也生长不出一枝嫩芽。

我哥教给我的理性使我不愿意放任自流,但凭我自己的力量,是无法解脱的。

我想把我的心思给班主任说一说。

班主任就住在学生宿舍的东头,平房,我们上厕所的时候,就要从他门前路过。我鼓足勇气,向那一边走过去。到了班主任的家门口,我发现他敞着黄色木门,坐在廊子上看报。这条廊子十分狭窄,仅能放下一把藤椅,通进去,大概就是客厅或者卧室。班主任不过四十岁上下,平时从未见他戴过眼镜,这时候却把一副黑边眼镜挂在软软的耳朵上,深深地垂着头,呈现出陌生的老态。我正要进门,班主任看完了一面报纸,正往另一面翻,头抬起来的一瞬,我迅速溜走了。我进厕所待了好一阵,才掉转身往那黄木门外慢慢蹭。这近乎一种垂死的挣扎。这一次,我看见了班主任的儿子,正从背后把一块西瓜递给他的父亲。班主任的儿子年龄跟我差不多,却高壮体面,气质优雅。只有生活富裕心灵干净的人才会培育出这样的气质。我自卑了,更不敢进去了。垂头丧气地回到寝室,愣了许久,心想,这不行啊,再不给班主任说说,我就熬不住了。我毅然决然地站起身,把脑子里的一切杂念清除掉,一脚跨进了那条狭窄的廊子。班主任还在看报,西瓜皮放在他的脚边。我带进去的阴影使他抬起头来,他朝我古怪地笑了一下,这笑里含着排斥、拒绝、不高兴等等相近似的情感。班主任从未对我这么笑过,他总是那么亲切,仿佛我就是他的儿子,但那是在教室或者路上。而此时此刻,我是在他的家门口,班主任是不欢迎我上他家来的。见我木呆呆的,他说:"不久就考试了,你要争气啊,要是考了第二,我拿你是问。"他又笑了一下,露出满口坚固的白牙。没等我回答,他又在翻报纸。我什么也没说,就走出去了。

我第一次发现,班主任对我其实是很冷漠的。"好学生"的面罩,使我在他眼里成了一个事实上的多余人。他用不着操心我的学习、生活、德性,一切都由我自行处理,只因为我是好学生。我就像一只放在草原上的羊,牧羊人不见了,周围又没同伴,低低地压下来的乌云,使我分不清哪些草长肉,哪些草有毒,我只能独自面对风雨,可我没有这样的能力!天空像怀了孕,肚子不停地膨胀,直到压伏了草尖,压弯了我竖起来的、乞求救援的耳朵。我听到兔子们飞蹿回窝的声音,还听到远远的雷阵。雷阵比天空还低,比草原还低,比兔子的耳朵还低。我知道雷阵响过,天空就临产了。天空的肚子里,装的全是可以杀灭我的风雨。

我要是一个坏学生该有多好……

一个星期之后，班里发生了一件事，这件事发生在生物课上。生物课的最后一章，是男女性征，老师不加任何解释就不讲了。坐在后排的姚兴旺不满意地说："我早就等着听这一章，却不讲了。"教室里本来鸦雀无声，姚兴旺的这一句就显得特别清晰，特别刺耳。生物老师是一个二十二三岁、手臂很粗脸却瘦得出奇的未婚女性，姚兴旺的话音刚落，她脸上猛然布满了怒色，薄薄的鼻翼抖动着，仿佛姚兴旺严重地冒犯了她。同学们都为姚兴旺捏一把汗，因为他已经犯过事了。姚兴旺的学习也很好，在班上担任学习委员，他曾利用发作业本的机会，给一个女同学递过一张纸条，那纸条上写了一句话："张小波同学，我们携起手来，共同前进。"张小波是副校长兼我们的数学老师的女儿，见到纸条，她竟然痛哭流涕地拿去交给了她父亲。姚兴旺被数学老师请进了办公室，被斥骂两个钟头，还挨了一巴掌，为此沉默了许久，差点就一蹶不振。没想到被霜打蔫的木叶刚刚回阳，就张狂起来了。生物老师的脸绷得越来越紧，因此鼻翼不再抖动了，她终于将门一摔，气冲冲走了出去。紧接着，我们听到她在门外说："冉大强，你班上的人思想太复杂了！"冉大强就是我们的班主任，平日，生物老师都是规规矩矩地叫冉老师，现在直呼其名，可见她有多么愤怒。

　　教室里的空气仿佛要燃烧起来。我转过头看姚兴旺，姚兴旺额头上的那块白斑也成了紫色，连头发也照红了。我闻到了一股焦煳的气味，不知是姚兴旺的身上着了火，还是我自己的身上着了火。我回过头，茫然地望着窗外。

　　一只翠绿的鸟儿，在槐树茂密的枝叶间跳来跳去，忽地扑扇翅膀，飞到了我们的窗台上，傻兮兮地张望，又惊慌失措地飞回了树丛之中。

　　虽然咫尺之隔，可这里不是它的乐园。

　　那件事情之后，我就更不敢去找班主任倾诉了。班主任受了生物老师的气，又不好对她怎么样，就把怨气全都撒在姚兴旺身上。他大步跨进教室，拿起一支黄色的粉笔，在黑板上画了一个大大的圆圈，愣怔一下，又擦去了，站在那里，咻咻喘气。同学们都不知道他要干什么，我却马上猜出来了。班主任一定是想画一个光屁股的姚兴旺,蹲下身,吃力地抱一只天鹅蛋。他当初画麻子何光光时,就是先画了一个圆。刚把圆画好,他大概就想起不是已经画过了吗? 于是擦去了,一时想不出更好的方法教训姚兴旺,因此急得直喘。喘了一阵儿,他走到姚兴旺身边,将竹鞭教棍在课桌上击得啪的一声,喝道:"滚出去!"姚兴旺把头缩进肩窝里,瘦高的身体,就像被打断头的蛇。

他这一出去,就是三天没进教室,也没回寝室睡觉,我们都不知道他去了哪里。有同学说,姚兴旺回家请父母去了。是不是把父母请来了,班主任又对他们说了些什么话,不得而知。但姚兴旺到底回到班上来了,屁股还没在凳子上坐稳,班主任就说,撤掉姚兴旺的学习委员,学习委员由张小波同学担任。

我始终不明白的是,姚兴旺想听老师讲男女性征那一章节,怎么就冒犯了生物老师?

没过几天,生物老师的男朋友来了。她男朋友就在后河对岸的水电站里上班。我在校园外的浅溪里等候周华买菜归来的时候,生物老师跟她男朋友出来散步了。见他们走来,我像被逼急了的狗,身子一纵就跃进了庄稼地里。生物老师挽着男朋友的手臂,将一颗扎着粉红手绢的头靠在那男人的乳房处。男人一路说着非常流氓的话,生物老师每听一句,都哼唧两声,而且把头在他乳房上拱一下。当两人越抱越深地走向远处,我跳了出来,恰好踩在一泡黑黑的狗屎上,呕吐一阵,我就哭了。

幸好那天没碰到周华,要不然我会看不起自己的。我怎能让她看到我那么伤心地哭呢?

李校长的老婆来学校大闹了一场。我没有看到,是听女同学说的。她们说李校长的老婆的确很胖,但充溢着身体的,不是肉,而是气体。她不是胖,是浮肿,浮肿得十分可怕,就像快吐丝的蚕,浑身都透亮了。金黄金黄的亮光,使她白色的衣裙也金光闪闪。她先在李校长的寝室里闹,脚跺得像有一群人在跳斗牛士舞,使沉寂了多时的舞台涨满生机。之后,她去了文师傅家里,揪住周华就打,薅掉了周华一撮头发,还打青了她的脸。可是她到底没有力气,打不过周华,周华把她推倒在地上,像男人打架一样挥舞着拳头。李校长的老婆在地上翻滚,大声呼叫:"打死人啰——打死人啰——"其实周华根本用不上劲儿,因为李校长的老婆身上像装了弹簧,一打一个坑。周华在她脸上打了一拳,脸上的坑竟把周华的拳头吸进去了,过了许久,才慢慢鼓起来,慢慢充满血色。其间,李校长在没在场?文师傅做何反应?事情怎么了结的?由于传这话的都是女生,她们不讲,我们也不好深问。

我与其说是悲哀,不如说是惆怅。那两个女人,我该同情谁?答案应该是很明确的。男人被一个比自己年轻漂亮的女人抢走了,李校长的老婆有理由渡河过来,找周华闹,她虽然首先打了周华,但周华把她打得更狠;况且,她还是一个病人呢。奇怪的是,在我的脑子里,总是晃动着周华被薅下来的一撮头发和她被打青的脸。我不知道她脸上受伤的具体部位,于是,那块青紫的印痕,一会儿贴在她的右腮,一会儿贴在她的左腮,一会儿又跑到她的额头上了。我恨不得把那块伤痕握在我的掌心里。

此后的几天傍晚,我更加迫不及待地跑到校园外,坐在那条浅溪边等候周华。我下定了决心,一旦她走过来,我就上前打招呼,我还要问她脸上的伤痕是怎么回事。

可是一次也未能如愿。周华好像根本没去买菜,在食堂也见不到她。她家的堂屋里,文师傅像一尊菩萨,以恒久不变的姿势,望着槐树底下叽叽喳喳的鸟儿,望着校园之外夏季的田原。田原里长满了抽穗的谷物。谷物是世间唯一的黄金,可这人类最宝贵的东西,也不能激活文师傅对生命的热忱了。我再一次怀疑我哥描述的钟声——这么一个枯寂的生命,只可能属于冬天,绝不可能催生万物。

难道周华进医院了?

学校有一个医务室,我借故感冒前去拿药,没见到周华。其实她也不可能在这里住院,医务室不过是一个占地十来平米的门诊室,只有一些简单的药品,连一张病床也没有。

即使在考试的前几天,我也没有放弃努力,天天吃罢晚饭就急匆匆赶往操场的围墙之外。

周华始终没有露面。

新学期开学两天之后的一个晚上,上晚自习的铃声刚刚响过,同学们带着故乡的芬芳,带着父母和兄弟姐妹亲情的香味,带着一成不变的嘱托和自己崭新的誓言,在教室里刚刚坐定,班主任就走了进来,脚跟未稳,就把一个深褐色的东西向我投来。我坐在教室的中间位置,那东西像一只不祥的老鹰,从同学们的发尖上划过,到我面前,猛然敛翅,沉重的身躯重重地撞击在我的脸上。那是一封信,很厚很厚的信。寄信者是一家报社,就是登载李校长"山羊爬山坡"那副对联的报社。我看了一眼信封,羞愧得无地自容,仿佛那信封就是我的私处。生怕同学们看见,我深深地勾着腰,将其搂在怀里,慢慢地往书桌里塞。待我盖上书桌,才敢抬头看一眼课桌前的班主任。他咧着嘴,斜斜地望着我。他的目光几乎是鄙夷的。他似乎在等着我看他,等着我看到他鄙夷的目光,目的达到之后,他就走出去了。

虽然我未将信拆开,可我能大致猜到其中的内容。我有百分之百的把握,然而,别样的期待和永恒的好奇心,驱使我一门心思想找机会拆开来看看。

我的同桌是一个老老实实的女孩子,由于她的老实,受尽了张小波的欺负。张小波开口闭口骂她丑,她一声不吭,连流泪的勇气也没有,只是把下巴放在课桌上,左手握住右手的中指,不停地摩挲,那根中指上有一块亮晶晶的伤疤,是她在家劳动时留下的。其实她一点也不丑,她的五官长得很周正,比张小波好看多了。张小波额头凸出,鼻梁很凹,眼睛和嘴唇都像搁在山崖之下,我的同桌却很顺眼,她缺乏的只是生动,是张小波那副好身材,微黑的皮肤也不如张小波的白皮肤招眼,她更缺乏的是张小波那样的自怜和自信。贫穷的家庭传递给她的生活的重压,使她在一堵石墙面前也会自卑。有一次,张小波把她的凳子扔到了窗外,我们的教室在三楼,凳子当即摔成四肢不全的尸体,她不声不响地下楼去捡回来,用散架的笤帚上的篾条将其缠好,又坐下来做作业。可张小波不依不饶,把教室当成了放牛场,大声痛骂,言语不堪入耳。上课铃响后,张小波还在骂,她的父亲,也就是副校长兼我们的数学老师走了进来(该他上课),听到女儿泼妇一般的骂声,把讲义往桌上一放,黑着脸快步走到女儿面前。教室里静若荒原,我们想,他要打张小波了,这使我们既紧张又兴奋。张小波不再骂了,她父亲盯着她从脑袋中间掰开来的头发,盯了许久,突然小声说:"你昨天的数学题咋做的? 一个简单的方程式也列错了。"说完就回到讲台,开始上课。我们失望到了极点,我看见我的同桌偷偷地流了几滴眼泪。

好了,不再说我的同桌。我想拆开那封信,可几次发现同桌在看我。班主任以那样的表情、那样的姿态把信扔给我,一定不是好事,因此她对我有了同情,想用她的眼光安慰我。她不知道这样做是怎样伤害了我,怎样让我愤怒。我狠狠地盯了她一眼,她惊慌失措地收回目光,不再敢管我的事了。我轻轻地抬起书桌的盖子,把头钻进去,拆开信来看。

与我预想的一模一样。

那封信是我写给报社的,报社原封不动地退给我了。

我的信是这样开头的:"敬爱的编辑老师,我得病了,我好像爱上了一个人。我不过是一个十三岁的孩子,没有权利说爱,更何况爱的是一个比我年长大半的少妇。我的爱是卑鄙的,也是罪恶的。正因为这样,我不敢给身边的人说,也不敢给自己说。敬爱的编辑老师,我只有求救于你们了,希望你们为我指点迷津,把我拯救出来,让我回到阳光底下,过正常人的生活。"

接下来,我详细讲述了周华是怎样抓住了我的心,我又怎样带着迷乱的心情,几乎天天去校园外的浅溪边等她,就为了在这一天结束之前,再看她一眼,并且希望得到她一言半语的恩赐。周华怎样挽着他年迈的丈夫,去黄花遍地的田野里散步,我如何从中发现了不可理喻的虚伪的因素,李校长(我用了化名)怎样跟周华调情,二人又是怎样一同登上礼堂舞台旁边的那间小阁楼,周华带着怎样的表情,以怎样的姿态关上了门,等等等等,我痛快淋漓地宣泄着我的痛苦和寂寞,一点也不留余地。

编辑原封不动地把信退还给我,对我的打击是可想而知的。我像一只乌龟,遭受了意想不到的攻击,将头缩进书桌的壳里,长久地不敢伸出来。我能听到同学们写字的声音,能听到我的同桌小心翼翼地呼吸的声音,我还能闻到她身上淡淡的后河水的气味,我从书桌里溜出来的目光,能看到她朴实无华的花衣服。这些不相关联的东西,对我的安慰无与伦比。我慢慢平静下来,为另一件事情担忧:班主任是不是拆过我的信? 这样的事情,老师是经常干的,他们害怕学生与不三不四的人交往——简单地说,就是害怕学生谈恋爱——常常拆学生的信件。我仔细检查了封口,不像被拆过的样子。正是在检查封口的时候,我发现信封里还有一张短笺。我迫不及待地抽出来,见上面写着:"刘晓同学,本报是针对中学生的报纸,以弘扬健康向上的精神为宗旨,你怎么既写起三角恋爱又写起偷情来了? 以后投稿,先要认准报刊的性质。"

他们把我真实的生活和无奈的求援当成虚构的作品了。

第一节课下课的铃声响过一分钟,出去上厕所的姚兴旺回来对我说,班主任叫你。他以询问的目光看着我。我没理他,站起身来,从同桌的背后挤过去,并小声对她说:"不要让任何人翻我的课桌。"她对我的信任报以充分的感激,嗯了一声,快速地点头。

"你太让我失望了。"这是班主任对我说的第一句话。他说得如此平静,使他的话带着钢铁般的硬度和质感。接下来,他拿出期末考试的成绩单,一项一项地把分数报给我听。这分数我在上学期放假前就知道了,它像一把尖刀刺痛了我,整整一个假期,伤口也没能愈合(幸好哥没回来,否则我不知怎样向他交差。我父亲是从不过问我和哥的学习的),我本想重新开始,在短时间内抹去全班第二十名的耻辱,但班主任又举起那把尖刀,挑开了我的伤口。念完了分数,班主任问我有什么感想,我默然无语。我的沉默激怒了他,他把成绩册啪地往桌上一扔,吼叫起来:"你体面昏了,问你还不说话? 我原以为你很聪明,没想到笨得屙稀牛屎!"

143

他的话彻底粉碎了我东山再起的信心。从小到大，这是第一次有人说我笨。我从哥那里听到的最多的一句话是：世间最动人的是智慧。我哥崇拜智慧到了不可思议的程度，有一次，我看到他用一把小刀在自己手臂上刻写，刻得鲜血淋淋，却毫不动容。我问他刻什么，他说刻一个智者的名字。他并不是有意要把那个人的名字刻在手臂上，而是时常牵挂于怀，情不自禁地做出的举动。哥的举动深深地感动了我，我单纯的理解力还不可能与那些智者靠近，但我从小就知道了梭罗，知道了爱因斯坦、爱默生、托尔斯泰、罗素和老子。在这期间，哥一直在暗示我，表明我的智商很高，只要有了良好的教养，有了与大自然荣辱与共的情怀，有了人类必备的知识，我也可以成为一个智慧的人。我几乎就这么看待自己了，没想到班主任说我笨，不是一般的笨，而是蠢笨如牛，也不是一般的牛，而是屙稀屎的牛，也就是说，我连哪些草吃得哪些草吃不得也分不清。

我觉得有一面天空在我面前坍塌，纷纷扬扬的尘屑遮没了我的双眼，使我的前景暗淡无光。班主任还在吼叫，班主任说："当时你分在我的班上，让我高兴了好一阵子，想到有一个硬通货为我争面子，哼……哼……"我双腿打战，马上就支撑不住。办公室别的老师也在插嘴，他们说："刘晓啊，你丢你哥的脸啦！"听到这句话，我终于蹲下去，伤心欲绝。

班主任没给我更多的哭泣时间，他拎住我的后领，一把将我提起来，命令我站直，问道："刚才是退稿不是？"我愣了一下，说是，他说："娘的，你看到李校长在发表文章，你也想发表了？李校长曾经是大学中文系的高才生，你算老几？哼，你算老几？"

我的眼前，浮现出黑板上光屁股的麻子，吃力地抱住一只天鹅蛋。

他又拿起成绩册，在桌上啪地一扔，以更大的声音说："就凭你这个样子，还想上报？"

我在办公室站了一节课。

当天夜里，我就把那封信撕成碎片，扔进了厕所。

开学二十天，全校师生在礼堂开表彰大会，我们班一名同学获得了市级三好学生。他上学期考了年级第一，市里让每个学校推荐一名学生，颁发市三好学生证书,学校就推荐他了。我考第一的时候,市里没想到这样的奖励,我的成绩刚一滑落,就这样奖励了,而且学校偏偏又推荐了我们班的学生。

这给了我新一重的打击。这重打击让我明白了一个事实:我已经是一个坏学生了。

能怪谁呢? 一切都是自己铸就。我就像初上战场的人,因为流了血,因为杀了人,而悔恨,而战栗,而恐惧,可时间一久,柔软的心变硬了,不要说流几滴血,就是掉一只耳朵,断一条胳膊,挖一粒眼珠,也无所谓了。我发现自己没有必要在老师面前装出规规矩矩的样子,我也像早就被公认的坏学生那样,故意把鬓角上的一绺头发弄得曲曲弯弯,如瘦弱的葡萄藤一样从耳边盘过。班主任刚看到我的发型时,愤怒地瞪着我,半分钟过去,他的愤怒淹没于鄙夷的河流里,他翘了翘嘴角,离开了。

我无所谓。什么都无所谓!

别的老师几乎跟班主任一样的表情,只是有时要附带一句:"你已经完全不像你哥了。"

让我奇怪的是,在我朝另一个方向行走的过程中,已经很少听到有人谈论我哥了。校长在大会上不说,班主任在小会上也不说。哥虽然念到了博士,可他常常给他的中学老师写信,以前,不论写给谁,收信人都贡献给学校,学校便把信贴在板报栏里,让全校学生观看,哪怕是一封普普通通的问候信也如此,现在,尽管哥还在给他的老师写信,可这信再也没有贴出来过。

我是我哥的延伸,我的变坏,使哥同样遭受着损失,这让我心痛极了。

心痛的时间同样是短暂的。我说过,我的心变硬了。哥是哥,我是我。周华又从神秘的地方回到了学校。对此时的我而言,这才是最本质的!

心灵上的放松,使我的生理飞快地成熟。麻子谈论性的那些言语,指引我产生灰色的幻想。这幻想里没有羞愧的因素，只带着学校卖的盐菜烧白的气味。我痛恨自己的年龄，如果我跟周华差不多年纪，或者跟李校长差不多年纪，我就有充分的理由与周华接近了。

仿佛上天垂怜我的痛苦，我终于赢来了与周华近距离接触的机会。星期天上午，班主任来到我们寝室，说需要找几个人帮忙。他先点了五个人，随后，以怪异的目光看了我一眼说："刘晓也算一个。"我们不知道为谁帮忙，帮什么忙。通常情况下，班主任在课余时间找学生帮私人的忙，不会找"好学生"，因为这是学习之外的事情，班主任怕耽误了好学生的时间，现在他找到了我，证明他认为我的时间没多大用处了。

我们随班主任一道走出了校门，他才告诉我们，去贺兵家扛竹子。贺兵是我们同学，昨天已回家等着了。竹子是为李校长扛的，他要在镇上开茶馆，需用竹子编椅，李校长让我们班主任向学生要，班主任就找到了贺兵。我们都不知道贺兵住哪里，过河去了小镇，再从小镇后面一直向山上爬去。至少爬了三架大山，双腿发软，大汗淋漓，班主任才向竹木丛中一垛土色的虚楼一指，说那就是贺兵家。原来，他自己也曾去贺兵家要过竹子。

贺兵已伐倒了一些竹子，坐在躺倒的竹身上候着。他蓬头垢面眼睛红肿的母亲站在一旁，并没对我们表示欢迎，班主任也没向她打招呼。班主任对贺兵说："不够不够，再砍。"贺兵讪讪地笑着，又举起了雪亮的弯刀。竹子森梢，挺拔，亲兄弟一样生长在虚楼底下方圆不过几十平米的肥沃土地上，荫蔽着这户贫寒的人家。贺兵砍得特别卖力，每一刀下去，青白相间的竹肉便四溅开来，这使贺兵的热忱显得很不真实。我们都注意到了这一点，只有班主任没注意到，他敲敲这根，又敲敲那根，抬头望着高入云天的凤尾，不停地指点着贺兵，贺兵就按他的指点砍伐那些最饱满最刚硬的竹子。这些竹子的底部一片金黄，像镀上去的，中部以上，清幽得愁人。这是可大用亦可小使的好竹。贺兵的母亲一直站在那里，没说一句话，也没动一下。我惊奇地发现，贺兵每砍一刀，他母亲脸上的肌肉就跳动一下，好像儿子的弯刀是砍在自己身上的。贺兵又砍了十余根竹子,才罢了手,也不跟母亲打招呼,率先把五根竹子扛到肩上,朝下山的路走去。班主任指挥我们用藤条把竹子合起来,扛到肩上,就一起下山。我走在最后,羞愧得想钻进虚楼旁边空空荡荡的牛圈里,因为我感觉自己是小偷,甚至是抢劫犯。没走多远,我就听到身后传来哭声。我转过头去,看到那个穿着破衣烂衫的老人,扑倒在翠竹的断桩上。我的眼泪汹涌而出,迷糊了双眼,差一点儿踩进了被鲜花填满的蛇洞里。

一路上,除了班主任,几乎没人说话。贺兵更是沉默得泥土一般,眼里布满忧伤。

到镇上时,天已黑透。班主任带领我们拖着竹子(我们的肩都已肿了,只能把竹子抱在怀里死拖),从镇上走过,不知穿过多少条巷子,到了一排如同蛋黄颜色的砖房前,让我们放下。一个六七十岁的老妇人(李校长的母亲)冷漠地清点了一下数目,低声说了一句:"晓得够不够哟。"给班主任点了一下头,班主任就领着我们过河去了。

肩上没有重荷的时候,饥饿就提醒我们:已经两顿饭没吃了。

路途中,饥饿也提醒过我几次,我还以为到了镇上,李校长无论如何要请我们吃一顿,说不定,他还要请我们吃肉。那是一定的,我们跑那么远去为他扛竹,一顿肉也不请? 而且,我们之中还有竹子的主人呢! 我就为那顿肉而拼尽死力。学校并不常常卖肉,即使卖肉,大部分时间我也是买不起的。我哥在北京需要花大钱,虽然他自己也能写文章挣一些钱,可父亲主要的血汗,还是要洒在哥的身上。

谁知,李校长连面也没露。

食堂已经关门,我们到哪里去吃饭呢? 快到学校的时候,一个同学终于提出了这一问题。他失望的语气,表明认为李校长要请客的,不止我一人。班主任笑吟吟地说:"放心,你们不但能吃到饭,还能吃肉。李校长把一块腊肉卖给了食堂,说你们辛苦了,让把腊肉做给你吃。"

我们以为是白吃,结果完全错了,我们还是像平时买肉一样,需给菜票。

当然,这已经不很重要了——因为是周华为我们做饭!

班主任把我们领进食堂,通知周华我们已经回来,就回家去了。周华袅袅婷婷地走进来,向我们笑了一下,请我们坐到里间去。食堂分为两部分,主体部分是学生食堂,小间是教师食堂。周华在教师食堂为我们做饭,无形中提高了我们的规格。其实无须做饭,她端着一个白瓷剥落的盆子,从学生食堂的大锅里舀了一盆过来,像得了黄疸肝炎的硬铮铮的饭粒子,还吐着稀薄的热气。李校长卖给食堂的那块腊肉也早已炒好,周华把锅盖一掀,端出来放在了餐桌上。很好的圆尾肉,如深秋时节松树的老皮,干燥,利索,看上一眼,也能感觉出其被牙齿咀嚼的柔软的质感。肉里放了重得可怕的辣椒,青红青红的辣椒皮,树叶一样掩盖着腊肉的花朵,也掩盖了腊肉的香味。我们一点也没有闻到腊肉的香味,只闻到辣椒冲鼻的甜丝丝的味道,其间还夹杂着浓烈的酱油味。

周华柔情地对我们说:"不慌吃,我再给你们烧个汤。"随后笑盈盈地补充道:"这是李校长交代的,他生怕把你们亏待了。"言毕,就去水槽里洗白菜。我旁边一个同学对他旁边的贺兵小声说:"要是不给菜票就好了。炒了这么大一盘腊肉,还要烧菜汤,恐怕我十天半个月的口粮都搭进去了。"贺兵紧紧地抿着嘴唇,没有应声。我相信在我们到他家前,他一定跟父母吵过架,父母不愿意隔段时间就又送几十根竹子出去,但贺兵抹不下情面,非要送。贺兵并不是不顾家的人,他平时生活极为简单,许多时候,从玻璃瓶里舀一调羹豆瓣就当下饭菜,我亲眼看见他父亲给他拿钱,他坚决不要,说自己还能对付两个星期,让父亲把钱留下买化肥。我们去他家时没见到他父亲,他老人家一定是不忍心看着竹子被砍伐,被拖走,跑到山上躲起来了。贺兵满足了班主任的需要,满足了李校长的需要,可他的心里不能不痛。此时此刻,他忧伤的眼睛里,写着他自己的痛苦,他父母的痛苦,还有没法言说的无奈。

我没有心思在贺兵的忧伤里停留,身上纤毫的重量,都用在目光里,看着忙碌的周华。周华下身穿着宽大的深紫色裙子,上穿一件无袖白衬衫,饱满的酥臂,像两湾雪白的水波。她正对着我切白菜,硕大而挺拔的乳房,随着她手上的节奏荡漾着。我竟是那么不知羞耻地看着她的乳房,它们的每一次跳荡，都在我心里激起巨大的波澜。它们就像两条不受拘束的鱼，搅得我的目光水花四溅。当周华双手并拢把白菜捧进沸腾开来的铁锅里时，两只乳房就挤到了一块儿，这时候，我竟被两只乳房感动得差点儿流泪。

我不知道我为什么会这样。

一直到周华把汤端上桌，我的神思还是恍恍惚惚的。

周华收了我们比平时高出三倍的饭菜票，就暂时回家去了。我们开始吃饭，大家不约而同地首先把筷子伸进了那盘肉里，从堆积如山的辣椒里拨出一块肥厚的腊肉放进嘴里，刚咀嚼几下，我们就全吐了。

腊肉已经烂臭得不成样子了。

一旦脱下"好学生"的盔甲，我仿佛获得了无限的时空。

以前，吃罢午饭，如果不是睡午觉的季节，我会快速回到教室，抢下班级挂在墙壁上的报纸，吸收半岛之外的信息。半岛之外的风是那么新鲜、强劲，像弹簧一样撑开我的思维，让我从中看到哥的足迹，嗅到他的汗酸气，他征途当中的太阳气，以及他永不停步而兜起的热风气息。我们订了两种报纸，一份名叫《数理化》，一份是《中国青年报》。《数理化》办得很好，但它不适合我，因为那上面所讲的道理，我都懂了；我最钟情的是《中国青年报》上的副刊。我跟我哥一样，长于理性，说不上有多么杰出的文学才华，《中国青年报》副刊上登载的文章，虽多是散文一类，但那果子一样朴实和忠诚的文字，是感情的浓缩，是感情的核。最高级的理性，事实上就是感情的核，因此它恰恰合了我的胃口。我们班那些一心一意想升学的同学，是不大看这些闲文章的，所以，报纸挂一段时间，我就偷偷取下来，将喜欢的文章窃下，置入我的剪贴本中。这是一段透明的日子，比星光灿烂的天空还要透明。在这段日子里，我占领着绝对真实的生活，没有杂念，没有幻想，哪怕偶尔想到周华，她也像报纸上的文字，给予我的是宁静和明达。下午上课之前，班主任是不会来干涉的，因此我可以拿着报纸，穿过操场，走到小溪边上，坐在草丛中，把双脚放入凉津津的水里。大自然在对我说话，人类的知识和情感在对我说话，一只顽皮的昆虫，一朵被风追赶着的白云，以及它们所昭示的宇宙的辽阔、生命的神圣，都写在我面前的报纸上。我读到的不仅是一种情感，一种思想，还是一种天籁，一种最执着、最贴心的表达……多么完美的世界啊！

这种完美，而今被破坏了。其实，不需要彻底的颠覆，只要一念之差，完美就足以变得千疮百孔。那些曾经被自己极端看重的东西，现在一文不值了。我终于发现那些东西其实离我异常的遥远，它是我永远也捉不住的大鸟，以前之所以缠绕于心，是因为它在半岛的上空盘旋，现在它飞走了，既然如此，就让它去吸引那些跟我不相干的人吧。我得追寻属于我的答案！我的灵魂已经穿了一个孔，我就愿意从那个孔里掉下去，看看它到底有多深，有多黑暗！

而今，这一段美好的光阴，我基本上都是在文师傅的家门外度过的。

我当然不能直接站在土坝上，而是躲到稍微远一些的田野里去。稻谷已经收割，根部黑褐色顶部淡黄色的稻秆，齐崭崭地立在田野里，它们已经交出了自己的果实，可以坦然面对给予它乳汁的大地。我在这些稻秆面前变得渺小而卑微，坐在干裂的稻田中央，呼吸着土地深处的气息，这气息里有稻秆腐烂的甜味，有水星子的腥味，有留存下来的阳光的香味，还有抓住时机在田野里展示生命的小草的芬芳。我沉醉于这无声的歌曲里，想起梭罗说过的一句话。梭罗说，除了自己的道路，别的一切道路都是宿命的道路。这是我哥非常欣赏的一句话，他说这句话比但丁的"走自己的路，让别人去说吧"包含着更多冷静的哲思。这田野里的各种气味虽然合成了一部和谐而宏大的交响曲，但稻秆和小草所扮演的角色毕竟是不同的。如此，我有什么犹疑的呢。我的浅薄裸露于天空之下，可是我浑然不觉。我不再为那些气味感动了，甚至也嗅不到它们了，全部精力，都用来观察文师傅家里的一波一折。

也说不上什么波折。周华在食堂里没有回来，李校长的身影也还没有出现，只有文师傅一人，坐在他堂屋里的八仙桌旁，木雕似的举着头。他一天到底要在那张凳子上坐多长时间？那张因为长年的抚摸而发出亮光的凳子,到底与他建立了什么关系,承受了他多少的心思?无论什么时候看到他,他的腰板和脖颈都是挺直的,跟他手里的拐杖一般颜色的脸上,几乎没有任何表情。他的眉骨本来很平,由于眼睛下陷,眉骨就凸出来了,像隔板一样。这让他的心灵与外界有了距离。这种距离是有意为之,还是无可奈何?

当我把文师傅的神情与大田原对照起来之后,我就觉得,在他的心底,一定翻滚着如烟似雾的波涛,就像田原的深处翻滚着岩浆一样。那些波涛是岁月之河对人生的激荡和悲悯。文师傅不是没有发现他身边的一切事情,而是觉得,那些东西只不过是擦着波涛飞过的水鸟,无论它们怎样鸣叫,也不能改变河流的方向。

我第一次对文师傅充满了敬意,第一次相信了我哥描述的文师傅敲出的钟声的魅力。它所涵盖的,不仅仅是半岛的历史,也不仅仅是巴人的演进,还可以推而广之。

周华回来了。周华一回来,文师傅内在的光芒就黯微下去。

周华的身上总是显得那么干净,她在食堂里上班,身上怎么会那么干净?她给我们几个扛竹的人做菜的时候,连一滴水星子也没溅到身上去!这是一个天生洁净的女人。她平时在学生食堂做饭,那里的师傅是要系大围裙的,但周华只要走出食堂的门,身上就再没有那难看的大围裙,而别的师傅就不是这样,常常系着大围裙在校园里走来走去。这形象曾一度破坏了我对周华的感觉。我想象着她系着大围裙的样子——那大围裙有一条细带子与人的脖颈相连,遮没了从前胸至脚背的整个部位,实在不够美观。女人的围裙,只能系在腰上,这会给人一种居家过日子的温馨,简单生活所带来的幸福的热风,会从那围裙里噗噗地吹过来。大围裙就不一样了,大围裙一旦遮没了胸部和膝盖,就给人一种屠夫的印象。这印象败坏男人,更败坏女人。周华似乎深深地明白这一点,她一走出食堂的门,就显得清清爽爽。

她跨进屋,没在丈夫身边做任何停留,就进里屋去了。这里的房屋,基本上都跟我们班主任的家一样的格局,穿过廊子走进里屋,就什么也看不见了。文师傅家不同的是,客厅摆在了外面。不大的客厅,成为主人观察世界填补内心的纽带,引进自己需要的空气和色彩,同时也引进狼。李校长就是文师傅家的狼。以往,李校长总是在周华下班之前就坐到那张八仙桌边吃饭,而今却迟迟不露面。我想这与他老婆来学校的那一场大闹有关。

周华闪进里屋就不见出来,文师傅保持固有的姿态看着外面。槐树底下早聚集了一群乌鸟,在啄那些饭菜的残渣。我不知道文师傅是否吃过饭了,我从来就没看到过他吃饭的样子,听说,他每天要吃五顿,都是周华买来最精致的东西,打成粉,熬成羹,再给文师傅喂下去。我不相信周华会给文师傅喂饭,文师傅虽然年事已高,但他挺直的腰板和脖颈证明他有生活下去的力量,再说,周华真的可能对文师傅那么好吗?

李校长终于出现了,他像一片阴云卷进文师傅的堂屋。他同样没有在文师傅身边停留,径直朝里屋走去。

大概二十分钟过去,李校长出来了,不自然地扭过灰灰的脖子,朝文师傅看了一眼,就穿过土坝,朝着通往教学大楼的那条石子路走去。

李校长刚走,周华也出来了。她似乎显得很疲惫,翘起来的嘴角有一丝对某种东西厌倦的神情。她捋了捋头发,蹲下身,扶文师傅起来。

他们要穿过田野散步去了。

由此看来,李校长的老婆已经住到了学校,李校长与周华的幽会地点,才由礼堂舞台边的那间阁楼换到了文师傅家里。后来,我多次躲到礼堂的角落里去偷看,都没有看见周华与李校长一同登上那木楼梯的情形,就证实了这一点。我也从未看到过李校长的老婆,但我坚信在那间小屋里,住着一个全身浮肿的垂危的女人。

这一定是真的,因为我感觉到了礼堂里越来越浓重的阴气。这阴气带着被水泡烂了的木头味,扇动着蓝幽幽的翅膀,在房梁间飞舞。没过多久,高高的檩子上就结上了蛛网,没有蜘蛛,只有一铺接一铺的空网在艰难地透进来的熹微阳光里浮动。这蛛网也是由那气味织成的。

半个月后，我的菜票用完了，去总务处购买。人很多，喧嚷声不断，总务处只有一个人，忙不过来，前来检查工作的李校长也被迫帮忙了。同学们并不因为校长在场就有所收敛，还是吵闹，还是插队。李校长虽然平时的表情像木乃伊一样死板，但是在娱乐场所，比如看电影的时候，开运动会的时候，他往往能说一些幽默的话，遇到好笑的事情，也能跟老师和学生们一起笑得前仰后合，直抹眼泪，再加上他跟周华的关系众人皆知，因此同学们一点也不怕他，当无数双手伸过去的时候，李校长接过一个，另一个就会高叫："怎么搞的，我比他先来呢！"接着，叫声越来越密，越升越高，如硬铮铮的钢丝抛入天际。李校长猛地把桌子一拍，以绝望的声音狂吼一声："老子家里死了人晓不晓得！"

　　我的心一震，接着变得冰凉。

　　我终于明白了，那些蛛网是那个全身浮肿的女人结成的。

　　据她临死前见过她的人说，她肿得肚子奇大，身体短得如婴儿一般，仰卧在床上，远看就像一只肥胖的蜘蛛。她想网住属于自己的生活，可是，网刚刚织成，她的丝就吐完了。

　　那个女人的去世，让我难过了许多日子。我并不是为一个生命的消亡难过——这样的事情，我早就见过了，我说过，我刚满四岁的时候，母亲就离我们而去，那个凄风苦雨的深秋的夜晚，久病的母亲，穿着出嫁时就带来的大红棉袄，坐在火塘边与一家人有说有笑，枝枝叶叶地回忆着哥和我的每一个生活细节，我们都以为她的病好了，高兴得听不见外面的风雨，可是，母亲的话未说完，突然头一偏，身子倾倒在父亲的怀里，她就这样随风而逝。我是为那个女人生命存在的时候难过。她所经历的心理的磨难，我无法理解，但我尽量理解。她早就知道丈夫与另一个年轻漂亮女人的勾搭，可她一直隐忍着，直到生命快要终结的时候，才企图获得最后的把握。她终归是失败了，她的丈夫依然不属于她，依然属于另一个比她年轻比她漂亮也比她健康比她风骚的女人。

　　这种彻底失败所蕴含的况味，我是能够理解的。

愿她的灵魂安息。

由此我想到文师傅。他的女人与另一个比他年轻也比他有地位的男人的勾当,几乎都是在他的眼皮底下完成的,他比那个死去的女人承受着更加深切的痛楚。他的心里当真有那么平静吗?如果现在让他敲钟,那钟声还能绽放出智慧的花朵吗?哥在半岛上的时候,文师傅的心胸里充溢着博大的爱,爱是最坚定的正义,因此能开出智慧的花朵,结出智慧的果实,可是他现在没有爱了,他的爱被那个风骚的女人和那个比他年轻比他有权势的男人毒化了。

我触摸到了文师傅深沉的悲凉。

可恶的是,我,一个还没有资格称为男人的学生,也想从爱的位置上把他从周华身边挤走。

如果哥知道我成了这样的人,就会把我当成摧残智慧的蠢驴——他该多么鄙视我啊……

我有好多次躲在田野的深处,偷窥文师傅跟周华一同出门去远处土丘上的情形。在我被哥的光芒照拂的时候,我的心境会出奇的宁静。这样的时刻,我会放过周华,专注于文师傅的目光。多数情况下,他的目光不能为我提供切实的内容,但有时候,我会从他的目光里发现一把大火。这把大火使他身边的女人焕发出迷人的光彩。是的,这时候的周华,再无半点邪恶,一肌一容,圣洁得如水晶石一般。只有爱和被爱的火焰才会把一个女人塑造得这么完美。我从中发现了周华的另一面,她似乎并不是不爱这个曾经可能给予她温情和关爱的男人,只是这种情感的复苏转瞬即逝罢了。我更发现了文师傅的另一面。他的感情是一条永不干涸的长河,持续地呵护着这个女人。这是毫无疑问的,否则,李校长跟这个女人在他的眼皮底下完成丑陋的勾当之后,他不会毫不推辞地让女人挽住他的胳膊。他的心里并不平静,只是那些起伏的波涛,被另一种不被我理解的神秘力量制服了。

哥曾经对我说,达尔文有一种理论:在动物和人之间,还存在一种过渡性生物。达尔文认为这种过渡性生物已经不存在了，可是哥说还没有灭绝。世间被称为人的，大多数还是这种过渡性生物。他说我们的文明还处于一个中间阶段：人和动物之间的阶段。我们不同于动物，是因为我们不完全受本能支配；我们不同于人，是因为我们不完全受理性支配。在本能和理性的连结地带，遍布着欲念的毒花。

想起这些，我感到恐惧。我下意识地摸了摸脸，我的脸上长满了红毛。身上同样如此。这些红毛就是哥所谓的欲念的毒花。

哥说，只有爱才是不会熄灭的光明，它让我们不在善与恶之间长久地摇摆，教我们带着清醒的觉悟，朝着遥远的真理稳固前行。可惜的是，具有这种情怀的人十分稀少，能够理解这种情怀的人同样稀少。

这么说来，文师傅敲出的钟声，是爱的钟声、智慧的钟声，能够净化半岛上的民风，却最终不能净化人的欲念？

这是文师傅最大的悲剧，也是他最可敬的地方。

不知道周华是否听到过她丈夫创造的钟声。我相信她是听到过的。直到今天，那灵动的、充满水汁的音乐，可能还依稀地响在她独有的天空里。她在那里淘洗着生命中最饱满的部分，也可能是最瘦弱的部分。她把自己的绝大部分，留给了一种更加强蛮的力量，并听其自然，任由它摆布。正因为如此，她才坚持不懈地挽着丈夫散步，同时也坚持不懈地走进李校长的那间阁楼。

一定是这样的。

有一天，我被文师傅目光里的大火烧灼得寝食难安。我觉得，我干渴的灵魂的土地，正可怕地分裂着。这种煎熬，对一个十三岁的孩子，是不公平的。我需要解脱。那天夜里，我悄悄地爬起来，想也没想，就走到那棵白杨树下。这棵曾经承载过光荣和梦想的古树，而今被人彻底遗忘了，它的表皮粗糙得惊人，巨大的深黑色伤疤像遭过雷击。它生长在校园里，却再也不会走进人们的心里了。铁钟就挂在从主干分出去的第一根枝丫上，茂密的树叶遮没了它的身影，使之成为古树的一部分，成为古树的胆和魂。我在脚下垫了几块碎砖头，摇摇晃晃地站上去，费力地看到了哥说过的那个凹槽。凹槽里黑糊糊的，看不清那把铁锤是否还放在里面。我伸手去摸，可是刚刚接触到凹槽的边缘，我的手就缩回来了。

难道我要在深夜里把铁钟敲响？

我已经够丢脸了，不能再做出格的事，否则，就会走上麻子何光光悲惨的老路。

在这样的深夜里，我多么希望能在白杨树下看到文师傅的身影！

时光静静地流淌。时光走自己的路，它不大在乎人类的事情。

十月里，季节像突然发现自己跑得太快，在路途中丢失了什么东西似的，不打一声招呼，就转过身，冒里冒失地回到夏天去了。天气骤然热起来，抹上秋思的太阳，像从苦恋里挣扎出来的少女，满面愁容一扫而光，逼人的活力铺满了大地。半岛上时时冒起腾腾的火光，那是农人们在烧庄稼茬子，迟到的雨水一旦降临，他们就要秋耕了。火逆风而行，把黑色的粉屑和好闻的气味扬得遍地都是。我们去操场上体育课的时候，经常遇到一些莫名其妙的杂物钻入眼睛里，体育老师只好把我们拉进礼堂，搬来器具，男生跳鞍马，女生做仰卧起坐。以前我们从未跳过这玩意儿，多数同学兴奋得手舞足蹈。

鞍马放在礼堂中央，紧绷绷的皮革发出天蓝色的新鲜气味。老师做了示范，讲了要领，就让学生一个一个去跳。那些有体育天赋的学生，双手一撑就跃过去了，大多数却不行，猛冲上前，骤然止步，身体前倾，像战死者一样横搭在上面。这闹出了许多笑话。那些铺上垫子却不好意思仰躺下去的女生，终于找到了借口一样，跑到男生这边来看热闹。男生们跳得更加起劲，连一些体育从未考及格的家伙，居然也跳过去了。

我是最后一个跳的。我的体育成绩历来不好，跑八百米的时候，老师给我减了半圈，我还是最后一名。可那是在我被众星捧月的时候，而今，一个中等成绩的同学也可以奚落我，我连一颗星星也算不上，老师是不会饶恕我的。果然，我一次接一次地在男女同学面前出丑，一次次摔倒在地，老师却毫不动容，只是简短地重复一句话："重来！"在这种时候，我如果拒绝执行老师的命令，面子就丢尽了；我没有拒绝，证明"好学生"的强大惯性，还在我身上起作用。我像要跟谁决一死战，愤怒地向前冲去。同学们一开始还发出持续不断的哄笑声，看着我拼命的样子，就不再笑了。但他们不是不想笑，而是被老师铁青的面孔吓住了。许多女同学捂住了嘴，憋得耳壳子发红。我已经沦落到这样的地步，就不再要什么体面了，再次冲向鞍马的时候，我把整个重心提了起来，像一头龇牙咧嘴的老熊。我终于支撑起来了，但左手用力不够，便从左边倒了下去。这一次，我摔倒在没有垫子的地方，沉沉的闷响在我的脑子里炸开，我很不雅观地仰卧在地上，又一次看到了屋梁上本不存在的蛛丝网。那些蛛丝网全都变成了红色，且越来越深，成了赤色，往下滴着鲜血。

那些蛛丝网原来是我的灵魂啊！我看到了自己的灵魂。

老师以为我昏迷过去了，跑到我身边，制止了想立即扶我起来的同学，伸出两根指头，在我眼前晃动。简直太可笑了。我当真笑了起来，哈哈大笑，不可抑止。老师慌了手脚，通知体育委员去请校医，体育委员还没迈腿，我便翻身起来，说："没事，高老师，没事。"我看见在那一瞬间，老师的上衣全都湿透了。他问："你叫什么？"我悲哀地望了他一眼，回答说，我叫刘晓。老师连我的名字也记不住了吗？我在老师的心里，就这么没地位吗？可是我错了，他只是想证实我真的没有摔坏。他问："你当真没事？"我说没事，我叫刘晓，刘晓没有摔伤。同学们哄笑了起来。

我发现只有一个人没笑，而是在流伤心的泪水。这个人是我的同桌。

老师说："收起来吧，今天到此为止。"我却重新回到了跑道上，老师和同学还没反应过来，我就飞过了鞍马，稳稳当当地落在了另一边。

礼堂里哑静极了，好像我的这一跳，是在奥运会赛场上跃过去的。半分钟过去，老师带头鼓起了掌。而我对这掌声厌恶极了，走出了礼堂，坐到露天里的双杠底下。老师没有管我。

集合之后准备下课，体育老师把我留下来，响当当地说："只要自爱自强，没有越不过的坎！"

第二天,班上出了一件事:张小波放在书桌里的相片被人偷了。

上晚自习的铃声响过之后,我刚刚从浅溪边跑回教室,张小波就陡然从座位上站了起来,大声喝问:"谁偷了我的相片?"

同学们大吃一惊。班上虽然有几对同学在偷偷摸摸假模假式地谈着所谓的恋爱,但偷女生相片的事情还从未发生过。大家自然想到了姚兴旺。张小波也想到了姚兴旺,因为她落在额头陷阱里的眼睛,死死地盯住装着没听见正低头做作业的姚兴旺。她的眼光里没有委屈,只有愤怒。见姚兴旺没有声明对此事负责,张小波将桌子一拍,大哭大闹,骂声不绝。

班主任进来了,张小波以骂声向他道明了原委。班主任很怕张小波,这是我们大家都看得出来的。他之所以怕她,是因为张小波的父亲是副校长,这也是我们看得出来的。我哥的那些关于智慧的哲学,在现实面前显得多么脆弱!班主任说:"不要急,慢慢查找。"可张小波不依,继续痛骂,越来越野,越来越不成体统。班主任红了脸,以柔曼的声音责备道:"一个女孩子,一个学生,哪兴这样骂人?而且还是在课堂上呢。"张小波又将桌子一拍,由骂偷相片的人转而骂班主任。这样的事情,以前也有过,班主任总是无可奈何,这一次同样如此,他怒气冲冲地走到姚兴旺面前,大声命令:"到办公室来!"

张小波并没明言是姚兴旺偷的,班主任却主动怀疑上了他。

姚兴旺是流着眼泪回来的。

下课回到寝室,灯灭了许久,我还听到姚兴旺在低声抽泣。这抽泣声让我悲伤而寂寞。我莫名地想起故乡的村子,想起童年的伤愁,我从姚兴旺的抽泣声里嗅到了苦艾的味道,这味道激活了被我埋葬了的整个生活。

至少两个小时过去,姚兴旺不再抽泣了,他好像也跟同学们一样睡过去了,细密的鼾声,应和着寝室外阳沟里的虫鸣。稍远一些的石子路旁的槐树林里,传来鸟儿梦呓似的软语,这语言里含着母亲般的温暖,大概是大鸟在责备自己不会自我保护的孩子。我有谁来保护?我的母亲去世了,父亲一百个相信我,就像上学期考试前老师相信我一样。几乎所有的人都希望别人相信自己,可在愁愁苦苦的成长途中,别人没有理由的相信却往往给你带来最深的伤害,因为它堵塞了你放下自尊求援的路径,你变得孤单了,柔弱的双肩扛不起成长的重量。而今,老师不相信我了,却又不假思索地将我打入另一个极端,认为我根本就不可能成材,这么长时间,只有体育老师对我说了一句宽心话。我哥也不能保护我,他留在半岛上的名声,已经被我破坏无遗。由于他正准备出国深造,给我写信的时间也少了。

我越来越清醒,越来越悲伤,又一个不眠之夜将折磨着我。我悄悄起床,拉开门走了出去。

多好的月光啊!青白色的光华,扑扑簌簌地从天上落下来,整个半岛轻盈得如羽毛一般,在月光里暖暖地荡漾着。此时此刻,半岛不平凡的历史在我眼前清晰地展现,兵戈之后的和平,只有在万事万物毫不担忧地睡去的时候,才那么柔软地打动人心。抬头望去,蓝天如洗,一轮亮晶晶的圆盘,静静地抽着银丝。星星并没有退去,它们遵守着宇宙的法则,在离月亮远一些的地方,忠诚地履行着自己的使命。我感动得浑身痒痒的。我哥曾向我说起过一个名叫康德的人,他说:"康德有一句话,你要一辈子记在心里:'在这个世界上,唯有两样东西深深震撼着我们的心灵,一是头顶的星空,一是我们内心的道德。'"哥啊,我为星空感动,然而,我内心的道德,却发出霉味来了。

我走上那条石子路,靠着一棵树坐下来。我内心的深处翻涌着不明方向的渴望。月光照不到我,可它就在我的身边,蝌蚪一样游动着。正当我欲伸手捉住那只蝌蚪的时候,礼堂里走出来一个人。

我一眼就认出那是周华!她穿着白纱裙,浑身上下白如女妖。我看不清她的面孔,可我能感觉到她邪恶而满足的笑意。她朝这边走来,要回她食堂旁边的家里去了。她的脚步轻软得如月光飘落,秋风吹落的几片树叶,被她的衣裙带动着翻飞。宁静的大地和天空同时倾圮了,我的心颤动得仿佛摇动了高大的树身。我想逃走,可没有勇气,也没有力气,同时也不愿意。我的挣扎是没有意义的,因为周华从我身边走过,就如在小溪边一样,几乎连看也不看我一眼。她热烈的生命,只专注于自己感兴趣的东西。这让我又自卑又恼怒。过了一会儿,我听到开门的声音。这声音带着阴沉沉的、极不情愿的呐喊的意味。这是文师傅的家门特有的声音。

我望着礼堂的方向,想象着在此之前舞台边阁楼上那间小屋里发生的一切。如果没有月光,没有星空,我不知道自己会做出什么可怕的事情来。

那时候,我是有勇气去敲开李校长的门,一砖头砸在他的脑门上的。

我终于平静下来。蝌蚪已经游走了,到了它该去的地方。月光却更加热烈,把寝室门外照得亮晃晃的。我出来时没有关严的门,为月光留了一条路,一缕折叠过去的光线,把同学们放在床边的鞋子照得清清楚楚,我看见了一双脚伸进了鞋里,月光在屋子里暗了一下,那个穿鞋的人就走了出来。

是姚兴旺。

他左右看了看,径直朝我走来。

"睡不着? "

我嗯了一下,问道:"你也没睡? "

"睡不着。"他说。

他在我身边坐了下来。这时候,我倒是希望他来跟我说说话。我觉得,在我和他之间,有某种相似的地方。

沉默了几分钟,我问道:"那件事情说清楚了吗? "

"说不清楚。冉老师说,是你也是你,不是你也是你。偷张小波相片的,除了你还有谁? "

姚兴旺那完全成人化的腔调使我感受到他承受的威压,不由得又佩服他,又可怜他。"打算怎样处置你? "

"这个倒没说。"停顿了一下,他又说,"其实冉老师也相信不是我偷的,因为我向他跪下发誓的时候,他的眼睛湿润了,他轻声说:'我这个班主任当得也难啊……'"

有了这一句话,我就不想再问什么了。姚兴旺到底比我幸运,班主任相信他,在希望学生理解他的同时,他也理解姚兴旺,而班主任从来就没有理解过我!他与姚兴旺的那种交流虽然短暂,可足以让一个人振作,班主任从来就没跟我交流过!

此后的两天,张小波一直在骂。她父亲去县城开会了,不知道此事,班主任也不再过问,让她骂。这种不理不睬的态度倒治住了张小波,第三天,她委屈地哭一阵儿,就安静下来了。

就在这天晚上,我知道了偷相片事件的真相。原来是我的同桌偷的!她把张小波的相片偷来,撕碎,扔了。她之所以偷张小波的相片,并不是报私仇,而是为了我。在礼堂上鞍马课的那天,我拼命一样跃过鞍马,就走了出去,我刚刚出门,张小波就轻蔑地笑了一声,站到跑道上去,慢条斯理地助跑到鞍马前,十根纤细的指头一顶,轻轻松松就跳过去了。她是想以这种方式来侮辱我,证明我一个男生还比不上女生。

我的同桌带着真诚的讨好神情把这事告诉我之后,我咬牙切齿地对她说:"我看不起你!"

一夜之间,半岛就像一只木瓢,漂起来了。水首先是从后河涨起来的。像风骚的女人"一摸就发情"的前河水,这一次落了伍。后河水涨的速度之惊人,难以想象。生物老师的男朋友把电话打到初中组办公室,让生物老师千万不要过河去,因为一座一座的水山,正从电站那高高的悬崖上跌落,跌落下去却找不到出路,便冲破自己的疆域,淹没了河心的小洲,淹没了河床上的良田。土黄色的波浪正拍打着翅膀,拥拥挤挤地向不可知的地方渗透,疯狂地体味着占领的快意。生物老师的男朋友说,他亲眼看见几个浣衣的半岛女子,被突发的洪水卷走了。

紧接着,前河与中河同时涨水了,三条河水交汇在一起,吞没了半岛与陆地连通的那根勺把(从远处看,半岛形如木勺),使之成为岛屿。这时候,这片漂浮的陆地仿佛一张黄表纸,那些高高低低的树木和庄稼,是写在黄表纸上的文字,水再往上涨,那些文字就会被泡软,直至彻底抹去。

不过,水到底没有继续涨上去。秋天这匹倔强的烈马,跑到夏天去惹下事端,又惊慌失措地跑回来了。河岸庄稼地里的淤泥还没清除干净,半岛还像产后的母亲疲惫地瘫软着,河水便清瘦如闺房中的女子,又文静,又娴雅,带着不可捉摸的淡淡愁思。半岛上的树林里是一片寂寥而宁静的秋色,干枯的杨树叶沙沙地飘落到刚被雨水泡透的土地上,或者被热爱劳动的蚂蚁抬走,或者浮在浅浅的水洼里。

时间再向前蹿几步,就会翻过秋天的门槛,进入寒冷的冬季了。

在这样的时节,天地间总是雾沉沉的,像那些总是失眠的人。太阳始终没有出来。如果不开运动会,不看电影,不搞文艺汇演,学校可以说毫无生气。

秋季运动会已经开过了,也没见哪个班的同学去背电影放映机,校方也没有组织文艺汇演的意思,一簇簇灰色的人影,踩着越来越厚的落叶,在教室、寝室和食堂之间默默往返。

好不容易,天空终于放晴了,艳丽而柔和的阳光,把半岛照得又羞涩又滋润。那些久不出动的、如少女般美丽的狗,也在田野间跑动了。

就是在这一天,学校迎来了一件大喜事。

喜事早就在孕育之中,可我们学生全不知道,直到工人师傅拉出了六头大肥猪,依次放倒在一米宽的大板凳上捅刀子,消息才传了出来:李校长今天跟周华结婚!

李校长请全校教职工喝喜酒,给学生卖肉,每份也比平时少一毛钱。

喜宴就摆在文师傅家门前的土坝里,由于教职工们开饭时候,学生已经上课了,我们没有看到那场景。

后来听在办公室议论的老师说,办喜宴的那天,文师傅家的大门第一次在白天关得严严实实,周华端着一杯酒,跪在老门前失声痛哭。

整整一个月,我天天中午不辞辛劳,从食堂门外走过,穿过西边的田野,爬上那座灰色的浅丘。为什么要选这条路,我说不清。但有一点是清楚的,我并不是企图在食堂外看到周华。她跟李校长结婚不到一个星期,就调进了学校图书室。那是一个小得可怜的图书室,陈放的多是几年前

162

甚至几十年前的旧杂志,很难发现一本新书,仿佛从李校长当政以来,就没买过一本新书。我从未见过有老师和学生进过图书室,周华去那里上班,不过是每天把门开一下,让发出霉味的木楼透透气而已。我在食堂已经看不到她了;更重要的是,我已经不再想念她了!

我上到土丘,最多坐上十来分钟,又匆匆忙忙地赶回学校。

又过了些日子,散淡的雪花在空空洞洞的天宇间飞舞的时候,我才最终明白了自己为什么要选择这条道路。

我是想在土丘上遇到文师傅。

不过,没有了周华的搀扶,文师傅真的会独自到这里来吗?

但他确实来了! 那天,我刚刚走过一片桉树林,快要接近土丘的时候,猛然间看见文师傅正慢慢向上移动。他的背佝偻了,拐杖几乎支撑着他的整个上半身。我停下脚步,清晰地听到哗哗的声音。那是我的血液在喧闹。登上土丘的路布满了紫色的碎石子,稍不留心就会滑倒。文师傅上得很吃力,每向前迈一步,都要用很长时间。我正犹豫着该不该去扶他一把,文师傅滑倒了,他后脚向下一溜,前脚支撑不住,就扑倒下去,拐杖扔出老远。我快步跑上前去,把文师傅拉了起来。他的前胸和胡子里都扎进了几颗碎石子,好在没有摔伤。我把拐杖捡回来,夹住他的一条胳膊向上走。文师傅一点也没有拒绝我的意思,很顺从地靠紧着我,眼里充满老人才具有的温柔的感激。文师傅是多么消瘦啊,即使隔着棉衣,他的骨头也硌得我发痛。

到了丘顶,他径直走向一块石头,坐下来立即就陷入了沉思。他的眼里好像没有我,甚至没有他自己。

过了好一阵儿,我听到他发出了一声深沉的叹息。与此同时,他树根一样的手指,在旁边惊慌地摩挲着。摩挲一阵儿,像突然醒悟了什么似的,双手停了下来,再次陷入沉思。这时候我才惊异地发现,他坐的地方,是一块刚好可容两人坐的石头!

我曾经认为他根本不爱那个丰肥而白皙的女人,但从他双手摩挲的细节上,我什么都看出来了。但我不能理解的是,当他和周华靠在一起,望着深壑中的河水时,两人谈些什么? 想些什么? 他们的感受是否一致? 哲学家说,即使最亲近的人,也只能在黑暗里并肩行走,最理想的境界便是拥有同一个圣地。文师傅和周华,显然不是拥有同一圣地的人,他们的精神从来就没有重叠过,甚至也没有触摸过,抚慰过,他们又是怎样一起度过了那或长或短的光阴?

我很想问问这位老人。同时还想问他:你是否真的当过兵打过仗? 你是在什么样的背景下娶了周华?

然而,这些问题真的很重要吗? 它一点也不重要! 真正重要的,是这几十年来,文师傅默默无闻地为学校,为半岛,贡献着他朴素的德行,这里的一草一木都受到过他德行的熏染,可是,除了我哥,他几乎没遇到过一个知音!

对此,他并不乞求,他独自吞食着孤独和痛苦,只把大爱深藏心底……

那天晚上,我在梦里听到了文师傅的钟声。从大自然里生长起来的钟声啊,先于花朵,先于果实,包含着彻底的忠诚与坚定。

世　纪

他摸摸她的手,手是温热的,于是他又睡过去了。过一阵儿,她醒过来,把手放在他的胸口,也是温热的,于是她也睡过去了。一夜里,两人换来换去,要摸个七八回。他们就这样摸到了天明,也睡到了天明。老式的格子木窗上,有了浅浅的黄光,仁慈的老天爷,又给予了他们新的一天。

邻家正在起床,床响的声音,穿衣服的声音,说话的声音,从板壁传过来,每种声音都很新鲜,都带着清晨纯洁的光明。鸡从窝里钻出来,用力拍打翅膀,整理羽毛,咯咯咯地呼唤同伴或儿女。狗也出动了,狗从屋后的阳沟边跑过,踩着竹林里的落叶,发出耳语似的细响。

他们不仅醒了过来,还听到了这些声音。

这些声音是这座村子的心跳。

这是一对老夫妻。有多老?院外水塘边那棵苍劲的黄桷树,也不敢跟他们谈论岁月。他们共有五个儿女,现在只剩下小女儿了。小女儿也已年过七旬。去派出所查查户籍,能知晓他们的年龄:男的一百零五岁,女的比他小两岁。男的姓汪,竹坝村乃至整个回龙镇人,都叫他汪老爷;女的姓邱,但大家都叫她汪婆婆。两个百岁老人,都不像过了百岁的样子,脸上和手上既不盘根错节,背也驼得不怎么厉害。他们自己种菜,养猪。汪老爷还编竹器,逢赶场天挑到镇上去卖。

窗口慢慢变白,汪老爷从床上坐起来。下床之前,没忘记再把身边的人摸一把。

汪婆婆过了九十岁生日以后,夫妻俩就以这样的方式,来探知对方是否被夜里的光阴静悄悄地带走了。

这时候,汪婆婆抓住了丈夫的手,说:

"还早呢,再睡一会儿吧。"

"人家都送两担粪下地了,还睡,懒婆娘!"

"懒就懒。"汪婆婆说。

话虽如此,她却跟着丈夫起了床。

门打开,光直往脸上扑腾。春末时节,天光一白,太阳就出来了。太阳藏在远处山冈上的松垛里,毛茸茸地瞄着这边坪坝里的人家。汪婆婆做早饭,汪老爷拿着弯刀,去屋后砍竹子。明天又是赶场天,他新编的花篮,还剩一条背绁没有编好。他选了根拇指粗细却黄了皮面的小竹,一刀下去,竹枝摇动,露珠白亮亮地从叶片上炸开,舒舒缓缓地飘落到地面,地面湿了一片。

随后,他将竹子拖到院坝边沿。那里有张石桌,正好放刀具。

当他把竹枝剔尽,竹身破成篾条,屋里的饭也做好了。

汪婆婆倚在门框上叫他:

"吃饭了。"

汪老爷正专心忙活,说你先吃,我把竹青起开。

"等你起开,饭就凉了。"

"我叫你先吃嘛。"

汪婆婆走出门,来到丈夫身边,去夺他手里的刀。

汪老爷扬起巴掌,要打她。汪婆婆把脸送过去:

"你打!"

汪老爷呵呵呵笑,在汪婆婆脸上抚了一下,从石桌边起身进屋。

两夫妻在这间屋里住了一辈子。板壁自然换过,但也是好几十年前的木料,烟熏火燎,黝黑如铁,轻轻一扣,发出金属之音。一个土灶,差不多占了屋子一半的空间。傍照壁摆张八仙桌,桌子正中放一台电视机,那是汪老爷满百岁的时候,当地政府奖给他的(汪婆婆上百岁后,政府又奖了一台,那一台送给小女儿了)。

咀嚼声细微得几乎听不见。白米饭加萝卜汤,饭煮得很稀,萝卜也炖得很烂。每当这时候——吃饭的时候,汪老爷和汪婆婆就会想起离开人世的三儿一女。他们无声地吃着饭,无声地想念着四个孩子。想念他们,却并不悲伤。汪婆婆十三岁嫁给汪老爷,十四岁生孩子,前面四个,你追我赶,只有小女儿来得迟缓些。老大是八十二岁过世的,其余几个也都活过了七十五岁。他们跟所有乡下人一样,活得不算轻松,但也有许多生的乐趣。至于死亡,那是人人都要经历的,既然这样,就说不上痛苦,更无须生者没有节制地悲伤;何况四个孩子都死在自己家里,被父母和儿孙围着,平静安详地走完了自己的路。

汪老爷夹起最后一块萝卜,要给汪婆婆,但汪婆婆已经放下碗。汪老爷说:

"你不吃我就吃了哟,饿肚子别哭哟。"

汪婆婆说:

"偏要哭!"

话音未落,她看见那块萝卜上横着一条细筋,便接过来,用手把筋撕去,再喂到汪老爷的嘴里。

饭后,汪老爷编背绁,汪婆婆挎上花篮,去地里割猪草。

汪老爷说:

"三儿,脚踩稳沉些。"

汪婆婆在娘家姐妹中排行老三,小名三儿,汪老爷一直叫她三儿。

田地在房屋东边,不上四十米,还全是柔软的平路,但汪老爷站在院坝边,看着汪婆婆走进地里,蹲下身,取下别在花篮壁上黑黝黝的镰刀,开始割草——专门为养猪种植的黑麦草,他才坐下去。梨木做的弯凳,坐了几十年,光亮得能照见人影子,也能照见天上的太阳。太阳已升起一丈多高了。河汉纵横、池塘密布的坪坝上,悬浮着烟一样的水汽。

起开的青篾又薄又匀,在汪老爷怀里跳荡着。

阳光碰在青篾锋利的刀口上，像是被割痛了，但也不愿离开汪老爷，便围在他身边闪来闪去。

邻居都下了地，周围的孩子也上了学，院子里清净得很，一只以钻木头为生的老牛蜂飞过，也能制造出很大的声响。老牛蜂飞到远处，声音响到远处，汪老爷的心思也飘到了远处。

那时候的他，还是个孩子，十四岁多一点，怎么不是孩子呢。还是个孩子的他——汪兴成，却与邱家的三儿定亲两年了，再过几个月，就要成婚。秋天里，他去未来的岳父母家，帮忙掰苞谷。岳父母也住在这块坪坝上。这是一块狭长的坪坝，从竹坝村去东边的镇子有五里，去西边的邱家有十五里。汪兴成打早出发，走到邱家院外的田埂上，草丛里的蚱蜢才起床呢；见来了客人，蚱蜢精神神又欢欢喜喜地往他被露水打湿的裤管上扑，像是在迎接他。

可他却在田埂上定住了。

邱家在这村里是独门独户，三面瓦房，围着个小小的石坝，石坝边有棵拐枣树——这时候，三儿正把木盆放在拐枣树下的碌碡上，躬腰洗头。

那头长发，黑郁郁的，甩在木盆里，把木盆都塞满了。

她的后颈怎么那么白呀，白得像莲藕。

汪兴成正看得入神，邱家的狗从外面回来，就是从他站立的田埂上回来的。狗老远就闻到了生人的气味，可在这气味里，又有一线熟悉的游丝，因此它没有叫，迈动四足，悄无声息地向来人靠近。越靠近，熟悉的气味越浓。这家伙来过，那气味它记得。它站在他身后，等他离开，可他堵在那里，老不离开。田埂那么窄，两边都是未收割的稻子，它不能越过稻田糟蹋了庄稼，于是叫起来：

"汪汪汪！"

与其说是汪兴成被吓住了，不如说是三儿。

她抬头看见了他，身子一扭就向屋里跑去，头发上的水珠，滴滴答答地洒了一路。

那时候未婚的男女，是不兴这样单独见面的。

何况她是在洗头。

她的那张好脸,那张好脸上惊慌失措的神情,让汪兴成回味了一辈子。

婚后,他常跟妻子说起这件事情,他说三儿你好狠心,狗明明咬我,你不帮我撑开,还跑进屋,我是去帮你们家掰苞谷的呢。

三儿说:

"狗哪里咬你啦?是你挡它路了,它叫'汪汪汪',是说姓汪的,把路让开。人家说好狗不挡路……"

三儿嘻嘻笑。

汪兴成说:

"你那天早上洗头,是知道我要去才洗的吧?"

三儿一巴掌打在他的手上:

"不要脸!"

这件事,汪兴成回味了一辈子,三儿也是。他们就这样送走一程一程的岁月。每送走一程岁月,都会丢掉一些东西。比如汪兴成,他也是有个小名的,叫牛儿,订婚过后,觉得这小名不雅,除儿时的伙伴,就没人叫了。伙伴们把他小名一直叫到老年,后来他们都走了,归于黄土,享受永远的平安,从此,再没人叫他的小名,有资格叫他汪兴成的,也相继离开了人世。他丢掉自己的名字,成了汪老爷。按辈分,村里的孩子爬上楼梯也够不着他的,但为了简便,大大小小的都叫他汪老爷。三儿也一样,而今谁还能把汪婆婆叫三儿呢?没有其他人了,三儿只属于汪老爷一个人叫的了。他们活在这片土地上,看太阳升起,月亮下去;看小草长高,孩子长大;看庄稼绿了坪坝,水雾和竹雾如云一样蒸腾……

汪老爷手上的茧子,从年轻时候到现在,从没消退过;手上的创口也是好了又生。他和妻子从没停止过劳动。除了普通的田间劳动,汪老爷还编竹器。他这一生编了多少竹器?谁数得过来呢!只知道,回龙镇的好些村寨,都有他编的用具,人们从他手里买了新货,就在邻里间炫耀:

"汪老爷编的!"

其实,汪老爷编的竹器说不上有多精致,但买他的东西,却有特别的意义。

他编竹器卖钱,不仅供一家人的日常开销,还为了上街去给他的三儿买叶儿粑。

叶儿粑用桐叶或竹叶包着,又甜又糯,汪婆婆小时候就爱吃,这爱好一直未改。

那些买了汪老爷竹器的人,就觉得,在汪老爷给汪婆婆买的叶儿粑里,也有自己的一份力……

太阳越升越高,那条背绁编了一小截儿,汪老爷便起身,去地里背猪草。一头双月猪,小得要戴上眼镜才能看见,猪草自然也割得不多,但汪老爷还是要去帮汪婆婆背。

村里人有时笑他,说:

"汪老爷,看你把汪婆婆惯的呀!"

他惯她吗?他自己说不上来。他只是觉得做起来快乐,就那样去做了。在这一生里,他们遇到了多少困难的时候,战争、瘟疫、饥荒、疾病……即便在这样的日子里,两人也像植物一样活着。他们靠得那样近,根与根交缠,分不出彼此,共同分享阳光,分担风雨,说不上谁惯谁。

第二天又是个好天气。打早,汪老爷就吃过早饭,将竹器送到镇上去卖。竹器并不多,一个花篮,两只篾篓。他把几样东西用根细木棍穿着,扛在肩上,左手再挂根木棒当拐杖。他身板子高,竹器在身后荡来荡去,像几只调皮的动物。他走得相当慢,这不仅因为他的年纪实在太大,走不快了,还因为汪婆婆的叮嘱。每次他去镇上,汪婆婆都再三说:

"走慢些,没人撵你!"

每寸土地都是熟悉的,横躺在路上的一颗小石子儿,汪老爷也揣在心里。季候早已转暖,要是太阳出来,大地上的各种气息都会苏醒,又柔和又醇厚地弥漫着。翠茵茵的昆虫,活跃在路边的草梢上,路很窄,有时草梢弯曲,匍匐于地,昆虫的乐园就变成人们行走的路了,一脚踏去,它们将遭受灭顶之灾。汪老爷总是先用拐杖把草拨起来，将虫子赶走再下脚。任何一种生命，不管多么卑微，都有遥远的源头，风吹浪打地走到今天，多么不易。这片土地之所以繁荣，既有人的功劳，也有它们的功劳。

镇上已经热闹开了。那种热闹法，就像在锅里煮食物，是温度，也是味道。

汪老爷刚入镇子，招呼他的声音就成片地响起：

"汪老爷，早哇！"

"汪老爷，你比上一场更强健了，你怕要活两百岁哟！"

"汪老爷，你把你家……"

那人本想说"你把你家三儿"，想想，是不能这样叫的呀，于是改了口：

"你啥时候把你家汪婆婆带来给我们瞧瞧嘛！"

汪老爷笑。别人跟他打招呼，他总是笑。不跟他一个村的，还有镇上的居民，多次叫他把汪婆婆带到镇上让大家看看，那是因为汪婆婆已经多年不赶场了。汪婆婆不赶场，是因为她觉得有那个家，有那个村子，就够了，她的世界只需要那么大。再说她的脚是缠过的，走起路来也不如汪老爷灵便。

别人那么想见他的三儿，汪老爷自然很高兴，但他照旧只是笑，边笑边想：我三儿的那张好脸，可要几个人去比呢！

想到那张好脸的时候，汪老爷会忆起三儿在拐枣树下洗头的情景，会忆起三儿发现他后，那副惊慌失措的模样儿，包括头发上的水珠怎样一路滴落，落得地面上像绣了花。

偶尔，汪老爷憋不住，会对好奇的外地后生们说：

"她长得可好看了呢。"

在这句话之前，他绝不会加上"她年轻时候"；在汪老爷心里，三儿自始至终都是那么好看。

集贸市场在中街，汪老爷还没把上街走出头，几样竹器就被抢光了，花篮五块，筿筤三块。市场是什么行情，他就卖什么价。有时，某些人买篾笸,本是三块,给他五块就不让找了,汪老爷说那不行,找出两块补给人家,那人推一下,也就收下了。汪老爷跟他们曾祖辈做过生意,跟他们祖辈、父辈做过生意,现在又跟他们做生意,多少年了,他的脾气大家都知道。

东西卖了,把要买的买上,就回家。汪老爷又不坐茶馆。年轻那阵儿,他会去茶馆听评书——现在的茶馆不说评书,自从有了电视,就没人听评书了——但也不会听得太久,他的三儿还等着他带叶儿粑回去呢,儿女们小的时候,也等着他的糖果呢。汪老爷今天要买的只有两样,一只汤瓢和两块叶儿粑。汤瓢买好,他去了中街与下街的交接处,那里有片空地,空地两旁摆着各种饮食摊,油烟像火苗那样在阳光下缭绕。只有一家卖叶儿粑。这家女摊主,即便今天没打算做叶儿粑卖,也必然特意给汪老爷准备两块。她用食品袋将叶儿粑裹了好几层,对汪老爷说:

"汪老爷,你回到竹坝村的时候,保险还是热的,汪婆婆马上就可以吃。"

汪老爷刚接过手,就已经生动地想象着三儿坐在阶沿底下,细嚼慢咽的样子。

因此他往回走的时候,尽量比来时走得快些。

但没走多远,李副镇长就追过来了。

李副镇长胖乎乎的圆脸上密布着细汗,显然是跑来的。他大声叫:

"汪老爷!"

汪老爷回过头。

李副镇长跑到他跟前,兴奋地说:

"汪老爷,今年不是你跟汪婆婆结婚九十周年吗?市里晚报社的记者要来采访你们。"

汪老爷嘿嘿笑,说:

"还有七天呢。"

"这正好嘛。人家先采访,写成稿子,在你们结婚纪念日之前发表出来。刚才县委杨部长亲自打来电话,说记者已在来回龙镇的路上了,你先家去,等一会儿我把人领来。"

回龙镇人说话,还留有古风,比如把"回家去"说成"家去",把"年年"说成"岁岁",把"很好"说成"甚好"。某些外地人初到回龙镇,听回龙镇人说话,还以为自己遇见的是古人。

听说县委领导都打了电话,而且记者很快就到,还是市里的记者,汪老爷有些紧张。

他问李副镇长:

"我该怎么说话呢?"

"随便说。记者问什么,你跟汪婆婆就说什么。我想,记者肯定对你们的长寿之道感兴趣,你们吃的喝的,还有起居习惯,肯定都会问到。"

既然这样,就没啥好紧张的。此前,汪老爷已接受过两次采访,一次是他九十五岁生日前夕,一次是他上百岁过后,政府奖给他一台电视机的当天。两次都是县有线电视台的记者,问的话,就是李副镇长说的那些。其实,他们吃的喝的,跟村里人没什么两样,要说有一点区别,就是更加简单,也更加不讲究,院外那口水塘,他们淘猪草在里面,淘菜也在里面。至于起居,该睡觉睡觉,该起床起床,有多少话好说呢。汪老爷走在回家的路上,没走一半路程,就把这事忘记了。

可记者来得真快,汪婆婆第二块叶儿粑刚下口,他就在李副镇长的陪同下进了院坝。

记者是个二十岁出头的年轻人,看样子从学校毕业不久,有种不更世事的傲慢。他一路上和李副镇长聊他的采访对象,也没特别地问什么,只是漫无边际地聊,听说汪老爷每场都给汪婆婆买叶儿粑,走进院坝,恰好碰见汪婆婆正坐在阶沿下的条凳上吃,于是从包里摸出相机,对着汪婆婆咔嚓咔嚓地按快门。其间,李副镇长给汪婆婆打招呼,问汪老爷在不在家。

汪老爷听到响动,才把有人采访的事想起来。他正在屋里倒茶水,茶水没倒上,就把水瓶放回去,出门迎接。

记者又对着汪老爷照。

照过好几张,他叫汪老爷跟汪婆婆坐到一块儿去,给他们照合影。

汪老爷坐过去了,汪婆婆还在吃叶儿粑,她吃得旁若无人。李副镇长她见过几回,丈夫和她自己满百岁的时候,他都来过,去年的重阳节,他也来过。她只知道他是镇里的领导,跟他并不特别相熟,因此没多少话说。对那个一声不吭只管摆弄相机的小伙子,她从来就没打过照面,更没什么话可说了。

即便是很熟的熟人,这时候她也不会多话,她所有的心思,都用在吃上。

她作为女人,一个小小的爱好,却被男人记了一生,满足了她一生……

汪老爷笑眯眯地看着她吃了两口,就把手伸过去,挽住汪婆婆的脖颈,像要亲她的样子。

就在这一瞬间,快门响了。

记者边收相机边忍不住大笑起来,把耳根都笑红了。他那种傲慢是装出来的,遇到开心的事情,就会管不住自己,露出孩子气。他没想到一个年过百岁的老人,竟会做出这样的动作。

汪婆婆吃完叶儿粑,进屋弄饭。今天有客人,她要多准备两道菜。萝卜有了,菠菜有了,地里的小青菜长得很旺,四季豆也已完全成熟。她把水烧在罐里,便去地里摘菜。土很松软,小青菜一拔就起来了,根须细密、白净,四季豆仿佛绿色的手指,在汪婆婆干燥的手掌里,活泛地扭动着,凉浸浸的、让人莫名感动的温度,透过皮肤,传达到很深、很深的地方。老天爷赐予这么好的食物,老天爷是多么慈祥。

汪老爷陪记者和李副镇长坐在院坝里说话,依然是漫无边际地随便聊。那记者既不录音,也不做笔记,让汪老爷和李副镇长都没感觉到是在采访。汪老爷本就是个爱热闹的,有客人那么专注地听他说话,让他谈兴大增:某年月日,竹坝村发大水,水退过后,两丈高的桉树上都挂着成串的蛇,还有成串的乌龟!某年月日,日本鬼子轰炸重庆,飞机从回龙镇上空越过,像吐口痰那样吐出一串燃烧弹,毁掉了多少房屋,烧死了多少人畜,那件事过去半年,人们做饭都怕见到火光,做梦都闻到恶臭。某年月日……这些故事,记者觉得那么遥远,遥远得只能在历史书和地方志上去翻阅,而面前的这位老人,却都亲身经历过,这些故事在他那里不是故事,而是刻在骨头上的命运。记者暗暗感慨。

谈话的过程中,汪老爷时不时会显露一下自己的虚荣。他跟他三儿的事情,是要讲的,三儿的那张好脸,也是要讲的。除了讲三儿,就是标榜自己力气大,说前些年,他两只手各提百斤还能行走如飞,说他小时候家里穷,岳父母之所以同意他跟三儿的婚事,就是看上了他的力气。有了力气,就不愁挣不来吃穿。他把衣服撸上去,把手腕子亮出来,让两人看。手腕延伸得很长,骨节很粗大。

李副镇长附和他,对记者说:

"别看汪老爷一百多岁了,你跟他掰手腕,还不一定能赢。"

要是别的记者,打几个哈哈,说几声"那是那是",也就算了,但这个记者赶忙说:

"好,我跟汪老爷比试比试!"

汪老爷兴致勃勃的,欣然应战。

走到院坝边的石桌旁,记者再次摸出相机,调好焦距,递给李副镇长,让李副镇长帮忙照相,他则和汪老爷在石桌两边各据一方,蹲开马步,将肘搁于桌面,十指交叉,手掌紧贴。李副镇长发令,从一数到三,双方就开始发力。记者真没想到汪老爷的力气有那么大。别的老人的手,都是棉花做的,而汪老爷的手是骨头做的。当然,汪老爷的力气再大,也大不过记者,力气既是骨头给的,也是肌肉给的,汪老爷已经没有肌肉了。记者故意做出龇牙咧嘴、拼命使劲的架势,把脸涨得通红,只是劲头不往手上传。他手上的劲儿根据汪老爷而调整,汪老爷手重,他加一点力,汪老爷手软,他又把力量收住。

这样,两人便僵持不下。

李副镇长接连照了十多张。

院里的邻居回来了。听说有市里的记者来采访,隔院的人也过来看稀奇。见汪老爷在跟记者掰手腕,村民边笑边大声喝彩。

汪婆婆早把菜摘回来了,正在屋里做凉拌青菜,听到外面的吵闹声,走到门边来瞧。屋里柴烟很重,眼睛打花,第一眼没看清,待她看清后,禁不住鬼火直冒。

那个年轻小伙,不是欺负她的老头子嘛!

她跨出门,在阶沿下拾起一个竹抓笆,迈着小脚奔过来,要打记者。

记者连忙松了手,装出吓坏了的样子,往一边躲藏。

李副镇长和旁人笑翻了天,对汪婆婆说:

"记者没欺负汪老爷,他们是在闹着玩。"

但汪婆婆听不进去,还是一副气鼓气胀的样子。

汪老爷也笑,他搂住汪婆婆的肩说:

"三儿,小伙子根本就没使劲儿,他是在逗我高兴呢。"

听见这话,汪婆婆的气才消了。

记者觉得,采访进行到这里,可以结束了,跟李副镇长商量了两句,决定回镇上去。

汪婆婆却不让走:

"我在做饭呢,吃了饭才能走!"

开始,记者和李副镇长都不知道汪婆婆在为他们做饭。来两个百岁老人的家,怎么好意思留下来吃饭呢?再说,镇上要为记者办招待,书记和镇长都要陪同,刚才镇长还打电话给李副镇长,问什么时候回去。李副镇长给汪婆婆百般解释,又动员汪老爷帮忙解释,好不容易才放他们走了。

两人刚出了院坝,汪婆婆就想:是不是我去打那小伙子,惹他们生气了?

为此她深感愧疚。

邻居去镇上办事,碰到李副镇长,李副镇长给了他一份报纸,让他转交给汪老爷。

这是记者离开竹坝村三天之后的事情。

还在路上,邻居就把报纸看了,人物版用了整版篇幅写汪老爷和汪婆婆,还配发了三张图片:一是汪老爷跟汪婆婆坐在一起,要去亲她,这张图片很大;另两张——汪婆婆吃叶儿粑、汪老爷跟记者掰手腕——要小些。

汪婆婆不识字,汪老爷小时候念过几天书,识些字,但报纸上的字细得如蚂蚁胡须,没法看清。不过也无所谓,反正是写他们的饮食起居。但邻居说,饮食起居只写了几句,主要不是写那个的,从标题就能看出来,标题叫《爱情的香味》。那个稚气未脱的记者认为,爱情就像吃果子,东咬一口西咬一口,必然辨不出滋味,但要是把一枚果子细细咀嚼,就能吃出满口馨香,获得营养,助人长寿。

汪老爷觉得很新奇,便让邻居念给他和汪婆婆听。

从头至尾,汪老爷和汪婆婆都在抽鼻子,像是真的闻到了那种香味。但他们并不懂得什么叫爱情。生命的接力棒传到他们手里,让他们走进同一个时代,且结成夫妻,这是多么了不起的缘分,他们彼此珍惜,相濡以沫,相依为命,这就是全部。而今年纪大了,白天,他们尽能力和本分做事,夜里,醒过来就摸摸对方,看仁慈的光阴在留下自己的同时,是否也留下了对方。即使对方的身体凉了,他们也相信,将来的某一天,当自己到了那另一个世界,照样能凭借触觉,很方便地把对方找到。

小镇喧嚣

1

我小姨死了。姨父让她在家里停了七天，摆酒设席，做水陆道场，将四万五千块钱花得罄尽，才装进棺木，埋到了河对面的坟地里。

在渐趋没落的回龙镇，安埋个人花掉四万五，并不是小数目，因此姨父对我说起这件事情的时候，多多少少带着自满的口气。

"小姨去世多久了？"

姨父说："昨天刚烧过三七，满满当当二十一天了。"

我庆幸自己没在二十一天前来到回龙镇。

但我知道小姨一直病着。当我还是个孩子时，她就是出了名的"病砣砣"，常年吃中药。那时她不住在镇上，而是住在清溪河右岸的王家坝，从河滩上去，还没进入那片宽阔的柏树林带，就能闻到从柏林深处的小姨家飘出的药香。又过了若干年，我大学毕业，在省城一家报社做记者，有次去王家坝采访当年红三十三军军长王维舟的故居，顺便去看过小姨——这时她已经住在镇上了，三层小洋楼，底层是她儿子经营的饭馆，二楼小两口儿居住，老两口儿猫在三楼上，我刚上二楼，药香就扑鼻而来。这种经历给我很深的印象，以至于相当长一段时间里，我闻到药香就想起小姨，想起小姨就闻到药香。大约三个月前，我听人说，小姨已病得不行，屎尿都屙在床上。当时我沉默了半分钟，心想是不是应该去看看她。但也只有半分钟的念头，过后就忘了。

我这次来回龙镇，也不是来看她的，而是为写作准备些素材。我想写一条河：清溪河。

到了镇上，我故意避着小姨，生怕她看见我。那天下着淅沥沥的小雨，我在码头下了船，艰难地爬上一段湿滑的斜坡土路，到了街口。回龙镇有两条街，我大致记得小姨住在上街，便没往上街去，拖着拉杆箱，直接朝下街走。可从头走到尾，也没找到一家旅馆。我来来回回的，拉杆箱把粗糙的水泥地面刮得像打闷雷，惹得一街的人站在檐下朝我张望。那情形，仿佛我是一个无主的浪人。经打听，才在中段通往上街的巷道里，找到一家名叫"兴辉"的旅社。

老板是一个守寡二十年的老妇，虽是五月天，头上的青帕还盘成饼。房子很宽大，也是三层，但除我之外，没有一个客人。她让我选，我选住在顶楼上，这样可以免受打扰。房间干净、舒适，还有电视看，遗憾的是没有独立的卫生间，要上厕所，得出门走到二十米开外的墙角，洗澡也在里面。更麻烦的是，她这里只租房不供饭，吃饭只能去街上，而下街都是铁器店、服装店、农药和肥料铺子，以及出售锅碗瓢盆的杂货店，就是没有一家饮食店。安顿停当后，黄昏已从大地上涌起，我的肚子也饿了，磨磨蹭蹭地挨到天黑，才披着夜色去上街找吃的。

小心翼翼地走了好几家，都灰冷火熄。我心里有些清寒。这不是我居住的成都。成都没有夜晚，而这川东北河畔的小镇，在黑夜里拒绝待客。找不到吃的，饥饿的感觉便越发锐利。兴辉旅店对面本有家超市，但不到万不得已，我不喜以干粮充饥。这时候我想到了小姨。如果去她家，她会坐在那把蒙着山羊皮的椅子上，手里端着药碗，吩咐姨父："去给三儿下两个荷包蛋。"

可我就是不愿意去。我宁愿挨饿，也不去。

街灯相隔很远才有一盏，寂寞地挂在电线杆上，半闭着眼睛，有近于无。但我依然看见几米之外还有家饮食店开着，店门前，一个中年妇人在放声大笑，她旁边的矮凳上，坐着一个五短身材的小女子，一只手把嘴蒙住，打着抿笑。我走过去问："还有吃的吗？"

　　一个矮胖男人走出来，说："闭火了。"

　　小女子说："还没闭熄，可以煮面。"

　　我说好，麻烦煮三两挂面。

　　男人背转身，进厨房忙碌去了。

　　在他转身的刹那，我后悔得直叹气。

　　我认出来了，这个人是我表哥，小姨的儿子。

　　但愿他没有认出我。

　　门口一老一少两个女人，继续说着我听不懂的笑话。很显然，其中一个是表嫂，一个是她女儿。女儿的脸，圆得像是用圆规画出来的，皮肤绷得很紧，与她身材很不相称的长发披散到屁股丫，脖子上挂着一串银光闪闪的塑料项链；从她矜持的笑里看出，她还没有出嫁。这带山川的女人，出嫁前是烙铁，只会软软地烫人，一旦出嫁，就淬了火，硬撅撅的，什么活儿都能干，什么话都敢说。我相信表嫂和她女儿是认不出我的，但也难说。上次采访王维舟故居时来小姨家，表嫂见到了我，叫我"大学生"，这称呼让我别扭死了，要是若干年前，"大学生"还有一股香气，后来再这么叫，就有些讽刺意味了。大学生又怎样呢？毕业之后，该受穷还受穷，该失业还失业，不像她在这风光秀美的镇上，有房产，有生意，有世世代代结交的一大帮子熟人。我知道，在表嫂的眼里，大学生的含义就是拈不得轻，负不得重，一副穷酸相的。既然这样，我也没必要害怕被她认出来。

　　我又不是来蹭饭的。

　　表哥把挂面端过来了。我低下头吃。味道真不好，面都断成了截儿，还没完全煮熟，热气里飘荡着生清油的气味。他开了这么多年馆子，不知道是怎样开下来的。三下两下，我连汤带水地吸进胃里，叫一声："老板，付账。"

表哥那时候也加入了妻女的说笑,听到我叫,过来收钱。

两块。我给了,他收了。

他说:"客官下回请早。"

他用"客官"二字,是看出我不是本地人,于是尽量把话说得文雅些。

我说好的,谢谢。

钻进细雨霏霏的黑暗里,我再回过头去看,那一家三口已不再说笑话,而是朝着我消逝的方向指指点点。街道很窄,我站在巷道里,他们小声说出的话语我也听得明明白白。

表嫂说:"他好像是马家寨的大学生呢。"

表哥说:"你才认出来?"

听到这里,我就不再听了。表哥早就把我认出来了,我的担心真是自作多情。

2

兴辉旅社的老板姓张,我没有笼而统之地称她老板,而是叫张姨。我也说不清自己为什么会把一个原本素不相识的人叫得这样亲切。张姨有个三十多岁的儿子跟着她住,还有个女儿在县城教书。她女儿我只见过一回,儿子倒是天天见。那是一个傻子,老是穿着军绿色的上衣,天不亮就起床,搭张圆凳坐在旅店门口,母亲不叫他吃饭,不叫他上厕所,不叫他进屋睡觉,他就不会动一步。见到我这个一住多日的房客,他总是笑,笑得说不出的纯洁,纯洁到了无辜。我刚进这家旅社的时候,就看出他是个傻子,但说真的,我喜欢他。或许是平日里跟人相处太紧张,心机用得过重,重得让自己不堪,见了傻子,就特别地放松。街坊邻里都不理他,唯有我,出门进门,都跟他点头,有好几次还站下来,和他攀谈。他几乎说不了一句整话,对我的应答,还有对我的欢迎和喜爱,都用笑来传递,咧开嘴,无声地笑。

对此,张姨看在眼里。有天中午,我从外面回来,正打开电脑记下我的所见所闻，她上楼来了。我没关门，她直接进了我的房间，说："这房子阴，蚊虫多，我每天多给你一盘蚊香。"说罢她把手伸到围裙底下，取出一盘蚊香来，递给我。我很不好意思，这么好的房间，每天只收二十块，还提供蚊香，而且是两盘。我收下后，她出去了。半个时辰过去，她提着一大桶热水上来，放进厕所里，叫我去洗个澡。她说："我见你出了那么多汗，不洗洗会感冒的。"又过几天，下午五点左右，她上楼来，对我说："今晚你就别出去吃饭了，跟我们一块儿吃。"我再三推辞，可她态度坚决，她说，我不管你，反正饭是给你煮上的，你现在忙你的，过一会儿我再上来叫你。她离去后，我感慨了老半天。我知道张姨对我这么好，是因为我对她那傻儿子很和善。傻儿子是她最深的痛。

不过她请我吃饭，还因为她女儿从县城回来了。张姨来把我请下去的时候，餐桌已经摆好，傻子也已坐在旁边，但他妹妹还在厨房忙碌。几分钟后，那女子端着最后一道菜出来了。她二十四五岁，高挑身材，瘦，上唇有颗黑痣。她的一举一动都有些腼腆，但又在尽力克制自己的腼腆，无话找话。她大概觉得，在座的，只有她和我才知书识礼，也才有共同语言，如果她闷头闷脑，这顿饭就没法吃下去了。事实上并非如此，她母亲的话更多，都是家常话。而我喜欢听的，恰恰是家常话。多年住在省城，成天跟知识分子接触，可在夜深人静时清算自己，才发现我的灵魂不是在生长，而是在枯萎。我已经厌倦了那个圈子——不着边际，夸夸其谈，既缺乏独立思考的能力，也缺乏关注社会事务的能力，甚至丧失了爱的能力，从上到下，充满了腐朽的气息。正因此，我才来到僻静的镇上，汲取民间的力量。我之所以执意要写一条河，也是内心需要涤荡的渴求吧。

当然，这些话并不针对张姨的女儿，作为县城里的中学教师，她一定是称职的；这不需要证明，做记者之前，我也教过半年书，正如凭烙印识别骏马，我能凭一个教师的言谈举止，判断其优劣。

席间，女教师问我："马记者，你这次来我们回龙，是采访救济粮的事吗？"

"你怎么说我是记者？"

"我妈说的。你成天背着个相机往外跑。"

我说,我曾经是记者,现在不是了。

不过"救济粮的事"我倒很感兴趣,探问究竟。女教师告诉我,今年春天,回龙镇管辖的卧牛山遭遇了百年不遇的冰雪灾害,上级给灾民发放了救济粮,但镇政府把救济粮扣下卖掉了,也不知是贪污了呢还是挪作了他用。这事被捅出去,惊动了中央电视台农村频道的记者,两个人下来采访,镇里一个领导凶巴巴地上前抓扯,把摄像机都砸烂了。

女教师显得很激动。她似乎觉得,作为一名知识分子,理应关心这些事情。然而我,在那个圈子里待得太久,神经已显得麻木,同时我也觉得,在皮面上挑脓疮,挑破一个又长一个。我没有跟着激动,让女教师有些失望,吃过饭,收拾了碗筷,她就出门找旧时的女伴闲聊去了。

张姨继续陪我说话。她问我是哪里人,我说我老家在普光镇。她很吃惊:"既然是普光镇的,离这里只十几里水路,你来回龙镇又不是采访救济粮的事,为啥住下?"我说普光太闹,不如回龙清闲。张姨越发吃惊了,现在的人,谁不是往闹处走?她颓然地说:"那些年,回龙镇也是很闹热的,没想到风水一转,就转到你们普光镇去了。要不是赶场天,回龙街上就是那么几个现人,你看我,我看你,把眼睛看出茧子也看不出钱来。没生意做啊!我这家旅社,只有六妹死的时候,她那些亲友来吊丧,家里安插不下,才被迫住到我店里来。此外除了你,怕有大半年没人住过了。"

她说到"六妹"的时候,我眉头一拧。我小姨的小名就叫六妹。我母亲有一个哥哥,还有六姐妹,小姨是老幺,只不过除大姨、小姨和我母亲外,其余三姐妹都在幼年时得天花早夭了。

我问:"张姨,你说的六妹是不是姓符?"

她眼睛发亮:"就是姓符啊,她男人姓王,叫王天寿。你跟她相熟?"

我笑了一下。我自己都感到笑得凄然。小姨死了,也就是说,母亲和她的兄弟姐妹,全都从这个世界上消失了。而我,在进入回龙镇的时候,还在尽量回避她。

张姨见我神情异样,再次问我是不是跟她相熟。

我说是的,她是我小姨。

"亲小姨?"

"亲小姨。"

"她死的时候,你没来?"

我摇了摇头。我简直就没有听说过。

不过这是预料之中的,小姨家的事,不管大事小事,都不会通知我们家的人。

两天之后的傍晚,我从河边回来,故意走了上街。远远地,我看见姨父坐在街对面他儿子的店门口。姨父个儿高,身体清瘦,早年有一个绰号,叫"L";现在他依然那么清瘦,口里含着拖到地上的长烟斗,低头抽烟,一副寂寥的、若有所思的样子。小姨死了,对姨父而言,究竟是失去了一个伴侣,还是卸下了一个负担,我不知道。但看到姨父抽烟的样子,我心里还是被一种东西浸润了。

不管怎么说,坐在街对面的那个人,是我的姨父。在我很小的时候,我跟母亲到小姨家去,姨父都会把我搂进怀里,然后把我高高地举起来,对我母亲说:"五姐,三儿比上次来的时候,还轻了二两呢!"

回到旅社,我坐立不安。站在窗口,望着外面黄昏变浓。黄昏如受惊的马群,从远处奔腾而来,把天光踏灭。或许是来得过于猛烈,搅动了天上的雨水。这里老是下雨,我来的这些天,晴朗的时候真少。旅社对面那家名叫"九龙"的超市,灯光黄黄绿绿的,把雨水也染成了彩色。越是这样的时候,我越是觉得孤单,越是把自己当成一个流落异乡的旅人。

其实正如张姨所说,我老家普光镇离此只十几里地,坐快艇仅需半个钟头。在普光镇的马家寨上,有我年迈的父亲,只要愿意,我明天上午就可以回到他的身边。然而,我这次出行,是希望把清溪河引入我的灵魂,让它从我心底流过,可这么几天过去,它并没有信任我,当我走近它身旁,它对我充满了警惕。我还必须待在这里,即使什么也做不成,至少也要让清溪河熟悉我的气味。

雨越下越大，屋檐水在地上摔打出有节奏的夜响。这让我忆起我的童年。这是来自我童年的雨，带着寂寞的暖意。我看了看手机上的时间，已是八点多，可我还没吃晚饭呢。只是一点也不饿，不吃也罢了。但我必须下楼！巷道窄窄的，我三两步穿过雨帘，进了对面的超市，让售货员只管往一个很大的塑料袋里装，不管是酒，还是老年人吃的奶粉和蜂蜜。买好之后，我回到店里。傻子还坐在门口，不见他妈，我问他妈哪儿去了，他朝我笑。我去厨房看，张姨果然在里面收拾。

我说："张姨，我给我姨父买了点东西，你帮我送去好吗？"

她说好哇。随即在围裙上擦了擦湿淋淋的手，就去找雨伞。找了两把。

我说我就不去了。

她一愣："这怎么好？你住在我这里，礼都到了，人哪能不到？"

我说没关系，麻烦你送去就是。

张姨深为不解，低下眼帘沉默片刻，迟迟疑疑地问我："你是不是跟你小姨家有啥过节儿？"

我连忙否认。

但张姨并不相信，她说："你小姨那人，命苦；倒不是苦在吃穿用度，苦在她那一身病。可她是个善心人，十年前就开始吃斋念佛。"

我承认，小姨的确是个苦命人，但不是张姨说的那种苦。张姨说的苦和小姨经受的苦，风马牛不相及。我的母亲，还有我的大姨和舅舅，都很苦——苦得大同小异……

见我不言声，张姨提上沉重的袋子，撑开伞出门去了。

不一会儿她回来了，上三楼进了我的房间，说她把东西交了，说她还没点出我的名字，姨父就知道肯定是我送的。

又过了半个时辰，张姨再次上楼来。这次跟她一同来的，还有姨父。

姨父先是很气愤的样子，问我为啥不去他家。接着请我去他家喝酒，我说我吃过了也喝过了，现在吃不下也喝不下了。他说那你明天早上来我家吃稀饭包子，我说不，我在一家店里订了一日三餐。他问哪家店，我装着记不清名字。这时候他才心平气和地跟我说到小姨死后做水陆道场的事。

他说:"四万五千块钱是我的全部积蓄,都用到你小姨身上了。我想也没关系,儿子总要养我的。"

姨父把我当成了店门口的傻子。

他以为我不知道那个从遥远岁月中走过来的秘密。

他接着说:"你小姨这辈子不容易,她死后给她做得排场些,也该。何况还是她自己要求的。"

我说,是小姨自己要求的吗?

姨父说是。"她落气之前,把我叫到跟前,叫我去县城的大庙里请师父,做全套超度她。"

我望向窗外。我好像看见了小姨。她那张虚胖的脸,在朦胧的雨雾中浮荡。

3

回龙镇以前是区政府所在地,是邻近好几个乡镇——包括普光镇——的中心,那时候的确是相当闹热的,但不是现在的街区;现在是新街,以前的区政府所在地在老街,靠近王家坝,地势低平。县城修了座国家二级水电站后,清溪河水位上涨,将王家坝和老街变成一片汪洋(那次我采访王维舟的故居,是租打鱼船前去的,只在盛大的水域中看见王家祖坟高出水面不足两寸的墓碑),我小姨他们之所以搬迁,且由农户变为了居民,就因为这个缘故。回龙镇仿佛祸不单行,搬到新街后不久,区级撤销,其中心地位不复存在;又过几年,普光镇发现了天然气,中石化进来,开山辟石地修路,还来了外国专家,昔日昏昏欲睡的镇子,被猛锥一针,顿时腾挪跳荡,短时间内多出了几条街道,各类生意也做得红红火火,尤其是娱乐业,澡堂、洗脚坊、夜总会,从来就没有消停过的,是那种又堕落又进步的混合物。这却把回龙镇冷落了,回龙镇人踮脚站在河水的下游,透过浩渺的烟波,望着普光镇的灯红酒绿,羡慕人家怎样发财致富,怎样吃香喝辣。

说回龙镇渐趋没落,这是事实,但也有另一面。

在下街,到处堆积着水泥、河沙和砖头,打造预制板的声音从明到暗地响,刀子般割人。随便一块立锥之地,都准备建房。傍河已修了好长一段滨河路,只是现在已经停工,高达数丈的石堡坎,从中间暴开,随时打算崩溃。河沿与河心,密布着汲沙船,马达轰鸣,分离沙子和卵石的铁筛,昼夜不息地摇动,芳草萋萋的河岸,变成了翘硬的、百草不生的黄土。连从东面分离出来仅有十余米宽的一条河汊里,也被汲沙船挤得满满当当,岸边成了陡峻的土坎,根本无法站人。

这天,我正在一艘汲沙船上跟工人闲聊,见我表哥远远地走了过来。

到近前,他冷漠地望了我一眼,招呼也懒得打,就朝下游的快艇走去。他背着小背篓,大概是去赶县城。我冷笑了一声。看来他是个明白人。我给他父亲买了几百块钱的礼品,他并不心存感激,这就证明了他是个明白人。买那些礼品的时候,我心绪复杂,但有一种心绪是想抹也抹不掉的。

我深深地记着母亲的死,我要以这样的方式,表达我对小姨一家的轻蔑。

姨父没看出来,表哥看出来了。

我母亲去世得早。那年我只有八岁。母亲的死,在我们家一直是个谜。她是我们家的顶梁柱,身体一向很好,只不过下水田后得了感冒,就一病不起了。她在床上躺了四十多天。这四十多天里,先是大姨和舅舅来看她——大姨嫁得不远,婆家和娘家都在关门岩,彼此只隔着几道弧形的田埂。大姨和舅舅去了十来天,小姨来了。小姨刚上我们院坝,就哭天号地,边哭边骂,骂的是大姨和舅舅,说那两个不要天良的,欺她住得远,五姐病成这样,都不约她一同来看,连信也不递!亲戚当中,我父亲待小姨最好,但此时对小姨的这种哭法,他却很不高兴。那纯粹是死了人的哭法,而我的母亲没有死,谁也不会想到她会死。父亲在院坝边把小姨拦住(他怕病人听见了那不祥的哭声),正颜厉色地说:"六妹,你这是在诅咒你五姐吗？"小姨白了父亲一眼，把哭声收住，快步进屋。

小姨在我们家住了一夜。

她跟我母亲睡在一张床上。父母睡的那间屋，紧傍山墙，山墙下是条阴沟，屋里相当潮湿，屋角蹲着泡菜坛子，坛盖上经常盘着菜花蛇，有时候，蛇还跑到枕头上来。父亲不让小姨跟母亲睡。他是担心小姨本就长年生着说不出道理的病，再这么潮湿一夜，说不定病就添了；再说母亲那时候已躺了三十多天，床上一定不干不净，父亲怕脏了小姨。小姨家很富足，多年前就修了火砖房，厨房、客房、饭厅与卧室都是分开的，利利索索，早有城镇居民的味道。哪像我们家，几十年前起的木板房，格子窗被虫蛀得一掏一把木灰，火房里拥挤着土灶、水缸、磨子、案板、八仙桌及锄头、铁耙、弯刀等一应农具，煮饭在那里，煮猪食在那里，推磨、吃饭也都在那里，又无烟囱，柴火一发，就熏得人睁不开眼，天花板上的阳尘吊成串，随便一抬头，可能就有一挂阳尘嬉皮笑脸地掉在你脸上，落到你眼里，实在不像样。父亲早在屋子的夹层上给小姨设了地铺，空间虽然狭窄，可干爽，再说头顶就是两匹亮瓦，能进天光，不像母亲睡的那间屋，即便外面晒着火红大太阳，也黑得摸不到鼻子嘴巴。然而，不管父亲怎样劝阻，小姨就是不听。小姨还跟我父亲开玩笑："我今天偏要跟五姐睡，偏要把你撵开！"母亲也有气无力地对父亲说："你就别再犟了吧。"

父亲果然不再犟，自己去睡了夹层上的地铺。

他是很感动的。连我也很感动。我终于明白了父亲为什么对小姨比对大姨和舅舅好些。我早听村里人说，父亲对小姨好，是因为小姨家富，这世间的人，都嫌贫爱富。现在看来，村里人是在嚼舌头。父亲不是那种人。他之所以如此，一是因为小姨跟我母亲长得像——三姐妹当中，只有我大姨缠过脚，母亲和小姨都是一双大脚，姐妹俩不仅都是大脚，眉眼还像一个模子铸的，实在太像了，她们站在一起，简直难以辨认谁是小姨，谁是母亲；二是小姨跟我母亲最贴心。大姨和舅舅来，也在我们家住了一夜，姐弟俩坐在我母亲床边，叽叽咕咕地说了好一阵话，末了，大姨并没要求跟我母亲睡，大姨甚至对我父亲说："马中成，五妹那屋里太臭了，你是不是好生打扫一下?"说了这句,大姨就站到火房外面的阶沿上,大口大口地吸气。

我的床铺在母亲的隔壁,转了多年的门轴,虽早是光滑如磨,但松木做成的门板,天晴会走样,天雨会走样,干干地刮几天风,照样会走样,一开一闭,都会发出吱吱扭扭的声响。但平日里,这门板的声响并不影响我的睡眠。尽管我年幼,干活儿可不少,除每天刮半桶土豆,还要上山捡干柴,且侍候一头牛,我很小的时候就知道累了,往往是头一挨枕就睡了过去。可不知为什么,大姨和舅舅来的那天,我睡不着,小姨来,我更睡不着。

到鸡叫二遍的时候,我听见那边屋里有了动静。窸窸窣窣一阵,小姨问母亲夜壶在哪儿,母亲说,在床角。母亲的声音清晰得透明,显得很有精神,很有底气,与往日大不一样!

小姨净了手,没急于上床,而是过来关门。山村的夜,静得直往下沉落,随便出一点声音,好像整个地球都能听见。小姨在使力,想把门闩别上,可门板歪七拱八,终未成功,小姨便放手,回到床上去,片刻的静默之后,就跟我母亲说话。

她们说话的声音,跟大姨和舅舅与我母亲说话的声音一模一样。

都是叽叽咕咕的,闪烁其词。

但我还是听清了一些词语,像"爸爸""金砖""银条"之类。

这些词语让我心生恐惧。母亲的爸爸,也就是我外公,已死去不知多少年了。我们家,包括外婆、大姨、舅舅、小姨,都对外公的死讳莫如深,甚至根本不谈到他这个人,即使说一些避不开的话题,对外公也是用代词,没有明确的称呼。要不是有一次我跟人闹了架,还不知道外公的身份。

那天我去林子里捡枯枝,费了好大的劲,手上划了几条血槽,才将一丛枯死的刺藤拖到路上,之后我返回林子,将几根青冈柴抱出来,可刺藤不见了!斗篷状的岩石底下,响起沙沙的声响。当沙沙声钻出岩石,我看见同村的张娃拖着我的刺藤,沿着茅草覆盖的小路,飞天扑地往山下跑。那丛刺藤,可以煮半顿饭的。我气得脚下生风,逢崖飞崖逢坎飞坎地追下去,把张娃截住了。张娃开始有些怯意,可很快镇定下来,居高临下地大声说:"你外公是反革命!"我啐了他一口:"放你娘的屁!"张娃用袖口把脸上的唾沫抹掉,连珠炮似的说:"你外公是反革命,解放那年在兴浪滩上被敲了砂罐,砂罐都敲成了几瓣,不信你回去问你妈!"我们那里的人,把头叫砂罐,敲砂罐就是被枪毙的意思。我的头轰的一声炸了,也像被敲了砂罐似的。趁我发愣的时候,张娃拖着刺藤走了。他走得很沉稳,很从容,走得理直气壮。刺藤把地上的青草,刮出满身伤痕。

我闷了几天,终于忍不住,问母亲了。那天中午,母亲趁出工休息之机回来喂猪,我在家刮土豆皮,母亲往桶里舀猪食的时候,我问:"妈,外公是怎么死的?"母亲停下来,直愣愣地望着我,她手里的木瓢倾斜着,汤汤水水地流进锅里。她把声音压低了:"你问这个干啥?"又说:"再问,我撕烂你的嘴!"我不再问了,因为用不着问了。

看来,张娃的父母把我外公的事告诉了他,张娃说的是真的。

不问母亲,但我还想听到有关外公的更多的信息,于是又去跟张娃和解,从他那里套话。他说我外公是国民党军官,官并不大,当过营长,杀过川东北游击军,后来又杀过红军,杀过解放军。张娃像很珍惜我跟他失而复得的友谊,诚心诚意地对我说这些。他不知道,我真想一拳砸飞他满口细密的牙齿。我受的伤害之深,他无论如何也想象不到。我外公当过国民党军的营长?那个我从未谋面的人,竟是一个杀人恶魔?这简直是无以复加的耻辱。另一重耻辱在于外公的死状。一颗子弹从后脑勺打进去,无非留下一个血窟窿,怎么会把砂罐敲成了几瓣?难道是一枪没打死又补了几枪?

我想象着外公在卵石累累的河滩上挣扎的情景。

那一定是挣扎得屎尿横流。

多么丑陋的形象!

从那以后,我不仅不再提外公,还希望自己压根儿就没有外公。

我没想到母亲和小姨会在深更半夜说起那个死鬼,而且还说什么金砖银条。

这些物事,同样让我恐惧。我所受到的教育,处于矛盾的两极:一方面,觉得财富是邪恶的,这落在嘴上;另一方面,又羡慕有钱人,这落在心上。但不管怎样,金砖银条肯定是坏东西,这东西让我想起地主,想起国民党军官,想起外公。何况母亲和小姨正是把这些东西跟外公连起来说的。

一时间,我甚至觉得隔壁的母亲和小姨也成了青面獠牙的鬼。

我真想翻身起来,跑到父亲的床上去,但又害怕弄出响声,让那两个人注意到我,把我抓过去,敲破我的头,吸我的脑髓。

好在她们不再说外公,也不再说金砖银条,而是吵起来了。

吵得很小声,很压抑,却咬牙切齿。

她们吵了一夜。

小姨走了大约一个礼拜,大姨和舅舅又来了。他们这次来饭也没吃,只避开父亲和我,去跟母亲说了些话,就匆匆忙忙地离去了。又过了三天,母亲死了。

母亲落气之前,让父亲扶她坐起来。当时好些村里人都拥来看她,一盏恍恍惚惚的煤油灯,照着各式各样的脸。听说她想坐,几个妇人也来帮父亲扶。母亲身材高大,比我父亲高了一个头,病了这些时日,虽是严重地消瘦了,照样给人沉甸甸的感觉。母亲坐起来后,父亲单腿跪到床上去,用膝盖顶住她的腰。母亲的两条手臂,软软地向后垂着,头仰向看不见的天空,重浊而紊乱地喘着气,越喘越急,急到嘶吼的时候,终于带出一句话来:

"我来世变成老鼠,也要咬她一口!"

话音未落,她开始吐血,吐了足有半盆子血,就不吐了,人也没气了。

在场的所有人,都听清了母亲的遗言,但谁也闹不清她是在对谁发狠。

4

我分明说过我不是记者,但不知为什么,镇上四处都在传扬,说省里派来了个姓马的记者,潜伏到回龙镇已有好些天,明察暗访,到时候说不准要捅出多少事来。那天我去九龙超市买烟,老板对我分外热情,拿张凳子请我坐,问这问那的,绕了三百六十道弯,终于问到我此行的目的。我说没什么目的,我就是想来回龙镇看看。这样的话鬼才相信,回龙镇既无特别的风景,又无道观寺庙,有啥好看的?以前在下游两三华里处,倒是有个王维舟故居,可那故居早被水淹了,日久天长地浸泡,土层变软,连王家那块冒出水面的祖坟墓碑也埋进了龙宫。回龙镇的衰落已成事实,偶尔来走走,赶赶场,也便罢了,像我这样一住多少天,又是照相又是找人攀谈,怎么会没有目的?他咬定我就是记者,并口口声声叫我"马记者"。没办法,他愿意这么叫,就这么叫吧。

接着,他给我说到他儿子。他儿子前年大学毕业,在县政府办公室当差。我说好哇,进政府机关了,将来出息大了,你就可以享清福啦。他却叹息一声,说在那种地方,天地说宽也宽,说窄也窄,全看你是否有臂膀和关系——光有钱还不行,没有关系,有钱也不知往哪里使,把钱使出去了,也不一定起作用。他说,我们这里去年换了一个所长,什么所我就不说了,县里的主管领导对这个位子明码标价,三十万块!想买的人真不少。其中一个跟市领导熟,打电话求助,那市领导跟县领导通了气,还请县领导让让价,二十万块卖给他。县领导没办法,只好给了。但人家那买官的人多懂事,虽然通过关系得了位子,却并没给主管领导二十万块,而是三十万块。这样落得几方面高兴,官也做得舒舒服服。要是没有市领导帮忙,那么多人争,说不定就像搞拍卖一样,拍到五十万块也未可知;即便拍到了五十万块,没来历的买家也还不一定弄得到手。

对这样的传言,我总是半信半疑的。信它,是因为我当记者的时候,亲自采访过翻了船的官员,那些臭名昭著的家伙,就是以这样的方式卖官,也以这样的方式发家致富;不信,是因为传言满天飞,像草原上暴雨前的蝗虫,黑压压的,遮天蔽日。

我想,别说在回龙镇做个什么屌所长,就算做个镇长,究竟有啥可捞的?

超市老板吃惊得双目一瞪:"凡是有土的地方,就能捞钱!单是修那条滨河路,某些人一口就吃成了大胖子。滨河路你可能也看见了,连苍蝇都不敢站上去屙泡尿!这没关系,垮了又修,多动一次工,就多养一窝老鼠。对当地领导来说,修它是 GDP,垮它是 GDP,垮了再修还是 GDP。再说回龙镇还有这么大一条河呢!你看这镇上的领导,哪一个没在县城置房产?不仅置房产,还开茶吧,开酒楼,开夜总会,他们白天在这里上班,晚上就去县城逍遥,说不尽的花天酒地!"

说到这里,老板停住了。他好像突然意识到,自己的儿子如果将来飞黄腾达,也有可能掌一方印把子,他本人是通常所谓的"老百姓",但又有脱离老百姓的可能,因而跟真正的老百姓有区别,谈到这样的话题时,不应该那么激愤,更不应该用"老鼠""花天酒地"这样的词语。

他把语气放得很和缓,也很谦卑了,说:"马记者,你是上面派来的,市领导都惧你三分,你要是愿意帮我儿子说句话……"

我觉得好笑。在这个世界上,就连一片树叶,一只最微小的昆虫,都没惧怕过我。

但那面皮光滑、一脸狡黠的老板却指出了一个事实:"你这次从省里来,市领导接见了你,没错吧?"

他是怎么知道的?市领导的确见过我,但说不上接见。我目前是省作协的驻会作家,我去向作协党组书记请假,说要回老家待些日子。他说,是体验生活吗?我很反感体验生活这种说法,但也没必要较真,就点了点头。他说,好啊,你老家市里宣传部的黄部长,跟我是很好的朋友,我给他打声招呼,你回去有什么需要,给他说说他方便些。书记的心意我领了,但我实在不需要什么方便。那种方便对我而言,可能恰恰是不方便。书记半年前还在某市当宣传部长,刚调到省作协来,特别希望跟作家们打成一片,非打招呼不可,而且把我的手机号告诉了黄部长。不仅如此,他还给省委宣传部汇报了,希望他们也打声招呼,这样自上而下,黄部长肯定会更加重视。果然,黄部长很快给我打来电话,让我回到市里,必须跟他联系。

出于礼节,我去了。

两幢高及云空的蓝色大楼,耸立在西区,这是市政中心。

我是上午九点去的,只见四部电梯,一刻不停地把拥挤不堪的人员输送到各个楼层。我并不知道宣传部部长在哪一层,也不想去和急于上班的人打挤,就站到楼前随意观望。楼前两侧,是宽广的平台,平台上种着桂花、玉兰、香樟树和各色花草,几个工人正在浇水;正中是一排花岗石铺成的宽大台阶,台阶之下是广场,喷水池抛出的水珠,伞状跌落,飞花溅玉,站得老远,也凉气透骨。

待大厅里人烟稀少,我才进。前脚刚迈进门,就被门卫拦住,大喝一声:"找谁?"我吓了一跳,说找黄部长。"为什么事找他?"我说不为什么事。他直把我往外推,说黄部长出差了。我说你别推,黄部长一个小时前还给我打了电话,是他让我来的。门卫疑惑地望我几眼,退回去给黄部长打电话,之后问我的名字,我告诉他,他又告诉黄部长,然后,他满脸笑容地把我迎进去,亲自带我上到二楼,敲开了部长室的门。我跟黄部长交谈了不过五分钟,就出来了,出门时我问门卫:"我既没带刀也没带枪,不过是见见部长,你为啥那么紧张?"门卫目睹了黄部长对我那么热情,断定我绝非普通客人,于是悄悄说:"怕你是上访的。"又说:"领导那么忙,哪有时间接待上访?"

走到大门口,我回身一望,心想,如果我真是上访者,看这阵势,腿先就软了……

开始,回龙镇到处传扬我是记者,我还以为是张姨传出去的,因为张姨向我抱怨过,说她的旅社大部分时间没客人,税却一分不少。这且不说,镇政府自己没有招待所,政府有客人来,都是安排到她店里住,每次都记账,说年底结,可没哪一年结过,她又不敢去找他们问。她真想把旅社关门算了,可那么多房间,她跟一个傻儿子住在里面,不仅浪费,晚上还害怕;卖些出去吧,又舍不得,这些家产,都是她老头子生前用血汗钱换来的,再说,她真要卖,还不一定有人买。别看街道上到处堆着河沙水泥修房子,买房人却并没有想象的那么多,有钱的早有了房住,等着房住的大多没有钱。房子是为炒房团修的,可哪个炒房团那么背时,非要把白花花的银子送到四面不靠的回龙镇?张姨除了抱怨这些,还说起过她女儿。她女儿在县城教书,工作干得踏踏实实,深受学生欢迎,可从来没给她评过先进,女儿太直道,说话嘴上不安过滤器,结果把领导得罪了,领导就给她小鞋穿。张姨说这些的时候,眼神里充满期待,希望我出面搭搭手,拿个主意。而我本就没那个能力,因而张姨的期待始终只是一个空。但我依然感觉到,我来住她的店子,她看成是一件很有面子的事,有面子的事不能藏着掖着,于是她就说出去了。

现在看来,并非如此。

很可能是黄部长给县里打了招呼,超市老板的儿子得知信息,告诉了他父亲,他父亲从张姨那里确认是我之后,把消息传扬开的。

老板说:"就在这一两天,镇领导肯定要请你。"

我冷笑了一声:"请我?即便我是记者,也犯不着请我。连中央台的记者来,他们也敢砸摄像机,我算什么?"

老板蛮有把握地说:"你跟中央台记者不一样。对中央台来说,回龙镇天高皇帝远,何况他们是悄悄来的;你是本省记者,而且是从省上一级一级落实下来的,不怕官只怕管,你的分量重得多!"

末了,老板言归正传,让我给他儿子牵根线搭座桥:"你就说你是他表哥,或者说他是你侄儿,不管你怎么说你跟我儿子的关系,我都认,反正从今往后,我们就是亲戚了。"

老板当真把我看成他的亲戚了,硬是要送我一条软中华抽。我坚决不收,他脸红脖子粗地说,老马(没再叫我马记者),你再说个"不"字,我就再送你一条!

没奈何,我只好收下。

我把那条烟交给了张姨,让她在我离开之后还给那老板。

5

我跟张姨一家那么亲热,跟超市老板也那么亲热,姨父都是看在眼里的。

他坐在儿子的店门前，甚至来到巷道口，眼睛时不时地往这边瞅。

这天中午，他又到了兴辉旅社，是叫我去他家吃饭。

幸好，那时候我刚从外面回来，张姨并不知道我出去了，带着姨父去了三楼。我在门口跟傻子打了招呼，正准备上楼的时候，就听到姨父在上面跟张姨说话。

姨父问："你知道他多久能回来？"

张姨说，不知道，他出去回来都没个准头，有天半夜，我还听到他扭开门闩出去了，可他身上没钥匙，门关上就打不开，不关又怕丢东西，只好把我叫醒，我把钥匙给了他，问他这么晚出去干啥，他说不干啥，就想去清溪河边坐坐。

张姨说这些话的口气，分明是在故意渲染我和她之间的亲情关系。

这深深地刺伤了姨父，他的声音大起来："这娃娃，来回龙镇这么长时间，只在我家里吃了三顿饭，也不知他为啥那么忙。今天我专门炖了只鸡等他呢，他又出去了。"

张姨说："他到你家去过？"

姨父嗤了一声："到了回龙镇，他能不去我家吗？他本来打算搬到我家里去住的，可楼底下开馆子，杀鸡杀鸭闹得慌，他不好工作。那娃娃从小就是个用心的，难怪有出息。"

听到这里，我转身离开了。我不想拆穿姨父的谎话让他尴尬。

更重要的，是不愿意跟他去吃饭。

从下街出去，我躲到一艘汲沙船上。那船老板已经与我熟识了，我便在隆隆的闷响中跟他闲聊，一直聊到天黑。中午饭没吃，晚饭是在船上花五块钱跟工人搭伙的。

但我心里一直想着姨父。他，一个七十多岁的老人，炖了鸡来请我吃，我却躲了。

平心而论，姨父比我小姨好。我上大学的时候，他还给我借过一百块钱。那是大三上学期，父亲没钱寄给我，我做家教的那家人又突然搬走了，一时没有挣钱的路子，生活难以为继，我不得已给姨父写信。他给我寄了一百块。这超出了我的预料。姨父把那笔钱寄给我不到十天，我们寨子里有人去了回龙镇，小姨认识那人，就把他拦住，拖声哑气地说："你给马中成带个信，三儿在我这里借了一百块钱，叫他赶快还我，再不还，我药都买不起了。"说这话的时候，小姨手里自然是端着药碗的。姨父当时也在场，把小姨数落两句："要是他现在就还得上，还用找我们借吗？"

姨父跟我父亲一样，出身寒微，甚至比我父亲更加寒微，他是拉纤的。当年，清溪河至重庆境内的长江，是川渝线上的重要水上通道，姨父便在这条道上拉纤。凡是吃得上饭的人家，都不可能成为纤夫，那是累死人的活儿。姨父把拉纤不叫拉纤，叫拉河，将一条咆哮的河流拉出几十上百公里，其情其状可想而知。险滩恶浪溅出的水花，常年打湿衣裤，为不把皮肤沤烂，许多路段他们都光着屁股，一丝不挂。船只在滩头激流里搁了浅，纤夫们便向水中跳去，凭肩背之力挪动船只，有时候人刚下水，顷刻间就被激流带走，岸上人沿岸追喊，水中人张嘴应答，似在交代后事，可浪声如雷，而且很快就没了影儿，谁听得见他说些什么呢？这是夏季的情形。要是冬天，纤绳上结起割手的冰凌子，遇到搁浅的事，纤夫们照样得跳进刺骨的河水里。姨父受过这样的苦，比小姨更愿意去体味别人的不易。后来，姨父成了镇供销社的销售员。他是怎样由河上的人变成了"国家的人"，我并不知情，我只知道，姨父进供销社不久，小姨嫁给了他。大姨和我母亲，嫁的都是老实巴交的农民，唯小姨嫁给了个"工作同志"，身份上的区别，一开始就注定了。

这样说似乎也不对。母亲在世的时候，小姨跟我们是很亲近的。王家坝土质肥沃，物产丰饶，但小姨家有个特点，不管收了多少粮食，当年都弄得一干二净，吃不完，就卖掉，反正连种子也不留。我记得，每到播种土豆的季节，母亲就催促我父亲，给小姨家送土豆种去（山上的土豆种比坝下的好得多），说是送种子，但父母都各背一大花篮，花篮上还横着一个装得满满实实的麻布口袋。那时候，河上船少，有船也舍不得花钱坐，他们都是沿着河边芦苇丛中的小路走，路程那么远，天麻麻亮就出发，天黑才到小姨家,汗水流一身干一身,干一身又流一身。小姨如果得了鱼,有多的就给外婆送一条去,再有多的,就给我们提来。

我母亲一死,一切都变了。

小姨,包括她的家人,好像都下定了决心,再不认我们这门亲戚。

有段时间,肥料相当紧张,父亲在普光镇买不到,就去回龙镇找姨父。姨父那时候专卖肥料。当时王家坝还没被水淹,回龙镇也还在老地方,一条独街,润润地铺着青光泛亮的石板。供销社在街南,老远地,父亲就看见小姨端着药碗坐在储存肥料的仓库门前。自从肥料成为紧缺之物,小姨就总是端着药碗坐在那仓库门前。父亲把背篓放下(里面装着几棵给小姨带来的鲜白菜),说:"六妹,这一向还好啊?"小姨却很警惕:"今儿个又不当场又不当节的,你来干啥?"父亲说:"我想找老挑卖给我两包肥料。"小姨连连摆手:"不行不行!"接着开始扳着指头数,谁给她送了多少方木料,谁又给她送了多少块腊肉,都没把肥料弄到手。

小姨的意思是:更别说你这几棵白菜了!

小姨甚至还把父亲放下的背篓踢了一下。

父亲满面羞惭,回来了。

他连姨父的面也没见上。

姨父是躲在仓库里的,小姨没通知他出来,他就不出来。

父亲这样的遭遇,舅舅也碰上了。

不同的是,父亲一言未发地离开,而舅舅却跟小姨大吵了一架。

吵些什么,街坊邻里一句也听不明白。

这一架吵过,舅舅就疯了。

6

超市老板说的没错,镇政府真的请我来了。来了两个人,一男一女。男的是副镇长,姓周;女的是国土所所长,姓华。张姨把两位带上楼后,周副镇长嚷嚷着直叫马作家,他知道我的真实身份,看来果然是上面打过招呼的,然后他做了自我介绍,接着又把华所长介绍给我。听说她是所长,我想起了超市老板那天说过的话。在大兴土木的时代,在回龙镇这种地方,一个所长值三十万块,想来非国土所莫属吧?可无论怎么看,她都不像个买官做的人:二十四五岁,长得相当漂亮,染成栗色的头发,与玫瑰色的皮肤搭配得天衣无缝,从脖颈到耳根,都给人晶亮感,而且很文静,带几分羞赧。周副镇长说,高书记和李镇长都在县里开会,但他们都打了电话回来,让我们先好好地招待你一顿,过几天他们回来后,还会专门设宴请你。周副镇长也不过三十多岁,圆头圆脸,皮肉里浸着酒色,说话很响快,跟什么人都能在见面的第一时间打成一片的那种。

跟他们打交道,我最感头痛。认真拒绝吧,显得过于古怪,人家是一方土地,郑重其事地来两个人请你吃饭,你却不领情,但就这么答应下来,心里又不舒服。我知道,他们请我是有前提的——上面打了招呼;也是有目的的——提醒我别捅娄子。

如果我能让他们明白,我这次来,只不过是想跟一条河走得近些,绝不会像中央台记者那样采访什么救济粮的去处,就会免去这些酒食之累。但很显然,我没法让他们明白,他们也不会相信我的话。在他们看来,作家跟记者是一样的,把添乱当成自己的正经事。

我暗暗埋怨省作协的书记。他不知道他对我的关怀,竟让我如此受苦!

我对周副镇长说:"你看这样好不好,等你们书记和镇长回来后,我们再聚,今天就免了。"

周副镇长急了:"怎么能免呢!马作家不是成心让我挨批吗?实话告诉你,让我和华所长打前站招待你,不仅是高书记和李镇长的意思,也是县委宣传部侯部长的意思,你不给我们两个面子,一并连书记、镇长的面子也不给,总得给侯部长一个面子吧?"

在机关里,有一批人百事不干,把所有的精力和智慧,都用来跟人周旋。市里那两幢高耸入云的蓝色大楼里,有许许多多这样的人。周副镇长也是这样的人。我根本不是他的对手。

当我随二人走出旅店的时候，九龙超市的老板望着我，意味深长地笑。

　　周副镇长跟我手碰手地说话，华所长走在前面。她直接朝上街去了。这时候，我真不愿意去上街。我害怕姨父看见了。刚走出巷道，进入街口，我就发现姨父坐在他儿子的店门口，神情忧郁，不转眼地盯住我。在他身后，是表哥一家人。那一家人都站着，默默无言地顺着老人的目光。看来，镇领导去兴辉旅社找我吃饭，他们是知道的。镇子就这么大，镇领导一出动，可谓风声四起。那一刻，我觉得自己是多么卑微，我恨不得找个地缝钻下去。我甚至感觉到自己的身体在缩小，小成一只老鼠。但周副镇长没注意到我已变成老鼠，还把我当成体体面面的人，煞有介事地给我描绘回龙镇未来几年将如何绝处逢生的美好蓝图。

　　我晕晕乎乎的，一半是人的思维，一半是鼠的思维，人的思维支撑着我，提醒我要保持起码的尊严，于是我把腰板挺直，索性跟两位领导一起，招摇过市。

　　不知走了多久，来到一家临河的鱼庄前。我在镇上住了这么长时间，从来没发现这个鱼庄。我知道，哪怕我再住一年两年，甚至十年八年，也有许许多多发现不了的东西。

　　奇怪的是，刚走到鱼庄门口，抬头望见那个画满游鱼的匾额，我的喉头就发出钻心的刺痛，用舌根一顶，像有根锐利的鱼刺锥在那里。我想起来了，那是在三个月前，我在成都的某家茶楼会见朋友，那茶楼提供饭食，到中午，我们就在那里吃饭，朋友点了盆水煮鱼，我没吃几片，一根鱼刺就卡在了喉头。我又是喝醋又是吞咽没嚼烂的青菜，可鱼刺既没软化，也没下去，铁了心要在那里安家落户。没办法，我只好去医院，进耳鼻喉科。没想到掏一根鱼刺竟那么贵，先交一百七十块，这只是查找，如果把鱼刺弄出来了，还得另交五十块。那个二十岁出头的女子，往我口里喷麻药，喷了一次，十分钟过去，接着再喷，麻得我嘴里像既无舌头也无牙齿，才开始检查。她让我含住一只塑料管，将一根长长的带探头的钢针从塑料管插进去，她从身旁的电脑上查找"凶手"。老半天都没找到，钢针便越插越深,直到我要呕吐。她把钢针抽出,让我到外面去,吐到垃圾桶里。当我感觉到口腔被挂了一下,就留了心,果然,鱼刺被呕出来了,银白色的,冷冷地放光。

我把它捏在指尖捻了许久,有种前所未有的成就感。

但我并没跟医生说,也没再让她检查。省掉五十块钱,让我那天的心情好极了。

分明把它解决掉了,三个月时间里,我早忘记了它,今天怎么突然又回到了喉咙里?

我明白了,一定是那根鱼刺的魂灵在警告我,或者哀求我,希望我别再吃它的同类。

明白了这层意思,但我还是跟随周副镇长走进了鱼庄。

曾经,我给自己定下一条原则:某种动物,在它活着时我见过,便不吃它的肉;如果我去某处做客,主人专为招待我而杀掉某种动物,也不吃它的肉。我把自己的这条原则四处宣扬,表面上,是让朋友们监督我,骨子里,却是要炫耀:你们看,我对那些可怜的生物是多么怜惜。

我把怜悯心也拿来炫耀了。

今天,没有老熟人在身边,无人知道我的原则,怜悯心也就可以暂时收起来了。

华所长已先一步到达,要了个包间。包间北面,窗户大开,涌进满眼的河水。给人的感觉,鱼庄不是建在陆地上,而是建在河流上的。

老板跟华所长一样,是个年轻漂亮的女子,进来就把周副镇长叫周哥,"周哥"懒洋洋地坐在蓝色翻板椅上,说:"黄焖、水煮、煎炸、菊花,每样都给我上一份,我只提一个要求:必须是从河里捞上来的。这河里的鱼我吃得出味道,要是串了味儿,我找你二妹算账!"那被称为二妹的老板笑开了花,说:"我敢蒙别人,还敢蒙周哥?除非我不想在回龙镇混了!"这句话让周副镇长很受用,一脸严正地说:"知道就好。"又说:"找最好的厨师做啊。"二妹说:"我亲自去做,你该放心了吧?"周副镇长笑了:"我就是这个意思呢。你本来就该亲自去做,你知道我今天请的是谁?"他指向我:

"省里下来的作家,马大作家!"二妹朝我矜持地问好,矜持地点头。

我最感羞愧的事情,就是被人这样介绍。这比"马记者"听上去还叫人别扭。

我是作家吗?一个把内心的原则拿给别人看的作家,一个跟领导一起招摇过市的作家⋯⋯

好在二妹似乎并不知道作家是吃哪碗饭的,知道了也不放在眼里。她只认识"周哥"。

二妹出去的时候,周副镇长再一次吩咐:"鱼要一斤左右的,大了肉粗。"

二妹回头,妩媚一笑:"周哥你把我当成什么人了,未必这个我也不知道?"

用各种烹调法制出的鱼肉被端上桌来。二十分钟前,这些安安静静的生灵,还活着,还在水里悠然游动。

酒也拿上来了,是五粮液。周副镇长和华所长轮番劝饮。华所长很少说话,喝起酒来可了不得。我深感奇怪的是,凡有个一官半职的女性,尤其是漂亮女性,大都特别能喝。

周副镇长本就是个话筒子,酒又是赶话的,几两下去,他就像下山的轮子,再也刹不住。他跟我干了一杯,然后把酒杯重重地蹾在桌面上,问我:"老马,你知道中央台记者来过吗?"

我说知道一些。

他激动得手指颤动,给我描述中央台记者那次来采访的情景。

我这才知道,砸烂摄像机的,就是他。

"有啥尿了不起?"他说,"要打就打,要砸就砸!那两个龟儿子开始还摆谱,你摆谱到别处摆去,到了这块地盘上,哼,叫你留你就留,叫你滚你就滚。大家说话投机,招待你一顿饭;话不投机,你自己掏钱也别想在镇上找到饭吃!"

华所长又站起来敬酒。她大概是看我脸色不好,想把周副镇长拦住。但周副镇长正说到得意处,对华所长的打搅很不耐烦。我跟华所长喝过,他又说开了。倒没什么新鲜话题，翻来覆去都是那么几句。我以为，他是给我一个下马威，但越听越不像。

他不是把我当成对手，而是当成了同盟。

或许，我真是他的同盟……

这顿饭吃了两个多钟头。我晃晃悠悠地从包间出来，一个光着上身脸膛很脏的男人猛然凑到我跟前，说："给支烟抽吧。"周副镇长大喝一声，那男人就打躬作揖地退开了。

我正疑惑，华所长悄声告诉我："是个疯子。"

我把烟摸出来，将余下的半包扔给了他。

7

我舅舅疯后的样子，比那个男人更加不堪。舅舅虽然一年四季都把衣服穿得很规矩，但那身衣服虱子成群，又脏又臭。凡知道他底细的人都说："这是他应该领受的报应。"

舅舅对外婆相当不孝，不孝到了虐待的程度。并非开始就如此，这一切都发生在我母亲谢世之后。我母亲死的时候，外婆还很强健，我记得，她穿着青布长衫，来到我们家，为我们家割牛草。她独自走进山林，一边割草，一边哭她死去的女儿，没满两个月，眼睛就哭瞎了。瞎了眼睛的外婆要求回去，我父亲说："这咋行啦？你来的时候眼睛好好的，现在变成了一抹黑，却把你送回去，我怎么给文全（我舅舅的名字）交代？你就住在我这里吧，我为你养老。"可不管怎样劝说，外婆都不听。她以为自己来日无多了，心想自己又不是没有儿子，如果死在女婿家，成何体统。父亲只好牵着外婆，一步一滑地下山去。外婆住在清溪河对面，过了河，还要上山，直到海拔八百米的关门岩。那边的山路，全是父亲背着她走的。

父亲背着他的岳母，感觉她是那样沉重。

其实外婆就是一个小老太婆，小得像父亲背上一个青色的疙瘩，然而，白发人送黑发人，让她心里蓄了那么多泪水，那么多悲伤，泪水和悲伤比石头还沉。

舅舅听说外婆瞎了眼睛,还不信,蹲下身,掰开外婆的眼睛看,掰了左眼又掰右眼。这动作相当恶劣,我父亲当场就感觉到了,但是,父亲也像丢掉了一个包袱。毕竟,人都送回来了,你总不可能又叫我背回去;再说,她又不是为我干活儿时被枝丫棍棒戳瞎的,而是怄她女儿怄瞎的。舅舅并没叫我父亲把外婆背回去,只说:"放到那间屋里,让她睡,说不定睡一觉她的眼睛就好了。"

父亲当时没有领会舅舅的意思,他不知道舅舅是要把外婆分出去,让她单门独户地过日子。

这事情过了很久我们才听说。不过在我们听说的时候,外婆真的过起日子来了。她不仅没像自己以为的那样不久于人世,而是又活了将近十年。那双眼睛早已不见寸光,但她的心是亮的,她跟岁月赌气,挣扎着也要活得长久一些,把亲人没有活够的岁数都活出来。她摸摸索索地在田地和家之间往返,自己种庄稼,每年还喂一头猪。她往家里提水,往地里送粪,在路上摔了跟斗,水淋一身,粪淋一身,舅舅都视而不见。父亲有时候要去帮她,但只在农忙时节,去个一天半天的就回来,而且每次回来,都脸青面黑,气鼓气胀,像跟谁吵过架。后来,当我的骨节长硬了,他就不亲自去,而是指派我去。我们那里的季候,刚好在暑假收割稻谷,我也正好有帮外婆的时间。去第一次,我就知道父亲为什么脸青面黑的了。那都是因为舅舅。我在外婆的田地里忙多久,舅舅就站在田埂上骂多久。他首先骂小姨,接着骂我母亲,他说我母亲的天良被狗吃了,所以才那么早就死。谁不想多活呢,哪怕活得猪狗不如,也希望多看看世景,母亲的早死,本就是哀痛,作为死者的哥哥,还这样骂她。舅舅又说我母亲早死肯定是有意图的,是想把钱留给我和父亲用。哪来的钱?我每年的书费学费,都让父亲眉毛愁出虮子,舅舅的话是什么意思?骂完了母亲,又骂外婆,他说外婆是黑心肺,眼里只有女儿,结果落得什么好,女儿除了刺瞎她的眼睛,还给了她啥!

最后,舅舅作了总结:"全都死了才好!"

外婆都是跟我一同干活儿的,不管舅舅怎样骂,她都像石头一样静默无声。

那时候,大姨也已去世,外婆的女儿,只剩一个小姨了,舅舅却还在这样咒她。

到外婆去世的前半年,她再也熬不住了。风湿让她瘫痪在床。舅舅给她送饭。舅舅真像喂狗一样,在外婆的床头放一口破碗,每顿饭自己吃过,再把冷的硬的,刮在那破碗里。那只碗从没洗过。外婆的衣被,舅舅和舅妈自然也从不给她换洗。瘫痪之初,外婆还能硬撑着下床,把屎尿屙在便桶里,后来就不行了,只好往床上摆了。她本是个极爱干净的人,这种生活让她痛苦不堪,想死,却找不到死的办法,即便递给她一把刀,她似乎也没有了将自己了结的力气。

那年春节前,父亲对我说:"你去看看你外婆。今年下了几场雪,你外婆肯定冷,你把这床毛毯给她送去。"

父亲说的毛毯,是母亲出嫁时带过来的,这么多年过去,虽没朽烂,却只剩一张柔软的皮。不过外婆一定是需要的。她大概怎么也想不到,自己给女儿置办的嫁妆,在女儿死去若干年后又回到了她的手里。只是,外婆还能从毛毯上摸出女儿早已冷却的体温吗?

我不仅带了毛毯去,还带了十个煮熟的鸡蛋。

外婆睡的那间屋,半明半暗。屋里的臭味被寒气凝结,也跟光线一样,半明半暗。我站在门外,往床上瞅老半天,可就是没看见外婆。我只看见一堆烂棉絮,胡乱地傍墙卷立。她不是瘫痪了吗,会到哪里去?我轻轻地叫了一声:"外婆。"那床烂棉絮动了一下,接着像受到惊吓似的,尖着嗓子叫:"三儿哪?是我三儿来哪?"原来,那不是烂棉絮,而是披着烂棉絮的外婆。我心里充满恐惧,慢慢朝床边挪,外婆叫得越急,我越慢。当外婆伸出黢黑的枯手抓住我,一串追一串的泪水落在那只手上,我才知道自己流了泪。

外婆竟没感觉到我的泪水,也来不及问别的,只说:"三儿,我饿。"

她床头的那只破碗里,已积下一层灰。看来,舅舅已好几天没给外婆送饭了。

我急忙摸出焐在荷包里的鸡蛋,剥开给外婆吃。我把蛋壳在床沿上敲开,才剥下一点点,就被她胡乱挥舞的手摸到了,她一把抓过去,直往嘴里塞。

她一口气吃了七个鸡蛋。

我回来没几天,外婆就死了。

要不是有多人作证,无人会相信外婆是那样死的:那个漆黑的夜晚,鸡叫过两遍,村庄早已进入梦乡,可突然之间,猪圈巷子里传出大声的呼喊:"六妹!六妹!"院里许多人都被喊醒了,吓得直往被窝里钻。因为大家都听出来了,这是那个瘫痪的老太婆在喊。外婆的嗓子本来就尖细,越到老年越如此,细得如一根绷直的钢丝。她胸脯以下的部位,早就失去了知觉,怎么会深更半夜地跑到了巷道里?单凭她那双手,是不可能"走"来的,只说翻过她家那道盈尺高的门槛,就无能为力。她已经几个月没下过床了,未必是她的魂跑了,是她的魂在叫?叫得那么凄恻,那么绝望。不过,叫过那两声,就再无动静了。山村的夜沉寂着,沉到深不见底的潭中。其中一个邻居,到底觉得不可思议,同时也对我外婆不放心,拿着手电筒出来看。

巷道里,不是外婆的魂,而是她的躯体。

邻居走到舅舅的家门口,大呼小叫。舅舅起来了,院里许多人都起来了。

舅舅骂了两声,走到外婆身边,手放在她鼻子上,发现没气,才知道她已经死了。

我们那一带的风俗,人死后要在家里停放几天,供各路亲友悼念,之后由阴阳先生看定发丧安埋的日期。安埋的前一夜,要耍狮子、拜塔、绕棺,并大办宴席,这叫"办夜";亲友前去吊丧,这叫"坐夜"。

给外婆办夜的那天,舅舅跟小姨和姨父打了起来。

那时候的乡村,没有电话,遇到红白喜事,都是派专人去通知远近亲友。但舅舅却没派人去通知小姨,我们家他都派人来了,偏偏就没派人去小姨家。幸亏外婆死的第三天,是回龙镇的赶场日子,舅舅的邻居去场上卖米,碰到端着药碗站在街心跟人闲聊的小姨,那人就跟小姨说笑:"六姑,你这个女儿才当得好呢,未必你硬要等到办夜的那天才去?"小姨很迷惑:"给谁办夜?"那人更迷惑:"给你妈呀!都在堂里停三天了,明天办夜,后天就该出去了,未必你不晓得?"小姨手里的药碗,喔啷一声掉到地上,碎成碴。那人又把外婆死前的情景告诉了小姨,说:"一个快咽气的人,谁也没叫,只叫了六姑你的名字,可见你才是她心头的肉啊。"小姨愣了片刻,便在街心号哭起来。但她赌气没立即去关门岩,而是等到次日天快黑的时候才去了。姨父的肩上扛着一根长长的竹竿,走到外婆倒下的巷道,他把鞭炮从包里取出,缠在竹竿上,然后又扛上肩,让小姨划火柴点着后,姨父便炸天炸地地登上石梯,往院坝里走。可没走几步,竹竿上的鞭炮就被抢走了多半,是那些想拿鞭炮玩的孩子抢的。因为舅舅不给放信儿,姨父的火气本就快撑破肚皮,现在终于找到出气口,于是挥舞竹竿,朝那些孩子又戳又打。山里的孩子都像猴一样灵巧,姨父没戳到一个,也没打到一个,怒气越发强旺,跺着脚,跳天跳地地臭骂。他不仅骂那些孩子,还骂所有关门岩的人。

当时有敲锣的、打鼓的、吹唢呐的、去灵前哭丧的,还有几百号坐夜的,坐在安放于院坝里的席桌边等饭吃,饭还没上来,就东拉西扯地说话。听姨父这一骂,一切声音都哑了。姨父站到院坝中央,手指前方,身体旋转一周,抻着脖子嚷:"你们关门岩的人,都是强盗鸡巴日出来的!"

关门岩的人被骂烧了心,但都没发话,只把恼怒的目光盯着舅舅。

大家也都知道,姨父其实是在骂舅舅。

舅舅终于出面了。他早就想出面,只是热孝在身,怕吵起来逗人耻笑。但他又想,这架迟早是要吵的,既然王天寿成心前来搅局,在众人面前给了他吵架的理,不如现在就吵个痛快。于是他从人群中站出来,向前一蹿。谁知头上拖及脚踝的孝麻缠住了桌腿,他没戴孝帽,麻丝是系在头发上的,差点儿把那撮头发挣下来,这让他痛得钻心。这一痛,促使他省略了吵架的程序,直接就动了手。他没打姨父,只一耳光扇在小姨的脸上。按理,他是当哥的,扇妹妹一耳光也算不上违礼,可问题是,小姨早就不认他这个哥了。她回了一耳光,比舅舅的那一耳光声音更响。这时候的小姨,像头暴怒的母狮,一点也看不出她是个药罐子。舅舅抓住了小姨的头发,姨父又抓住了舅舅的头发,三人几乎同时倒地,扭打在一起。

是父亲吆三喝六地喊几个人,硬生生地把他们拆开的。

小姨一家给外婆发完丧,早饭都没吃就走了。

可奇怪的是,这之后,舅舅还常常往小姨家跑,每去一次,都吵一架。我父亲听说后,觉得太不成体统,就去关门岩约舅舅,想让他跟自己一道,去小姨家,他好从中调停。舅舅见他来,说:"我正准备去找你呢!"父亲高高兴兴的,以为舅舅跟他有一样的心思。舅舅拖着他就走,哪知道不是往小姨家,而是走到远离村庄的地方。那地方有一条被茂密的杂草遮没的大沟,位于山阴,潮湿而隐蔽,重重叠叠的毒蛇常在此盘踞;又因为毒蛇的缘故,村里人都不到这里来。舅舅把我父亲摁在一块露出草梢的石头上坐了,双手剪在背后,把腰躬下来,问父亲话。

舅舅那时候的眼光,是嶙峋的,犀利的,能钻骨头的。

可他问的话父亲怎么也想不过来。

他问:"中成,六妹没给你们说过?"

"说啥?"

"她没给你们说过什么话?"

父亲说没有啊。

"当真没说过?"

父亲想了想:"话当然是说过的,但都是不咸不淡的话,谁记得清?"

舅舅咧了咧嘴,硬邦邦地说:"你骗我!"

紧接着又说:"五妹是假死!"

父亲感到毛骨悚然,说:"她死的时候,我还没来得及割大料(棺材),是你把为自己准备的大料借给她的,过了四五年我才买来还你,未必你忘了?你没有她高,把她腿折断了才蜷进去,你当时也在帮忙折她的腿,你也记不得了?大料上的长命钉,也是你递洋锤钉上去的,这能是假死不成？"

舅舅冷笑不止。

那时候他就显出疯的迹象了，只不过到了后来，肥料紧缺，他不得已去找小姨，以为小姨无论如何会叫姨父卖给他几包，结果他连姨父的面也没见着，就被小姨几句话打发了。而且听小姨那意思，即便舅舅像别人那样，给她家送木料、腊肉什么的，她照样不把肥料卖给他！

诸般往事涌上心头，舅舅急火攻心，终于成了真正的疯子。

8

晴了一天一夜，天就阴下来，到早上又下雨。这时候我正在清溪河边，雨点洒在河面，轻柔得像是抚摸。汲沙船上那些熟识的工人，大声吆喝我，叫我上船躲雨。雨并不大，没必要躲，而且很快就停下了。河水如初，滚滚西流。

清溪河距长江的直线距离，不过百十公里，但源头的张家岩和黑山岭，形成东西之界，将清溪河无情阻隔，使之不能尽快扑到母亲河的怀抱，而是眼睁睁地看着长江浩浩东去，自己却不得不逆向而行，距长江越来越远，历经千山万壑，曲曲折折，绕了一大圈才在重庆境内汇入长江。极目望去，河在山弯里找出路，类同一段一段的湖泊，几百米外，视线就被大山斩断，再也望不见河水的影儿了。望不见就类同于不存在，如同刚才那些雨水，落在岸边的，留下湿印，而落在水中的，就完全消失，消失得那样彻底，舀一瓢起来，世间最精密的仪器，也分不出谁是固有的河水，谁又是刚落下的雨水。它们的血在一起，骨也在一起。人，也是这样彼此消失的吗？

我没想到姨父会来。他站在我身后，手里拿着两把合起来的雨伞。

他似乎是准备悄悄离去的，见我发现了他，他显出很不好意思的样子，说："我看下雨了，给你送伞来，结果雨又停了。"

说真的，姨父给我送伞来，我虽然感动，却并不特别入心。我现在等的是表哥的态度。他见了我就像见到仇人。即便他看出了我给姨父送礼，礼到人不到，是表达我内心的轻蔑，但毕竟，我把面子上的事情做了，而且那年我采访王维舟的故居时，也做了顺路的人情，去看过姨父和小姨，可是他，我的表哥，自从我母亲去世后，就跟他家里所有人一起，彻底扔掉了去我们家的那条路。据我父亲说，他并非没到过马家寨——那时候，他还没开饮食店，而是卖杂货，镇上的生意实在难做，他便跟几个乡邻一道，去马家寨倒卖黄牛——有一次还到了我们院坝里，但没进屋，父亲请他进屋坐，他说忙，下回再来。他的"下回"，就是永远也不来了。

姨父笑着问我："你天天往河边跑，未必河边埋着金元宝？"

一句话，让我心里一颤。

我下死力地盯了姨父一眼，发现他并没有特别的表情。

我说："姨父你回去吧，我还要在河边坐一会儿。"

"都快到中午了……"

我看了看手机上的时间，还早呢，才十点多。

姨父并没离开，交换了一下支撑腿，像很为难似的，说："你哥让我来喊你，他有话跟你说。"

今天又不是赶场天，表哥那店子根本就没什么生意，有话跟我说，为啥自己不来叫我，而是支老人来？再说，我在回龙镇又不是住一天半天，有话可以到我住的旅店去说，为什么非要现在说？

但我还是跟着姨父去了。

表嫂跟她女儿站在店门口，见了我，表嫂说："三弟呀，那天是你到我这里吃面的吧？好多年没见过了，认不出来了，还收了你的钱，真不好意思。"

我说："我吃了面，当然要交钱，天经地义，有啥不好意思的？"

表嫂便不搭腔，脸朝里叫表哥。

回龙街上的店子，格局都差不多，外面是店，里面是家，普通人家，火房在里面，卧室也在里面。表哥跟姨父并没分门立户，三层楼房，姨父住了顶层，另两层都是表哥的，因此他把二楼做了卧室，底楼只当火房用，显得宽敞、整洁。后面还有个天井,只是常年雨淋水浸,上面生满了青苔,而且许多块石板都有损坏,缺二缺三的。天井旁边,是家里唯一的厕所。

这是我第一次进到里面来,有种古怪的新奇感。

表哥神情僵硬,递上一支烟说:"士别三日,刮目相看,老三现在混成大人物了。"

他说话的语气,是我相当排斥的。我的口气跟他的神情一样僵硬:"姨父说,你有话跟我讲。"

"有啥话呢,不过是兄弟之间叙叙感情。刚才我碰到张从珍(兴辉旅社的张姨),她说你过了明天就走,我怕碰不到你,才叫爸爸去叫你的。"

我给张姨交了一个月的房钱,而且告诉过她,一个月后我就离开。算起来,真是后天就到期了。

表哥又说:"听说书记和镇长在县里开会,他们回来也要请你,你总要等他们请了你再走啊。倒不是等他们那顿饭,只是他们不请你,心就放不到肚子里去。又是克扣救济粮,又是乱搞工程、乱挖河道,听说有些领导还放高利贷呢,桩桩件件,都是黑心钱。别看回龙镇现在是一条无人问津的死龙,可越是这样的地方,当官的越敢胡作非为,也就越有搞头。你一来,他们都怕了。你这么让他们害怕,究竟写了些啥玩意儿,也拿来让我们开开眼啦,我们再没文化,总还认识几个字嘛。"

这一刻,我真有些无地自容。当记者的时候,我的主要任务是为领导们歌功颂德,他们召开什么会议了,发表什么讲话了,去福利院关心孤寡老人的生活起居了,深入田间地头过问农民的收成了,下到矿井检查安全设施了……这些事,本都是领导们应该做的,我的措辞却竭尽所能地突出他们非凡的辛劳,显示他们是何等的亲民,何等的高尚和伟大。现在当了作家,我也只专注于跟人生没有正面冲突的物事,对小人物现实的困境以及社会的伤疤,总是尽量回避的。我的理由冠冕堂皇:写这些东西,不够文学。可怜的文学……作为作家,我并不比别人多出二两骨头,有哪一点值得别人去害怕?如果不是省委宣传部给黄部长打了电话,黄部长又给县里的什么侯部长打了电话,周副镇长的那顿饭会请到我的头

211

上来吗？

我连张姨那个当教师的女儿也不如。

但我不想在表哥面前输了志气，说："他们知道害怕，证明还有救。"

表哥说："你这么厉害，帮我办点事情吧。"

我问什么事。

"听说滨河路要重修。另外，东边那条河汊对岸，是一个岛，叫江心岛，你肯定也是知道的，以前岛上住着农户，马上要把他们迁出来，在上面修游乐场，吸引县城人来休闲。这两项工程都不小，能搞到一大笔钱，你能帮我揽下一个吗？"

我硬着头皮说："我只能帮你通融一下，能不能办到，我不敢打包票。"

表哥却冷笑一声："算了，跟你开玩笑的。别说你根本不想帮这个忙，就是帮了，我哪里去找底金？我们做点抠鼻屎的小本生意，只够养家糊口，哪像你们这些贵人哪！俗话说，贵人行而风雨动，自从你到了回龙镇，回龙镇不总是下雨吗？"

他是在奚落我。他找我来，没有别的话想说，就是想奚落我。我至今连房子也没买上，老父亲还住在老家，那栋好几十年前建的木板房，到处穿眼漏风，他既然到过我们院子，虽没进屋，但那房子的模样，他应该是看见的。

我气得差一点就把我所知道的秘密，全部抖搂出来了。

可抖搂出来又有什么意义呢？小姨都已经死了！

我起身离去。姨父拉住我，非要留我吃饭。我生硬地挣脱姨父的手，走了。

姨父追出来，再次把我拉住。他毕竟是纤夫出身，虽上了年纪，力气还埋在骨头里，好像他的骨头也被河水经年累月地浸泡和磋磨过，比卵石还硬。我被他拉到一间闭着卷帘门的五金店前，他细声说："三儿，你跟你表哥见气了？他没有恶意，他是因为你小姨的死，心里有了疙瘩。"

"我妈死几十年了，我心里也有疙瘩。"

"是呀，"姨父说，"你妈那人，死得太早了，太可惜了。可你知道……你小姨是怎么搭病的吗？"

"我不知道。小姨不是一直病着吗？"

"我不是这意思。你小姨虽一直病着，但要不是半年出的那件事，她就不会病得那么厉害，也不会那么快就死。半年前，她被一只老鼠咬了，是一只尾巴上没长毛的小老鼠。"

姨父见我迷惑，怀着难言的歉意提醒我："你妈死的时候，你还小，不知道你听说过没有，她落气前，大吼了一声：'我来世变成老鼠，也要咬她一口！'当时没有谁明白她是在对谁发狠，你小姨被老鼠咬后，我们才知道你妈那句话是对你小姨说的。"姨父笑了一下，接着说："这些事，都指不出个道理，我也不相信，你表哥也并不是一定相信，但你表哥那人，跟你小姨一样，是口缸子，好的歹的，都往心里装。再说你小姨受了那么大的苦，让你表哥伤了心。别看是只小老鼠，毒性可大了，只在脚背上咬出一个血印子，那脚就肿了起来，紧跟着全身都肿，肿得轻轻一按，按出的坑里就能装下一碗水。你小姨后来眨一下眼皮也难。"

我心里充满酸楚。按姨父的说法，这么多年了，我母亲才转世，而且转世为一只老鼠。

还是光尾巴的小老鼠。

但我绝不相信表哥是因为这件事心里有了疙瘩，否则，那年他到了我们院坝，为什么也不进我家里坐一坐？

他定跟姨父一样，不仅知道那个秘密，还早就是那个秘密的拥有者。

他们都在伪装！

姨父还要说什么话，我迅速转身离去了。

9

我读高三那年，除夕的前两天，我独自下山，去关门岩给外婆上坟。山脚有一个涵洞——我们叫这地方凉桥，因为这里山势如棚，终年不见阳光——将山间的洪水引入清溪河。洪水不生,涵洞底下就是干的,但船家对这地方都非常畏惧。不止一个人说,夜里把船泊在涵洞外的河面上,会遇到巨鬼——浑身湿漉漉的、山一样高的水鬼,一脚朝你船上跨来,要是身手笨拙,不能将船及时拨开,它就把船踩沉,沉入河底,再挖心剖肝地吃你。我们村有个人曾经做过两年的水手,他说有一回他跟伙计把船泊在这段河面上,那天的月亮大如磨盘,冰一样的月光把山川照得冷飕飕地明亮着,连水上细小的波纹也看得清楚。他是个不信邪的,主动叫伙计去船篷里睡,他就坐在船尖上一支接一支地抽烟,守候那传说中的水鬼。到半夜,两包烟抽完了,人也困了,并不见水鬼现身,心想那些家伙都是危言耸听。他站起身,准备进船篷睡觉,可就在起身的瞬间,发现身边伸出一只巨大的、长满金色长毛的红手!那只手从水下伸出,红得滴血。他惨叫一声,晕死过去。伙计怎样被闹醒,他又怎样逃离了那只红手,他全然不知。

这样的故事听多了,不管大人小孩,都怕单独从凉桥上过。我也怕。可越是心虚,鬼越欺你。我提着一颗心,还没走过涵洞上的石板桥,桥底下就突然冒出一个鬼来!

这鬼很矮小,枯瘦如柴,显然是好久没吃过人肉的。

我手里带着雨伞,大叫一声的同时,将伞尖对着那鬼。

那鬼站着不动,愣愣的,随后咧开嘴朝我笑,并且说话了:"三儿,我是你舅舅啊。"

是的,那真是舅舅。

我把伞尖倒下去,哭了。

也不知是被吓哭的,还是舅舅的样子让我想流泪。

舅舅疯了,我早已听说。父亲告诉我,舅舅在家里乱骂人,乱砸东西,因此舅妈把他撵了,他没地方住,就去外婆的坟边搭了个窝棚,在那窝棚里过日子;没东西可吃,就去任何一家的田地里偷菜,不管偷到什么,都是生吃,甚至偷到小猪,也生吞活剥。关门岩的人认为,舅舅已经不是人,而是草寇(传说中由死人变成的凶猛动物),草寇不仅要吃小猪,还要吃

214

人的,就跟我舅妈商量,说留下他,是灾祸,即使不弄死他,也必须将他赶出关门岩。舅妈心痛,不答应,等那些人离开,她再去外婆的坟边看舅舅。她只看了一眼,转身就跑:舅舅那时候正在吃一只田鼠,那只田鼠还是活的,吱吱叫唤,他就从屁股上开始啃,啃得满嘴的毛。她回去对村里主事的人说:"撵吧,赶快撵!"这样,舅舅被赶出了村子。可是他的根在那里,他想回去,但只要他一出现,不管是谁,都唆使恶狗扑他,捡起石头扔他。他不敢回去了,沿着清溪河,四处流浪。

我听说了这些事,但自他疯后,我还是第一次看见他。

我的伞尖虽是倒下的,泪水也流得眼前一片模糊,但身体如钢条一样绷紧。我怕他扑上来吃我。

舅舅没有扑上来,他站在那里,眼神很伤感。

天底下最快乐的人就是疯子,既然舅舅是疯子,他怎么会伤感?

而且,他认识我是三儿,还知道他是我舅舅。他说话的口齿虽然不清,但意思是清晰的。

我把泪水抹去,说:"舅舅,你退后几步。"

他嘿嘿地笑了。他笑起来的样子真可怕,由于瘦,嘴一咧开,我就看见满口长长的牙齿。在我的印象中,舅舅的牙齿没有这么长,看来是吃生肉让牙齿得到了进化。他边笑,边打着趔趄往后退,眼睛根本不朝后看一眼。我喊他停,他却笑得更加欢实,退得也更快。再多退几步,他就会栽到乱石如削的河沟里,我几步抢上去,抱住了他。

我抱住的不是一个人,而是一把枯骨。他穿着单衣,骨头把我的手硌得生疼。

我扶他坐在地上的草丛中,把熟鸡蛋摸出来剥开让他吃。这鸡蛋本是去孝敬外婆的。我打算给外婆烧纸的时候,将十个熟鸡蛋放在她的坟前。没想到在半途中,被外婆的儿子吃了。

舅舅的动作跟外婆一模一样,我刚剥下一点壳,他就一把抢过去,连壳带肉地往口里塞。他吃了五个,还要吃,但我不再给他了。我得给外婆留下一半。

开始,他精气神十足,五个鸡蛋一下肚,就搂着膝盖打盹。

不过两分钟时间,他醒过来,见我在身边,吓得一蹦。我摁住他说,舅舅,是我。

他目光锐利地打量我,打量的时间比他打盹的时间还长,然后大声说:"你不是三儿吗?你啥时候来我家的?"我说刚来。他说好,你来得正好,我正有事情对你说。

然后他的嘴朝我耳边凑。我往一边躲避。我躲多远,他凑多远。在我无法躲避,惊恐万状,生怕他一口将我耳朵咬掉的时候,我听到他说:"三儿,前一阵,我去你们家房前屋后挖了,没找到那个罐子。"

听到这句话,我比刚见到他时还要恐怖。罐子?什么罐子?

我们家的房前屋后,的确被挖过!那是两个月前,父亲到学校看我,很神秘地谈到这件事情。他说,他有天早上起来,发现屋后阴沟边的空地上,凭空出现两个深达一米的洞。他开始以为是野狗刨的,他曾在那空地上埋过一只被毒死的猫,可埋猫的位置,与两个洞的位置至少相差四米远,凭野狗的嗅觉能力,绝不会出现这么大的偏差。父亲疑惑着,把两个洞填了。可又一天,他也是天麻麻亮就起来,拿着弯刀去后山砍柴,从空地边的小路经过时,见又有了洞!这回不是两个,是四个,而且肯定是昨天夜里才挖开的,昨天天快黑的时候,他还打开后门,朝空地上泼过一盆脏水,那时候都平平整整的。父亲觉得事情严重了。他猜想,很可能是村里不怀好意的家伙故意破坏我们家的风水。几年前,村里来了个地理先生,那地理先生说,整个马家寨,就数我们家的风水旺,村里人当时恍然大悟:"哦,难怪三儿的成绩那么好!"此刻,父亲狠狠地暗骂,并多了个心眼儿,趁村民都没起床,他又把洞填了。那天夜里,父亲一夜未睡,跪在母亲死去的那张床上,启开格子木窗,盯住外面。他手里拿着根长长的钢钎,他想的是,只要那人一出现,就把钢钎捅过去,捅到哪里算哪里。

可那人没有出现。

好几天过去,都相安无事。

父亲没捅到那个人,愤愤不平,想把这事骂出来,又觉得没抓到现行,骂出来也没啥意思。知道的,说你骂得有理;不知道的,说你还真把地理先生的话当回事了。你儿子现在成绩好,难保一年半载后成绩还好;再说了,既然你们家占了风水,为啥只得了三儿这根独苗?三儿上头的两个姐姐,都没活到满月!你老婆也死那么早呢,而且死得那么不堪呢!想到这里,父亲觉得还是隐忍的好。我两个姐姐的死,是父亲的痛;而母亲的死,则是他的心病。他不明白母亲为什么会以那样的方式死去。

我母亲去世后五年,父亲又起了一间房。虽然我的成绩一向出众,但父亲对生活不抱奢望,他要趁自己年轻的时候,给我准备一间房,没有房,抹了满嘴蜜糖的媒人,也无法把媳妇哄进屋的。老房在院坝以里,靠山,新房在院坝以外,向河,房外堡坎底下,也有二十来平方米的一块地,只不过那块地上种着一棵核桃树。因为不远处是一个碾盘,村里人经常拉牛来碾米,米碾结束,往口袋里装的时候,总是把牛拴在那棵核桃树上,牛累了一阵,这时候清闲下来,免不了舒舒坦坦地拉屎拉尿,把这片土养得肥肥壮壮,核桃树也便长得飞快。我们都吃过两季核桃了。

然而,这天清早,父亲去新房的外墙上取蓑衣,眼睛无意地往堡坎底下一溜,却看到那棵核桃树被连根拔起!从树头上挖出的土,堆成了小山。不仅如此,地上还有三个洞,几乎摆成了规整的三角形。父亲再也忍不下去了,暴怒的咒骂声,响彻清晨的村庄,引得群狗狂吠。

父亲做梦也想不到,这竟是舅舅干的事!

我说:"舅舅,你找什么罐子?"

"证明你小姨说了假话!"

"我问你找什么罐子?"

他望着我,眼神发直。这眼神让我看到了父亲握在手里的钢钎。

"那死鬼曾经做过军阀刘湘的卫队连长,在成都府抢过一个资本家,他本人抢到一罐金子——只是表面有几根银条,下面全是金砖,火柴盒那么大。那死鬼没把金罐交给刘湘,私藏起来了,被枪毙前,他交给了另一个死鬼。另一个死鬼怕被搜出来,交给第三个死鬼,让她出嫁时带走。第三个死鬼不敢带走,再交给第四个死鬼。第四个死鬼出嫁时带走了,但她说还给了第三个死鬼。第三个死鬼不承认，宁愿死都不承认。"

说到这里，舅舅起身朝着河面，干笑几声，再把两只手掌轮在嘴上，高声呼喊："一群死鬼！"

野山野河里，先是嗡嗡两声，接着像抽鞭子一样，把声音还回来。

舅舅像被声音抽中了，显出受伤而疲惫的样子。

在他的这"一群死鬼"里，我慢慢理出了头绪：

第一个指外公，第二个指外婆，第三个指我母亲，第四个，就是指小姨了。

不过，疯子的话能信吗？

但问题是，母亲死前，我曾听她跟小姨谈到过"金砖""银条"之类的话，而且在那之后不久，母亲就吐血而亡。由此推断，舅舅人是疯子，话却不疯。

小姨说把金子还给了我母亲，这是不可能的，因为我回忆起来了，小姨去我们家的那天夜里，她接连说了几声"丢了"，母亲才跟她吵起来的。而且，我从没听母亲说起过，父亲肯定也没有，否则，别人深更半夜在我们家房前屋后挖洞，父亲不会表现得那样理智，那样漫不经心。

我说，舅舅，你坐下来，我再问你些事。

可是他像有人追赶似的，一转身就朝涵洞那边跑去了。没跑多远，他跳到了小路之下。

那下面是枯萎之后却不减密度的芦苇丛。我只看见芦苇丛一路晃荡过去。

我脱下外套，放入涵洞底下。如果舅舅晚上来这里过夜，可用它御寒。

10

周副镇长也听说我要走了，第二天一早，他就到旅社来了。那时候我还没起床，但半小时前，我蒙蒙眬眬听到了楼下开大门的声音，顺便也就起来小解，回房后，我拉开窗帘朝下一望，见傻子独坐在熹微的晨光里。

现在,张姨也起床了,周副镇长在楼下咋咋呼呼地跟张姨说话。没说几句,他上来了,脚步踩得地动山摇。刚上三楼的楼梯口,他就扯着嗓子喊:"老马,马作家!"

我只得起来。不知张姨是否跟来,也不知华所长是否和他在一起,不敢立即开门。周副镇长就不停地擂门:"老马,咋不开呀,里面藏了人啦?"我把裤子提上,边系皮带边把门打开。他一步跨进来,当真朝我被窝里瞅。我递烟给他,跟请我吃鱼那天一样,他下意识地看了看烟盒,说:"到这块地盘上来了,就抽我的,怎么能抽你的呢?"他抽的红河 V8,而我抽的,却是硬壳云烟。

把烟点上,周副镇长鼻孔里喷着烟雾说:"听说你明天就走?"

我说是这样计划的。

"不行不行!"他夸张地挥着手臂,"无论如何,你都必须再住两天,等高书记和李镇长回来再说下文。他们明天就回来。本来昨天就该回来的,可是……"他把声音放低了,"市里来了个检查组,要跟县里一起,到各乡镇检查各项措施的落实情况,高书记和李镇长把该做的准备工作给我布置下来,他们就留在县里等候检查组的人。"

我说:"既然上级来检查,我就更不能留在这里给你们添麻烦了。"

"不妨事不妨事,他们又不会首先检查回龙镇。"

"不先检查回龙镇,高书记和李镇长等什么?"

周副镇长意味深长地笑了一下:"在县城请他们吃喝玩乐啊,人家来回龙镇,吃的喝的倒还勉强能对付,却没什么玩的。老马你来这么久,找到什么好玩的吗?不可能找到。镇子就这么大,转来转去,不是碰鼻子就是碰眼睛的熟人,谁敢怎样?外面那些小姐,也不可能跑到回龙镇来,来干吗?连个夜总会也没有,像样的宾馆也没有,来了在哪里落脚?"

我不知道怎样接腔。周副镇长又说:"不过,再过两年就好了,等江心岛开发出来,该有的都会有,你老马再来回龙镇采风,就不会像现在这样受苦了。"

说罢他哈哈大笑。我也笑。

我想了想说："不对呀,今天是星期五,明天是周末,高书记和李镇长的家不是都在县城吗? 他们恐怕最早也要后天晚上才能回来吧? "

"哪里呀,明天他们必须回来。马大作家在这里,还顾什么家? "

这时候,张姨上来了,她是给我提开水瓶来的。

周副镇长立刻把脸放严正了, 对张姨说:"老马的旅馆费你别收啊,由镇政府来结账啊。"

我忙说:"谢谢周镇长关心,我已经交了。"

"你不可能把明天的也交了吧? "

"明天的还没有,我自己交就是。"

"那怎么行! "周副镇长看着张姨,"明天的你不能收,以前交的,也得退给他,知道了吗? "

张姨细声说:"知道了。"

然后周副镇长说:"老马,那我就走了,我还要去忙那头的事。"

他下楼之后,我把明天的二十块钱递给张姨。

她想收,又不敢收,说:"叫我不收你的呢,我还要把以前收的退给你呢。"

"退啥呀退,收下。你退给我,他们又不会给你。"

我把二十块钱塞进了张姨围裙的口袋里。

"万一他们问呢? "张姨说。

"你就说退给我了。只是,我离开后,你别忘了把九龙超市那条烟还给老板。"

"忘不了,你放心。小马你真是个好人。"

朝外走了两步,她又回过身,迟疑片刻,说:"小马,你到你姨父家去过吗? "

我唔唔唔的,含糊其词。

张姨沉下眼帘:"那回你姨父说你去过他家,我一听就是假的。"

我不言声。

然后她旧话重提:"你是不是跟你小姨家有过节儿? 你为啥不认你姨

父？其实……他也怪可怜的。"

我说，认啊，怎么不认？不认我为什么给他买礼品？

"这倒也是。"

她低头这么咕哝一声，走了。

高书记和李镇长果然回来了。早上不到八点钟，我去码头看船来船往，还有老远，就见周副镇长站在那里。我不想跟他碰面，便没下到码头上去，而是沿着一条陡直的小路向上行。这条路基本上被废弃了，无人再走，两旁栎树成林。我坐在路中央，一边抽烟，一边透过树的缝隙观察码头上的景象。没过多久，一艘白色快艇从县城方向呼啸而来，犁出的水山撞得别的船只东摇西晃。快艇靠岸，周副镇长立即迎上前去。从快艇上下来两个人，一胖一瘦，每人提着一个黑色公文包。周副镇长先去接瘦子的包，我由此判断这是高书记，高书记看也没看周副镇长一眼，自然而然地把包给了他；随后周副镇长去接胖子也就是李镇长的包，李镇长推辞了一下，也给了。

三人一同登上码头的石梯，书记在前，镇长居中，副镇长殿后。

上了石梯，周副镇长赶前来，去开车门。我开始竟没注意到上面停着一辆车，是辆黑色别克。

车开走了。

它一启动就会停下的，因为码头至镇政府的大门口，只几百米远。

快到中午的时候，我回到了旅社。怕人家打电话我接不到，我还特意检查了自己的手机，调到了最大音量。但十二点没打，下午一点、两点，都没有打，也没有人来找我。

到下午两点半过，我才下定决心出了门。

我早就说到河的那一面去看看，一直没去，何不趁这最后半天过去走走？

那一边原也是一个镇子，叫阳关镇，区级撤销之后，回龙镇都已败落，阳关镇就更没有存在的必要了，于是跟回龙镇合并，大河两岸的人要赶集,都到回龙镇来。

一艘乌篷船把我送了过去。河岸长满齐膝深的荒草。拾级而上,进入依山而建的老镇区,其破落的景象随处可见。房屋垮的垮,塌的塌,我上上下下地走了很远,难得见到一个人。在镇子顶端,新长出的树木把几间瓷砖脱落的房舍包围起来,鸟群在林梢翔集、欢唱。在鸟群之中,我发现了五彩斑斓长尾修身的锦鸡!这美丽的灵物,我小时候见过,它们总是跟村民一同起床,翅翼上托着露水和初升的阳光,鸣叫着从上工人头上掠过,尾梢甚至拂着村民的额头。我上中学以后,锦鸡在我们那座山消失了,镇上乃至从县城来的商人们叮当作响的钱袋,让村民朝锦鸡推出了枪弹。

没想到在这里又见到了它们!

我惊异地觉得,事实上,这里并非破落,而是重新唤醒了它应有的生机。

不知不觉,已到下午五点二十分,我正跟一个收拾玉米地的老人聊天(这地方原来也是街区,现在辟成了庄稼地),突然接到周副镇长的电话。周副镇长问我在哪里,我说了位置,他很着急:"老马,你快回来呀,高书记和李镇长要请你吃晚饭呢!六点之前你能回到旅社吗?"

还没到六点,我就到了旅社门口。

但是,我又等了半个多小时,依然没有动静。

直到将近七点,我才又接到周副镇长的电话。他说了餐馆名,我立即赶去了。

那里只有两个人,又是周副镇长和华所长。周副镇长说:"高书记跟李镇长等一会儿就到。高书记本来准备请你吃野味的——那后面有一个很隐蔽的馆子,专售山里的野味,麂子、锦鸡、狼、娃娃鱼,都有卖的,可……"

他没把话说下去。

我也没言声。

我抽着烟,心想,周副镇长曾说,检查组的人来,吃的喝的还可以对付——这所谓吃的,指的就是麂子、锦鸡、狼、娃娃鱼了。我想起下午才见到的锦鸡,几天之后,不知道其中的哪几只就会被扒光亮闪闪的羽毛,成为他们的鼎中之物。我感到难以言说的寂寞。

同时我想,高、李二人周末回到镇上,并不是专为请我的,而是有应付检查的工作等着他们去忙。

可是,如果没有遇上这次检查,高书记和李镇长下周一才回来,他们让我等,我也会等下去吗?

我不能回答自己。

11

将近三年过后,我写完了关于清溪河的长篇小说。

写完后我才发现,这根本不是那条河。

那条充满苦痛和挣扎的河流,到了我的笔下,显得疲疲沓沓,甚至没心没肺。

多么失败的写作!我决心推倒重来。

重来的前提,是重新认识它。我以前根本就没从骨子里认识它。

于是,我再次去了回龙镇,再次住进了兴辉旅社。

镇上多了不少房子,滨河路显然也重新修过,但新砌的石头再一次暴开,看上去像一个肚子巨大的怀孕婆。在我眼里,这里一切都没有改变,九龙超市还是那个老板,兴辉旅社的张姨也没怎么显出老相,她的那个傻儿子,依然长天白日地守在门口。只是,九龙超市的老板对我不像上次那样热情了。他看见我,眼神里分明是认出来了,但并没打招呼,只把嘴角翘了一下,很不屑的样子。

我想起上次我离开的那个清早,他不知从哪里得到消息,天没亮就在张姨店门外候着,我刚出门,他就把我的包夺过去,非要把我送到码头,怎么拒绝也不行。我上船之前,他要我的电话,我没有给他,我说我回了省城就换号码,换了号码再告诉他。他连忙把自己的号码告诉了我,我装模作样地存在了手机上,船一开我就删掉了。

我还是住三楼的那个老房间,张姨给我送开水上来的时候,我拐弯抹角地跟她聊,终于说到九龙超市的老板。张姨先申明她把烟还给了他,接着说:"他儿子不简单呢。"

这正是我关心的。我问他儿子怎么不简单。

张姨说:"年纪轻轻,就当了县委宣传部副部长,听说是我们市最年轻的副部长呢。"

我笑了一下。难怪那老板对我不屑。

张姨问我:"见到你姨父没有?"

我说还没有。

"去年你姨父家出了件大事,你知道不?"

我心里一紧,不知道是什么大事。

楼上本没什么人,但张姨还是把声音压下去,诡秘地讲起出在姨父家的那件事:

去年九月,清溪河流域下了很长时间的雨,下得人身上都起了霉菌,直到九月下旬,涨了一河大水,雨才停下来。姨父家后面的那个天井,因排水不畅,水灌进屋子,又漫到街上,厕所里的屎尿也跟着漫出来,臭了半条街。那些天,表哥的饮食店只好关门,成天忙乎的,就是用瓷盆铝瓢往外舀水。雨停过后,发现那个本来就烂朽朽的天井更是不堪入目了,堆满了黑泥和粪便,将泥沙粪便打整干净,见石板被冲得龇牙咧嘴的。按姨父和表哥的意思,不如把天井填掉,盖一间小房,作储藏室用,但表哥的女儿不干。表哥的女儿叫小芹,小芹说:"奶奶最喜欢这个天井,有事无事都到天井里坐坐,有好多天晚上,都到后半夜了,我起来上厕所,见奶奶还坐在天井里……"

说着说着,小芹哭了。整个家庭里,跟小姨感情最深的,就是她。她的话大家都信,因为姨父和表哥表嫂也都在夜深人静时分看见过小姨坐在天井里,冬天也不例外。为此,姨父还朝她发过火,说,这么冷的天,你不是成心添病吗?小姨说:"我闷在屋里,病更重。"这话似乎也有道理。有一阵儿,姨父将便桶拿进三楼的卧室,让小姨起夜就在卧室里,门却叫表哥从外面反锁了。小姨半夜三更要出去,急得用药碗打门,碗摔破了,姨父也不理她,结果小姨在一两天内就病得起不了床了。大家都以为这是她以前的病积下的,慌手忙脚地把她往医院送,可她坚决不离开家,大家只好把医生请进家里来。就在那天,吃过晚饭,天还没黑,小姨从床上起来了,抱着被盖往楼下走,问她去哪儿,她说夜里不让她出门,她不如提早睡在天井里。是表哥和姨父共同把她拖上三楼去的,而且再次从外面把门反锁,谁知道她竟打开窗,站到凳子上去,像要往下跳的样子。姨父吓坏了,从此再不敢管她。

小芹说:"奶奶那么喜欢,就该把天井留着,不能因为奶奶死了,就不把她当成这家里的人了。"

她的话让姨父感动。姨父把孙女的头搂进怀里,说:"难得你有这份孝心,那就留着吧。"

但在这个家里,大小事务已经不是姨父能做主的了。这权力早被他的儿子接管了。

我表哥当时怒气冲冲,在他看来,这天井不仅完全无用,遇上今年这样的水涝,还给他带来无尽的烦恼。他有怒气,却不好直接朝父亲发泄,只恶狠狠地盯住女儿说:"就算留着,总要翻修一下吧?你掏钱出来修啊!"她一个小女子,哪来的钱?姨父听出来了,儿子是要他拿钱。他曾经说,为小姨办丧事,把自己的积蓄花得罄尽,其实,他还留了一万多块,以备不时之需。这时候他想,反正自己的寿木是早就买上的,还有什么不时之需呢?儿子儿媳总不至于不给他一口饭吃。于是他说:"这钱我出。我自己没有,我去借。"

姨父拿出五千块,请了三个工人,去对河山丘上开了石板。既然翻修,不如弄彻底些,把以前铺的老石板全都废弃。于是,那个小小的天井变成了工地,敲打挖掘之声不绝。

动工的当天夜里,姨父做了一个梦。

他梦见小姨了。小姨去世这么长时间,姨父没有梦见过她,偏偏这天晚上梦见她了。小姨披头散发的,全不是她生前的样子。生前,她虽长期病着，却把自己收拾得很齐整，头发纹丝不乱地挽成髻，用一个黑色发兜兜住。在姨父的印象里，除非她刚刚洗过头，从没有披头散发的时候，现在是怎么了？姨父在梦里也知道，小姨是死去的，从小姨的样子判断，她在那边很受苦。这是一定的，她不仅披散着头发，还变得相当憔悴，她的脸本有些虚胖，而今瘦成了皮包骨，连牙齿也包不住。唯一没变的，是她手里端着的药碗。当她不知从哪里飘然而入，姨父迅速爬起来迎接她，却无论如何也抱不住她的身体。她的身上像裹满油脂，又湿又滑。更让姨父奇怪的，是在他完全不备的时候，小姨朝他跪下了，死死地抱住他的双腿，力气大得惊人（姨父曾把裤腿捞起给人看，两条小腿上都有大片的乌青）。姨父说："你这是干啥呢？"小姨哭起来，哭得呜呜咽咽。姨父也流了泪，说："我知道你是为天井的事来的，你不要谢我，先谢芹儿，要不是她，说不定天井就毁了。你放心，我拿了五千块钱请匠人翻修，我要把它弄得漂漂亮亮的，让你晚上去坐。要不，我现在就陪你下去看看。"言毕，姨父就往门口走。由于小姨抱住他的腿，他刚一动步，就倒了，额头正好碰在门锁上，碰出一条血口子。据说鬼是怕血的，只听"哇"的一声怪叫，小姨不见了。

张姨说，那些天，你姨父的额头上真的贴着创可贴。

事情就出在姨父梦见小姨的次日上午。

一个工人把一块老石板启开，见石板下面有个积满了污水的空洞。如果是别人，不会去多事，老板给他们的工钱，就是把石板铺上，再用水泥嵌过了事，偏偏那工人是做老实活儿的，他叫小芹拿瓢来，他一面将洞里的水往外舀，一面吩咐小芹去河边背些土，把洞填上。水舀了多半，露出一口陶罐。工人觉得奇怪，喊老板："这是啥鬼东西，你自己来搬走！"因为姨父夜里摔伤了，又受了惊吓，此时正睡在三楼的床上，只有我表哥去处理。正是赶场天，表哥的店子已经营业，十多个吃客正吵着要酒要菜，表哥和表嫂忙得不可开交，听到里面喊，表哥停下切猪耳朵的刀，笑着大声说："老向你喊个尿啊，你先放在边上，完工后一起搬。"他以为工人是叫他搬老石板。可那工人不干，他和两个伙计都认定陶罐里装着晦气之物。清溪河流域有过这种事情发生,一家跟另一家有了仇,就挖出几根死人骨头,装在罐里,埋在仇家的房前屋后,诅咒仇家败家败业,人死畜亡。表哥的这口天井,后墙不到两米高,外面的人完全可以翻进来,做下这种缺德事;再说几个工人都知道,表哥为人总是阴阳怪气,长辈也好,晚辈也好,分明没惹着他,他却喜欢逮着就挖苦几句,有些挖苦话说了也就说了,而有些是说不得的,那是人家的羞处,人言打人不打痛处,说人不说羞处,说羞处会戳人家的心,而表哥喜好的事情就是戳人家的心,戳得越深,他越高兴,他倒是高兴了,人家却也把仇记下了。

姓向的工人见表哥老半天没来,走到店子里说:"你到底搬不搬?不搬我们就走了,宁愿不要你的工钱。"

表哥这才引起注意,放了刀,跟着工人来到天井。

见到那个陶罐的时候,他跟工人想的一模一样。

他当场就气糊涂了。按理,遇到这样的倒霉事,谁也不会声张,只暗暗查访,待水落石出,再以牙还牙,甚至以牙还眼,但表哥面皮紫涨,大声武气地咒骂,之后弯腰去提那罐。一个陶罐能有多重呢?再加几根死人骨头,最多不过十多二十斤吧,但表哥一下子竟没能提起来。因预计和实情出入过大,还差点闪了腰。这更加激起了他的怒火,他把双腿劈成马步,奋力一拔。

陶罐连泥带水地到了他的怀里。

他趔趔趄趄地端着罐子,通过店面,走到街沿,朝当街只一扔。

陶罐碎了,滚出一地的黄金和银条!

12

描述这个过程,张姨用了差不多一个钟头,其中明显有添油加醋的成分,比如她说表哥去拔陶罐的时候,在场的人都听到了小姨的哭声,还见表哥的头左右晃动,同时响起啪啪的声响,像有人在抽他耳光……这些事,我都略去不计。我只说后面的事情。

黄金现世，表哥纵身跃下（他的店面比街面高出一米多），趴到地上，将黄金护住，近乎惨叫地告诫众人："这是我的东西，你们谁也别动啊，谁动了我叫谁去坐牢！"

表哥还说："我有个表弟是省里的记者，你们不听招呼，他饶不了你们！"

这句话，不知真有其事，还是张姨杜撰的。

看样子，不像她杜撰。

表哥这时候想起我来了，还把我作为箭头去吓唬别人，想起来真觉得有些凄凉。

表嫂出来了，姨父也从楼上下来了，但表哥依然趴在地上。他紧张过度，已经没有力气站起来，同时也不知道站起来。姨父将围观者扒得远了些，表嫂则大呼小叫地去拉表哥。黄金的重量好像依附到了表哥身上，让他比往常沉重了许多，表嫂拉不动，后来她女儿一起来拉，照样拉不动。

姨父到底老练些，他蹲下身，照表哥的脸左右开弓，这才把表哥打醒了。

醒过来的表哥泪流满面，屁股一耸，跪了起来，跟表嫂一起，快速地往小芹拿出来的一个菜盆里，收拾地上像火柴盒那么大的金灿灿的砖块。

可这时候，镇派出所来人了。一同来的还有李书记、周镇长。高书记已升至县委副书记，李镇长做了书记，周副镇长做了镇长。顺便一提的是，华所长也调到了县里，任某银行行长。

不知是谁报告给他们的。

二十多个警员手拉手围成圈子，将表哥、表嫂和金块圈在中间。这其间，所长亲自动手，把陶罐的碎片捡到一起。

"带走！"所长下了命令。

但大家都没动，因为不知道是只把东西带走，还是把人也带走。

所长说："都带走！"

这一下明白了。一个干警走过来，将金砖银条拾进菜盆，把所长捡回的陶罐碎片也装了进去，正弯腰准备端走的时候，表哥仿佛才明白了是怎么回事,扑上去阻拦,把干警都扑倒了。另两个干警抢上来,一人夹一只胳膊,把表哥控制住。表嫂吓哭了,姨父挤过来大声质问:"你们是要干啥,抓人啦?他犯了哪条王法?"李书记说:"老人家,你冷静些,我们没说他犯了王法,只不过事情重大,我们要把他带到所里去问个明白。"姨父唾星四溅:"带人去问话是这种带法?这分明就是押犯人嘛!"一直垮着脸的周镇长再也压不住火气,梗着脖子说:"是押犯人又怎样?他不仅抢金子,还把警察扑倒,这算不算犯罪?"姨父语迟了,说:"这金子是从我家里挖出来的,叫抢?"周镇长冷笑一声:"你家里挖出来的?普光镇的天然气,有好几口井都占了农户的家,他能说那气是他家的?"姨父还要说话,表嫂拦住了他:"爸爸,让他们把东西带走算了,我跟他们一块儿去,把事情说清楚。这东西确实是从我们家挖出来的,我们又没偷又没抢,怕怎的呢?"姨父不言声,表哥却不干了,说人可以去派出所,东西不能带走!所长见镇长发那么大的火气,书记的脸色也很不好看,便不想再啰唆,干脆利落地命令手下连人带物一同带往所里。

那个姓向的工人,心想自己是最初的发现者,怕两个神昏志迷的主人说不清楚,也跟了去。

下午两点左右,三个人回来了。

表嫂扶着路都走不稳的表哥,那工人提着腾空了的菜盆……

我问张姨:"那些金砖银条现在哪里?"

"谁知道在哪里?你表哥天天去要,晚上还睡在派出所门口,家里人拉都拉不走。"

"他们总得给个说法吧?"

"是有个说法,说是交到县里去了。"

我想了想说:"这东西来路不明,表哥肯定是要不回来了。"

张姨哈哈一笑:"哪只是要不回那些金子,还要他赔偿损失呢!"

我很诧异。

张姨说:"听周镇长讲,你表哥摔烂的那个罐子,是……商代还是啥哟,我记不清,反正是说有一两千年了,是个古董,值钱得很,要你表哥赔呢。"

"表哥怎么说？"

"他呀，"张姨摇摇头，"他已经变得疯疯癫癫的了。一家人生意都没做，拿啥去赔呀？"

我去给小姨上坟。

上次来，小姨新亡，我没去给她上坟；这次来，同样没有给她上坟的想法，可现在我不能不去。

她的可怜，她的痛苦，汇成一股比河川还要巨大的力量，把我推到她的坟前。

她瞒下那罐财宝，就一直在等她的亲人死去。终于，我母亲、大姨和外婆都死在了她的前面，舅舅是否死去，至今也是个谜。自从那年我在山下的凉桥上遇见他后，就没有任何人见到过他的踪迹。即便在小姨去世前舅舅还活着，小姨也无所畏惧了，因为舅舅是个疯子。

为独占财富而等着亲人一个个死在自己前面，那该是多么漫长的经历。

何况小姨还有病。

每天清早，她从梦中醒来，庆幸自己又拥有了新的一天，可紧接着，她就陷入了恐慌——那些知道这个秘密的亲人，同样拥有这新的一天！她只能时时刻刻端上药碗，把身上的病魔吓走。

或许，她根本就没有病，根本没必要喝药，可她担着心，生怕病魔找上门来。

小姨就过着这样的日子。整整一生。

但让我万万没有想到的是，她竟也没把那罐财宝说给自己的丈夫和儿子，至死也不说！

我曾经以为，姨父和表哥是那个秘密的拥有者，谁知他们比我还不如，他们根本就不知道那个秘密。表哥自我母亲死后就断了去我们家的那条路，并没有特别的意思，只不过在小姨的染缸里浸泡得太久，加上母子连心，他便只能摸到人情的冷，而摸不到人情的暖了。至于姨父不去我们家,除了跟表哥有同样的原因外,还因为他老了,走不动了。

我可怜的小姨,她带着那个秘密,带着那罐财宝,一直带着,带到"那边"去,继续守候。

可她心里并不踏实。我母亲是怎样死的,舅舅又是为什么疯的,她最清楚。她甚至也清楚,外婆临死前,鬼使神差地爬出屋子,一定是有个目标的;外婆的目标就是去找到她,把事情问个明白。但外婆到底没力量爬到回龙镇了,只是高叫了两声"六妹",就断了气。她叫的这两声,并不像舅舅的邻居以为的那样,是因为小姨才是她心头的肉,而是对小姨怀着深不见底的怨恨。

这些,小姨都掂量出来了。

所以她才吃斋念佛,才让姨父在她死后做全套水陆道场,为她的灵魂超度……

一开始说小姨被埋到了河对面,不是主河道对面的阳关镇,而是东面那条小河汊对面的江心岛。岛上除了农田,还有一大片坟场。三年前,我就听说岛上要修游乐园,从部分硬化的地面看来,曾经动过工,不知为什么又停下了。如果真修成了游乐园,坟场恐怕会跟农田一起消失。也可能恰恰是因为有坟场的存在,游乐园才最终没有建成。

这里的人死后虽不火化,但并不砌坟包,只竖起森林般的墓碑。我绕来绕去的,终于找到了小姨的坟。

为小姨放了鞭炮,烧过纸钱,在柏香袅袅的青烟里,我坐下来,一五一十地告诉她陶罐被发现和被收走的经过,好让她从此丢下那份心,在阴间过上安宁平静的日子。同时我还希望她保佑自己的儿子,让他从谵妄中清醒。

我们这个大家族,已经有一个疯子了,没必要再出一个疯子。

我还给小姨说了许许多多的话。

有些话是单独对小姨说的,有些话还对我自己说,也对我想象中的人说。

因为我,以及我见识过的许多人,并不比我的小姨高明多少。

青 草

兄弟没回来吃饭。他养的那只羊死了,他在山坡上哭那只羊。父亲说,去把他找回来,这个傻子,他疯了。父亲说,为一只羊哭了整整一天,我从来没听说过,要是你们妈在世,不打烂他的屁股!父亲把一把竹尺交到我手里,怒气冲冲地说:"要是他不回来,就给我打,往死里打!"

我拿着竹尺出了门。我比兄弟大半个时辰,因此,我有义务帮助父亲管理好他。

事实上,管理兄弟的任务,基本上由我承担。父亲是木匠,成日里在附近几个村庄游动。但是,我没有管理好兄弟。我知道我一开始就对不起他。接生婆张大娘说,母亲生下我后,合家欢喜,不仅因为我是男孩,还因为我长得又白又胖。张大娘提着我的腿,倒我嘴里的羊水,擦我身上的血迹,收拾鸡肠子一般的脐带,忙得不亦乐乎。父亲望了我一眼,带着满意的笑容,去火塘边为母亲和张大娘煮鸡蛋。母亲躺在床上,轻松得就像要飘起来。谁知道,过了半个时辰,张大娘还没把我打整利索,母亲又生出一个。张大娘从母亲的两胯间抱起第二个孩子,也就是我的兄弟,惊叫起来:"妈呀,你怎么屙出一只老鼠!"母亲只听见一个微茫的声音,她实在太累了,她想睡去。张大娘草草地把老鼠大小的兄弟处理好,不愿吃父亲端上来的荷包蛋,骂骂咧咧地回了家。

张大娘家里很穷,可老鼠依然要吃她的五谷杂粮,她恨老鼠,觉得兄弟晦气。

父母也是。他们都不喜欢这第二个孩子。

兄弟常常用眼睛问我,哥,为什么你比我先出来? 为什么你胖我瘦? 为什么爸妈喜欢你不喜欢我? 我回答不出,我知道我对不起他。

这时候,我拿着竹尺,走在败草纵横的田埂上。冬日的太阳已经落山,最后一丝热气,深深潜伏于地心深处,晚风一起,荒草发出铜丝般的颤音。大地苍茫。远远近近的山径上,没有一个人。我觉得孤单,也觉得害怕。我想看到兄弟瘦弱的身影,可是,他在山的那一边,在一片枯黄的山坡上,抱着那只羊哭。那只羊死去了,它为了捡食坡地边的草棵,踩虚了脚,从塄坎上悬挂下去。

那一刻,兄弟正在学校里回答老师提出的问题。老师在黑板上写了个"人"字,让兄弟认。

兄弟跟我同班,已经是小学三年级的学生了,可老师还让他认一个"人"字。我们班共有十二个学生,我第一名,兄弟第十二名,可每次考试过后,村里人问他:"你这次考第几?"他总是说:"第十三。"村里人诧异:"你们班不是只有十二个吗?"兄弟说:"还有老师哩,没有老师,我就第十二了。"因为多了一个老师,让他排到了第十三,兄弟很是沮丧。村里人大笑,担在肩上的粪水也一同大笑。"马家也怪,一窝生两个儿,一个精灵得像猴子,一个蠢得像猪。"他们一边向前走去,一边这样说。

那只羊自己把自己吊在塄坎上的时候,兄弟正在认那个"人"字。兄弟很紧张,因为他不认识。我坐在他的斜对面,他拿眼睛瞟我,我就伸出两根拇指,在桌子上向前爬。

兄弟翻了翻白眼说:"鸡。"

哄堂大笑。老师也笑。兄弟是我们班的乐子,当老师感到劳累的时候,或者课堂显得沉闷的时候,就抽兄弟起来认字。老师笑够了,就严肃起来,一棕片打在兄弟干瘦皲裂的手背上:"再认!"兄弟缩了手,脖子上青筋毕露,只有二指宽的脸,弯弯的,像犁。由于老师盯住他,他再不敢瞟我,眼皮垂下去。兄弟的眼睛长得很大、很美,你无法从他的眼神里看出他是傻子。因长久不言，老师又赏了他一棕片，不过这次是打在脸上。兄弟的头晃动了一下，又弹回来。兄弟的脸上起了一条血印，但很快被沉郁的黑色所淹没，他的泪水流了下来。他的泪水也是黑色的，停留在尖尖的下巴上，之后砸向单薄破烂的衣衫。老师发了善心，悲天悯人地说："你呀，连'人'也不认识；你呀，要是赶上你哥一个脚指头也好。"

老师让兄弟坐下，可兄弟突然高叫一声："羊！"

话音未落，夺门而出。

待他跑上那面山坡，羊已经死了。羊的灵向他求救，可等不到他了。

兄弟把死羊从两三米高的塄坎下拖上来，就抱着那只羊哭。

天快黑尽了，我独自走在越来越模糊的山径上。我的手里提着竹尺，我要去把兄弟找回来，如果他不回来，我就用竹尺打他，往死里打他。父亲这样交代过了。我们没有母亲，我就有义务帮助父亲管理好兄弟。我感到孤单，也感到害怕，我想看到兄弟的身影，听到他的哭声，可他在山的那一边。

兄弟知道我会打他吗？我想他应该知道。他的日子是在打骂和哄笑声中度过的。母亲在世的时候，打他的任务主要由母亲完成。我说过，父母都不喜欢他，母亲尤其不喜欢。母亲生下我，感到欣慰，可欣慰的波纹还没展开，兄弟就跑出来了。兄弟如果有我这般白胖和聪明，母亲就不仅不会嫌弃他，还会得到双倍的欣慰。然而，兄弟瘦小得像只老鼠，黑得如屋檐下的泥，且是一个傻子！

他不配得到父母的爱。他实在是个多余的人。

许多时候，也就是母亲下死手打他的时候，我发现兄弟的眼神很是愧疚。他一定觉得对不起父母，他不该那么瘦，更不该是傻子。他也觉得自己没有权利得到父母的爱，甚至没有权利到这个世界上来。

母亲什么时候会打他，兄弟没有决策权，加上智力低下，他揣摩不透母亲的心思。母亲坐在高高的门槛上，喊一声："马娃，过来。"那时候，兄弟往往正把阳沟里的土刨松，让围在他身边的鸡顺利地找到食物。听到母亲喊，他走到母亲身旁。母亲上上下下打量他，忧伤和痛苦在母亲脸上越泼越浓。但兄弟看不出来——要是他懂得向母亲笑一笑该有多好，要是他能说一句聪明的话该有多好！

可他不会，他只是站在母亲身旁。母亲扬起了手。随着母亲手掌的推动，兄弟转了三百六十度，再一次面对母亲。母亲的手打痛了，就起身去柴圪垯里抽出一根软软的竹条，扒下兄弟的裤子，在他尖削的屁股上留下隆起的血痕。后来，母亲去世了，管理他的任务，落到了父亲身上。

父亲不像母亲那样经常打他，可每打一次，都很扎实。他用竹尺打他，也就是我正拿在手里的这把竹尺。这把竹尺用楠竹做成，肥厚，沉重，刻上尺寸之前，父亲放在水里浸泡了七七四十九天，拿出来晾干，再次浸泡，再次晾干。如今，它坚硬得就像铁板，打在身上，可以折断骨头。

有一次，村里有个在外地工作的人回来，背着一把气枪，在山林中打鸟。那天，他从早上到黄昏，一直躲在一棵柏树下等一只斑鸠，他知道那只斑鸠会回来，因为树梢上有它的窝。落霞余晖之中，斑鸠果然回来了，站在窝边的枝丫上，对着远山近野，对着这片广袤的家园，欢快地啼鸣："斑鸠咕咕——斑鸠咕咕——"它没能叫到第三声，就斜着翅膀坠落了。

它落在了一丛刺藤里。

猎手高高兴兴地分开杂草向刺藤走去。可他没有看见斑鸠，却看见一个飞奔而去的背影。那是傻子马娃的背影，他一下就认出来了。天黑下来的时候，他找到了我们家，要马娃还他的斑鸠。父亲刚从地里回来，累得汗水还在哗哗地流。母亲去世后，他都是这么累，心情也没一天好过，老是黑着脸。他要挣一家人的生活，还要管理一个傻子，他有理由黑脸。可是，看见这个在外地工作的人走进屋，他很高兴，人家看得起你，才会上门。他说："温哥，坐。"

那人没坐。那人是个大胡子，脸比胡子还黑。他说："叫你傻儿子出来。"父亲知道势头不对，忙喊马娃。马娃没应，虚楼上却传出响声。大胡子大踏步朝虚楼走去，我和父亲也跟去。我们都看见马娃蹲在角落里，正往斑鸠受伤的翅膀上涂抹菜油。他知道菜油能消除疼痛，能治伤。他专注得根本就没发现我们。斑鸠轻柔地叫着，两只眼睛对兄弟发出柔和的、天使般的光辉。大胡子跨步上前，弯腰夺过斑鸠，将它的脖子像缩绳子似的绺了两圈，再一扯，斑鸠的头就跟身子分离了。断弦之声。两个血窟窿。生与死的瞬间。大胡子一手拿头，一手拿身子，哼一声，气冲冲地离去。

我看见兄弟不能呼吸，只把大大的眼睛鼓出来，好像他的眼睛是跟肺连在一起的。

父亲走进里屋，拖过一把竹尺，就是我现在拿在手里的这把竹尺，向兄弟挥过去。

这一挥，让兄弟留下了残疾。父亲打在他的左腿上，他左腿的小腿部分迅速萎缩，只剩一层皮，裹着细细的骨头。不过，他反正是个废人，再怎么残疾也无所谓了——大家都是这么说的。

这个傻子，他竟不哭！他挨打挨得那么狠，却连哭也不会。

我帮助父亲管理他之后，他也从没因为我打他而哭过。

今天上午，老师一棕片打在他脸上，他流泪了，但绝不是挨打的缘故，而是有了预感。

关于那只羊的预感。

果然，那只羊死了。兄弟正抱着那只羊哭。

夜越来越深，天地早已混沌。我走在时间的空洞里，走在地球上被遗忘的角落，除了我夸张的脚步声和紧张的喘息声，四野静悄悄的。所有的生灵都回家了，用彼此的依偎和一个夜晚的休息，来犒赏自己白天的劳作。可是，我的兄弟，还在山的那一边，抱着那只死去的羊哭。我的手里拿着竹尺，我要去把兄弟找回来。他如果不回来，我就打他，往死里打。这是父亲说的。父亲用他的双手、汗水和谦卑，为我们挣生活，我必须帮助父亲管理好兄弟。

我们——母亲、父亲、我，还有老师，都想让兄弟变得强壮起来，聪明起来。这是我们打他的理由。遗憾的是，兄弟不理解我们的良苦用心，依然那么瘦，那么傻，都念小学三年级了，还不认识"人"字。更不可饶恕的是，从二年级开始，他就常常不愿上学。如果父亲在家，他会跟我一道翻过山梁，然后蹲下去，再不愿挪动一步。如果父亲不在家，他连门也不出。

我说:"上学了。"他不动。我又说:"上学了!"他还是不动。我就打他。要是父亲带走了竹尺,我就用火叉打他。那是一把铁火叉,我可以用它把兄弟打得直不起来。我虽然知道自己一开始就对不起他,可他反正是个废人,再怎么残疾都无所谓了,因此,我有理由不惜力气。

从小学二年级到兄弟养那只羊之前,他几乎天天都是被我打到学校去的。有时找不到打的工具,我就揪他的头发。两个月前的一天,他跟我一同走到光秃秃的山峁上,就蹲下去。我知道他又要耍赖,喝令他站起来。他不,紧紧地缩成一团,像土地上长出的一块疙瘩,一块隆起的伤疤。

他这样子,让我想起母亲去世的那个夜晚。那是四年前的秋季,我和兄弟刚满五岁。风雨大作的夜半时分,母亲死了。母亲的遗体停放在堂屋里,父亲一面悲伤,一面为母亲张罗后事。我则坐在火塘边,听村里的老太婆说着同情的话,母亲断气的时候,我不知道应不应该悲伤,听了她们的话,才知道没母亲是可怕的,于是我哭了。谁也顾不得孤孤单单的死者,只有兄弟去为她守灵。兄弟蹲在母亲身边,不声不响,守到天亮。那夜很冷,没有人为兄弟生火,也没有人为他点灯。他那时候就像一块疙瘩,一块伤疤,一块模糊难辨的阴影……母亲去世后很长一段日子,兄弟总是长时间蹲在一条石堰边,毒蛇从脚背上滑过,他也无动于衷。母亲就是修这条堰累死的。她是个要强的人,凡事不甘人后,本来生着病,还跟男人一样背石头,吐了一个礼拜的血,终于支持不住。

兄弟让我想起了这些,他蹲在地上的样子让我心痛。我也蹲下去,说:"弟弟,太阳升起老高了。"我从没叫过他弟弟,有时叫他马娃,更多的时候,是跟村里人一样叫他傻子。兄弟看着我。他的眼睛真美!我知道他被这声"弟弟"感动了。他的眼眶边有泪水。我声音哽咽,说弟弟,该上学了。他哇的一声大哭起来。我也哭。我们兄弟俩的哭声跟山峁一样荒凉。可时间不早了,我知道不能再这样胡闹下去。我是班里的好学生,是父亲和老师都喜欢的孩子,不能老是跟一个傻子这么胡闹。

我收住哭,冷口冷面地说:"该上学了。"兄弟也收住哭,可他不动。我站起来,踢了他一脚。兄弟的嘴咧了一下,说:"哥,我不去。"这是人话吗?

我问他为什么不去,他说:"老师打我。"这话再一次让我心痛。我想起老师打他时的样子,想起他的头在老师棕片的撞击下弹开去又弹回来的样子,想起教室里响彻屋瓦的哄笑声,我没法不心痛。但我得帮助父亲管理好兄弟,我说:"你如果有我这么聪明,老师还打你吗?"兄弟不言,凄哀地望着远处。可他还是不动,踢他也不动,我就揪住他的头发,呼啦啦地向前拖。快到学校的时候,我才松开了手,发现手掌里有一撮头发,发根上是殷红的血迹。兄弟那么瘦,那么黑,头发又那么黄,可他发根上的血迹,居然是殷红的,这让我震惊……

我实在不该想起这些。天这么晚了,兄弟还不回来,还在山的那一边,抱着死去的羊哭。只有傻子才会做出这样的事情!我们都不希望他是傻子,都希望他如我一般聪明,因此,我有责任拿着竹尺去打他。而且,我还要抱回那只羊,剖开之后,赶场天背到街上去卖掉。

没在乡间生活过的人,不知道乡间的夜晚。如果有月亮或星子,山野就飘浮于神秘的氤氲里,轻灵而典雅,严峻而辉煌;如果星月无光,就一片浓黑,黑得既没有时间,也没有空间,仿佛黑色就是它的命运。今夜正是这样。我一脚踏下去,蹦出的全是黑色,因而什么也看不见。那些奇异的如蝌蚪一样从眼前游过的光斑,只不过是黑色给我的诱惑。

我想,兄弟的哭声,还有蒙住兄弟大脑的那层薄膜,一定也是黑色的了,它让兄弟无法看清聪明人的脸色和眼神,终于成了傻子。接生婆张大娘说,兄弟是投错了胎,他本该变成一头畜生的,可从人肚子里钻了出来。张大娘的话得到了所有人的认同。想想吧,都念小学三年级了,还不认识"人"字,证明他根本不配做人。他总是与畜生那么亲善,是他不配做人的更有力的证明。

那个大胡子一把拧断斑鸠脖子的场景,我相信一直留存在兄弟的记忆里,因为自那以后,他晚上就常常做噩梦,大喊大叫,不仅把我和父亲闹醒,还把只隔一层板壁的邻居闹醒。邻居是一对老年夫妇,每次醒来,我都听见男人在说:"傻子怕是活不了多久了。"女人接腔:"唯愿!"

可兄弟没有死,他还继续活着,让所有人讨厌。

他把从大胡子手里掉下来的斑鸠毛装进了书包里,时时拿出那些美丽而干枯的短羽,久久出神。他还养过鱼。那鱼从山上的水库里顺流而下,还没流到田里,水就干了,鱼在石堰里蹦跶。这些鱼只有两寸来长。兄弟放学的时候,看见村里一个光棍汉捡了数十条,穿在黄荆条上,正兴兴头头地往家走。兄弟抢到他前面,站下来,乞求把鱼给他,他得到的回答是一记响亮的耳光。兄弟没有回家,跑到石堰上去,走完七八里长的整条石堰,拾到了五条活鱼。他在屋后的慈竹林里挖了个土坑,灌了水,把鱼放了进去。鱼倏然钻入水里,之后冒上来,嘴豁成小小的喇叭,像在对兄弟说话。兄弟又去光棍汉家里,他还想要到那些鱼,然而那家伙已经在吃鱼了。他根本就没剖,而是将死的活的鱼一起放进汤锅,拌上至少半斤干辣椒,温火熬了。此时,他正把一条鱼放进嘴里,鱼的尾巴在他的嘴巴外摆动。他大汗淋漓、龇牙咧嘴地嚼着,血红的汁水从他的嘴角流下来。兄弟见状,飞跑回来,立即在养鱼的土坑上盖了块石板,并培上土加以伪装。他害怕光棍汉来抓走这几条鱼。第二天一早,兄弟悄悄打开石板察看,水没有了,鱼已经死去。

他是傻子,他不知道水会往土里渗,也不知道鱼需要空气。

他还为牛流过泪呢。

我们村养的耕牛,要是老了,不中用了,就拉到村口那棵古老的黄桷树下杀掉。杀牛的是张大娘的男人,几十年来,他悟出了一条杀牛的诀窍。牛被放倒之后,他总是端来一盆清水,在牛的面前磨刀,即使刀尖和刀刃异常锋利,也要这样做。他说这样可以让牛早早认命,真正动起手来,牛就不会乱动。牛流泪了,并朝着苍茫的天宇长鸣一声,他就停止磨刀,慢条斯理地剥牛的颈皮,颈皮剥开一块面积,再将一把长刀捅进去。

杀牛的时候,很多人观看,兄弟也去,但他不是去看杀牛,而是去陪牛流泪的。

有一次,一个新媳妇看见他在流泪,她的泪也下来了。

她说:"傻子心好。"

在我的记忆里,这是兄弟得到的唯一的赞扬。可是,心好有什么用?

心好能与聪明对抗吗？心好成了傻子，聪明却能获得衣食，获得地位和尊敬。

一个体体面面存活于世间的聪明人，怎么可能在万物归寝大地沉睡的时候，还在野外，在山的那一边，抱着一只死去的羊哭！

我拿着竹尺，深深浅浅地走在时间的尸体上。我感到孤单，也感到害怕。我依然听不到兄弟的哭声，可是，他的哭声在我的手指上颤动，我被夜风吹扬的发梢上，也饱和着他的悲伤。

那只银白如雪的羊，兄弟已经养了半年。抱回羊的那天，父亲打了他，就用我手里的竹尺。那只羊瘦弱得可怕，跟兄弟生下时十分相似。兄弟是在离乡场二里地的石拱桥上买下这只羊的。当时，他从乡场回来，怀里兜着两个馒头。他挖麦冬卖了一块钱，用五角买了两个馒头，给他的父亲和哥哥。他走到桥上，就看到了那只羊。许多歇气的人都在取笑那只羊。它实在太不像话了，四条腿像两双筷子，屁股小如纽扣，眼睛也睁不开似的。主人没能在乡场上卖掉它，心里本来就不舒服，听人一取笑，就更是对羊充满了仇恨。他一脚向羊踢去，羊飞出数米，站不起来，"咩——咩——"地叫着。人们纵声大笑，羊的主人也笑，因为他在众人面前显示了慷慨和英勇。他向羊走去，提起它的后腿，旋转两圈，显然是准备把羊扔到桥下的河水里，并顺便展示他的臂力。这时候，我的兄弟，飞奔过去，抓住了他的手，把五角钱掏出来，递到他的面前。羊的主人高兴得无以复加，虽然只有五角，可毕竟卖掉了这只羊，挽回了他的体面。兄弟把羊抱回来，我说过，父亲打了他。五角钱虽不贵，可那只羊马上就会死的，买回一个即将闭眼的死物，哪怕只花一分钱，也不吉利。

父亲让兄弟把羊扔掉，兄弟朝父亲跪下了。这个傻子，为一只即将死去的羊羔，直挺挺地跪了两个时辰。直到父亲给他递个眼色，我才把他拉起来。

之后，父亲一面吃着兄弟带回的馒头，一面偷偷落泪。我看得清清楚楚，父亲落泪了。父亲吃得很慢，每咬下一口，眼泪就滂沱而出，可他不想让我们看见，泪水刚刚涌出眼眶，就用粗糙的大手一把抹去。父亲饶恕了

240

兄弟，没有强迫他扔掉那只羊。

为了那只羊，兄弟恨不得把自己变成青草。

兄弟从石拱桥上把羊抱回家时，小羊毛发稀疏，四条腿趴着。兄弟跪下时，羊一直趴在他的身旁。当父亲饶恕了他，他就抱着那只羊，一声不响地走到牛棚边。那里有一块两米见方的空地，他就在空地上生了堆火，把羊搂在怀里，小心翼翼地烤它。羊终于站起来了，对着兄弟"咩咩"叫。

千千万万种生灵，发出的叫声各不相同，为什么偏偏是羊发出这种叫声？

这草地上柔弱的性命！

两个孩子，徒手赶来一只高大的公羊，走进屠场。血腥气息的突然刺激，使公羊警醒。它本能地转身欲退，一个孩子伸手一拦，又使它恢复了镇定。它走到悬挂同胞尸体的横梁下，一个屠师猝然将它搬倒，头扭向血坑，然后操刀。它没有踢蹬，没有挣扎，甚至没有哀叫。它承受着，大睁柔弱的、涵义深远的眼，阵阵抽搐的壮硕身躯，渐渐平静。

这是引用的一段别人的文章。不要问我为什么引用它，我不知道，我真的不知道。

这里，我只想说我的兄弟。他养的那只羊，第二天没有死，第三天也没有死，而且，越来越健康地活了下来。兄弟上学的时候，它就颠颠地跟在兄弟后面，像兄弟的兄弟。走过那片光秃秃的山崥，就是一面草坡，兄弟把羊寄托给那面草坡，放学再把它领走。这个傻子，他那么清楚地知道草和羊不可分割。草坡和羊，构成大地上最自然、最和谐、最完美的景观。自从有了那只羊，兄弟上学比先前积极多了，他仿佛是在为羊做出榜样。兄弟不认识"人"字，可他认识"羊"字，还能背诵"羊儿上山坡，地上飘起白云朵"的儿歌。羊给予兄弟的，我不知道用什么来加以概括；兄弟给羊的，我同样不知道怎样描述。当那只羊确信无疑地活过来后，秋天就来了……秋天变深了……冬天逼近了……浓冬赶到了……山上的草枯了，羊很难找到吃的了。

我说过，为了那只羊，兄弟恨不得把自己变成青草。整个一面山野，每一处他都熟悉，放学后，哪怕长青草的地方离家有十里八里，他也要去割回来，羊没吃草，他就不吃饭。有一种俗名"马儿芯"的草，虽凌冬不凋，可叶口锋快，稍不留神，就会划烂皮肉，兄弟将其放在掌心里揉，甚至放进嘴里去嚼，直到叶刃钝了，才送到羊的唇边。天底之下，你见过有这么傻的人吗？他的手掌和嘴唇，常常带着血口子，深冬的风雪，使那些流出的血凝结了，使他的手和嘴都肿了，肿得发乌。

兄弟和羊，就像两个从远古走来的流浪汉，他们在某一处发现了彼此的足迹，而彼此的足迹传递着完全相同的信号，昭示着完全相同的灵魂，于是，他们相认了。

可是，羊还是死了。

兄弟上学的时候，不放心把羊拴到他看不见的地方，他往往是把羊拴到学校后面的那面山坡上，课间休息时，他就孤独地站在操坝边，望着吃草或者安卧的羊……可是，羊还是死了。

它并不饿，因为兄弟每天都给它割了很多草，还在棚子里的时候，它就吃得饱饱的。它只是为了长得更漂亮些，为了试验自己独立生活的能力，为了减少主人的劳动，报答他的救命之恩和养育之情，才去吃坡地边缘那丛半青半黄的草棵。结果，它踩虚了脚，自己吊死了自己。

兄弟永远得不到报答。

而今，他所能做的，就是抱着那只死去的羊哭。

夜风愈吹愈烈，冷彻肌骨。兄弟穿着破烂的单衣，和他死去的羊相依为命。

我提着竹尺，走在黑暗里……无边无际的黑呀，我以前那么憎恶你，现在不了，你让我看不见我手里的凶器。在所有人都不理我兄弟的时候，是你，是黑暗，深深地拥抱着他。此时此刻，在你神圣而慈悲的怀里，在山的那一边，我的兄弟，正哭那只死去的羊……

一生逃离

晚报在沙发上躺了一整天我也没去动它。我的日子跟昨天没什么区别,想必报上的事情也不会有多少新花样儿。将近子夜,我走出书房,路过客厅进卧室的时候,又看到了叠放得整整齐齐的报纸,我想还是翻一翻吧,还有不到半点钟,新的一天就要来临。时间就像传说中的怪兽貔貅,只吃不拉,一旦新的一天挤进门,就会把今天干干净净地吃掉,我就再也见不到今天的尸骨。

报纸是加长瘦身版,纸质细脆,刚拿上手,它就从沉睡中醒来,精神十足地发出讨好的欢叫声。

我突然觉得它怪可怜的,于是坐下来翻阅,而且比哪天都翻得详细。

娱乐版的右上角,我看到了这样的标题:《著名主持人雨桐去世》。

在这个世界上,每天都有生有死,某一个人去世并不值得大惊小怪,名人和普通人的区别,就在于名人死后可以广而告之,普通人却只能静悄悄地死在某个角落里。我没打算看正文,又往后翻,可是,那条消息像长着嘴,在朝我呼喊,灯影之下,我还看到一双手臂,伸过来拦我。我吓了一跳。三年前跟妻子离异之后,我独自过着深居简出的生活,在城郊这幢房子里,我没接待过任何客人,那双手臂是从哪里来的? 理智提醒我:这只是幻觉。我也相信这是幻觉,然而,电压突然不稳,灯暗下来,那双手臂却越发的清晰,带着固执的体温。我心里咯噔了一声,觉得自己在哪里见过它们。

是的,真的见过,白嫩的、带着淡金色绒毛的臂膀,是某个人身体上的枝条。

渐渐地,我看见了手臂附着的躯体,看见了坦露出来的圆圆的肩部,看到了略微有些短促的脖颈,以及从脖颈两侧流泻下去的直发,接着是一张脸;这张脸并不漂亮,却在皮肤底下涌动着盎然生机。

我"啊"了一声,因为我认出她来了。

她就是雨桐!

我揪住报纸哗哗地翻,再次找到了那条消息:

> 曾在峨嵋音乐台主持节目《雨桐热线》的著名主持人雨桐,14日凌晨因交通事故意外去世。据相关医护人员透露,雨桐于13日被送往仁和医院急救,终因伤势过重于今晨零点零四分抢救无效死亡。随即,雨桐的遗体被送往普光寺。记者发稿前,前往普光寺的雨桐灵堂,见到了第一批送达的十多个花圈。据雨桐亲人透露,雨桐遗体将于三日后火化。

读完正文,我才去看雨桐的照片。千真万确,这个雨桐正是我认识的那位。

照片拍得相当糟糕,三十七岁的雨桐,看上去脸有些浮肿,显得格外苍老。

我把报纸合起来,摸出一支烟抽。把烟点燃,我看了一眼墙上的挂钟。

还差三分钟,新的一天就来了。

这一天我没有白过,在最后的时刻,我知道了世界上发生的某件事情。

我承认自己陷入了深深的惆怅。

一、嘉陵江是红色的

雨桐姓冉，叫冉雨桐。我跟雨桐谈不上私交，但我们是大学校友，念的都是中文系，虽然她比我低一个年级，对她有所了解是理所当然的事情。

我们念大学那阵儿，仿佛一进了中文系，就自动归入了才子或才女的行列。对我们而言，别的什么都不重要，唯有文学，文学如春草，翠汪汪地铺满河沿和山冈。在重庆沙坪坝区那座名为西南文理大学的校园内，到处都是捧读大部头的人，披着长发吟诗的人，坐进通宵教室奋笔疾书的人。学友之间交谈，说出的全是一个个裹着油墨香的名字，因为那些名字都浸泡在名著里。如果谈话的对手说出某个人名或术语，你却面部肌肉僵硬，还翻白眼，对手就有理由瞧不起你，觉得跟你聊纯粹是耗时间。那时候在我们的心里，生命裹挟在大师、流派、稿纸、笔头等等诸多元素汇成的长河里，从起点到终点，都流淌着芳香。我们那个年级中文系共有两个班，我们班的五十七个人，大约有一半在写小说，还有一半在写诗。平时不开腔不出气形象猥琐谁也打不上眼的家伙，突然在校报上发表一篇小说了，其形象会在人们心目中迅速改变，沉默成了傲气，猥琐成了不修边幅的风采。班上一个长得像林黛玉的女生，穿衣服总是露出很大一片白背，刚进校就跟高年级男生胡乱恋爱，今天换一个，明天又换一个，那些男生动不动就把手像盖子一样捂在她的白背上，我们男同学都觉得那女生太烂，可是不对，她竟然在一家省刊上发表了组诗，还配有名家的点评！男同学都自卑了：原来那女生并不是烂，而是她身体里的文学精灵太活跃、太丰富，丰富得难以自持。

老师们说，自西南文理大学建校以来，我们年级，特别是我们二班，最有才华。

以集体而论，这话可能没错，要说个体，用上"最"字就有滑入谬误的危险。

因为来了个冉雨桐。

我第一次听说雨桐的名字，是在二年级上学期国庆节那天。那时候没有国庆大假，只能休息一天，早饭之后，热闹的校园突然空了：男男女女相约去长江大桥、嘉陵江边、歌乐山、枇杷山、南山，有的走得更远，去了北碚的缙云山。每当这种时候，我往往是独自一人，去教室里看书或者写作。这与勤奋无关，而是我从小就得了"节日病"，这种病的特征是，越到应该欢乐的时候，就越是伤感，无缘由的伤感，这伤感浸入骨子里，让骨头生寒，因此我宁愿远离人群。那天上午，我背着书包出门，在中心花园的草坪上，遇见了一个弹吉他的人，他在草坪上铺一张报纸，双腿盘坐，很动情地弹一首思乡曲。我的心一热，站在草坪外听。他弹完一首，抬头望见了我，说："张迁，你好。"别人知道我的名字，并不奇怪，因为我已是名声很响的校园作家，还是油印文学刊物《双江潮》的主编兼校广播站编辑。我说，你好，你叫什么名字？"王怀金。"说罢他把另一张报纸铺在旁边，我以为他是请我过去坐，便踏入了草坪。他知道我误解了，朝着我笑，露出满口坚固整齐的白牙。"我等雨桐，"他说，"她马上就到了。"同时，他将铺开的报纸又叠起来，见我尴尬便说："张迁，你编的刊物上能发雨桐的作品吗？她写得实在太好了。"我觉得他是在无话找话，敷衍两声，就匆匆离去了。走进空荡荡的教室，我才想到王怀金说到雨桐文章写得好时的眼神。那眼神让我怪不是滋味，仿佛在嘲讽：你们这些在学校里叱咤风云的所谓文学才子，跟雨桐比起来，根本就算不上一回事。

雨桐这个人，一开始就让我对她有了更多的注意，尽管我当时根本就不知道她读哪个专业，在哪个年级，也不知道她是男是女。

不久后的一天，吃午饭的时候，我跟室友向军端着碗走出宿舍大楼，到阅报栏前，看见一个女子弯了腰去抱一个四五岁的男孩，那男孩显然不想让她抱，直往后缩，可女子跨前一步，张开两条肥硕的、白得晃眼的臂膀，将男孩搂进怀里，一迭声地叫："儿子，我的儿子！"

她叫得那么深情，像把眼泪都要叫出来似的。

我以为他们是母子呢，没想到走出几米远，向军回头指了一下，悄悄问我:"你知道她是谁吗?"

我摇了摇头。

"她叫冉雨桐,中文大一的。"

"冉雨桐?前几天我碰到一个叫王怀金的,跟我提到过雨桐……"

"就是她。"

"你怎么知道的?"

"我跟她是同乡,当然是大范围的同乡,她在城里,我在乡下。半个月前,我们开了一次同乡会。"

向军接着告诉我:"你别看她长得不怎么样,可那个声音啊,太美了!在这个世界上,还找不到一个词来形容她声音的美。同乡会上,她朗诵了自己写的一首诗。"

"写得好吗?"

"我跟你一样是小说家,不懂诗,但我敢说,她的声音本身就是人世间最美的诗。"

打上饭,我没跟向军一道去棕榈林,而是沿路返回,我是想看能不能再碰到雨桐。结果雨桐依然站在阅报栏前,抱着那个孩子。孩子显然哭过,睫毛上挂着泪珠,雨桐伸出手,为他擦。我惊奇地发现,雨桐也哭过,残存的泪水停留在圆乎乎的下巴上。这究竟是怎么一回事?那男孩是哲学系高老师的儿子,我们都认识的,那时候教师宿舍紧张,我们男生一号宿舍(简称"男一号")共五层楼,二楼上住的都是教师,高老师住在楼梯口那间屋,我从四楼下来,多次碰到这个男孩,雨桐跟他有什么关系?

后来的事实证明,她跟那男孩没有任何关系,不管遇上谁家的孩子,她都会去搂抱,都要深情地呼唤"我的儿子"或者"我的女儿"。可是那天我迷惑不解,我想一个刚进大学月余的女生,从根本上说还只是一个高中娃娃,怎么好意思把别人家的孩子叫"我的儿子"?而且还跟孩子一同流泪呢!

正如向军所说,她长得的确不怎么样,不仅个子矮,还略显胖,脸嘴也相当一般,额头偏高,鼻子偏短,即便说不上丑,也极其普通;只有她的头发，黑郁郁的，直得像有人绷着，拖到屁股丫。但我返回来，不是要审视她的相貌，而是要听她的声音。她开始呼唤的那两声"儿子"，音量低，并没引起我太多注意。我站在几米远的地方心不在焉地往嘴里刨饭，只希望她再说出几句话来。

她似乎看穿了我的企图，偏不满足我，只静静地让孩子贴在她的身体上。

她跟我们班那个林黛玉一样，连衣裙的背部开得很大，饱满的肌肤，在阳光下闪着柔和的白光。

好在没过多久，我就在非常正式的场合见识了雨桐的声音。

在我的印象中，西南文理大学周周都在搞晚会，那时候专门的礼堂还在修建当中，就暂时把第二食堂腾出来。那食堂空间很大，由于饭菜做得比别的食堂都难吃，去的人不多，桌椅少，腾起来比较方便，而且本身就有一个舞台。观众的座位，都是自己带凳子去。只要某一首歌突然间流行开了，晚会上必有人演唱，而且还会编成舞蹈。他们的迅捷反应，老让我以为他们就是那首歌的作者。

主持节目的是一男一女，男的我记不住了，因为经常换，女的却很固定。她是物理系学生，比我们高一个年级，名字很好记，叫娜娜，至于姓什么，我是多年以后才知道的。有些男人习惯于用马去比喻女人，老实说我对这比喻不喜欢，我觉得这当中暗含着某种色情的因素，但对娜娜，我也只能说她是一匹马，一匹空阔草原上的马。她身材高大，丰满逼人，那张脸，漂亮得无可挑剔。但这些都不紧要，我要说的是她的眼睛。晚会之前，上千人坐在台下，吵闹声如大河奔流，你只听到了喧嚣，却不知道喧嚣的源头。这时候娜娜上了台，她挺胸翘臀地站着，不说一句话，只把眼睛扑闪几下，台下立即鸦雀无声。那双眼睛大而黑——坐在第一排看她的眼睛，是那么大那么黑，坐在最后一排看，依然是那么大那么黑！她扑闪那几下，每一个人都觉得她的眼睛是在对自己说话。

我们都以为，在娜娜毕业离校之前，谁也取代不了她女主持的位置。

可是我们都错了。

这似乎首先应该责怪校领导对我们的高看。以前举办的晚会,全都是由学生自编自演,歌曲和舞蹈都是流行风,可这一次校领导心血来潮,请来一个旅美女高音歌唱家,搞独唱音乐会。那个胸脯高耸的歌唱家来重庆巡演,重庆大学、重庆师范大学、四川外语学院都没请她去,因为她的演唱是收费的,还不低,关键是她唱美声,那些学校认为自己的学生不会欣赏,就拒绝了,而西南文理大学的校长却给那歌唱家吹牛,说我们学生的素质在重庆大学生中首屈一指,不仅愿意而且完全有能力欣赏这种高雅艺术,他甚至说,你这一去,我得提前加固门窗,不然会把房屋挤塌。歌唱家来的那天下午就开始售票,十五元一张,现在听上去,只不过是看一场打折电影的开支,可在那时候,十五元就除脱了我们大半个月的生活费。情形正如校长所言,十分火爆。有些人并不想看,可害怕被瞧不起,也咬着牙帮去排了队。向军就是这样的人。向军的父亲是中国改革开放之后产生的第一代包工头,并不缺钱花,但他与人们意识中的包工头的儿子很不一样,他特别的节俭,有段时间,猪肉价格暴涨,学校就多卖鸭肉,数量太大,老是打整不干净,向军把肉买过来,细心地拔着鸭毛,每拔出一根,都把毛送进嘴里吮吸一下。可这回送出去十五块钱,他连盹儿也没打,还故意拼了命往前挤,生怕买不到票的样子,把票拿上手的时候,他举得高高的,举过了头顶,仿佛想以此表明:你们看,我对美声唱法是多么熟悉,多么渴望。我敢说,跟向军同样心思的人,多的是!

音乐会开始之前,校学生会领导和团委书记亲自把守大门,两人的神情都很专注,很紧张,提防那些没有票却打算往里瞎混的家伙。

那天我没去听,因为我没有钱。我去期刊阅览室看书,看到将近九点,感觉很疲惫,就回寝室去了。从阅览室到男一号,恰好要从第二食堂外经过。到底不是专门的音乐厅,还有老远,我就在幽暗的马路上听到了歌唱家的声音。那是一种我无法理解的声音,万古不变。我庆幸自己当时没有冲动,否则把十五块钱花出去,我会后悔的。我这么想着,进入了由夹竹桃和小叶榕编织的林荫道里。

在我毫无防备的情况下，一个人突然冲出来，狠劲地拧住了我的胳膊。

"张迁，你是张迁吧？"

我吓得魂不守舍，没回答他。他似乎也不需要我回答，说："快，进食堂听音乐会去！"

这时候我才在朦胧的灯影里认出来，拧住我的人是团委书记。

我说我没有票啊。

"不要票，进去听就是了。"

我完全被弄糊涂了，懵懵懂懂朝大门走去。大门敞开着。我站在门口朝里一望，天啊，空空荡荡的，费了很大的精神，我的目光才在角落里揪出那么十几个听众来。我明白了，那些花钱买票的，骨子里没那么高雅，甚至也没有高雅的愿望，到底听累了，玩不下去了，全都跑了。团委书记怕歌唱家难堪，更怕丢学校的面子，就去外面拉人。

我朝里走了几步，向军就招呼我了："张迁，过来！"

他招呼我的声音出奇的大，好在歌唱家那时候正双臂舒张抖动着身体演绎一段咏叹调，没在意这个毫无修养的听众。我走到他身边，他让出半边屁股，请我坐在他的凳子上。我根本就不需要问向军为什么没离开，在他心里，歌唱家的演唱就相当于拔出来的鸭毛，不能吃，也要吮一下。

谁知道，娜娜女主持的地位，就被这场独唱音乐会给毁了。

独唱音乐会说不上主持，娜娜的任务也就是报幕。她自己没发现，别人也没发现：她早已经被惯坏了！她觉得只是报幕很没意思，特别是后来台下没剩几个人的时候，她觉得不是歌唱家受了委屈，而是自己受了委屈，竟然哭哭啼啼地跑掉了！

校方认为，这场音乐会之所以丢了脸，全部责任都应由主持人娜娜承担。

她被没收话筒，请下台去，也就在情理之中。

接替她的人就是雨桐。

雨桐并没在正规场合显山露水过，学校是怎么找到她头上去的？对

250

此我并不清楚。我猜想是王怀金起了关键作用。王怀金跟雨桐是同班同学，别看刚上大学，却已挤进了校学生会，而且干得像模像样。他跟雨桐的关系，很长时间以来在我心里都是个谜。

雨桐第一次上台主持节目之前，娜娜去找了团委书记。她叫了一声"贺书记"，泪水就吧嗒吧嗒地往下滴。从那双黑葡萄似的大眼睛里流出泪水，任谁都会心软的，但团委书记没有心软，他语重心长地说："娜娜，这人活一辈子，看上去浑身都长着机会，其实不是那样的，机会只长在心里，心有多大？就这么大！"他握了一下拳头，"在这么大的地方能种多少庄稼？种一窝韭菜就不错了吧？……我要你记住的是，现在你已经揪掉了韭菜的一匹叶子，剩下的，你要学会细心呵护，好自为之。"话说到这个份儿上，娜娜知道没戏，不再流泪了，只诚心诚意地认错，并感谢贺书记的教导，随后说："雨桐没上过台，今晚我带她一下好吗？"团委书记深受感动，说："这才是我心目中的娜娜！"

那天夜里，当雨桐跟娜娜各执一支话筒走上前台的时候，台下响起呼呼的声音，那是在抽冷气。台上穿着黑衣黑裙的两个人，对比的强烈程度几乎超越了人们的适应能力。娜娜是在水草丰美之地长成的马，优越而高贵，雨桐却像是没见过世面的乡姑，她的高度，似乎只能到娜娜的肚脐，她那张脸，还没有娜娜身上的一片布漂亮！观众抽了几口冷气，终于发出不满的喧嚣，有人甚至直言不讳地高喊："太丑了，太不般配了！"喊声像长着四蹄，带着嗜血的偏好，弓着身子朝台上奔跑。

那天我的位置靠前，我看到那团跑上台去的黑影，在雨桐身上撕咬。雨桐的眼眶湿润了。

按照她们的设计，应由娜娜说第一句话，可娜娜高傲地扬着头，迟迟不说。要不是团委书记忍无可忍，走到幕布边大声提醒，娜娜还会继续那么受用下去。她照旧扑闪了几下眼睛，让大家安静了，才说："观众朋友们，今天我给大家介绍一位新人，她叫雨桐，中文系新生，今后的所有晚会，都由她代替我为大家主持。"话音刚落，台下一片嘘声，"我们只要娜娜"的呼喊声不绝于耳。娜娜把双手弄成一个环，放在腹部，朝台下深深地鞠了一躬,之后快步撤走,根本就没去幕后,而是把话筒放在舞台边的支架上,在众目睽睽之下跑出了食堂。

人们大声呼喊娜娜的名字。有人在砸凳子。局面已不可收拾。

团委书记这才明白了,娜娜今晚出场,纯粹是一个阴谋。

他扯下娜娜放下的话筒,带着怒气往台中央走,想把混乱压下去。

可走了不过两三步,雨桐的声音出来了。

雨桐一说话,团委书记猛然止住,随后静悄悄地退了回去。

那声音,是夜深人静时沙沙响起的春雨——你或许正坐在图书室看书,或者正躺在床上睡觉,甚至正处于梦中,但你绝不会认为自己跟春雨没有关系。有一个词常被用来形容女人的声音:甜美。这个词已经用烂了,人们的目光一滑而过,很少去注意它背后的意义,事实上,这是一个相当好的词。听到雨桐的声音,这个词就会复活,因为它会让你情不自禁地联想到一切甜美的事物。

我看见,雨桐在启齿的同时就微笑开了。娜娜也会微笑,但娜娜的微笑只是在嘴上,是外在的,雨桐的微笑却是由里向外绽放,带着厚度和质感,就跟她的声音一样。

人们很快被雨桐的声音迷住了。但这并不等于说大家就原谅了她的长相。正因此,大家虽然不再起哄,但给予她的掌声却并不热烈。而娜娜主持节目的时候,她获得的掌声比演员获得的总和还多。

从头至尾,雨桐的眼角都是湿润的,挂着浅浅的泪珠。

但从第三个节目开始,她就变得相当自信。她那一头直发,很娴静地披在脑后,每次上台说话之前,她都会把头轻轻地摇一摇,头发像明白了她的指令,泛起微微的波澜向下奔流。

是什么时候,观众开始注意到雨桐声音背后的智慧?我真说不清楚。我只是知道,观众成了雨桐身上的叶子,更确切地说是她身上的水珠。雨桐的柔,可不仅仅藏在她的微笑里,她整体就给人柔的印象和感觉,柔得往下滴。因为柔,使她具有无限的包容性,观众附着于她,离不开她,观众来看她主持的节目,哪怕彼此是根本就不相识的,只要雨桐站在台上,台下的人就像兄弟姐妹一般亲密。这种魅力，只有好听的声音显然不够，它需要声音背后的智慧，还需要观众能深刻地感觉到她。观众对娜娜只有欣赏，却不能感觉，娜娜主持节目，台词都是别人写好的，而雨桐从不要别人写，她自己也不提前写好，而是根据具体情形临场发挥。每一台晚会就像掌纹，有着各不相同的生命气息，雨桐的本领，是能识别这些生命气息并深深地浸泡其中。细细一想，娜娜除了会扑闪眼睛，还能干什么呢？娜娜最渴望的，并不是一台好节目，而是观众的目光、欢呼和尖叫，都朝她自己聚拢。雨桐却不，雨桐所要做的，是让你忘记她，她把一台死去的节目盘活，把一台奄奄一息的节目盘得生机勃勃，把一台寡淡的节目盘得有盐有味，你都感觉不到这是雨桐的功劳，而是以为节目本身如此。

最奇的是，在某一个时刻，某一个瞬间，台上的雨桐会乍现出惊人的美丽！

这种美是怎么来的，人们无法解释。

雨桐自然成了名人。

不管那些年的文学多么兴旺，我们几个在校园里颇有文名的人跟雨桐比起来，都暗淡无光。

但我们毕竟也算名人。在一个不大的范围内，名人与名人间接触的机会不会少。那次校宣传部召集文艺骨干开会，我跟雨桐面对面坐在一起了。刚跟她交谈的时候，我有些紧张，因为我不知道王怀金是否告诉过她能不能在《双江潮》发她作品的事。那天我显得太冷淡了。《双江潮》虽只是本油印刊物，但你别小看它，它不仅在西南文理大学的文学爱好者中有影响，在全国校园里也有影响。那时候许多大学都办油印刊物，彼此交换，一些声名显赫的文学期刊还常常从这些油印刊物上选发作品。

自始至终，我也猜不透王怀金是否对她说起过，因为雨桐显得那么端庄，而且话题风马牛不相及。

她说："张迁，你是一个值得信赖的人。"

"为什么？"

"因为你的眼睛像动物的眼睛。"

在我的观念中，人就得像人，她说我的眼睛像动物的眼睛，是什么意思？

她接着说："人们所谓修行，其实就是把畜生的一些特性呼唤出来。"

这就是她说话的全部风格。她的每一句话不做修改就可以上书，而且你得费尽心思去理解。我承认，跟她谈话我很累，因为我把握不住她。我跟她在一起，就像两个穿着溜冰鞋在平滑的玻璃上行走的人，很难有停下来碰在一起的时候。我本来想找她要一篇文章，可没把话说出口。

过了差不多两个月，她却主动交来了。但不是她亲自送来的，而是王怀金送来的。

从王怀金手里接过稿子，我有些不痛快，我想雨桐跟我已经很熟悉（那次在宣传部碰面之后，我们又交谈过好几次），她为什么不可以亲自把文章交给我？

王怀金离去后，我才扫了一眼文章的标题：《嘉陵江是红色的》。

二、雨桐死于爱情

雨桐遭遇车祸之后，网络和报纸出现了许多悼念文章，痛惜一个生命消逝的同时，也感叹一个主持情感热线多年，为无数痴男怨女指点迷津的女子，自己竟然在情感场上泥足深陷不能自拔，并最终丢了性命。也就是说，最普遍的看法是：雨桐死于爱情。开始，我对这看法深信不疑。雨桐让王怀金带给我的那篇文章，现在想起来，似乎已经透露了某些神秘的信息。可在当时，也就是我读了那篇文章之后，并不觉得好。我认为向军的话比王怀金的话更可信，也就是说，在我看来，雨桐的文字远不如她的声音迷人。她的文字太沉静，沉静如水，这种文字不适合《双江潮》的风格。当然，刊载是肯定的。我把它放在了比较重要的位置，却没有引起丝毫反响，它就像一株野花，由于没人注意，因此谈不上开放，也谈不上凋零。看到雨桐死讯的那个夜晚，我试图回忆那篇文章的内容，但回忆不起来。那是一团雾，从江面升起的迷雾。

雾起雾落都关情,都只有雨桐自己知道。或许,这正是她最深的寂寞……

关于雨桐恋爱的消息,首先是向军告诉我的。我们念大学那阵儿,学校严禁同居,恋爱却是自由的。听说现在有一些大学,不许恋爱,却无法禁止同居;同时我还听说,现在的大学生也可以结婚了,只是不提倡生孩子。这充分证明,现在念大学比我们那时候有了更多的苦恼。苦恼来源于选择。我们那时候没有选择,因而可以说是快乐的。但"快乐"一词,能够用到雨桐身上吗?她恋爱得太早了!胡适说过一句很经典的话:"恋爱是痛苦,恋爱的方法是忍受痛苦。"当然,所有痛苦都在水面之下,在人们看不见的地方。水面上是微风吹拂的涟漪,是笑容一展的波纹。

最初我看到的雨桐的爱情,就是那些波纹。

我记得很清楚,那天是冬至的第二天,星期日,我跟向军躲在广播站里校对《双江潮》。广播站在学校办公大楼的五层上,周末没别的人,清静是清静了,却又冷又空。重庆背着中国三大火炉之首的名号,因而很少有人去关注它冬天的冷,事实上,它冷起来跟热起来一样,不近情理。朔风吹来,太阳照常升起,可草坪上的黑霜却凛凛地闪着沥青似的寒光,终日不退。在这样的天气里干着枯燥的活儿,而且是跟向军一起干,我忽然间觉得很没有价值。向军自称小说家,其实他毫无文学细胞,文字功底也极差,说句不厚道的话,他连写封短简也写不清楚。有次我让他给重庆大学文学社写封信,邀请他们届时参加"双江诗会",重大文学社社长带人准时到来,社长有意无意把那封信还给了我,我不经意地看了一眼,发现总共四句话,有三句都有毛病,弄得我颜面扫地。我之所以把他拉到《双江潮》来,是因为他可以随时召唤,再说他还有个了不起的长处:写字就像字典一样准确,哪怕是一些很生僻很复杂的字,他也能一笔一画地写出来,毫无差池。除此之外,他还很细心。这种人当校对,再好不过了。那天我俩默默地干了两个小时,向军终于耐不住,用手掌抹去吊出来的鼻涕,叹息道:

"唉,要是雨桐能躺在怀里取取暖就好了。"

我嗤了一声:"做你的梦去吧,雨桐可看不上你这样的人。"

向军嘿嘿地笑,红了脸,而且一直红到耳根。看来我的话伤害了他。我原以为他是不怕伤害的。

"我的意思是,"我解释说,"雨桐在忙别的事情,听说她还准备考研,根本没时间谈恋爱。"

"错,她已经恋爱了!"

向军表现得那么激烈,使我禁不住多看他两眼。

不需要问,我就猜得出雨桐会跟谁恋爱。仿佛为了印证我的猜测,那天我跟向军下楼去,就碰到王怀金和雨桐在花园里散步。正是吃晚饭的时候,他们端着饭碗,一边咀嚼一边交谈。

我望着他俩的背影,心里生起一种奇怪的担忧。

从生物学的意义上看,他俩并不般配。王怀金至少有一米八五,而雨桐最多一米五五;王怀金长得相当俊朗,雨桐却相貌平平。然而,男女的结合在很大程度上并不取决于生物因素,那两个人都是少有的优秀分子,雨桐自不待言,王怀金的组织才能和果决性格,使他在学生会生根发芽,得到了老师和同学们的充分认可。既如此,我还担忧什么呢?我担忧的是雨桐在舞台上灵光乍现的惊人之美,担忧她本身还是一个孩了,就深情地把别人的孩子搂进怀里呼唤儿子或女儿……

或许,如后来的不少怀念她的文章里所说,雨桐别有一番宁静、优雅和知性的风韵,是兰心蕙质的冰雪女子,但我总觉得,她的行为举止当中,有着某种危险的因子;危险不是施加于别人,而是施加于她自身。我渴望把这些想法跟人交流,但找不到对象。身旁的向军自然不是我交流的对象。他一路沉默,像在忍受着寒冷带给他的苦痛。直到走过中心花园,马上就进入通往宿舍楼的那条林荫道上,他才开腔说话了。他告诉我,王怀金是雨桐的老乡,真正的老乡,一条街道上的。

"哦,青梅竹马!"

向军咧了咧嘴:"我见不来王怀金那小子。自以为是!"

王怀金的确有些自以为是,但那是骨子里的,表面上他还是相当谦和,每次见到我,都热情地打招呼,见到向军也是。这就足够了,你没有权力干涉人家骨子里的傲气。

在很长一段时间里,学校的林荫道都像专门为王怀金和雨桐设置的,不知有多少天,吃晚饭的时候,我从广播站出来,都能望见他们并肩散步的身影。他们究竟说些什么?从小一块儿长大的人,哪里还有那么多话往外掏?王怀金说话是简短平实的,雨桐说话却是汩汩滔滔,且从不偏离主题的,王怀金跟得上她的节奏吗?有足够的机敏去理解吗?如果他们没有谈别的,只谈爱情,就更不可想象。我不相信男女之间别的什么也不说,只是长年累月地倾诉衷肠,我只相信要真有这样的男女,他们的爱情必是死路一条⋯⋯我想着这些不着边际、如烟如雾的事,心灵深处空旷而感伤。

那时候,校园广播里正播放着《渔舟唱晚》或者《春江花月夜》(我编辑好广播稿,就交给播音员,在播音的间隙,她总爱放这两首曲子),古筝弹奏的,扯心扯肺。

我真心祝愿他们就这么一直走下去,忽略了我的室友和搭档向军的感受。我曾经疑心过他爱上了雨桐,仔细想想又觉得不可思议,就丢开了。直到有一天,向军回到寝室,趁他人不在的时候(我们那时候睡上下铺床,每间寝室住八个人),怒气冲冲地对我说:"冉雨桐不是人,是妖精!"

我诧异地盯住他,问怎么回事。

他告诉我,当天晚上,他约雨桐出去了。也没走远,就是距大校门右侧五十米开外的一家茶楼。他没拐弯抹角,直接对雨桐说:"我喜欢你,我希望你能做我的女朋友。"

听到这里,我的好奇心被撩拨起来了,问雨桐怎么回答。

"她没有回答,始终微笑着,淡淡的微笑,想抓又抓不住的那种,就像她在舞台上一样。张迁你想想,面对这样的女人,你还有什么脾气?我觉得自己成了她的笑柄。"

他这几句话倒说得有点小说家的味道。

我说:"不会吧,我相信雨桐会珍惜每一个向她表达爱意的人⋯⋯"

这是我的真实感受。

向军闻言,怒气更大:"她心里只装着王怀金,别的男人向她求爱,只会成为她生活的点缀!"

我没言声,心里想的是,这"别的男人",就看是什么样的男人了,人家雨桐答应你的邀请去茶楼,你向军就该知足。谁知他接着说:"你实在没必要高看她!就算她本人很杰出,可杰出的女人所爱的男人,往往不是莽夫就是愚夫,不是愚夫就是俗夫,杰出的女人在爱情面前,全都是瞎子!"

我终于哈哈大笑。

向军却苦恼不堪。他告诉我,他刚上大学的时候,父亲就给他下了任务:要谈恋爱,就找个名女人。父亲说,我们现在不缺钱花,就缺名,只有钱没名,照样被人瞧不起。父亲还说,那些把我叫暴发户的家伙,看我的时候,眼睛直愣愣的,像要看穿我的皮肉,看到我骨头里的卑贱,去他妈的!所以父亲说,你要找就找个名女人。你自己当然要闯出名堂,之后再找个名女人,就好上加好。

向军还告诉我,他曾经打过娜娜的主意,可娜娜太漂亮了,漂亮得让他不敢近身,再说她比我们高一个年级。说来说去,雨桐是最好的人选,她比娜娜更有名,长相普通,又是老乡,年龄也合适,多好啊,没想到王怀金那小子近水楼台先得月!

说到这里,向军双手揪住头发,声音哽咽起来:"我怕是很难完成爸爸交代的事了……"

看来他是个孝子。

许多人蹚入爱情之河,都会事先为自己扔下一块浮板,或者准备好船只,但雨桐拒绝这些,她双腿一跃,就跳了进去。她的水性并不好,一跳下去就被淹没了。在水里,她看到了混浊的蓝光,她把这当成了爱情的营养。她以为自己会像珊瑚一样开出花朵,并没在意自己不是珊瑚。她的肺只适合陆地,在水里没法呼吸。当她胸闷气短的时候,只有一个人才能为她输送氧气。

但遗憾的是,这个人那时候大概已经不在河里了。

第二学年元旦那天,学校照例要举办晚会。这台晚会非同以往,因为附近好几所大学,包括重庆幼儿师范学校,都汇聚到西南文理大学来了,是一台联办晚会。西南文理大学在重庆并非名校,最近半年来,搞活动的时候却有极强的号召力,除了可以容纳上万人的礼堂已经落成,据说更重要的原因,是有一个魅力超群的女主持。

可是,那天雨桐却没有出现在晚会上!

她病了。

她的病是自己制造的。那天午饭后,她本应该去团委办公室开会,商讨晚会事宜,但她没去。团委书记并不计较,团委书记对她心中有数,心想只要她下午去参与彩排也就够了。作为主持人,你再聪慧,再机敏,最后一次彩排你得参与进去,这样才能让自己的身心成为整台晚会的一部分。彩排从下午三点开始,所有人马都到齐了,就差雨桐。在外人面前,团委书记脸上有些挂不住,自己站到舞台上去,无话找话,逗大家的乐子。可时间在一分一秒过去,你总不能这么一直逗。他终于看了一下表,已经三点二十,再不能等了。团委书记咕哝了一声:“黄瓜还没长蒂蒂,就要大牌了!”他顾不了那么多,扬声喊:“王怀金!王怀金!”王怀金那时候正在调节音响。其实音响早就调节好了,他一会儿把电流弄得吱吱叫,一会儿把话筒吹得呼呼响,也就是为了遮掩雨桐的迟到。

他快步跑到团委书记身边,没等吩咐,就说:“我去叫她。”

雨桐独自躲在寝室里。王怀金站在外面叫,无人应,但他听到里面传出细微的响声,紧接着传出艰难的咳嗽声。王怀金的心蹦了一下,扭了扭门把手。门并没锁死,一扭就开了。屋子里烟雾弥漫,辛辣之气呛得王怀金锁紧了口鼻。雨桐抽烟了。她以前从不抽烟,现在却抽了大半包,手里还夹着一支。那支燃了半截的香烟,烟头像发红的眼珠,警惕地盯住来人。王怀金抢上一步,把那支烟夺过来,掐灭扔掉了。昂着头的雨桐,这时候像被人打断了脖子,只听砰的一声,额头磕在了书桌上。

王怀金去扶起她,问怎么回事,回答他的,是像要把五脏六腑都空出来的呕吐。

她就那样错过了那台晚会。

后来我们知道,她之所以躲在寝室抽闷烟,是因为爱情的失意。

分明知道晚上有一台重要晚会,却不管不顾。

她比娜娜走得更远。远到天边。

"水天相接,烂云汪洋……"我想起来了,这是雨桐让王怀金交给我的那篇文章里的句子。在那整篇文章里,这是最恣肆的两句,显得特别的突兀。我相信,不仅我没在意这其中所包括的意象对雨桐意味着什么,王怀金也没在意。

直到那一天黄昏,雨桐在嘉陵江边割破了自己的手腕。

她割手腕不是用刀片,而是用石片。她所站立的地方,刚好有一块像指节那么长的石片,雨桐将它拾起来,用指肚试了试刃,锋利得像刚刚磨过。"这是专门为我准备的吗?"她想。这么一想,她带着感恩的心情望着江水,然后又望了望天,就摊开左手,用石片在腕子上割。血流了出来。那第一滴血出来时像刚刚结束冬眠的动物,很畏怯,但很快就胆大了,迈开四蹄奔跑了。雨桐希望她的血能向天上飞,飞到天边的烂云里去,但她的血没有依从她的愿望,很不体面地朝下滴落。在她的脚边,放着两样东西:一本法国小说,一本日记。软软的江风吹过来,血在风里摇摆,一会儿滴在小说上,一会儿滴在日记本上。雨桐很专注地看着它滴落的姿势,被一个恼人的问题纠缠:在我有身体之前,谁是这些红色之物?从我身体里跑掉之后,这些红色之物又将是谁?

她流了泪。模糊的泪眼里,嘉陵江像长满红草的峡谷,艳丽无比。

是重庆大学几个游江的学生把她送到西南医院去的,当时她已经倒在湿润的沙滩上,处于浅浅的昏迷之中。这几个学生中,有人看过她主持节目,知道她的身份,也有重大文学社的,知道通过我可以联系到她的老师,于是,他们派出一人到了西南文理大学,直接寻到我的寝室。我问王怀金在不在,他不认识王怀金,说没别的人,就她一个。我让那人先回去，自己再飞奔到学生会办公室。我知道王怀金课余时间只要不跟雨桐在一块儿，大多数时候都待在学生会。他听了我的描述，异常紧张，问需不需要告诉辅导员。要在平时，他绝不会为这事征求别人的意见。他的果决和老成是出了名的，凡认识他的人都说，他根本不像低年级的学生，而像是在社会上摸爬滚打了若干个回合的老江湖。老实说，那时候我很瞧不起他，作为男人，不该把一个为你而伤情的女孩折磨得这么苦——她都割腕自杀了，你却在犹豫该不该告诉辅导员。我说："你看着办吧，我先去医院。"

雨桐已完全清醒。我站在病房门外，再次发现了她那倏然到来又倏然消失的惊人的美丽……

她也看见了我，朝我笑。我走进去，站在她头边，以轻松的口气问："感觉舒坦些了吧？"

她笑得更加灿烂了。"谢谢你。"她说。

"我没想到张迁这么有趣。"她又说。

我一点也没觉得自己有趣。

她看出我的迷惑，解释道："我刚才还在想，会是谁第一个来看我，问出的第一句话又会是什么。结果你来了，你没问我为什么割腕，而是问我的感觉是不是舒坦些，好像我放血只是为了治病。为这两件事，我谢谢你。"

她的眼里闪耀出晶亮的光芒，天真得像个孩子。这在她是极其少见的。她很忧郁，这是我们对她的集体感受。她时时挂在脸上的那抹微笑，恰恰是她忧郁的标签。

但我不能贪功，我说："只不过被我第一个碰上了……王怀金马上就来。"

她的枕头睡得不瓷实，我帮她整理。这只是一个借口，我是想站在另一个角度，观察她的表情。她的表情淡极了，像王怀金这个名字，仅仅是一个名字而已。但她随即又想起了什么，皱了一下眉头，嘴噘起来，问我："张迁，你去过嘉陵江吗？"

我说去过，去过无数次。我不仅去过重庆境内的嘉陵江，还去过嘉陵江的源头。

"你坐下。"她说。

我在旁边的凳子上坐下来。

"你能讲一讲你看到的嘉陵江吗？"她这样请求。

我说好哇。我看到的嘉陵江从头至尾都是安静的，它想着它自己的事，无暇他顾。

"你真幸福，"雨桐说，"而在我眼里，它就像一头饥饿不堪却无草可吃的牦牛，就像一只被群狮围困无处可逃的野马……只有今天，我看到了艳红色的嘉陵江。不要以为，我是割破了手腕才产生了这种幻觉，不是这样的，我是首先看到了那样的江水，才拾起了沙滩上的石片。我想跟江水融为一体。"

很早以前，她就说嘉陵江是红色的，直到今天，那种意象才奔流到她的眼底下来。

那么，她看到的牦牛和野马，是否也会在某一个时刻在她的生命中呈现？

我明白了，我们看到的任何事物，哪怕是一只飞鸟，哪怕是一根电线杆，其实都是我们的心……

王怀金来了。看来他并没去告诉辅导员，自己也早已恢复了镇定。镇定起来的王怀金，不由得让人对他产生信任感。他身上的肉并不多，却给人相当强壮的感觉，这可能是他骨节太大的缘故。他的脸部轮廓分明，嘴唇坚毅有力，说话的时候，胸腔里像装着混响。

他说："我来晚了。"

雨桐说："没关系，我并不要紧。"

他们都说得那么理性！

我弄不懂他们的关系。真的，一点不懂。有一阵儿，我很想偷看一下雨桐的日记（带着血迹的小说和日记，都放在她的枕头底下），但也只是想想而已，偷看别人的日记，破坏了我的原则。

那些天，很多人都去医院看雨桐，包括娜娜。娜娜还有几个月就要毕业离校，正在忙碌地准备毕业论文。雨桐自己心里也清楚，要是没有她的出现，娜娜犯再大的错误，也不可能被赶下舞台。一直站在舞台上的娜娜，往后的人生就会顺顺当当地走下去。那时候大学毕业生是包分配的，娜娜还在读大二的时候，重庆某歌舞团就已经盯上她了，团长亲自找娜娜谈过话，希望她毕业后去团里供职。后来，娜娜像一盏灯那样熄灭了，既照亮不了别人，也照亮不了自己，那家歌舞团的团长，连娜娜是谁也早已忘记，更别说记住找她谈过话的事了。看来，娜娜只能回到她那个中国北端的边陲小镇，在一年中有长达半年的冰天雪地里，去慢慢冷静和孕育。这些事情，都在学生中传扬，雨桐也听到过，因此，她对娜娜抱着深深的愧疚，娜娜去医院看她，完全出乎她的意料。

但娜娜拒绝接受雨桐任何表达歉意的话，她高傲地挺着脖子，站了一会儿，对雨桐一句话也没说，就走了！在场的所有人都觉得娜娜过分，但雨桐没有，娜娜的背影刚在门口消失，她就泪流满面。

谁也摸不透她究竟是因为什么而流泪。

时光飞逝。我原以为，我的大学可以无休无止地念下去，结果很快就走到了尽头。那种从云端降落的感觉，至今还存活在心灵深处。我被分回老家川东北某市，进了一家广播电视报社当编辑。从那以后，我就没跟雨桐联系过，雨桐毕业去了哪里，是否还是那么忧郁、那么多愁善感且容易自伤，我一无所知。我打卡上班，结婚生子，在坚硬的生活之路上亦步亦趋地行走，文学成了行囊，开始还带在身边，背在身上，后来就干脆扔掉了。十年的时间里，我学会了用酒精去打发黑夜，学会了在领导面前说好听的话（即使算不上阿谀奉承），学会了为蝇头小利去跟同事斗心眼儿……这些事情，在我念大学的时候想也不会想，连听说世间有这样一种人生，也觉得那是暗无天日的人生，与自己不可能有任何牵扯。然而，当我混迹其间，却越来越发现它不可抵挡的乐趣。

直到有一天，我看到了一则报道。

我们的报纸与全国许多家广播电视报互相交换,通常情况下,我不会去翻那些报纸,它们跟我们的报纸一样,只对明星的绯闻津津乐道。但有一些消息,注定了不会错过。那天午后,我的同事利用上班之前的半小时在下棋,我百无聊赖,将一个信封扯开,里面是一份成都出版的报纸,我随便一翻,就看到了有关雨桐的消息:峨嵋音乐电台著名节目主持人雨桐,将于本周六签售她的第一部散文集。

我像被人打了一拳,静静地坐在那里,感受着内心的疼痛。

雨桐都成著名节目主持人了,而且出散文集了,而我,却在庸庸碌碌地打发光阴。

一个从骨子里热爱文学的人,文学必将成为他一生的牵挂。文学之梦在我心里复活了。其实它从来就没死过,我把它扔在远处,但它并没死去,它在远处生根,而每一条根须,都连着我的灵魂。

我毅然辞职,离开单位和故土,离开让我懒惰、让我庸俗的环境,到了成都郊外,从事职业写作。

现在,我跟雨桐居住在同一座城市了,虽然她在城里,我在城郊。我多次涌起跟她联系、跟她见面的欲望,但最终都打消了念头。我甚至都没去收听过她主持的节目。

有关她的消息我倒是不断从媒体上看到,最后一条,就是关于她的死亡。

她是从男朋友的车里翻到马路上摔死的。而这个男人,已是雨桐毕业之后结交的第四个。

这四个男人,没有一个是王怀金。

三、情感热线背后的黑洞

雨桐主持的情感热线叫《雨桐热线》,深夜十二点开播,每天一小时。我一直觉得,夜里十二点是一个相当暧昧的时间,它处于今天和明天之间,处于睡和醒之间,处于阴和阳之间。因为暧昧,所以脆弱。人们躺在临界点上,很容易进入幻觉状态,不知道是该前还是该后:想往后靠的,性情多半忧郁,就像雨桐那样;想朝前冲的,血汁又易兴奋,而兴奋照样是一种脆弱。脆弱是需要抚慰的,雨桐选在这个时间段主持节目,可谓如鱼得水。虽然我从没听过她的主持,但我完全相信媒体的宣传:每到十二点,成都的男人女人们,就收拾起一天的风尘,静静地偎在收音机旁,听雨桐聊天。同时我还想象得到,无论雨桐回答哪一位听众的问题,所有的听众都认为她是在对"我"说话。雨桐有这样的本领。但往深处说,这不是本领,因为雨桐谈话的对象只有一个:她——她自己。在不少怀念她的文章当中,都提到一个词:善解人意。当然,这是肯定的,可很少有人知道,她的那些细腻的情感和明明白白的道理,都不是说给你听,而是说给她本人听。她是在安慰自己的过程中安慰着你。你听着她说话,你会觉得,她正走在一条宽敞又顺畅的道路上,却不知道在热线的那一边,坐着两个雨桐,一个雨桐劝慰着另一个雨桐,而你,只是临时的听众。

临时的听众听进了她的劝告,深受感染,块垒冰释,当这个档期放响结束曲的时候,你可以安然入睡,而热线那边的两个雨桐,却疲惫地融为一体,沉入深深的寂寥。

她把自己掏空了。她贡献了自己的能源,照亮的却不是自己。

其实,她压根儿就不适合做这样的节目。

对此,她不是没有认识到。大学毕业后,可供她选择的单位多的是,包括曾想接纳娜娜的那家歌舞团,都热切地想把她收入帐下,毕竟她跟娜娜不同,娜娜只有美丽的躯壳,而她却有丰富多汁的瓤。在她念大四的时候,重庆所有大学联合举办大型活动"校园之春",开幕式和闭幕式晚会,都是雨桐主持的,她在晚会上光芒四射;在她毕业的前三个月,重庆举办影展,邀请了全国众多名流,开幕式晚会的女主持,竟也是雨桐!次日的重庆各大媒体,都登出了她的照片,称她是名副其实的才女,是用心灵说话的精灵。有一份报纸干脆用《另一种美丽》做了标题,意思是智慧之美终将胜过肉体之美。这样的人物,自然是有吸引力的,多家单位要她,也在情理之中。但雨桐一家也没看上。系里劝她留校,她也拒绝。她似乎已经厌倦生活了四年的城市,离开重庆去了成都。

成都当时有家杂志社希望她去做编辑。她对这份工作充满了向往,表现出了少有的激情。

遗憾的是,她刚到杂志社一个半月,编辑的稿子一篇也没发出来,杂志就办不下去,说垮就垮了。

几十天前还是炙手可热的人,一时竟无处可去,还是在同学的帮助下,才进了一所中学教书。

她教的是初中一年级。

那天她披着长发,化着淡妆,走上讲台。

让人无法想象的是,这样一个经历过大场面的人,在讲台上足足站了五分钟,也没说出一句话!

那堂课不仅有她的学生听,后面还坐着几位校领导。校领导来有考察的意思,因为她的关系还没有转到学校去,尽管推荐的人担保说她是才女,可她毕竟没教过书,教书不同于站在舞台上营造气氛,也不同于坐在书桌前写文章,它需要的是把有用的知识传授给孩子。所谓有用,不是你说了算,是考卷说了算,多了不要,少了更不行,这样才能帮助孩子顺顺利利地考学。校领导想看看雨桐的肚子里到底有多少墨水,最主要是要看这些墨水是否"有用",是否能把"有用"的墨水装到学生的瓶子里去。

这其中的利害关系,雨桐自然是明白的,但就像主持情感热线一样,明白的是另一个雨桐,真实的雨桐管不了这么多。她站在台上,并不紧张,只是沉默。那年月,正流行各种教学法的实验,学生们还以为新老师在尝试一种闻所未闻的"沉默教学法"呢,因而规规矩矩又安安静静地坐在凳子上。可领导们着急了,一堂课四十五分钟,称职的教师,要向每一分钟要效率,可雨桐眼睁睁地就浪费掉了九分之一,而且看那样子,她还会继续浪费下去!坐在后排正中分管教学的副校长咳嗽了一声,咳嗽声里包含的警告意味,连学生都听出来了。有一个女生很同情地望着雨桐,泪水含在眼眶里。而这时候的雨桐,也发现了那个女生。她早就发现了,一进来就发现了,正是那个女生羊羔似的无助与无辜,深深地刺伤了她。

她走下讲台,到了那个女生旁边,拉住她的手,浑身抽搐!

这样古怪的事情实在不该发生!可是它发生了。发生了这样的事,即便学校愿意收留,她自己也待不下去。她在那学校一共待了四个月(此后在政教处打杂,没再上过讲台),就离开了。

她离开得悄无声息,既没给学校打招呼,也没跟父母商量。雨桐本是川西雅安市天全县人,但在她毕业前的半年,父母搬到了成都市里。作为独女,她毕业分回成都,大概是希望跟父母离得近些,让他们放心,也让自己放心,但是,在成都的几个月时间里,她却很少回家。

离开那所中学后,谁也不知道她去了哪里,连一直关注着她的王怀金也不知道——王怀金毕业后去了西安,跟雨桐保持着经常性的联系——直到年余过后,重庆一家电台传出她那甜美滋润的声音,熟悉她的人才知道,从重庆走掉的雨桐,又回到了重庆。

这种路径,在雨桐那里几乎成为一种象征。

当你抛弃了一种东西,后来又发现那种东西十分珍贵,希望把它捡拾起来的时候,你就得弯腰。雨桐就职的那家电台,在雨桐毕业前曾以巨大的热情邀她加盟,她淡然地回绝了,因为淡然,所以不留一丝缝隙,让一条大鱼在眼皮底下溜走,台长相当自责。现在,雨桐自己回来了,他们之间主动和被动的关系发生了逆转。雨桐以不卑不亢的姿态进了台长办公室,说她是来找工作的。此前台长助理已接待了她,听她说明了自己的意图,助理说,台长正在接待别的客人,让雨桐进休息室等候。这时,雨桐已清楚地知道了自己的处境。其实她早就知道,她带着创伤回到重庆,并不是要在伤口上舐食血痕,而是向自己挑战。在她那里,主动和被动有着另外的理解:别人抢她的时候,她是被动的;她反过来去找别人,才由被动变为了主动。正因此,她坐在休息室里,才能够平静地品尝女员工送上来的茶水。这个女员工叫青慧,是骨干节目主持人,在台里很受宠,对面前这位女子,青慧是知道的,因此对她带着深深的戒备,把茶水递给雨桐之后,她就进了台长助理办公室。台长助理正在网上搜罗有关雨桐的最新信息。那时候,网络不像现在这么发达,写博客的人不能说没有,但肯定很稀少,要找到一个普通人的信息并不容易(很显然,雨桐当时早就沦落为普通人了),好在成都那所学校的教务主任写了篇文章,发表在某家刊物上,刊物又将其贴在了网上。文章探讨教师的心理素质问题,重点就以雨桐为例,而且用的是真名真姓。助理和青慧共同阅读了这篇文章,两人都心中有数了。

助理打电话给台长汇报的时候,青慧回到了休息室。

一个本该呈现落魄相的人,却那么娴静,使青慧大为不解。

台长接见了雨桐。听雨桐说自己是来找工作的,台长说:"我们这池子太小,恐怕容不下你。"

他以为雨桐会向他求情,可是雨桐说:"再小的池子,也可以把它变大。"

台长一惊,心想,人才到底是人才!

这时候他已经决定收留雨桐了,但他忘不了多次诚邀雨桐却被她淡然拒绝的旧恨,说:

"我们这里适合你的岗位都满员了,只有广告部还差人。"

"我就是想进广告部。"

"嗯?"

"我需要生活积淀,跑广告便于我跟三教九流打交道。"

台长用力地捻着他那个紫砂壶的錾儿,说:"好,好,就这样。"

雨桐在广告部干了整整一年,拉来了不少财源,连那些根本不把电台放在眼里的商家,也出巨资在他们台上了广告。不知情的外人,以为雨桐凭的是能说会道,但她的所有同事都给出了这样的评价:"她特别能吃苦,骨子里特别要强。你看她那眼睛深处的忧郁,再看她的那一头直发,跟三毛的气质很相像,三毛就是一个要强的女人。"

然而,哪怕她把国外的大财团拉进了台里,台长心里也明白:这不是她要干的! 因此,在这一年时间里,与其说是雨桐自己在寻找机会,不如说是台长在帮她寻找机会。机会终于来了。台里要调整节目,台长对青慧说:"你那档节目要加强,你自己挑一个喜欢的同事做搭档吧。"

青慧谁都可以喜欢,就是不能喜欢雨桐,但她很醒事,知道台长的意思,就说:"我挑雨桐。"

台长说:"好!"

那时候的节目,沿袭了以前的名字,叫《青慧工作室》。自从雨桐加盟,听众们发现,《青慧工作室》像春水一样漫涨起来。他们以前听节目,听到的是一条清浅的溪流;现在听到的,却是一条丰沛的江河。雨桐没有食言,她把一个很小的池子变大了。青慧打心眼儿里佩服她,并最终跟雨桐成了朋友。

在这期间,雨桐结了婚。这件本不该是秘密的事情,却被搞得相当神秘。雨桐是怎么恋爱的,那个男人是谁,他们是否举办过婚礼或者什么时候举办了婚礼,台里没有一个人知道。

有一天,雨桐对青慧说:"去我家里坐坐吧。"

青慧去了,见到了一个殷勤而帅气的男人。雨桐介绍:"这是我丈夫。"

青慧愣住了。这个比雨桐年长两岁、爱恨都很单纯的女子,无法想象一个女人可以阴悄悄地结婚,更无法想象这个女人阴悄悄地嫁与的那个男人,竟是如此英俊!那天,青慧留下来吃饭。从烧水做饭到洗碗涮锅,都是雨桐的丈夫在干。青慧并不欣赏这样的男人,她觉得男人就应该有男人的样子,所谓"大男子气",并不完全是个贬义词。可是,雨桐的丈夫实在太帅了,这么帅气的男人做着琐碎的家务,免不了让青慧可怜他。有一阵子,她都差点去帮他择菜。但她到底没那样做,冲动之后,她相对理性地去审视这一对夫妻,发现自从进了家门,雨桐跟她说话就三心二意,雨桐水样的目光,一直在丈夫的身上荡漾。而她丈夫做家务活儿的时候,哪怕只是把饭碗送到餐桌上来,都显得笨手笨脚,这证明,他并不常做家务。他们是在合演一出戏。事实上,家家都可能演这样的戏,但别的人家演戏的同时,会把话说穿,表明他们之所以如此,是因为妻子的朋友来了,要给妻子腾出时间跟朋友说话,而雨桐夫妇却把戏演得相当认真,甚至严肃,他们的一举一动,都要竭力证明,这不是戏,而是生活。

敏感不亚于雨桐的青慧，就是在这一点上看出了他们婚姻的裂痕。当雨桐又是没跟任何人打招呼，离开电台离开重庆之后，各种负面猜测纷至沓来，只有青慧为她辟谣。

青慧说："她一定是离婚了。"可离婚也不至于非要远走吧？青慧说："一定是她丈夫爱上了别人，而雨桐又太爱她丈夫！她之所以离开，是不想让身边的人同情她，不想别人追问，不想她的朋友和仇人知道她到底有多伤心！"

这是真的吗？青慧说得对吗？

暂时的，我们谁也不知道……

当我对雨桐的一些故事有了直接或间接地了解，心里就对一个人相当不满。这个人就是王怀金。

我相信，任何一种生命都需要拯救，因为任何一种生命都带着伤痕、苦难和罪孽。无论拯救者是谁，在被拯救者心里都是上帝。雨桐的心里有一个上帝吗？她自己不会成为自己的上帝，至于别的人，我感觉到，只有王怀金才能真正走近她，他们在西南文理大学校园散步的情景，是一幅多么让人动情的画面！晴和的日子里，他们身上披着傍晚的霞光，霞光从密集的枝叶间筛下来，斑斑点点地描摹着他们脚下的路；雨天里——只要不是瓢泼大雨——他们照样一块儿散步，他们浑身上下湿漉漉的，却从不打伞，而且步态从容，雨桐垂至股间的直发，亮晶晶地闪耀着雨珠的光芒，使人自然而然地听到瀑布的声音，那声音是一种媒介，使天和地亲密，同时也让她和王怀金亲密。可是，在雨桐往后的风雨人生中，王怀金怎么有权利让自己躲开？我觉得，他毕业后之所以远赴西安，就是为了和雨桐拉开距离，尽管他跟雨桐保持着联系，但他无法否认一个事实：他把自己当成了雨桐生活的局外人。当然，我承认，在学校的几年时间里，我从没看见过王怀金跟雨桐有过亲热的举动，连在雨天里搂一下雨桐的肩膀也不曾有过，但这又能说明什么呢？当两个人彼此成为影子，肌肤之亲真的就那么重要吗？那只不过是迟早的事情，只不过是心灵相通的某种仪式。它连门也算不上。

可是不然，在王怀金那里，不仅有一扇门，门上还挂着一把生锈的大锁。他把门锁住，不让雨桐穿行，然后他自个儿躲在门后，安闲地坐在一把椅子上，一边喝茶，一边偷窥雨桐在泥水里挣扎。

雨桐离开重庆后又回到了成都，我感觉到，她是在努力为自己画一个圆，可终其一生，她也没找到交合点。她需要温暖和引领，而那个本该给予她温暖和引领的人，却躲在门背后偷窥！

得知雨桐死讯的第二天上午，我去了普光寺。我想去看她最后一眼。

普光寺在成都西郊。我住在东郊，要到西郊，需穿越整个市区。我没有车，连自行车也没有，只能乘公交车去。我有意避开了上班的高峰期，但人还是那么多，老的少的，男的女的，都在为各自的生活兴兴头头地奔忙。当我站在车上，被拥挤的人推来搡去，心里酸得厉害。在这个世界上，有数十亿人口，仅在成都就有一千多万，却容不下一个雨桐。

我深切地感觉到自己丢失了多么重要的东西。

雨桐活着的时候，我为什么不约见她一下？至少，我也应该听听她主持的节目！

人生中的一些事、一些人，说错过就错过了，永远也找不回来了。

我没有带花圈去，这样做是不想打搅雨桐。我觉得，新亡之人，都是通过花圈与活人建立联系，我害怕雨桐见了我送的花圈，她的灵魂就要腾出一部分精力，来跟我打招呼。而我希望她安息。

虽然住在成都已有好几年时间，但我对这座城市一点也不熟悉，别说东西之隔，就是附近的一些街道，我也相当陌生。我原以为普光寺只是一个普普通通的地名，没想到真是一座寺庙。

雨桐的遗体怎么会放进寺庙里？

正如报上所言，已经有一批花圈送到灵堂前，只不过不是十多个，而是好几十个。我站在灵堂之外朝里张望，花圈挡住了我的视线，我望不见装殓雨桐的冰棺。我对自己说："你应该进去。"可我始终没有进去。我进

271

去能跟她说什么呢？更重要的是，我不相信雨桐真的死了，我害怕冰棺里的躯体给予我她确已死亡的证据。既然来了，又不去看她，那么我来干什么？我无法回答，但我就是拒绝跨过那道宽大的门槛……在灵堂的门口，站着两个臂缠黑纱的人，一男一女，头发都已经花白，神情都很麻木，我猜想他们是雨桐的父母。秋风萧瑟，送来经堂里清冷的木鱼声，我不知道这声音在两个老人听来，是不是预示了女儿来世的幸福，我只是凭着一个俗人的信念，觉得他们挂念和痛惜的，一定是女儿的今生——那个躺在冰棺里，已经结束了的生命。

在灵堂外转悠一阵儿，我出了寺庙。寺庙两边都是繁华的街道，各种各样的世俗生活，在街道上哗哗流淌。这样的格局，想一想就觉得是件很有意思的事情。人们永远处在夹缝当中，既要给自己的身体交代，又要给自己的心交代，可到头来，很可能没有任何一方得到了真正的交代。

我选了一家干净的茶坊，进去独坐。茶坊虽离寺庙很近，但我听不到木鱼声，只有寺庙里特有的香火气息，隐隐约约地从窗口飞进来。要在以往，我不喜欢这种气息，可是今天，我不仅喜欢，还心存感谢。我希望这种气息更浓一些，希望它彻彻底底地包围我，浸润我。

我原计划坐半点钟就回去，可是，当我感到饥饿难忍的时候，看了看表，已是下午一点多了。

幸好坐了这么长时间，要不然我就碰不到王怀金了！

王怀金是从西安坐飞机赶过来的，也是独自一人。我在茶坊旁边的一家小食店刚吃完一碗米线，他过来了。我们的目光几乎同时相对，也同时把对方认了出来。我们都笑了。尽管这一笑让我过后想起来相当惭愧，但我也明白，这是一种本能的反应。他也吃了碗米线，之后我们两人再次进了那家茶坊。

他并不见老。我们的年龄都还不算太大，我这里的"老"，是指生活留在人们眉宇间的印迹。他连这个也没有。正因此，我对他的不满情绪才那么鲜明地涌上心头。

我说："王怀金，不管你愿不愿意听，我想说的是，这些年来，你丢掉了自己的责任。"

他摸出一支烟抽。我记得他以前是不抽烟的,他的身上到底有了一些变化。

把烟点燃后,他把整个身体都靠在椅背上,烟雾从他的鼻孔里追逐而出。

"你说得很对,"他说,"我的确有推卸不掉的责任。"

"你不应该这么轻描淡写。"

他的目光沉下去,沉得很深。

"很明显,不管别人怎么说,我相信雨桐真正爱的人是你。"

"你是这么看的?"

"这不是明摆着的事实吗?"

"你错了。"他还是那么镇定,下判断时还是那么果决。

在他的果决面前,我显得有些张皇失措。"就算她开始并不爱你,可当初你跟她走得那么近,也难保她不爱上你。距离肯定会成就一些东西……也会毁坏一些东西。"

"你不知道,"他厉害地抽了一口烟,说,"我跟她走那么近,是为了让她逃离我。"

我如堕雾中。

"事情是这样的,"王怀金说,这时候他失去了冷静,夹烟的手指像树叶那样颤抖,"怎么给你讲呢? 那是很远很远的事了。"

他抽完一支烟,接着又点上一支,才接着往下说。

正如向军所言,王怀金和雨桐住在雅安天全县的同一条街道上,但念初中之前,他们根本就不认识,并不是我想象中的"青梅竹马"。初中他们进了同一所学校的同一个班。那时候的雨桐跟现在太不一样了,那时候的雨桐老是低着头,说话时眼睛不敢看人,老师抽她起来回答问题,她也站着不开腔,老师如果问一声:"怎么不说话呀?"她立即就哭。有一天上体育课,她从鞍马上摔下来了,膝盖着地,老师怕她摔坏了,让她捞起裤腿看看,她死也不肯,老师是个风风火火的中年女人,最见不惯的就是黏黏糊糊,她躬下身,将雨桐的裤腿一把捞至膝盖,没发现摔坏的地方,却发现了满腿的创伤! 都是棍棒打的,有的地方已经化脓。老师惊呆了,问怎么回事,雨桐依然是哭。

"但我们大家都明白了,"王怀金说,"她的父母不爱她。后来我们知道,父母也不是不爱她,而是闹离婚闹了多年,使两人的脾气都变得相当暴躁,动不动就拿雨桐出气。但在当时,我们谁也没有去同情雨桐。不久,我们就开始欺负她。说真的,见到她那一副软弱的、动不动就哭兮兮的样子,我们就涌起欺负她的欲望。最初是扇她嘴巴,踹她肚子,只要见她躲在角落里(她老是躲在角落里),就走过去给她两巴掌,踢上几脚。男生这样做,女生也这样做。反正我们知道,打了她踢了她,她既不敢告诉老师,也不敢告诉家长。后来……在我的提议下,我们三男二女五个同学,就找她索钱,给也得给,不给也得给,暂时给不出来,就挨几拳再说;挨了几拳并不等于就可以不给,而是让她记住:下午,最迟明天,就得给我带来! 她没有办法,只好去家里偷。父母终于发现钱丢了,还以为屋里进了贼,根本没问她,她就哭起来了! 父母从她的哭声里看穿了真相,抓住她就打。父母好像什么都合不到一块儿去,只有打她这一点配得那么好。他们打她已经成瘾,何况她偷了钱。父母的手一点也不比我们的手软。身体上的疼痛倒是其次,关键是心。她在外面得不到保护,在家里同样得不到。她无处可逃。有时候,父母还在夜深人静时把她推出门去,她不哭不闹,静静地坐在门外,抬头望月亮,望星星,要是星月无光,就望着漆黑的天空。总之她不敢朝街面望一眼。街面上灯光猩红,让她恐惧……"

说到这里,王怀金停住了。大概是烟抽得太急,也太多,他的嘴皮上翻卷着许多干壳。

我以为他还会接着讲下去,可他就此打住。他只是告诉我,那时候雨桐多次在日记中写,她真想一死了之。但她没有死,念高中时去了另一所学校。王怀金和雨桐都没想到,他们在大学又会在同一个班相遇。最初见到王怀金的时候,雨桐的目光里活跃着狂乱的幻影,那是深埋心底的噩梦正在苏醒。

"是我主动跟她接近的，"王怀金说，"我希望能经常跟她待在一起，让她习惯我，更想让她明白，现在的雨桐变了个样子，王怀金同样变了个样子，现在的王怀金是人而不是魔鬼，变成人的王怀金，要帮助她从过去的噩梦里走出来。"

四、从泸沽湖到纳木错

尽管王怀金没把话说透，但我依然感激他。那个被他缩减了的故事，是一把钥匙，至少能开启雨桐心灵的部分门户。至于"从过去的噩梦里走出来"，只能成为愿望，否则，她走上讲台看见那个女生，就不会无缘无故地去抓住女生的手流泪。她一定从那个女生的眼神里，看到了过去的自己。她还不能完全相信，在这个世界上，柔弱本身也是一种权力，她只能从自我的经验出发，知道柔弱将付出多么惨痛的代价。因此，她悲悯自己的同时，也悲悯着那个女生。

她对情感的攫取——如果可以用这个词的话——也缘于此。见到别人家的孩子，她搂抱和呼唤，希望用自己的爱，去弥补父母亏欠给她的爱；她还很小的时候，就渴望自己能成为母亲，她要以母亲的担当，向父母的冷漠宣战。然而，终其一生，她也未能做一回母亲。这种理解，我曾经自以为是地觉得相当深刻，许久之后，我才从重庆的朋友那里了解到，她渴望做母亲，却又最怕做母亲。她在重庆的那场婚姻，虽然短暂，但也足够让她有机会体味做母亲的滋味，她没能做成，是因为她拒绝。拒绝来源于恐惧。只要一提到这事，她就周身发抖，如果丈夫坚持一下，她就发出尖叫。而那个长得很帅气的男人，自始至终都理解不了爱他爱得发狂的妻子。妻子的恐惧传染给了他，让他对未来失去了信心。何况他之所以恋爱，之所以结婚，很难说是出于内心的选择，更多的是遵从习俗。在传统的习俗里面，结婚是要生孩子的，生孩子首先得怀孕，而他古怪的妻子干什么都成，就是不怀孕！这种局面，即便他能容忍，他的父辈祖辈也不能容忍。他们终于分手。

雨桐宁愿离开自己深爱的男人也不要孩子。

可她的心太空，她不能停止爱人，也需要别人的爱……

从电台走掉、离开重庆之后，雨桐并没立即回成都，她去了泸沽湖。

在那个总是让人联想到神秘爱情的地方，雨桐遇上了另一个男人。这个男人名叫荆才。从雨桐留下的文字表明，她与荆才是一见钟情。不少人对一见钟情的情感质地表示怀疑，事实上，天底下所有的爱情几乎都是一见钟情。人们的感觉是那么奇妙，千丝万缕都连向心房，被称为"爱情"的东西，如果没在第一时间牵动你，以后就很难捕捉到了。他们把一切关系真正确立之后，雨桐才知道，荆才是成都人。这正合了她的心意。两人在泸沽湖待了十来天，双双回到了大西南的休闲之都。但雨桐是不会休闲的，她的精力，除了用来爱，就是用来工作。因为在重庆那家电台的良好开端，成都的多家电台都对她伸出了橄榄枝。照理，雨桐应该学会理性，学会珍惜每一个机会，但事实并非如此，她依旧率性而为，因为她不想被控制。

被控制的记忆使她多次想一死了之，现在她既然活着，就要努力把握住自己。

那时候雨桐还不明白，每一种把握都意味着丢失。

她把自己丢失得太多，丢失得干干净净。

这当然是后话。正处在甜蜜爱情中的雨桐，以为自己可以做天下的主人。

她走进每一家电台求职，都只提出一个要求："我来之后，立即成立雨桐工作室。"

在别人看来，这种要求是过分的。虽然你在重庆干得不错，但那时候你是在"青慧工作室"的翅翼之下；虽然大家都承认你比青慧更有才华，可你毕竟没有独当一面过。

他们以为雨桐是要地位和功名，不知道她提出那种要求，只是用于把握自己的一种方式。

别人不答应她的要求，她就宁愿不去上班。

荆才是一个浪漫诗人,更主要的是一个职业摄影师,收入不错,他对她说:"你不必考虑工作的事,我能养活你!"他到底不了解雨桐。

好在仅仅过了一个星期,峨嵋音乐台就改变主意,向她发出邀请,让她次日就去台里,筹备"雨桐工作室"。

但雨桐并没如期报到,因为她还有一件重要的事情要办:与荆才举办一场盛大的婚礼。

具体盛大到什么程度,我无心去了解。

从他们相识到结婚,不到一个月时间。

婚礼过后,雨桐上班去了。台里让她"筹备",其实无须筹备,不过是定了个位:情感热线。定位之后,雨桐自己觉得,既然性质单一,就没必要叫工作室,干脆叫"雨桐热线"算了。台里觉得这个意见很好,节目播出时间是晚上八点至九点。

那时候成都的大学校园里,每天晚上,几乎每个宿舍都在收听她的节目,《雨桐热线》迅速成为成都广播节目中的响亮品牌,雨桐本人则成为成都最红的电台 DJ。但没过多久,节目播出时间进行了调整,改到夜里十二点到凌晨一点。改动的原因,说起来不可思议:大学生们为她太疯狂了,严重影响了正常学习。近几年,许多学校对大一、大二学生都像对中学生那样管理,除上课点名,还要上早晚自习,自从雨桐的声音在成都夜空响起,他们即使走进教室,身边也带着一台微型收音机,大部分学生的耳孔里,都插着白的黑的塞子,脖子两侧都挂着白的黑的电线。在校方看来,雨桐唠叨的那些事,既无关国计民生,也无关世界风云,是地地道道的杂音,甚至是"音祸"。据说他们向管理部门反映意见的时候,就用了"音祸"一词。雨桐的节目调整到深夜,没想到不仅没减少听众,反而增加了,增加到数百万之众!八点到九点,成都的夜生活还没真正开始,而子夜过后,该喝的酒已经喝过,该见的人已经见过,这时候他们可以腾出精力,来抚摸一下自己的内心。

《雨桐热线》,正是他们内心的暖手袋。

雨桐太红了。太红的人,尤其是太红的女人,怀里都揣着一把刀,刀刃朝向自己。对此,局外人是不知道的。他们只是羡慕,只是追捧,不知道自己羡慕和追捧的人,身上的某一处正在淌血。雨桐坐在工作室里,面对话筒,脸上现出一抹淡淡的微笑,她以这样的方式燃烧自己。她忘记了许多东西,唯一渴望的就是燃烧。要是没有爱情,燃烧之后的灰烬将封冻她的心,可而今,爱情弥漫着她,连那一丝保护自己的本能的小心,也完全抛开了。她不知道受到伤害的,不仅是她自己,还有她视若生命的爱情。荆才丧失了安全感,开始紧张、猜忌。在他的想象中,雨桐身边还有另一个男人,雨桐把自己分成了两半,一半给他,一半给别人,而给他的这一半是身体,给别人的那一半是心。作为诗人和摄影师,他当然更看重心,他懂得人的一切欲望,一切痛苦和欢乐,都是心制造的。最初,那个吸附着雨桐心灵的男人,样子是模糊的,因为有不少的听众,直接在热线上就向雨桐表达爱恋之情,对这种事,荆才当然不会当真,但他从中捕捉信号,觉得有另一张脸站在人丛之后,那个人不会在热线上说话,但雨桐望得见他,也能感知他,雨桐的一切努力,包括甜美的声音、机敏的应答和柔软的情感,都是为了他! 荆才就在这样的想象里疑虑重重。后来,那张脸走到了前台,在荆才的视线里慢慢变得清晰起来。他发现,那是雨桐的同事,雨桐跟那个人说话的腔调、眼神,还有说话时捏拿手指的细小动作,都表明,雨桐非常在意他。荆才无法忍受,很想跟雨桐开诚布公地谈一谈。

可是,跟妻子谈这样的事情,到底是不愉快的,他便采取了迂回的方法。

有天夜里,他把雨桐搂在怀里,给她念了一首诗:

> 这一天本是让人快乐的,
> 但现在酒酣歌罢你进入梦乡,
> 也许梦见了那些你今天所取悦的人,
> 还有那些让你心满意足的人。
> 我知道你在沉睡中翻身时不会梦见我。

而我却仍旧站在这里,冷寂地站在星光下,

揣量着我度过的屈指可数的岁月。

诗没念完,雨桐已经睡过去了。她只想到自己劳累了一天之后,现在正疲惫而惬意地躺在爱人的怀里,爱人正给她朗读诗歌,这就是全部——她全部的幸福。

然而,它所带来的后果不堪设想。怀疑变成了事实。两人往后的生活,雨桐在她的文章里这样描述:"我们吵架、打架,吵得激烈也打得激烈。有一次他再次无端地怀疑我,我抓起手边的茶杯朝自己当头砸下,血流满面。他心痛死了,抱住我血糊糊的额头亲吻,但最终我们的感情还是遍体鳞伤,他最后选择一个单纯可爱的女孩做了妻子,才结束了我们彼此的折磨。"

两人闪恋而且闪婚,然后又疯狂地撕裂,疯狂地和好,直至最终分手,他们把什么事都做得轰轰烈烈。然而在雨桐的婚史上,却只有重庆的那一次。对此,大家都感到迷惑。这段秘密,直到雨桐死去之后,她母亲清理遗物,才借助她的日记揭开了:"没有结婚证不算什么,我宁愿要一场大肆张扬相爱的婚礼。"也就是说,她和荆才举办了盛大的婚礼,却没领取结婚证,究其原因,雨桐写道:"他对婚姻有畏惧感,不肯被一张纸约束。相比拥有一张婚书却没有实际的爱情,我宁愿要这大肆张扬表明我们相爱的婚礼。所以,他不肯注册,我并不介意。"荆才为什么对婚姻有畏惧感? 跟雨桐结婚之前,他究竟是一个什么样的人? 对这些事情,我想已经没有追究的必要。我在这里想说的是,对婚姻有畏惧感的,可不止荆才一人,这其中一定还包括雨桐自己。

甚至就没有荆才,只有雨桐。

荆才离开雨桐之后,不是跟另一个女孩结婚了吗?

雨桐的心再次变成了杂草不生的旷野。不计时间地上班,不分昼夜地写作,成了她麻醉自己的武器。她住的地方离人民公园很近,周末的时候,她就走进公园,找一处密林深处的茶庄,躲在角落里写散文。奇怪的是,她这段时间写的散文全是对话体,最奇怪的是,写作的过程中,她不停地腾出手指,清理着自己的头发,好像有一个人藏在她的头发里,以一种只有她能听懂的语言,正悄悄地跟她说话。她要做的,就是把他说的话记录下来。

"我忽然感觉到,我又要离开这座城市了。"

在一个阴雨天的中午,她写下了这样一句话。

就在这段时间里,我接待了一个特殊客人:娜娜。

准确地说也不是我接待娜娜,而是文联接待娜娜带来的团队,我参与了而已。那天下午我接到通知,让我晚上去天府酒楼吃饭,说北方某市一个采风团到了成都,需要几个人陪。我问是什么样的采风团,回答是文联的。既是文联的,我去干吗?要是作协的来,我去凑个数还勉强可说。但通知我的人说:"在北方的那个市里,作协归属文联管辖,事实上是一家,来的这批人中,就有几个写小说的,而我们这边的作家最近又组团去了外地,就你留在市里,你不来,陪客里面连一个作家也没有了,这很不好。"既如此,那就去吧。

见到娜娜的第一眼,我没把她认出来。她发福了,发福不是很厉害,但也很明显。仲秋时节,没风的日子,成都还比较炎热,但从北方边陲飞过来的娜娜,看来还没做好充分准备,主要是心理上没做好准备,她好像不相信这个世界上还有在仲秋时节不下雪的地方,但又竭力入乡随俗,穿着一件连衫裙,却又在连衫裙外套一件网眼短线衣。或许是因为连衫裙太紧,也可能是外衣太短,便把她的肚子显了出来,圆圆的,像有人在上面画很有质感的圈。她的脸似乎也变宽了,颧骨比以前高。

酒菜上来,举杯之前,双方互相介绍。客先主后,娜娜是团长,她带来的人自然由她介绍。她站起身,足有两秒钟没有说话,而是扑闪着她的大眼睛!

我一下子就把她认出来了。

她扑闪眼睛的时候,赢得了我方人员的喝彩:"哦,张团长的眼睛好美呀!"这时候,我才知道娜娜姓张。听到喝彩声,娜娜的眼神倏然黯淡,但她的嘴唇笑开了,开始逐个介绍她带来的团员。除了我,没有人注意到她有多么沮丧和痛苦。她扑闪眼睛,不是让你喝彩,而是要把一个谜一样的东西悬挂在你的内心,让你安静,让你沉思,让你细细品味她的魅力。可是现在,她已经没有那样的魅力了,或者说,再也没有人欣赏她的魅力了。

双方介绍完毕,我方领导致过欢迎词,娜娜又站起来致答谢词。她很会说话,但已经完全不是站在聚光灯下主持节目的风格,而是官场上的那一套,极其圆通,方方面面都注意到了。随后自然是喝酒。她真能喝,端着啤酒杯,里面装的却是五十多度的白酒。她说在他们那里,白酒很少有五十多度的,动不动就是七十度。我方人员逐个去给她敬酒,不管谁去,她都喝满满一大口,有时干脆一饮而尽。看得出来,无论走到哪里,她都很受宠,虽然有人私下称她"资深美女",但毕竟是美女——不是客套的那种叫法,而是真正的美女。男人见了这样的女人,无须喝酒就会兴奋,所有的目光都朝她集中,所有的话题都围绕她展开。在而今的酒桌上,只要有男有女,即便转九十九道弯,最终的话题归宿都是性,赤裸裸的,毫无遮拦。娜娜应付裕如。她沉浸在男人们的包围里,并从中获得了无穷的乐趣。

喝到中途,娜娜的脸红了,连耳根也红了,男人们都说,红了脸的娜娜,显得更漂亮了!

然而,对我而言,正是在这时候看到了娜娜所经历的沧桑。

我多么希望能够制止她,让她不要再喝,但我发现,我真这样做了,不仅败了别人的兴,更是败了她本人的兴。再说,她根本就不知道我是谁。念大学的时候,她作为理科学生,并不一定知道有张迁这样一位校园作家,校园广播里天天有我编辑的稿子,可谁会去注意呢?就算她当时知道有个张迁,也早已忘到九霄云外了,否则,听到介绍我名字的时候,她就不会只是露出职业性的微笑,我去给她敬酒,她也不会只是把我当成与自己毫不相干的人。

她又喝了很多酒,可她竟然没醉,言辞清晰,步态稳重。

酒后又去喝茶,唱歌。开始没有这样的安排,我想接待方之所以临时增加这一项,也是因为娜娜的缘故。我们进了一家很有档次的会所,由于消费高,客人很少。酒喝得太多,大家的肠胃都需要茶水的冲洗,因此开始没有唱歌,而是坐下来边喝茶边闲聊。娜娜跟我们的领导坐在一块儿,我坐在他们对面偏右手的位置,我听到娜娜在问我们领导是什么行政级别,我们领导说,他还只是正县级,随后他问娜娜,娜娜还没回答,她旁边的人抢先回答了,那是她部下,她部下说:"张部长也是正县级。"

原来,娜娜不只是文联党组书记,还是市委宣传部副部长。文联党组书记跟宣传部副部长是有区别的,副部长是真正的行政官衔,而文联党组书记不是。

看得出来,部下的插话让娜娜十分受用,脸上自然而然地有了得意之色。

但她口头上很谦虚,说:"副部长有什么用?要不是在文联混个书记,我连正县级也算不上呢。"

说一会儿话,喝几巡茶,大家就开始唱歌。娜娜接连唱了好几首歌,又跟我们领导跳了几曲舞。她充沛的精力让我吃惊。但后来,我发现她到底累了,朝洗手间走去。从洗手间回来,她没像开始那样兴致高昂地盯住屏幕或者舞池,而是低了头朝座位走去。座位一开始有尊卑之分,歌声一起,就打乱了,就暂时忘记彼此是什么级别了。她瞄了一眼,见自己座位上已有人,而我的旁边空着,就过来坐下。

她朝我一笑,说:"家门儿,怎么没听见你唱歌呢?"

她记住了我的姓。我们这边每个人的姓她听过一遍就都记住了,这真是本事。

我说我不会唱。

"你不是作家吗,作家哪有不会唱歌的?"

她剥着一颗葡萄,把葡萄淡紫色的皮一绺一绺地撕开,但并不拉断,使整颗葡萄像一个含苞的蕾。我没想到她这颗葡萄是给我剥的,她手指尖尖地捏住,送到我面前。我连连摆手,说你自己吃吧。她说:"你就不能给我一次为你服务的机会?"她把这句场面上的调侃话说得相当真诚,于是我只好接受。她剥第二颗葡萄的时候,我说:"你是西南文理大学毕业的吧?"她的手停住了,眼睛里闪烁出单纯的光彩:"你怎么知道?"

我告诉她,我也是那所大学毕业的,只比她低一个年级。

她笑笑地望着我。我猜想,她是希望我说说看过她主持节目的事情,但也不一定,人家现在都是副部长了,对那些事哪里还会挂在心上啊。而且,提到当年,她大概会想到自己被雨桐挤掉的事,那是不会让人高兴的。鉴于这种考虑,我便没有说。

可是她主动说了:"那时候学校真好,随时都有晚会……有一段时间,我还是晚会的主持人呢。"

"当然知道,我看过你的主持。"

即使在黑夜里(那时候灯光非常暗淡),也能看见她眼睛里的光芒。

"真的?"

"那两年在西南文理大学念书的,谁没看过呢?"

她坐直了身体,双手握在一起,不安地滑动着手指。

那样子,像她刚刚从舞台上下来,在回忆自己主持节目时的姿态,在反思哪些地方做得还不够好。

然后她猛不丁地问我:"你知道雨桐这个人吧?"

我说:"知道的,我们都读中文系嘛。"

"听说她现在就在成都?"

没等我回答,她接着说:"她在电台,搞得很红火的,都红得发烫了。"

"是比较红火,许多人都听她的节目,好几家报纸都有她的节目预告。"

娜娜的脸色突然严厉起来,严厉得有些嶙峋。"哼,还算她知趣,"她翘着嘴角,鄙夷地说,"她去了电台,而不是电视台!瞧她那副长相,就只配去电台捂着,免得让人看见!"

这几句话带给我巨大的震动。我没想到,十年前受到的伤害,在她那里依然那么新鲜。

我正打算为雨桐辩解几句，忽然看见娜娜哭了！我抬头望她的一瞬间，两行泪水带着沉重的意味，滑出了她的眼眶。她连忙在茶几上扯了张纸巾，把眼睛捂住。她自己也没料到想哭的愿望有那么强烈，泪水有那么多，刚把纸巾捂上去，纸巾就湿透了。她腾出一只手，重新扯下一张。她不仅流泪，还发出了压抑不住的抽泣！幸好我们的领导正在唱歌，他唱任何一首歌都要走调，而且认为走了调的歌才好听，才是正确的唱法，出于这种自我欣赏的习惯，他唱歌的声音响亮得出奇，像他的喉咙比别人的大几号。每到过门儿处，或者在他唱不上去的高音处，他便沙着嗓子大声呼喊："张部长呢？我要张部长跟我对唱！"娜娜那时候一定是什么也没听见，她哭得那么专心，哭得那么伤心断肠。这张茶几上的纸巾很快被她用完了，我起身去另一张茶几上拿了一盒过来，扯下几张递给她。她说了声谢谢，继续哭。我想，这时候无论谁来打搅她，包括我们的领导在内，我都会以我的方式去制止，去细心呵护她的悲伤。在她的泪水和哭声里，我看到了一个人初始的梦想在生命中的分量，看到了娜娜的梦想逐渐破灭的过程，同时我也看到了，为混到宣传部副部长的位置，她经历了怎样的挣扎，而她的挣扎远远没有结束。可以肯定的是，终其一生，她也无法给自己的梦想一个完美的交代。

她终于稳定了情绪，把脸好好地擦拭了一番，哑着声音说："让你见笑了。"

我没回答。这时候我说什么都不合适。

她又说："本来，我想跟雨桐见见面，可时间来不及了。今天太晚，明天一早我们就离开成都去九寨沟玩。我们去了九寨沟，再去川西其他地方走一走，然后去云南，在云南玩几天就直接从那边回家，总之再不到成都来了。你帮我给雨桐带个话，就说我问她好，她是幸福的……我祝她永远幸福……"

我虽然答应下来，但真要把话带给雨桐，也不知什么时候能够办到。

就在那之后半个月，娜娜他们大概刚刚回到北方，成都就传出流言，说雨桐与人私奔了！而且说雨桐这次跟了一个名叫许啸天的房产大亨，两人一同去了西藏的纳木错。

五、进出高原

流言基本属实。不准确的地方,是去纳木错的,只有雨桐一人。

雨桐是怎样跟许啸天认识的,很少有人知道,但可以肯定的是,雨桐事先已经了解许啸天是有家室的人,她跟许啸天走近,必然背上"第三者"的骂名。雨桐在意这种骂名吗?或者说,她是否想过,当她介入许啸天的生活之后,背后必然站着一个泪水涟涟的女人? 她究竟只是被许啸天"挺拔的身材、幽默的谈吐以及他编织的爱情童话"(雨桐文中的描写)所吸引,还是盯住了他"房产大亨"的身份?

我真不愿意去探究这样的问题!

让人略感欣慰的是,去西藏之前,雨桐并不认为自己是作为"第三者"的身份与人私奔,因为许啸天告诉她:"我已经跟妻子协议离婚了,我想带你去西藏旅游。"说到去西藏,创痕累累的雨桐陡然间对未来充满了期待。这里的"未来",不是指人生的前程,而是心灵的安详。雨桐太需要心灵的安详。在西藏人的歌曲里,总爱重复一句话:"天上的西藏。"那个与天靠得最近的地方,稀薄的氧气里居住着雪山、草原和神,他们把经幡挂于山口,让烈风诵读,然后再把他们的真理传到山里山外……

不提还好,一旦提出来,雨桐发现,自己的心早就到了西藏,而身体还留在遥远的内地,现在她的身体要跟上去,与心会合。她对许啸天说:"我要去看看纳木错。"

纳木错是西藏的第一圣湖。

许啸天的回答是:"只要你能请到足够长的假期,我就一直陪你,把西藏走遍!"

雨桐去请假。此前她从未请过假,即使发高烧,即使跟荆才负气而受伤(比如她用茶杯砸破自己额头那次),一旦走进工作室,她的脸上都会现出一抹淡淡的微笑,从始至终。对她而言,敬业不需要意志,也不是品

285

质,而是她血液里本身就具有的东西。领导舍不得她离开一天,同时又不忍心让她一天也不休息,叹息了好长时间,才以商量的口气问雨桐:"我给你一个星期好吗?"雨桐说不好,西藏那么远的路啊。领导说,你坐飞机去坐飞机回,我全给你报销。雨桐说,我也是这样打算的,但他们说西藏境内的路也相当难走,随便去看个景点,都要一天半天甚至两天三天。领导自己是去过西藏的,他知道这都是实情,因而以豁出去了的口气说:"我给你两个星期,不能再长了!"

许啸天带着她,出发了。从贡嘎机场出来,脚步稍快一些,许啸天就有高原反应,而雨桐毫无感觉。她的心早就到了高原,早就适应了。两人住进拉萨一家四川人开的酒店里。事实上,在拉萨这地方,你不想跟四川人打交道都难,川话、川菜、川风、川俗满街都是,因此有人才把拉萨称为"小成都"。

或许正是由于这个缘故,让雨桐很不满意,她希望暂时逃离一种环境,可逃离成了假象。

在拉萨待了两天,参观了一些寺庙和罗布林卡,雨桐就要求去纳木错。

"好的,"许啸天说,"我们明天就去。"

次日清早,窗帘上刚露出橘黄色的亮光,雨桐就兴奋起来,准备起床了。这样的亮光,预示着今天将是一个阳光普照的好天气,高原的阳光太过强烈,但阳光毕竟是让人喜爱的。平常这时候,许啸天也早就起来了,他那"房产大亨"既不是天上掉下来的,也不是得了祖上的阴功。他出身贫寒,白手起家,最开始只是转卖一些小件电器,别人喝茶聊天的时候,他找来旧报纸,用他那不成体统的毛笔字在上面写广告,深更半夜再偷偷出动,把那些广告贴到墙壁和电线杆上去。天道酬勤,他后来竟在西二环路上开起了一家很有规模的电器公司,而且又敏锐地捕捉到商机,毫不犹豫地将公司卖掉,转营房产。在他并不算长的人生里,几乎没有过睡懒觉的记忆。可是今天,他却赖着不起来。

他不起来,也不让雨桐起来。他紧紧地搂住雨桐。

雨桐识别出了他深深的依恋，却没有识别出他更深的怅惘。

雨桐说："要是人家把车开到楼下，而我们还这样不知羞耻地躺着，就闹笑话啦。"

昨天，许啸天跟这边的一个朋友联系上了，那朋友愿意开车送他们去纳木错。

许啸天说："没关系，我让他九点才来，现在还早着呢。"

的确，还有差不多两个小时。在这段时间里，他们做爱。两人从不同的方向出发，但都涌起了一种剧烈的、通向毁灭的欲望。许啸天的头脑是混乱的，但雨桐却是惊人的清醒，她甚至还想到了一个比喻，觉得自己是飞蛾扑火。飞蛾扑火的结局就是毁灭，但那过程却绚烂无比。事后，雨桐哭了，因为她到西藏已经好几十个小时，却没有如她期盼的那样找到自己的心。她没想到许啸天也会哭！许啸天说："我真不愿意起来……要是我们能够啥都不管，就这么躺到地老天荒该多好！"听到这话，雨桐哭得更加厉害。她把这当成了爱情的盟誓，当成了飞蛾扑向火苗前的那一瞬间。这正是她想说的，也正是她需要的。然而，她需要的还不止这些，她要让自己的灵与肉合为一体，达到极致。

她说："我们有的是时间。"

朋友开车来了，先按了几声喇叭，又跑到他们房间外揿门铃。雨桐去开了门。朋友进去的时候，许啸天在接电话，非常急迫的样子，见了朋友，他连招呼也没打，就拿着手机进了卫生间，且将卫生间的门闭了。他在里面大喊大叫，说出的话都是前言不搭后语，他朋友不明白，雨桐也不明白。足足一刻钟过去，许啸天才从卫生间出来，脸膛紫红，神情激动。他从旅行箱里取出一盒从古巴进口的雪茄，给了朋友一支，自己再点上一支。待雪茄遗下了好长一段白色的尸骨，许啸天才说话。

他说话之前，笑了一下，笑得飘飘忽忽。

"真抱歉，"他说，"我今天有急事要处理，去不了了。"

这句话他是望着朋友说的，但事实上是说给雨桐听的。

今天去不了，就意味着如果想改日再去纳木错，就只能自己找车，因为朋友是公家人，事情繁杂，今天是好不容易才抽空出来的。朋友在表示遗憾，雨桐却一直没开腔。

许啸天对朋友说："老杨，虽然我去不了，但我还得麻烦你，帮我把雨桐带去看看。"

雨桐这才摇一摇头，把溜到眼前来的头发摇到耳后去，说："你不去，我也不去。"

许啸天把这当成气话，其实不是。就在今天起床前那不到两个钟头的热拥当中，雨桐觉得自己与许啸天达成了某种默契。这种默契融化了她身体上的坚冰，使她能够感受到面前这个男人的体温和呼吸。这种觉醒把她吓了一跳：怎么，我根本就没有接纳他，就跟他一起出来旅行？她自己都差点用了"私奔"这个词。她感到后怕。他们之间是有距离的，在成都的时候，她没感觉到这种距离，要不是今天清早的亲密，她依然没有感觉到这种距离——距离永远都是在亲密当中呈现。

谁知道在她觉得距离消失的时候，出了这样的意外。

任何意外都可能打破原本脆弱的关系。

当雨桐说了那句"你不去，我也不去"之后，她就已经感觉到，他们之间的距离依然存在。这带给她深深的厌恶。正由于此，当许啸天再次劝她跟随老杨去纳木错的时候，雨桐没有拒绝。

公路并不难走，只是限速厉害，司机沿途领卡，卡上写明了你到达下一站的时间，如果提前到达，证明你超速，超速就要受到惩罚，因此每开一段，就得停下来等，等到规定时间快了，再去过下一个关口。雨桐开始觉得烦躁，但很快就平静了。老杨只是专心开车，话非常少，这让雨桐相当满意。她工作时说的话太多，这时候只想沉默。光秃秃的山，夹着清冽冽的河水，天空静静地蓝着，一只鹰在高空滑翔，也显得那么安静，安静得像在沉思。雨桐有一种飘浮起来的感觉。这时候，无论飘浮还是下沉，都同样让人心醉；在大地和天空之间，无所谓上下，也无所谓愁苦和欢乐。这种脱离俗事俗情的化境，不是每个人都能遇到，雨桐为此深感幸福。又走一程，她看到了一些捡草吃的牦牛。草皮就像地卷皮那样翻卷着,而牦牛们却在这里世世代代地繁衍生息。雨桐以前听人讲过,到了冬天,牦牛没什么吃的,学会了用脚踢土块,希望能踢出埋藏在土块底下的草根,当草根也踢不出来的时候,它们就吃同伴的尾巴,走在前面的牛,尾巴都光溜溜的,那是被同伴把毛当草吃掉了。想起这些,雨桐流了泪。她多次提醒自己不要多愁善感,生活的法则从来就不在意你的多愁善感。但雨桐控制不住。她很少去梳理自己的感情,不知道所有的感情都能找到源头。她的感情的源头,不知道在哪里。

或许她知道,只是不承认。

"看,那就是纳木错。"老杨叫了一声。

纳木错不是湖泊吗?可那种蓝,蓝得不像水!它没有深度,只有静谧得让人心颤的蓝光。

雨桐抽了口气,她明白了为什么说西藏是神居住的地方。

看上去就在前方,事实上还相当遥远。蓝色招引着你,却不让你轻易靠近。

终于到了。停车场与湖边还有段距离,老杨已经来过好多次,不想下车,只是嘱咐雨桐:"这里海拔高,你走路要慢些,最多待上四十分钟就回来,不然有了高原反应,很难收拾。"

雨桐独自朝湖边走去。她觉得自己是在天上走。站在近旁,湖水没那么蓝了,却像天空一样深不可测。雨桐站在一个地方,面朝湖水,半个钟头一动不动。那天游人不多,停车场里的老杨注视着远处那个戴着宽边帽的黑点,觉得这个女人身上有一些让他无法理解的东西。不仅是这个女人,还有他的朋友许啸天。老杨也是四川人,来西藏已有七八年了,自从到西藏后,跟许啸天虽有联系,但不多,他觉得许啸天变化很大,以前那种韧劲中潜藏的洒脱,已经荡然无存,从他游离的眼神里,还有他打电话时大喊大叫的声音里,都表现出某种神经质。老杨一路上都在后悔单独带雨桐来纳木错,因此他才很少说话,也不愿意下车陪雨桐去湖边。他觉得这种关系非常古怪。老杨在成都见过许啸天的妻子,印象虽不深,但可以肯定不是站在湖边像脚底下生了根的这个女人。她在看什么呢?为什么不像别的游人那样四处走走呢？哪怕动一动也好！

她终于动了。但不是移开，而是跪了下去，从随身带的坤包里摸出一条哈达，双臂张开，将哈达捧住，头低垂着。这么过了几分钟，她捡起一块石头，用哈达将石头缠住，再奋力扔向湖面。

之后，她往一只塑料口袋里装了些浸着湖水的沙子，塞进包里，站起身，回到了停车场。

回程途中，雨桐几次查看许啸天是否给她发了短信，她也想给许啸天打个电话，问他事情是否处理好了，但一路都没有信号。没有就没有吧，到圣湖来，不就是要抛开那些人间俗务吗？她把包里的塑料袋摸出来，审视着那些细小颗粒。它们那么晶莹剔透，又那么温润多情，它们好像要跟她说话，之所以没说，只是因为没长嘴巴。雨桐暗自笑了一下，又将袋子装入包里。

这些沙子，她是带回去送给许啸天的。

在圣湖边生长的东西，都带着灵性，雨桐要用这些灵性之物，祝许啸天一生好运。

可是，许啸天杳无踪影！

对成都方面而言，雨桐同样是杳无踪影。

她的假早已满期，但她没回来。打她手机，全是忙音；问她同事，同事不知其去向；问她父母，父母只知道哭。那两个年过花甲的老人，终于屈服于命运，也屈服于自己的婚姻，不再争吵和相互折磨了，也是到这时候，他们才想到来疼自己的女儿，但他们摸到的，是女儿心灵的伤疤。这些伤疤从幼年带来，早已在风风雨雨中变得盔甲一般冰冷、坚硬，他们根本无法触摸到女儿的内心了，甚至连基本的关系也难以保持，女儿回家的时候那么少，出远门也不给父母打招呼，要不是电台领导找上门去，他们还不知道女儿请假了呢。

既如此，只有向公安局报案。

案报得相当及时，因为公安局也正在落实一件要紧的事：他们要抓捕的重大诈骗嫌疑犯许啸天,听说是跟一个女人一同出逃的,这个女人不是他的妻子(他根本就没有离婚),那么是谁呢?如果知道了这个女人的身份,再通过相应的关系网,想必能查出许啸天出逃的方向。

经过多方走访调查证实:跟许啸天一起逃走的,正是冉雨桐!

这件事,在成都各界引起轩然大波,各家报纸都在显著位置发了消息,并做了跟踪报道,所有的标题,或者在正题上,或者在肩题、副题上,都必然有这样一句:"著名节目主持人雨桐与房产大亨私奔"。私奔的地方,先是说西藏纳木错,过两天说已出境去了尼泊尔,又过两天,说他们已到美国了……

那些日子,我的意识出现了可怕的分裂。我习惯在白天写作,但现在,白天我根本干不成事,哪怕是抽支烟(我以前是不抽烟的,现在却抽得很厉害),雨桐也飘荡在缭绕的烟雾里:从中间分开的黑黝黝的头发,紧贴双鬓,从侧面看去,俨然一座玉石浮雕,光洁照人。她真的跟房产大亨私奔了?"房产大亨"虽然仅仅是一种身份,但其指向是明确的,我无法将这种明确的指向和雨桐联系起来。念大学的时候,我忘了在什么场合听过她唱一首歌,《爱人的心是玻璃做的》。老实说,我不喜欢这首歌,但雨桐却唱出了别样的滋味,她唱的不是"爱人",而是心,是玻璃,她的歌声那样易碎,就像玻璃一样,正是那种易碎感,让人动情。有一些东西,注定了不能跟另一些东西结姻,一旦结姻,不仅失去光环,还会酿成悲剧……或许,我是多虑了,毕业这么多年,我在变化,难道就不允许雨桐变化吗?很明显,她一直都在寻求保护,但是当爱情无法给她提供保护的时候,她为什么不可以遵循生活的一般法则,回心转意,走一条更加保险的道路呢?

只是,我无法消除自己的寂寞。

四年过去了。

时间会洗去很多东西。我承认,在这四年里,我很少想到雨桐,偶尔想起她,也如烟如雾。

只有两次,我才对她有了比较深切的痛惜。

一次是因为娜娜。那天娜娜在办公室上班，处理完公务，突然觉得心里发空，便胡乱地翻电话本，看到了我留给她的电话，就打了过来，说没什么别的事，只是翻到我的电话了，顺便拨拨，向老校友问个安。她说她还看过我的一篇小说，记不住发在哪家刊物，小说的名字也忘了，写的什么也没多少印象了，但这些都不是关键，关键是老校友写的，她就感到亲切。"张迁，你们都在进步，哪像我。"我觉得她在玩矫情，无非是希望我奉承她两句。可事实并非如此。她是实心实意的，因为她的官阶还在原地踏步，她说自己本来有当部长的机会，事到临头却黄掉了。她说得那么真诚，让我不由得想：其实，娜娜也过得很孤独，她跟我说不上熟悉，更说不上相知，却把掏心窝子的苦恼讲给我听，只能证明她身边没有一个能听她说真心话的人。我劝慰了她。她对我的劝慰表示感谢，说自己也想通了，能进步当然好，不能进步，就在副部长的位置混到退休吧。说罢她叹了口气，其情怆然。然后她问我："那次我让你给雨桐带的话，带到了吗？"我愣了一下，说带到了，雨桐也向你问好。娜娜到底是官场中人，分明知道我说了假话，却睁只眼闭只眼地当真话去听，还故作高兴的样子，说下次到了成都，一定要跟雨桐好好聊聊。放了电话，我枯坐了老半天。看来，娜娜并不知道雨桐的事，这样好。而去了美国的雨桐，日子过得怎么样了？她所需要所渴求的东西，那个叫许啸天的男人是否都给予她了？

　　另一次是因为向军。毕业之后，我跟向军再没有联系过，可他有一天到了成都并找到了我的住处，也不知他是通过什么手段寻来的。他的那副装扮和说话的神气，与大学时没多少区别。不过他的事业发展很顺，父亲已不在商场上混，早已"封刀"，把一大笔钱给了他，他没有坐吃山空，而是开了火锅店，眼下，他的火锅店在西南许多城市都有了连锁店。只是没能找到一个名女人做老婆。对此，他有些无可奈何，但终究无所谓，因为他也知道雨桐的事，向我感叹说："幸好没跟她结婚，要不然，我这绿帽子就戴大了，都戴到美国去了！"说罢他笑，笑得特别的庆幸，特别的快乐。

这两次,让我对雨桐有了锥心的挂念。

不过,事情过去,我也就释然了。每个人都有自己的路,这是没有办法的事。

谁知道,四年之后,雨桐又回到了成都!

我依然是从报上看到的消息。当时我一手拿报,一手端着茶杯,当那个醒目的标题跳入眼帘,我的手摇晃了几下,茶杯砰然落地,碎了。现在想起来,我之所以那么惊诧,是因为惊诧当中含着无限的欣喜。报上说,雨桐是独自回到成都的,首先主动去公安局接受了调查,证明了自己与许啸天诈骗案没有任何牵连。当晚八点,雨桐将召开一个新闻发布会,成都某电视台娱乐频道将进行现场直播。

放下报纸,我收拾了碎掉的茶杯,等候着晚上八点的到来。而那时候,才上午九点刚过。

这一个白天,像有十年那么漫长。

暮色终于降临。我晚饭也没吃,就打开了电视。直播准时开始,主持人向现场的记者和观众介绍了雨桐的过去(就现场而言,其实不需介绍,因为到现场去的观众以前都是雨桐的忠实听众),然后以惯有的神秘腔调,说到雨桐蒸发的四年,煽动在场的所有人,有什么问题,都可以向雨桐发问。

接着,雨桐出场了。她从屏幕的左侧走出来,穿着淡紫色的秋装。她的脸刚出现在镜头里,就露出了招牌性的微笑。她一边往正中的座位走,一边朝观众摇手。这整个过程,都只是中景,直到她坐下来,才给了特写。雨桐苍老了!我只能用"苍老"这个词。虽然她的皮肤还是那样白净,却很松弛,甚至给人浮肿的感觉。这种触目惊心的印象,是从她的微笑得来的。她以前的微笑充满了含蓄的活力,而这时候的微笑,没有弹性,没有水汁,而像是一张摊开的布,靠自己的力量根本就不能收放自如,它需要有人打开它,然后还需要有人卷起它。我觉得,后来雨桐登在报纸的那张遗像,很可能就是这时候拍下的。她先喝了口矿泉水,就开始叙述这四年的生活。她说自己躲在西藏的一个小镇上,后来又躲到藏区的一个县城里,忘掉所有的事,成天攻读哲学,她没有工作,全靠积蓄过日子。

有记者问:"你是跟许啸天一起去西藏的吧?"

雨桐说:"是的。"

有记者问:"你是先跟他去美国转了一圈再独自回到西藏的吗?"

雨桐舔了一下嘴皮(这样的动作,她以前在公共场合是不可能出现的),说:"关于这件事,我已经给公安部门解释清楚了,感兴趣的朋友可以去问公安。"

有记者问:"既然你和许啸天诈骗案没有牵连,按你的说法,你也没跟他一块儿逃出国境,许啸天甩掉你之后,你为什么不立即回到成都来呢?在成都有你的父母,有你如日中天的事业,你怎么能说丢就丢掉了呢?对此你该作何解释呢?"

雨桐沉了沉眼帘,回答说:"我一时半会儿说不清,请允许我以后慢慢给大家解释。"

有观众问:"你说开始在西藏,后来又到了藏区,具体是哪个藏区?"

雨桐说:"我在西藏小镇上待了大半年,就去了川西理塘县。"

有记者问:"三年多的时间,你一直待在理塘吗?"

雨桐说:"是的。"

有观众抢问:"你敢肯定自己没撒谎吗?"

雨桐把她的微笑放得更开了一些:"我不习惯撒谎。"

同一个观众义愤地指出:"我敢说你绝对在撒谎!理塘海拔有四千多米,是全世界海拔最高的县城,待在那地方,别说三年,就是三天,脸上也会留下高原红,而你的皮肤还是那么白,难道你的皮肤不是人的皮肤吗?"

主持人出面提醒:"无论什么问题,大家都可以提,但要有礼有节,尊重雨桐小姐。"

雨桐用僵硬的手指撩了一下头发,说:"没关系。刚才那位朋友,我的皮肤之所以还这么白,是因为我用了防晒霜……"

我不忍心再看下去了,啪的一声关掉了电视。

六、在细雨中上路

雨桐举办那个新闻发布会意图明显，就是挽回缺席四年的损失，把她以前的那些铁杆支持者拉回来。也就是说，她跟娜娜一样，不管走到哪条道上，都忘不掉自己曾经有过的梦想。她所收到的效果，发布会现场已经显露无遗：适得其反。当时许多媒体都在关注这次发布会，尤其是雨桐的老东家峨嵋音乐电台，他们要看一看，四年之后重现江湖的雨桐，是否还能像以前那样受到追捧(由此可见，举办新闻发布会，并不一定就是雨桐本人的意思)，既然许多人都不再欢迎她甚至厌恶了她，峨嵋音乐电台的态度也就坚决了，不再要雨桐了。雨桐那时候已经没有任何积蓄，她需要工作，需要挣钱，而除了做主持人，她还有什么挣钱的办法呢？于是她东奔西跑，四处游说。幸好她曾经是名人，毕竟还有一点影响力，成都另一家电台最终答应收留她，继续让她主持情感热线，并沿用以前的名字，叫《雨桐热线》。重新回到人们视野中的雨桐，发了疯一般地工作，除了主持节目，还埋头写书，并且跟影视圈来往频繁，不仅写了一部电视剧，还做了某部电影的文字统筹。

然而，就算她把自己变成工作的机器，也没能让听众像四年前那样喜欢上她。

从某种意义上说，早先的那个雨桐，已经不存在了。

大浪淘沙，而雨桐不是沙，她跟以前一样，是金子，但只要你被淘汰，你不是沙也是沙。这里没有残酷的因素，只是生活的规律。"是金子哪里都会发光"，只是一句励志名言。

而我所关心的，依然停留在雨桐消失的四年里。那是一个盲点，正因为是盲点，我才好奇。

要不是在雨桐死后碰到王怀金，说真的，我也像那个义愤的观众一样，觉得雨桐是在撒谎，虽然把"撒谎"这个词用在雨桐身上让我难受。

而事实上，雨桐没有撒谎。

许啸天消失了,就像峨嵋音乐电台找雨桐一样,雨桐也通过各种手段找许啸天,但许啸天变成了空气。她以前觉得到处都是陆地,现在感觉四面都是海洋。她住在那家四川人开的酒店里,但只有深夜才回去住,其余时间,她在拉萨城乱转,几乎跑遍了所有酒吧,也跑遍了八廓街的所有店铺,因为在来西藏的路上,许啸天说,八廓街是西藏最有特色的商业街,一定要好好去逛一逛,而雨桐去纳木错之前,他们还没抽出时间到八廓街去。雨桐看到所有的脸都像许啸天,但那只是定睛前的一刹那。她回忆起许啸天在卫生间打的那个电话,他显得那么急,是不是出事了?是不是被人绑架了或谋杀了? 雨桐求助于许啸天那个朋友老杨,可老杨拒绝帮忙,他觉得许啸天很不够义气,把身份不明的女友扔给他,自己却不见了,连个招呼也不打! 雨桐陷入绝望,正准备报警的时候,看到了《拉萨晚报》上的一则消息,是从成都一家报纸上摘录的,透露了许啸天具有重大经济诈骗嫌疑而且已经潜逃的内幕。

雨桐笑了,笑出了声。

当她把笑收住,才发现泪水已经湿透了放在面前的报纸。

她拿起笔,在日记本上写道:"他来西藏,原是为了脱身。可是,为什么要搭上我呢?"

同时她也反应过来,那天许啸天在卫生间打电话,纯粹是自编自演的一场戏。其实她当时就觉得蹊跷,她只是去给老杨开了门,许啸天就接电话了,而她并没有听到许啸天的手机响,许啸天的手机铃声是一首延安时期的革命歌曲,声音响亮,如果真的有人打来电话,她应该听到的,但她没有听到,因为根本没有人给他打电话,他只不过想找个借口摆脱她。她当时觉得蹊跷,却没往心里去。再想想许啸天起床前的情景,他对她疯狂地攫取,他说的那句话,他的叹息……事情就再明白不过了。

"回去吧。"雨桐对自己说。

可是她没有回去,她在日记本上不停地写着那句话:"为什么要搭上我呢?"写了半页纸。

半页纸的下面,又写了一长串,都是重复的两个字,笔画很重,字迹潦草,无法辨认。

之后,她离开了酒店。

她离开不到半天,抓捕许啸天的人就追到了酒店里。他们扑了空。

这些事,雨桐一无所知。连许啸天辗转去了美国,也是她四年后回到成都才听说的。

她去了距拉萨数百公里外一个名叫勇巴的小镇上。但并不如她自己所言,一开始就读哲学。那时候她还没有那种心情。疼痛并没有真正到来。这是新一轮的疼痛。她以前所遭遇的,伤害也好,温暖也好,都在明处,而这一次是欺骗。她手执一方魔镜,觉得正面不受看,就用背后去照,结果更加糟糕。但她不相信。也不是不信,就是心有不甘。这么多年的奋斗,她以为自己能够驾驭许多事情,谁知碰上了一堵更加厚实的墙。她用手推,推不垮那堵墙;想跳过去,可墙顶高入云端。她觉得自己已经没有出路了,唯一的出路,就是一头撞在墙上。就这样,她再一次想到了死。那种念头刚冒出来,她就看到了红色的嘉陵江。屈辱感深深地撞击着她。一个希望自杀却没死成的人,不管是出于什么原因,都会感到屈辱。屈辱感使她产生了一种病态的决心。她去街道上走,眼睛朝店铺里溜,如果她首先看到的是一把刀子或者一块白绫,其结局恐怕是另一个样子。幸好她首先看到的不是这些,而是一个银器店。一对年轻漂亮的藏族夫妻,守候在店前,见了她,用不熟练的汉语向她问好,她以为这仅仅是招揽生意的手段,可人家根本就没让她去买他们的银器,只是向她问好。她走了进去,挑了一条手链和一条腰带,都挺昂贵的。她以自己的好心肠去回报人家的善意,可那善意是天生的,是神赐予的,藏族夫妻没有表现出半点生意人的欣喜,只是把货品的好处和坏处,如实地讲给她听。

离开银器店后,她没再往前走。

从那一天起,疼痛才真正开始。

有了疼痛就有救。

她去了趟林芝——那里被称为"西藏的江南"——买了一些书。她把那些书读完,似乎发现了生活的另一面,也就是在现实之外,在日常生活和公认的生活之外的另一面。这一面她无法理解，但已经向她呈现出来。她终于告别小镇向东去，到了川西高原理塘县。

她走进寺庙，拜见了一位活佛。活佛为她开了光，收她做了俗家弟子。

她读的哲学书，大半都是佛教典籍。

有一天，活佛问她："观你面相，你非长寿之人，你怕吗？"

她内心一震。

"你怕吗？"活佛又问。

"不怕。"

她这样回答了活佛，可是，被她过滤掉的日常生活，也即公认的生活，喧喧嚷嚷地从底层泛起。她看到了那种生活的颜色，也闻到了那种生活的气味，颜色大红大绿，气味甜中带酸，都对她构成巨大的诱惑。她并没有而且也不能看破红尘，她皈依了佛教，却没有遁入空门。

"我到底是一个俗人。"她这样对自己说。她把这句话也说给了活佛听，活佛告诉她，无论多么圣洁的人，都只能在俗务中建立信仰，无论多么崇高的信仰，都是在俗务中生根发芽。

她沉默了许久，问活佛："那么，我可以回到我以前的那种生活中去吗？"

活佛说："可以。"

就这样，她回到了成都。出发前，她是否想到过将有一大堆的盘问在等着她，我不清楚。王怀金也不清楚。王怀金说，雨桐在勇巴小镇和理塘县城，都跟他联系过，但她回到成都这件事，却没跟他商量，直到她在成都度过了一关又一关，并最终走上新的工作岗位之后，才给他去了电话。

"听你的意思，"我这样对王怀金说，"你毕业后似乎从来没有主动跟雨桐联系过？"

"是的。我在大学里花费了四年的工夫陪伴雨桐，但没有达到我想要的结果，于是我选择尽量远离她，可她每隔一段时间总要跟我联系，我总不能不接她的电话……我真是一点办法也没有。"

"可不可以这样认为，事实上，她爱着你？"

王怀金盯住我，目光深邃。"你错了，"他说，"我在她心里，不是种子，而是病菌，对此我有充分的把握。张迁，你是小说家，你应该知道，人的本性当中都有一种奇怪的依赖，哪怕是对病菌的依赖。当我们有了伤口，自然是想把它治好，可是，如果伤口没有好，如果它始终活着，它就需要源源不断的支持者。病菌是伤口最有力的支持者。"

说到这里，王怀金停住了，摸出烟来点，抽了好几口，他才细声说：

"许多时候，舔食伤口也能给人带来异样的愉悦。"

我默然。

"只是，"王怀金继续说，"愉悦的背后，是在消耗人的元气。雨桐实在太累了……"

他说得很对，雨桐实在太累，要不然，她就不会交上那个送她走上不归路的男友。

那个男人真的不怎么样，年届五十，赌博，酗酒，且动不动就对雨桐施暴。

对雨桐的选择，几乎没有人看好，大家或隐晦或明显地表示反对。她新结识的一个名叫夏芝的好友反对得尤其激烈，她对雨桐说："你不能糟践自己。"

雨桐的回答是："在我最困难的时候，他帮助过我。他对我有恩。"

我们都以为，雨桐清醒地知道自己所托非人，只是她已经学会在爱情上迁就了；同时我们也以为，雨桐指的"最困难的时候"，想必是她刚从理塘回到成都的时候。可事实并非如此。以前，包括我在内，都只觉得雨桐消失的四年是个盲点，其实她一生中还有个盲点，那就是她的高中时代。念初中时，她是那样软弱寡言，上大学后为什么完全变了一个人？这种改变是如何形成的？这是因为她遇到了一个人：她高中时的语文老师黄轲。黄老师不仅书教得好，还是县里屈指可数的摄影家之一。他是凭自己的人格魅力还是摄影作品改变了雨桐，已没有人说得清楚，唯一清楚的，是雨桐在他手里真的发生了改变。不幸的是，雨桐读高三那年，黄老师惨死于街头。那是个冬日星期天的傍晚，黄老师肩上背着相机，走在大街上。清早,他就出门去山上拍雪景,他大概正琢磨下一步该怎样把辛辛苦苦拍出的照片整理出来,就卷入了血雨腥风之中:一个精神失常的人,举着尖刀在街上乱砍,先后砍翻了二十余人,黄老师成为第一个受害者。或许那时候疯子的劲头最大,别的受害者都没死,只有黄老师死了,死得很惨,身上挨了两刀,一刀割喉,一刀刺穿脾脏。黄老师火化之后,谁也想不到,雨桐作为一个孩子,竟去向黄老师的父母求情(黄老师虽年过三十岁,但并未婚娶),让她把老师的骨灰盒抱回家!这种要求是荒唐的,自然没被允许,可在雨桐的日记中,却突兀地写着这样一句话:"他死了,我得到一个永远不会再离开的爱人。孤独的时候,我抱着他的骨灰告诉他:'我从来没有停止过爱你。'"

那么,在雨桐的内心,早就爱上了黄老师,并且一直珍藏着那个假想的骨灰盒?

我们都记得她在人民公园的茶庄里写对话体散文的事,有人据此推断,跟雨桐对话的,正是黄老师的灵魂。还有人说,雨桐被许啸天欺骗之后,她在纸上写下的那两个模糊难辨的字,也正是黄老师的名字。雨桐在一生逃离,同时也在一生寻找,她爱过的所有男人,其实都是黄老师的影子……

这只是一种猜测,谁也说不清楚。否则,把她送上不归路的男人,除了年龄跟黄老师相似(如果黄老师还活着的话),还有哪一点像他呢?

这是一个周末。中午,雨桐和上海一家影视公司签完合同(购买雨桐最新创作的一部中篇小说的电视改编权),各方面都谈得相当满意;下午,雨桐把前来签订合同的公司负责人送走,就跟男友商量,想晚上约几个朋友聚聚。男友爽快地答应了。只要是聚会,他都会高兴,因为又有酒喝。雨桐给夏芝和另外几人打了电话。傍晚时分,他们先后到了锦西名苑首席餐厅。

雨桐的男友是开车来的,因此一开始雨桐就提醒他:"今晚你可不能喝酒。"

这个男人知道,雨桐的朋友们都看不上他,这让他非常恼火,但他表现得温文尔雅。他深知环境对人的重要性,深知要改变一个人,完全用不着去改变那个人本身,只需改变其所处的环境便已足够。雨桐身边的那群朋友,便构成了雨桐的环境,而这个环境对他是不利的,他必须变不利为有利,方法就是在他们面前展现自己的全部优点。若干年的生活经验向他呈现了这样的真理:缺点很难装出来,要装出优点,却可以无师自通,而且别人总会相信,总会觉得那不是装的,而是你本身具有的。雨桐叫他别喝酒,他很乖巧地答应了,别人碰杯的时候,他只端一杯西瓜汁。席桌上,雨桐说了自己今天签订的合同,大家都祝贺她,气氛越来越好。她男友终于熬不住,说:"这么大的喜事,我不喝点酒说不过去。我就喝点啤酒吧——啤酒可以吗?"他侧了头问雨桐,好像雨桐要是不同意,他绝对滴酒不沾。但雨桐知道,他今天表现得已经够好了,要是她真不同意,回去之后,他会大发雷霆,会掐破她的皮肉。他对雨桐施暴,不是动拳脚,而是掐她。他留着长长的、如鹰钩那般带着弯曲度的指甲,他就把这指甲掐进雨桐的肉里去。雨桐常常想,男人对待女人的态度和方式,是多么不一样啊,当初,荆才也对她施暴,但荆才是用拳头,那是一种光明正大的方式。雨桐觉得一个男人真不应该对女人实行"掐"的战术,这是一种相当阴森、相当卑琐的战术。当初荆才打她,她是要还击的,而现在她从不还击。她没有那个兴趣,但她并非不怕,她怕得要命。因此,她同意了男友喝点啤酒。喝酒是他的至爱,一上口就点燃了他的激情,大杯大杯地往肚里灌,雨桐根本无法将他拦住。不久,他肚子喝得发胀,想小便。小便回来,不知为什么,他跟邻桌一个小伙子发生了抓扯。雨桐和她的朋友们忙过去劝解,小伙子松手了,他却不松。

雨桐说:"你为什么这样啊,我真担心今晚会出事!"

夏芝他们又好说歹说了几句,他才把手松开。

再喝下去已经没有意思了,那就解散吧。

雨桐的男友怒气冲冲地出门,发动了他的起亚越野车。

雨桐钻进车里,跟朋友们挥挥手,车子在车流中摇摆而去。

夏芝很不放心,过了一刻钟,给雨桐拨去了电话。

接电话的是雨桐的男友,他说:"雨桐在金沙遗址正大门绊倒了。"

绊倒了?她不是坐在车里吗,怎么会绊倒?

夏芝拦了辆出租车,不停地催司机开快一点。司机加大油门,朝金沙遗址飞驰。

大街上,围观的市民挡住了视线。夏芝从出租车上下来,挤进人群,见地上的雨桐已深度昏迷,她的男友抬起她的头部。不远处,停着那辆起亚越野车。夏芝跺了跺脚:"怎么不往医院送啊!"

那男人才反应过来,在夏芝的帮助下,把雨桐抬进车里,送往附近的仁和医院。

雨桐伤在头部,颅内出血。尽管医院竭尽全力,联合脑外科、呼吸科、麻醉科、血液科等为她手术,终因伤势过重,不治身亡。

她说"今晚会出事",没想到一语成谶。

…………

对雨桐的死,各有说法。她男友称,上车后,他们发生了争吵,雨桐一气之下,打开车门强行下车跌倒。而另一种说法是:雨桐是被推出车门摔死的。

正因为有了这另一种说法,在雨桐被火化的当天,她伤心欲绝的父母就去了成都某报社。次日,那家报纸登出了一条消息:交通意外死亡,家属万元寻线索。

我们每个人都是尘世的匆匆过客,这是没有办法的事。我在这里,并不关心雨桐是怎么死的,我只关心她死亡这个无可更改的坚硬事实。雨桐的一抹香魂,在她很年轻的时候,就化入了幽冥。

而进入冥界的雨桐,是否还能找到自己的支点,是否还要去为另一个世界的痴男怨女指点迷津,是否还要在更深人静时,独自望着青蓝的夜空,问世间情为何物……

我以前不明白雨桐的遗体为什么要送到普光寺,现在明白了,她将以出家人的方式进行火化。

要不是王怀金执意要我参加雨桐的火化仪式，我是不会去的。我害怕自己的精神力量不够强韧。

火化的前一天傍晚，我邀请王怀金去我那里住一宿，但王怀金不肯。王怀金说，他要给雨桐守灵，他要用这最后一夜，向雨桐忏悔他曾在她身上犯下的罪过，他要呕出自己的心告诉雨桐："但愿来世我们还做邻居，但愿来世我们还是同学，但愿来世我能守护你一生！"

我回到冷寂的家中，坐在书房的窗下，坐了一夜。

天暮时分就下起的小雨，一叶叶，一声声，空阶滴到明。

火化时间定在上午七点四十分，因此我很早就出了门。雨并没有停，还淅淅沥沥地下着。赶到普光寺的雨桐灵堂前，见仪式已在僧人的主持下开始。其中一个僧人，睫毛如帘子那般挂下来。王怀金告诉我，那个人就是雨桐的师父，昨天他听到雨桐的噩耗，带着弟子开了十一个小时的车赶来，到普光寺时天已黑透了，但他水都没喝一口，就给雨桐念经超度。王怀金说，在她师父念经超度之际，雨桐的脸上突然露出一抹淡淡的微笑，面色如生，乍现出惊人的美丽！

没有哀乐，只有一个空灵的女声念着"南无阿弥陀佛"。

那是李娜的录音。

在场的，有雨桐的同事、同学，还有她的听众。

其中包括在雨桐的新闻发布会上义愤地质问她的那个听众。他泪流满面，泣不成声。

雨桐的遗体早已放入火化塔内。在一口木箱中，雨桐盘膝打坐。

木箱仅有四面，正面空着，也没封顶，这是为了让她的灵魂能顺利地飞升至西天极乐世界。

七时四十分，火化准时开始。

一张点燃的纸钱被抛入火化塔内。

木柴噼啪作响，熊熊火苗蹿出炉外。

香炉架上，挂着雨桐的遗像，火光摇摇如水之荡漾，雨桐的微笑在水火里洇开。